时光集

追梦

胡遵信—著

我的生活故事

[一九五九至一九六〇学年]

济南出版社

图书在版编目（CIP）数据

追梦：我的生活故事 / 胡遵信著. —— 济南：济南
出版社，2025.5. —— ISBN 978-7-5488-7144-6

Ⅰ. I247.5

中国国家版本馆 CIP 数据核字第 20256H647K 号

追梦：我的生活故事

ZHUIMENG:WO DE SHENGHUO GUSHI

胡遵信　著

出 版 人　谢金岭
责任编辑　戴　月　乔俊连　张　静
装帧设计　纪宪丰

出版发行　济南出版社
地　　址　山东省济南市二环南路 1 号（250002）
总 编 室　0531-86131715
印　　刷　济南乾丰云印刷科技有限公司
版　　次　2025 年 5 月第 1 版
印　　次　2025 年 5 月第 1 次印刷
开　　本　160mm×230mm　16 开
印　　张　24.5
字　　数　328 千字
书　　号　ISBN 978-7-5488-7144-6
定　　价　78.00 元

如有印装质量问题 请与出版社出版部联系调换
电话：0531-86131736

目　录

下卷

卷后篇

卷前篇

|一| 关于这本书的故事

（一）

关于这本书的来由，本身就是个有意思的故事。

袁野是我的挚友。我俩同庚，但他出生月份比我早，所以我还得叫他老兄。我们的友情始于 20 世纪 70 年代中期，那时我俩都在县委办公室干秘书。我俩不仅性情相投，而且志趣相同——用现在时髦的话说，都是文艺女神缪斯的铁杆"粉丝"。我们对文学的酷爱，从学生时期至今，可以说是一以贯之的。参加工作后，虽然由于工作和家庭等方面的原因，这种对文学的爱好和追求只能是业余的事，甚至大多连业余时间也无暇顾及，但那份挚爱，却是始终不渝的。我觉得它是渗透到我们的血液与骨髓里了。几十年来，我和袁野作为心心相印的朋友，谈话内容自然是海阔天空的，不过文学方面的事，却永远是我们津津乐道的话题。我们也会忙里偷闲地搞点小打小闹，短篇小说、杂文、小品之类，时而见诸报端。退休后闲下来了，更是"贼"心不死，摩拳擦掌地想写出点儿像样的东西。不料天公不作美，偏让袁野中了风，虽然被抢救了过来，但再想提笔创作已成难事，真乃人生之莫大憾事啊！

那是十多年前了，有一天，我去看他，见他桌面上摆着一摞大小不一的旧本本，看那灰黄沧桑的模样，是有相当岁月了。

"这是啥时的古董呀？翻出来干啥？"我好奇地问。

"哈，算你有眼力！"他笑道，"这是我读师范时期的日记呢，半个多世纪了，称得上古董了。"

"哦？这么多！"我有些吃惊，"那时的日记，你居然还存着，没看出你倒是个有心人呢！"

"嘿嘿，敝帚自珍嘛！——不过，你可真是少见多怪，这才多点儿呀，"他晃着脑袋说，"要不是遭了劫难，怎么说也有这三四倍多呢！"

"那么多！"我着实吃了一惊，"你哪来那么多时间记呢？那劫难又是怎么回事？"

"哈哈，说'劫难'也许大词小用，可那时确实差点儿全毁了呢！"他顿了顿说，"噢，是了，关于日记的事我没跟你说过，那就从头说起吧。"

他拿起烟盒，抽了支给我，自己也点上一支——按说，他有那病是不该吸烟的，可他好了疮疤忘了疼，"恶习"难改——看着那袅袅升腾的烟雾，他徐徐说道："你知道，我从小就是故事迷，上了初中就成了小说迷。古今中外那些五花八门、千奇百怪的故事，确实对我有种魔力。不过因为还要升学，初中时候还是很有节制的。一九五七年我考上了师范（那年我十五岁），有了'铁饭碗'（毕业后就当老师嘛），我就不愿在功课学习上平均用力了，一心想朝文学方面使劲，多读书，打基础，将来在教学之余搞创作，写小说——现在再重读日记，我曾反复想过：那时的理想是否就是当作家呢？我觉得还不能那么说。不是不想，是不敢想啊。在那时的学生心目中，作家实在是太神秘、太高不可攀了。但是搞创作、写小说并非作家的专利，文学爱好者也可以写嘛。当然啰，写出了名便成了作家。——形成想法以后，我的追求是执着的、顽强的。我不只用课余时间读书，也用了不少自习时间。后来自习时间老师不准我们看小说了，要求很严格。怎么办呢？我就记日记。记什么？每天的所见所闻、所做所想。开始主要是为了练笔，后来——可能是在一年级下学期吧，我对写日记萌生了新的想法，就是为以后的创作积累素材。 高尔基不是有个自传三部曲吗？ 苏联还有个作家阿·托尔斯泰，人称'小托尔斯泰'的，他有部著名的小说叫《苦难的历程》，写的就是他从一个资产阶级作家转变为无产阶级作家的艰苦历程。 他们给了我很大的启示。 我想，倘若我能把学校生活记录下来，那么将来我如果搞自传体小说，岂不就是很宝贵的素材吗？ ——伙计，你不要笑，别看那时我才十五六岁，是个地地道道的毛孩子，但这个思想的形成却绝不是心血来潮，而是十分认真、十分坚定的，而且此后的实践证明，我确实这么坚持做了，数年如一日。 我写日记用的是文学笔法。 我要把我自己、我周围的人和事生动具体地记述下来。 每天都要用一两个自习时间来记，有时还会更多。 遇到确实没时间记的时候，也要写日记提纲，待有了时间再补记。 写日记使我受益匪浅。 它提高了我的观察能力，在别人看来是那么平平常常的学生生活，在我这里却成了日记素材取之不尽、用之不竭的源泉。 它也提高了我的写作能力。'曲不离口、拳不离手'嘛，说的无非是唱歌、习武要多练的意思。 咱们爱好文学的也得多练，光读不练就眼高手低，写日记让我深深明白了这个道理。 我就这样写呀写呀，三年下来，竟积累了二十余本，另外还有好多速写本呢，是专门记生活镜头的。 当然啰，正如咱们眼前这几个本本一样，我的日记本大小厚薄五花八门，难得有个像样的。 那时候穷得可怜，用过的作业本呀，课堂笔记呀，讲义呀，它们粗糙的背面都是我的用武之地呢！ 你看……"

他拿过那些尽显当年贫寒学子窘况的本本翻给我看，其中一个没使用过的记账簿当是最奢侈的了（他说是他的好友李忠谊送他的），其正反两面都被密密麻麻地写满了字。

"我十分珍爱这些本本，"他接着说，"参加工作后一直带在身边。一九六六年'文化大革命'开始了，风云突变——那时我在韩兴中学教书。 轰轰烈烈的学生运动的矛头，也指向了老师们。 他们不光写大字报，还点名索要日记，我也在被索要之列。 这可把我吓坏了。 日记是真正的非虚构写作，是自己生活的纪实、心灵的镜子，纯属个人的隐私之物，所记内容当然是无所避讳的，让学生要去那还了得！ 学校一个老师就是因为抄家抄出了日记，被据以打成所谓的'反革命'的（后来平了反）。 好在我没被抄家，拿日记还能自己做主，只拿出一本思想上升期的搪塞过去。 经此一番惊吓，我趁星期天赶紧将日记带回农村老家，吊在屋梁上存放起来——不料还是在劫难逃，在'文革'中幸免于难的这些日记，后来却在我家属手中几近被毁灭。"

他说累了，又点起一支烟，猛吸了几口，才又说道："我是一九六八年结婚的，你知道，家属是农村户口，一九七〇年才有了我那宝贝儿子。 那时候还没有卫生纸吧（即使有也用不起），农村人擦屁股用的是坷垃头、石头蛋，孩子皮肤细嫩，又娇惯，家属哪会给他用那个。 就是在这种情形下，我吊在屋梁上的那些日记本让她派上了用场。 我那时工作的地方离家远，常住在学校。 待我得空回家发现时，已被她用去了大半。 我真是心疼如绞呀！ 我难过地埋怨她：你呀，你呀……但事已至此，损失是无法挽回了，我只好将剩下的部分重新包好吊起，直到'文革'后期形势好转，我在县政府有了单身宿舍，才又重新带在身边。 ——这就是我日记的故事。 对剩余的这几本来说，实在是劫后余生呀！"

他无奈地苦笑着，抿了几口茶又说："这些日子闲来无事，我怀旧的神经不知怎么又被挑动了，就从箱底把这几个本子找出来，一篇篇地看着、回味着，已经看了多遍了。 我的心又重被搅起波澜。 要知道，这是半个多世纪前我学校生活的实录啊，那青春岁月的种种情景又活生生地展现在眼前，也引起了我不少酸甜苦辣的回忆和感慨呀！ ——前面不是说过'敝帚自珍'吗？ 我真觉得宝贵得很呢！ 越看越爱不释手！ 哈哈……"

看着他沾沾自喜、纵情大笑的样子，我的好奇心被勾起来了。 我拿过那摞本本，缓缓地翻着，一行行褪色的还有些稚嫩的学生字体映入眼帘，一种一睹为快的欲望强烈地涌上心头，我瞅着他笑道："伙计，保密不? ”

他笑了: "嗨, 老古董了, 有什么密可保? ——你想看? "

"求之不得。"

(二)

我用心读了二十多天, 连读三遍。 第一遍是出于好奇, 第二、三遍则多了些思考。

还给他时, 我坐下就说: "老袁, 你的日记是浑金璞玉, 很有特色, 用来整理成小说, 既有价值, 又有基础! "

"噢, 你这么看? 说说, 说说! "他的眼亮了, 颇有兴致地看着我说。

"它的价值, "我说, "在于以文学的手法, 从学生生活的角度, 真实地反映了那个年代普通人 (起码是一部分人) 的思想和生活。 真实到什么程度? 我看是三个'当时': 当时人当时事当时记。 你不虚美不隐恶, 把那时的情景真切生动地记了下来。 要知道, 那是半个多世纪前哪! 那时的社会生活早已烟消云散, 不料却被一个钟爱文学的青少年学生, 用他的眼睛用他的笔默默地留住了。 我是这么看的: 这份日记不是那时一般的留影, 而是一件原汁原味的很有价值的文物, 一块有声有色的化石啊! "

瞅着他那瞪大的眼睛, 我继续说: "咱们再进一步剖析一下。 从50年代后期开始到一九七六年'文化大革命'结束的那个年代, 那是个独特的年代。 那个年代的一些事, 我看之前没有, 今后也不会再有了。 反映那个独特年代的文艺作品, '文革'结束前是全盘美化的, '文革'以后的呢? 好多是侧重于暴露的。 暴露的作品, 对那时的现实, 特别是特殊人群 (例如所谓的右派分子) 的情况, 是有相当真实的反映的。 但是毋庸讳言, 有的作品也有些过度夸大和丑化, 甚至是漫画式的。 作为过来人, 我总感到那时普通人的生活样子, 还不完全是那样子的。 ——读了你的日记，感觉就不同了，其中所记的人们的喜怒哀乐，确实是那时普通人的样子。 从这个角度讲，这些日记是对那个年代的纪实，对咱们现在是有着独到的价值的。"

看得出来，我的话让袁野感到兴奋。 他拎起暖壶，朝我杯子里添了些水，说道："慢慢说，慢慢说……"

"至于说它有整成小说的基础，"我呷了口茶说，"我有三点看法：第一，它有事，你用文学手法记述了那么些有血有肉的事，实在是写小说的好素材。 你当年那个为以后创作积累素材的想法着实可贵，你真是个有心人哪！ 第二，它有人物形象，主要形象就是日记作者——你。 这是一个我在文学作品里还没见过的成长中的书呆子形象。 文学作品里书呆子形象当然有，但大多侧重于写他的'迂'和'呆'。 你这个形象则不同，你对你的性格、心理、思想、爱好和成长等作了全景式记述，是一个完整的形象。 这个形象既有独特的个性，又有独特的经历，我觉得很难得啊。 ——此外还有几个形象，读来也让人心动呢。 第三，它有特色，我最看重的是它的心理描写。 小说中有心理描写不是稀罕事，可写得这么多这么细这么真的不是太多。 你把一个十六七岁、十七八岁的青少年丰富的内心世界细腻地展示出来了，好多心理活动，简直是神来之笔，如果不是当时就记下来，是会转瞬即逝的呀！ 我想你的日记若整成小说，说不上会被称作心理小说哩！"

听了我的这通议论，袁野半天没说话。 他连吸了两支烟，一个劲儿地盯着楼板看，有时也斜着眼瞅我，好久才说："但是……日记里写的都是平平常常的学生生活、学校生活，人家愿看吗？"

我也是想了半天才说："我看无须多虑。 虽是平平常常的学生生活，但那是半个多世纪前的学生生活啊，这就非同一般了。 譬如化石里的物件，在它存在的那个时候，不也是平平常常的吗？ 可历经沧桑岁月，变成了化石，就成了宝贝蛋了。 你们那段学生生活，现在也成了历史的化石，那时的'平常'，现在读来也就不平常了。 而且，正如前面说的，那是个独特的年代，那时人们想的、做的、说的，是很有特色的。只就说话而言，那时人们说的有些话，现在看是讲大道理，有人可能会认为是空话、大话，可是在那时说起来却是很自然的，这就是时代特点。这些具有时代特点的人和事，对读者能没有吸引力吗？"

袁野又是好久才说："伙计，你说了大半天，究竟是虚美还是真话？"

"啊哈，"我笑了，"虚美？有这个必要吗？这些看法，是我二十多天来反复思考的结果。——当然，日记毕竟还是原始素材，变成小说还需一番深加工。但它却是何等好的素材呀！好多细节，读来令人拍案叫绝呢。伙计，我佩服你，学生时代就功力匪浅哪！"

"好啦好啦，"他笑道，"不让你虚美，你又来了。——咱们还是谈点正经的吧。说实在的，你这些想法，我读日记时也时常会冒出来。但我吃不准，毕竟是自家孩子看着好嘛。你这么一说，我心里有点数了，起码有两个人有了这样的看法嘛！不瞒你说，想用这些材料搞点东西，是我的夙愿。现在重读日记，原来的想法又翻腾起来了。但我身体出了这个情况，已是心有余而力不足了。这些日子，我不止一次跌足长叹哪！"

他重重地敲击着茶几，茶杯都快蹦起来了，似乎在发泄他那对现实情形有诸多无奈的情绪。我同情地望着他，也为他感到十分惋惜。

又是长时间的沉默。突然，他昂起头来，眉头高耸，眼里放射出异样的光彩。

"伙计，"他说，"我跟你商量件事。"

我疑惑地望着他那怪怪的样子。

"你关于日记的看法，重新点燃了我的希望——这本书一定要搞出来！我想请你来搞！"

"啊？！"我大吃一惊。

"是的，请你来搞！"他又大声重复了一遍，"你搞行，你有这个条件：第一，你身体好；第二，你也退下来了，孩子们的事也忙完了，有时间；第三，你对日记有很好的印象，咱们的思路顺茬，能配合好；第四，你的文笔我熟悉，能够胜任这事。 ——有这些有利条件，我觉得你来写这本书太合适了！"

他这个突如其来的想法弄得我手足无措，我只是睁大眼睛，张着嘴巴，怔怔地看着他。

"我还有个想法，"他继续说，"请你来搞，也不会让你白出力。 你搞出来，书的作者就是你！"

"啊？！"我犹如听到了天方夜谭，"你开什么玩笑！ 你拉点儿正经的好不好！"

他朝我使劲摆摆手："别打岔，别打岔！ 你听我说完嘛！ ——我可不是开玩笑，我是认真的，也是真心的。 你当作者，我也不吃亏嘛：一则通过你的手，我这沉睡了半个多世纪的日记终于得见天日，这正如母亲之于孩子，看到孩子长大成人，母亲就欣慰了。 二则说这本书的主人公是我呀（起码是模特儿），借你之力，我得以作为一个文学形象存留于世，这是我莫大的幸事呀！"

听着他一本正经地述说，我明白不是虚话了。 但是纵然他说得天花乱坠，我也无法接受。 我搞出来就是我的！ 简直就是奇谈怪论！ 我们是多年的挚友啊，我岂能做此不义之事！

但我不答应他就说个没完。 看他那面红耳赤的激动样子，考虑到他的身体，我只好说："咱们还是从长计议吧！ ——不管怎么说，你这主意来得太突然了。 这不是件小事，容我想想，你自己也再想想。"

我认真想了两天。 我首先想的是我应不应帮这个忙。 袁野的日记太好了，很难得，很宝贵，不整理出来实在太可惜了。 他自己早就有这个想法，他也有这个能力。 可他的身体出了情况，他的无奈是可以理解的，让我帮忙也有其道理。 我作为朋友，也理应相助，两肋插刀嘛！

我又想这个忙该如何帮法。 虽然有日记当素材，但真搞起来我还缺乏生活体验，那时那地那人那物，都是袁野亲历亲闻的，当然需要他继续提供材料，这是其一。 其二，袁野虽然由于身体原因不好亲自动笔，但他的头脑没大问题，他的写作能力我知底，犹如作战，既能当指挥员，又能当战斗员，写这本书，他的作用将是多方面的。 而且，更重要的，他是日记作者啊。 所以那天他谈的署名问题，尽管是诚挚的、郑重的，但却是不合理的。 退一万步说，他也应该是第一作者，我忝列其后，就算赚了大便宜了。

再见到他时，我首先谈了我的态度和看法。 他听罢笑道："两人共同署名的事，我不同意。 因为你是执笔人，我的作用毕竟是辅助的。 咱们都是搞文字的，执笔的甘苦无须多说。 虽有素材，但却是自然形态的东西，真搞起来你说不上还得死上几回。 没有你的辛苦劳作，这些日记无非是废纸一堆。 所以，由你署名理所应当。 还有一个情况，这本书的材料虽然依据的是我的日记，但若搞成小说，书中人物是要改名换姓的。 这样，就免去了一些好事之人的考据之癖，也就避免了许多可能会发生的麻烦。 这个道理不用多讲，你能理解。 既然不是我的真名实姓，那么我署这个名还有多大意思？ ——哈哈，伙计，你还是饶了我吧！"说罢，他狡黠地朝我笑了笑。

他后面说的人物要改名换姓的话提醒了我，我心中豁然一亮，当即说道："就是呀，就是呀！ 书中人物既是要改名换姓，那么署你名还有什么问题？！"

"呸！ 当然有问题啰！"他着急地说，"署了我的名，知情人一眼便能看出写的是我的事，那么人家顺藤摸瓜去探究，说不上各类麻烦事就来了！ 你说是吧，啊？！"他顿了顿，又扑哧一声笑了，"呀，伙计，你别再绕着弯子推三阻四啦，我这么大年纪了，只想把那时的事写出来，不想惹是生非，请你理解我的拳拳之心吧！ ——那天我已说过，不署我名也是你帮了我的大忙。 咱们是互助互利。 不是有那么个故事吗？ 一个瞎子和一个瘫子共居一室，有一天，屋子遭了大火，危急关头，他们想出一个办法，瞎子背着瘫子，瘫子给瞎子指路，二人鱼水相帮，最终脱离火海，重获新生。——咱们的合作，不正应了这个故事吗?"

说罢他哈哈大笑。

我挠着头皮，仍感到不妥，只是一个劲地"这、这"嗫嚅着。

他起身走向卧室，出来时手持一张稿纸，笑盈盈地说："不瞒你说，这两天我脑子也在不断琢磨此事，越想越觉得有理，越想越感到兴奋。我说过，前些日子读日记，我既有跃跃欲试之心，又有欲搞不能、欲罢不成的苦恼。那天咱们的谈话，让我豁然开朗，真是柳暗花明又一村哪! 你问问你嫂子，那天夜里，她还几次听到我嘿嘿的笑声呢! ——你知道我有个习惯，每逢心情特别激动之时，好哼上几句'顺口溜'的。 这不，一首顺口溜昨天就出炉了呢! 哈哈!"

在县直机关，袁野写顺口溜是有点儿名气的。 他不写律诗不填词，他说那类东西清规戒律多，不自由，于是就写顺口溜。 他的顺口溜有文采，有时还有点儿俏皮，大家都喜欢。

当下我从他手里接过稿纸，只见上面写道：

天作绝配
——为与遵信老友合作写书而作
与君一席谈，柳暗花又明。
瞎子瘫子事，相辅又相成。
你用我日记，我用你笔功。
你为书作者，我为主人公。
天作一绝配，何须再争竞!!!
故纸得新生，缪斯赞友情!

读罢我俩莞尔一笑。"争竞"之后，本来用一个叹号就可以了，可他竟连用三个，足见他态度之坚决。 他是铁了心了。 他的性格我了解，他认定的事是极难更改的，看来只好由他了。

"咳，你呀你呀！"我无可奈何地说，"你的牛劲又上来了，我遵命就是。 不过我总觉得我是夺人之美，太委屈你了。"

"看，你又来了！ 我不是写得很明白吗？ 咱们是相辅相成、相得益彰呀！"他见我答应下来，高兴地说，"好了，'谈判'到此为止。 往后再谈，就是这部书的写作问题了。 你先拿个意见。"

"好吧。 你也别闲着。 我想我的，你想你的，然后一起讨论。"

（三）

我用了三四个月时间熟悉材料。 我必须进入角色。 不明白的就去问他，有了想法就一起讨论。 我们谈啊，谈啊，兴致勃勃，时而走进当年，壮志凌云，激情似火；时而又回到今天，评说既往，谈笑风生。 那如痴如醉的模样，被嫂子都看作一景了。 我俩确实进入了状态。 我为此还专门建了个《写作日记》，把他的回忆、我的思考、我们共同的评议随时记录下来。 几个月下来，《写作日记》也积下了十多万字。 全书大纲和写作基本原则大体定下来了，主要是：

一、写作宗旨：记述一段生活，塑造几个形象（日记作者当然是主要的啰），真实地展现那个时候普通人生活的点点风貌。

二、现存日记，只有一九五九至一九六〇学年的还大体完整，小说就主要写这个学年。 一九五九年下半年是学年第一学期，为上卷；一九六〇年上半年是学年第二学期，为下卷。

三、原日记毕竟是散漫的原始形态的东西，改成小说，在内容上既要有取舍，又需要集中叙事，若还用日记形式，不好掌控。 我们思来想去，决定放弃日记形式，将相关内容集中在一起，变成一个个生活故事，都加标题。 这些故事各具一定的独立性，合起来又是一个统一体——因为它们都是主人公的所见所闻、所做所想嘛。 主人公的活动犹如一条线，而这些故事则是串在这条线上的一颗颗珠子。

四、小说仍用第一人称。为避免麻烦，人名、地名皆用化名（"袁野"就是化名）。

五、作为创作，小说虽以原日记为主要素材，在内容上当然会有些新的设计，但必须切合当年的现实。——好在袁野是亲历者，能把握好这个分寸。

根据这些大纲和原则，我着手安排各卷节次，大约又用了三四个月时间。

在这一过程中，我又萌生了一些新想法。

"老袁，我又有了几点大胆的想法。"有一天，我对他说，"第一，日记中记载的那时那地的情况，有好多我是问了你才搞清的，既是这样，不写个说明，读者怎会了解？第二，那个年月，极'左'的东西已经相当明显了，但当时的人们一般是认识不到它的错误的，还是那么积极虔诚地实践着、维护着。这是时代的特点，日记里有不少的反映。怎么对待这类资料呢？倘若只是原原本本地照用，不附些说明和评议，岂非赞美了错误的东西？第三，重读当年日记，不由得会引发好多回忆和感慨，咱们这些日子正是如此。白发回望少年时，有韵味、有情结、有思想，也别有一番风趣。对这些我同样视之金贵，很想在书中有所反映。——以上三点，都是正文之外的内容，用什么形式表现它们呢？注释吗？不行，它没有这个承载能力。怎么办呢？这些日子我一直在想，前天突然灵机一动，冒出了一个法子：何不在故事后面加个'AB 对话'呢？A 是书作者，B 是日记作者。有了'AB 对话'，说明、回忆、议论、抒情，都可随意而发，容量是很大的。——你看行不？"

袁野用中指轻轻敲击着茶儿，沉思了半天才说："有道理。'AB 对话'，实际上就是品读日记话当年。——不过这想法也够大胆的。一般来说，作者观点在小说中是不直露的。"

"这点我也想过，"我说，"但是内容决定形式，形式是为内容服务的。 咱们写的是那个特殊年代的事，不显露观点是不可能的。 ——再说虽然有这个说法，但实际上也不尽然，你看巴尔扎克的许多作品中，作者对人和事的直接议论，那真是入木三分哪！ ——因而我想尝试一下。 有了这个'AB 对话'，我记的那些《写作日记》，好多内容也就派上用场了。"

"嗯嗯，是有道理……"他沉思了一会儿又说，"还有一点，咱们议论的面是很宽泛的，不光有政治的，还有关于人生、道德、性格、教育、做学问等多方面的。 这一些，虽然都是咱们发自内心的看法，但这些看法是完全正确的吗？ 倘有错误，岂不误导了人家？"

"这个……"我认真想了想，然后说，"我看不必多虑。 对同一件事，不同的人有不同的看法，仁者见仁，智者见智，这是正常的。 而且时间不同，时代不同，看法也会变的。 ——对于这一点，作为过来人，咱们这辈子经历的还少吗？ 所以咱们写东西，只能谈咱们现在的看法。至于读者，他们在读书的时候，当然得有个审视的眼光，认为对的就吸取，认为不对的就摒弃。 这不只是对咱们这本小书，对别的书恐怕也应如此。 古人不是说过尽信书不如无书嘛！"

袁野连连点头，下了决心："既是这样，那就试试！"他连吸了几口烟，又说："加'AB 对话'，关键是处理好与正文的关系。 正文是主体，'AB 对话'是补充，二者要有机结合，浑然一体，要读起来感到自然、顺茬、舒坦。 结合好了是锦上添花，结合不好就是画蛇添足。"

我同意。 他又说："还有，也不一定篇篇都设这个对话，要根据需要，有话则设，无话则罢。 在长短上呢，也是话多则长，话少则短，不必勉强。"

我连声称是，然后说："我觉得还有两个方面的内容要写。 一是写写这本书的来由，你的日记呀，咱们酝酿写作的过程呀，等等。 这是必须写的，把实情写出来，你让我当这个书作者，我心里还好受些——虽然还不完全心安理得，但毕竟说明了我被你'绑架'的过程，证明我不是虚意掠人之美。 ——你不要打岔！"我见他瞪起了眼，连忙阻止他说："这一条没商量。 我明白地坚决地告诉你，你要是不同意，我就不帮这个忙了！"见他"老实"下来，我才又接着说："而且也不单是为我表明心迹，更重要的是写你钟爱文学的赤子之心以及咱们关于写法的思考。 嗬，这个来由还挺有写头呢，你看它多有戏剧性呀！ ——第二点，在咱们不打算收录的日记残篇里，还有两个好东西，我很喜欢，一个是关于你读书的，有多处记载，我想选几则集成一篇，题目就叫《痴迷读书人》；一个是你撕《人民文学》的那个恶作剧，我戏称《〈人民文学〉事件》。 有了这两篇，主人公爱好文学的痴情模样就活灵活现了。但这些事都发生在一九五九年下半年之前，放在上卷里显然不行，只能放在上卷之前了，你看行吧？"

听到这里，袁野一拍大腿，目光如炬："好哇！ 好哇！ ——伙计，你的脑筋开了！ 你完全投入其中了！"

"还有个名称问题，"他的赞同让我振奋，我接着说道，"叫什么好呢？ 引言？ 楔子？ 写在前面的话？ 都不合适。 我想干脆就叫《卷前篇》，你看行不？"

"好好好。"他连声说，"依你，依你！"

后来写完第一遍稿，我们又觉得有必要把主人公毕业后的情况交代一下，于是又增添了《卷后篇》。

别的事就不必再记了。 我俩以古稀之年，呕心沥血，勤苦笔耕，六易其稿，历时十余年（老来写作，虽说是拿命来拼，但也得悠着点啊），终得完成。 书成之日，袁野兴致勃发，"顺口溜"又溜出来了。 现载于下，以为本篇之结。

皓首话少年
——遵信、袁野古稀之年合作著书咏怀
退隐桃花源，闲来翻旧卷。

五十年前事，重现在眼前。
独特一年代，独特风景线。
独特年轻人，独特事连篇。
而今读忆议，感慨系万千！

复萌涂鸦心，古稀珠璧联。
何惧满头雪，岂畏病魔缠。
昼思食不甘，夜想寝难安。
呕心十余载，沥血偿夙愿。
皓首话少年，苦乐皆笑谈！

二 痴迷读书人

（一九五八年春至一九五九年上半年日记残篇选编）

开学这么些天，时间大都被《雾都孤儿》占用了，连日记也没顾上写。但我认为值得——因为这是张勤放寒假时借的，我得赶在图书室收书之前读完，而且按我读书的习惯，得读三遍啊。此书是英国作家狄更斯享誉世界的名著，我早就看过关于它的介绍和评析，但一直没捞着读，现在看到它了，岂能失之交臂！

我先写被它吸引的情形。说实在的，因为我早就从对此书的介绍里知道了主人公奥立弗先苦后甜的命运，所以读前半部分时，虽然对奥（即奥立弗，下同）在济贫院和偷盗集团里的遭遇很同情，但心情还不是那么急迫。可读到第三十八章就不行了呢。神秘人物孟可司向济贫院邦布尔夫妇了解奥的生母的情况，并出高价买了她的遗物却又当即扔到河里，让我大惑不解，悬念顿生：这个孟与奥是什么关系？为什么买了遗物又毁掉？倘若遗物同奥的身世有关，让他毁了可该怎么办啊？——我急着要弄个究竟，不料第二节晚自习的下课铃响了（因为刚开学，课业不重，上自习读课外书还不禁止），我急忙拿起书，一溜小跑到了宿舍，就着灯光继续读，直到打了熄灯铃才恋恋不舍地合上书。可是睡不着，那些问题老是在脑子里翻腾，憋得我难受。第二天早晨下操后，匆匆洗了把脸又跑到教室接着读。这次我不能细读了，以弄清故事情节为目的，只是粗略地翻看（与情节关系不大的内容，如环境描写什么的就跳过去了，这样读当然不算数，回头还得细读）。读完第三十

017

九、四十两章，看到贼窝里天良未泯的姑娘南希偷听到孟与贼首费金要残害奥的密谋，偷着报告给奥的恩人露丝小姐，要她想法搭救。 我越发糊涂了：奥怎么成了孟的小兄弟？ 孟侵吞了他的财产为什么还要残害他？ 此事无头无脑，奥怎么才能得救啊？

到了第四十一章，奥的另一个恩人布朗罗先生出现了，他和露丝虽对奥有恩，但对奥的情况却都一无所知。 几个人商量的结果，认为最重要的还是要抓到孟这个关键人物，可他们不认识他，所以还得问南希姑娘。 读到这里，虽然感到有了办法，但我同书中人物一样，对奥的事一头雾水，还是憋得慌。 ——不料此时作者却卖起关子，他不管你的心情，笔锋一转，不紧不慢地写起诺亚二人的事来。 真是急惊风遇着慢郎中，急死人哪！ 但你还得耐着性子读下去，因为你知道他们肯定与奥的事有关联。 他们的事从第四十二章一直写到第四十五章，诺亚二人加入了费金一伙，费金让诺亚办了几件事，最后才叫他们监视南希姑娘。 ——读到这里我才恍然大悟，原来诺亚的出现，其作用之一就是为暴露南希泄密之事服务的呀！ 故事终于跟奥的事接上了茬，我长舒了一口气，同时又为南希的命运担起了心。 早晨第二节课是语文课，我不能再读，吃早饭时我是端着饭碗拿着馍回到座位上吃的，边吃边看——我忧思不安，不读下去连饭也吃不下啊！

第四十七章是写南希在约定时间与露丝和布朗罗见面，说了孟的相貌特征及其经常出没的地方，跟踪她的诺亚将此情况报告给费金，她被杀害了。 ——南希的事我无须惦记了（我当然对杀害她的贼人恨得咬牙切齿），但奥的事于我还是更大的悬念。

直到第四十九章，抓到了孟可司，布朗罗与之谈话才真相大白。 原来布与这个化名孟可司的人的父亲是好朋友，对其家世甚为熟悉，他把南希介绍的情况综合在一起分析，就明白了事情的真相。 他当场把这个所谓的孟可司家庭的复杂历史以及孟残害奥这个同父异母的弟弟，并窃取其财产的阴谋揭露出来，加上在谈话过程中传来费金即将被捕的消息，迫使孟不得不供认并写下自己的罪行以求宽免。 ——这个用知情人揭露来破案的办法，真让人拍案叫绝：证人南希已被杀害，证据又被孟毁了，孟与费金当然会拒不认罪，如果没有知情人的指证，这个案子还真难破呢！ 作者实在是匠心独具、妙笔生花呀！

接下来的几章，当属故事的结局了，恶有恶报，善有善报，皆大欢喜，读来令人痛快淋漓！

如前所述，这部书我读了三遍。 好过瘾哪！ 小说通过人物活动和环境描写，活灵活现地写出了英国当时最底层人们的生活状态。 小说是围绕奥立弗的经历写的，实际上写了他三方面的事：一是他出生前的家庭变迁，二是他的悲惨和幸运的际遇，三是调查和揭示他的身世。 从总的情况来说，小说没有按这个时间顺序写，而是从他在济贫院出生写起，他的身世和有关情况则放在调查过程中写出来，使得故事的记述扑朔迷离、波澜起伏、悬念迭生，让人读来心情跌宕、念念不忘，这又是作者的高明之处。 咳，作者是写作的超级高手，书中值得学习的地方实在太多了！

读罢很有感慨。 它使我进一步认识到，我和我的朋友李忠谊、刘青厚爱看名著的做法是对的。 文艺之神每走一步都要留下深刻的足印，赐给了我们一部部辉煌的巨著。 这些巨著在历史的长河里历经大浪淘沙，从无数平庸之作中脱颖而出，如一颗颗璀璨的明珠镶嵌在文学殿堂之上供人观赏，给了读者多么大的享受、教益和启迪啊。 我本人同所有文学爱好者一样，面对它们，就像基督教徒面对一尊尊圣像，那真是无比虔诚和倾心哪！ 人们常常误解我喜欢厚的、喜欢外国的，真是笑煞人了。 亲爱的老师和同学们，你们太主观了。 我喜欢的是名著、名著，再说还是名著呢！

星期天上午我独自到县图书馆去，在书架前度过了两个多钟头。每个书架都分三层，摆放着各类中外作品任人翻阅。表面看来那些书面目冷峻、死气沉沉，其实每本书都洋溢着火热的生命的活力。这种力量把我的心搅动了，让我的热血沸腾了。《浮士德》《莎士比亚戏剧集》《包法利夫人》《高老头》……我一本本翻看着它们的内容和作者简介，心情激荡，爱不释手。那时那刻，我被罩在巨人的灵光之中了，我拜倒在巨人的脚下了。我又一次深切感到，我执着的爱好、强烈的求知欲与我有限时间的矛盾，是何等尖锐呀！啊，我这小小的心灵要容纳的东西实在太多了，我愿我一下子能知道世上的一切！我恨我为啥不长出一千只眼睛！——理智跑出来劝我：走吧，走吧，书是要一本本细心读的，这样乱翻只是浪费光阴，你必须经得住诱惑！——然而似乎还有一双无形的巨手在紧紧地拽着我，我走不了，走不了哇！——一个严厉的声音终又响起：袁野，你怎能这般软弱！你怎能这般软弱！要坚强！要坚强啊！——我狠劲地摇摇头、跺跺脚，终于挣扎出来了，怕再失控，一出门就跑起来。回到学校，当我拿起《死魂灵》的时候，飘摇的思绪才完全稳定下来，很快我的神和魂又附着到书中那些动人的记述上了。

我庆幸我经受住了这番严峻的考验。

昨天看了一晚上《威廉·莎士比亚》，文中在谈到莎士比亚的戏剧创作时，说他对当时黑暗的社会十分愤慨，是特意借用异地异事来揭露和抨击社会丑恶的。这一点，在我思想上引起了极大的震动。我以前虽对莎翁敬佩得五体投地，觉得他的戏剧简直是无与伦比的，但我最为推崇和看重的，还是书中的情节和语言，我认为他特别会编故事，他是一个善用离奇的情节、优美的语言来征服读者的人，是一个长于搜罗趣闻逸事或古人古事进行写作的了不起的戏剧家。然而对他作品的现实价值，我却没看得很高。实在说来，我从没认为他是伟大的现实主义作家。——现在，这篇文章从根本上改变了我的看法，使我如梦初醒了。哦，莎翁竟然是以笔为武器的斗士哩！他的戏剧，竟然是投向黑暗社会的炸弹哩！——敬爱的莎翁啊，太对不起您了！我是一个浅薄的小子，请您原谅我的无知和对您的亵渎吧！

对莎翁的误解也使我自身受害匪浅。我曾认为写东西不一定非要去写现实，不写现实也能写出好东西来。不信吗？莎翁就是明证！既然如此，搞写作的就不一定非那么关注现实不可了。有了这样的认识，我虽然也想好好学习政治、学习生活，但在位置的安排上却把它置于文学之下了。莎翁，我对您的误解也误导了我自己，我差点儿误入歧途呀！

《普希金文集》附录《俄国、苏联作家及诗人论普希金》改变了我关于民族风格的糊涂观念，让我大长见识。大家都异口同声地称赞普希金是"民族的诗人""民族的风格""俄国的气质"。通篇都在向我述说着民族风格和民族传统的重要性。这些作家和诗人都是我熟知且十分崇拜的人物，他们的众口一词，对我而言可谓振聋发聩。我感到他们一方面是在赞美普希金，一方面是在指责我的浅薄无知。写东西要有民族风格，以前我曾多次听老师说过，也看过一些作家的文章，但我信得不实，以为未必如此，有时甚至在情绪上还有抵触。对老师的话，我觉得他是想借此说法不让我贪看外国作品；而对某些作家的说法，例如老舍曾说"没有民族风格的作品等于没有灵魂，没有生命"，则感到困惑。所以，长此以往，我对外国作品贪得无厌，而对自己民族的作品却读得不多。这实在是一个极大的偏差呀！现在，这么些文学大家集体来教训我了，我不禁幡然悔悟：看来，民族风格的确是作品的灵魂和生命呀！而不读自己民族的作品，又怎能知道民族风格是什么呢?！连自己的民族风格都不知道，又怎能写出具有民族风格的作品呢?！

A：伙计，咱们的"AB 对话"就由此开始吧。 ——读罢这几个片段，给我的第一印象是你对读书的痴迷。

B：是的，由此可见一斑。 那时的劲头大得很呢！ 记得高尔基曾这样谈过他读书的情景："我扑在书上，就像饥饿的人扑在面包上。"我觉得我当时的情形不亚于他。 课余时间，倘若没有集体活动，我几乎都用来读书。 星期六晚上和星期日白天，一般是自由支配的，那更是我的读书节，我竟日苦读，不知疲倦。 前段时间读日记，我曾经想过，我那时的情形该用个什么词来形容呢？ 说"废寝忘食"，人家可能会抬杠——难道你不吃不睡了吗？ 何况还有学校作息制度管着！ 不过若说是饕餮、贪婪，是"惜时如金""争分夺秒"，那是毫不为过的。

A：我很奇怪，你小小年纪，精力怎那么充沛呢？

B：这个嘛……一是梦想的力量。 不是有人说过吗，梦想是心灵世界的阳光，目标是人生路上的动力。 我的梦想（你叫理想也可以）在前头照耀着我、指引着我、召唤着我、鼓舞着我，我焕发出的精气神就犹如汩汩山泉，涌流不尽哪！ 二是小说的魔力。 它迷人的故事情节，拨动着我的心弦，它高超的写作技巧，让我惊羡不已，我沉迷其间，动辄物我两忘，怎会觉得累呢！ 同学们不理解我这种状态，都说我是"铁脑壳"呢！

A：说得好！ ——我还注意到你说你读书经常要读三遍，是怎么个读法？

B：读书有泛读、精读之分，我读的多是名著，当然要精读啰。 读三遍嘛，一般这样安排：第一遍了解故事内容，第二遍侧重分析结构和人物，第三遍侧重学习写法和词语，还会搞点摘记。 这里只是说有侧重，实际上每一遍的收获都是多方面的。 我读得很认真、很苦。 我就像一块海绵，无尽无休地吸收着每本书的养分。

A：看了你关于莎士比亚和普希金的读书感悟，我对你的读书还有两点印象，一是你在文学上的求知面是比较宽的，涉及各个方面，二是读的时候，你很注意联系自己的实际进行思考。

B：不错，凡是与文学与写作有关的，我都学习。那时阅读和写作全靠自己摸索。在文学的广阔天地里，我还是一个羽翼未丰的孩子，文艺作品也好，作家传记也好，文学评论也好，都让我感到新奇和宝贵，我饥不择食、兼收并蓄，饕餮得很哪！至于思考，那是当然的，我读书不是为了走马观花看热闹，我是要学本领，要提高自己、改变自己，使自己尽快成长嘛，光读不思，与书橱何异！

A：好！好！佩服！佩服！哈哈……

|三| 《人民文学》事件

（一九五八年九月，我十六岁）

　　我从图书室借了本《人民文学》，里面有篇名为《钢铁青年突击队》的报告文学，写的是修建北京十三陵水库的一支青年突击队的事迹。 建水库，对这支突击队所在大队来说，是不受益的，甚至还有害，因为要占用他们许多土地。 但他们舍小家顾大家，在工地上生龙活虎、干劲冲天，千难万险脚下踩，千方百计创佳绩，他们是工地上一面高高飘扬的红旗。 文章把他们动人的事迹、崇高的风貌、可爱的形象，写得淋漓尽致、栩栩如生，我被深深地感动和吸引了。 说实在的，读这类作品，我不单单是为了学习先进人物，学习写作技巧，也是为了了解和熟悉这类人物，为我将来的写作积累素材。 此刻，面对如此美文，想到就要送还图书室了，真是爱不忍释呀！ ——依依惜恋之际，我陡生邪念：何不将它撕下来存着呢？！

　　唉，现在想来，我是鬼迷心窍呀！ 此念一生，我的尴尬和难堪便开始了。

　　撕的过程就不顺利。 晚饭后是还书时间，我拿着《人民文学》先去了厕所（这种事当然不能在教室里干）。 不巧那里有位同学在解大手，我就把《人民文学》放到窗台上，也蹲下来装出解手的样子（得等他走呀，这种事当然也不能当着他的面干）。 谁知左等右等，他就是没个完。 为磨蹭时间，我只好把《人民文学》从窗台上拿下来看。 一会儿，听到撕纸的声音了，我心中暗暗高兴。可是好大一会儿过去了，那边又没了动静。怎么回事呢？我转头瞅瞅，嗬，他正拿着那废纸看呢！真是急死人了！别无办法，只得耐着性子继续等。为制造解手的假象，我还故意挤压肚子，喉咙里发出吭哧吭哧的声音。不承想那人却似存心捣蛋，我朝他连看几次，他依然风雨不动安如山。这倒如何是好？我见厕所北头无人，忽然有了新的想法：我离他太近了，何不挪到那边去呢（这厕所大得很，南北长二十多米呢）？于是掏出手纸假装擦屁股的样子，随后站起身来——不料天不遂人愿，正在这时，竟从厕所北门又闯进一个人来！不过还好，他是解小便。我一边束腰，一边慢腾腾地向北走去，在最北的粪坑上蹲下来。这位走了，可南头那位冤家呢，仍无半点儿走的迹象！怎么办？怎么办？情急之下，我智由心生：咦，撕文章同撕手纸，不是一样的声音吗？既然如此，我同他又相隔甚远，何苦再等下去呢？主意拿定，心中暗喜，迅速找到那篇文章，左手拿书，右手捏纸，攒着眉，咬着牙，随着哧哧哧几声脆响，那几页纸就被撕下来，我又折了几折，欠身放入衣袋，对撕处的残迹，也匆匆处理了一下——真像小说上讲的说时迟那时快呀，整个过程不过几十秒光景。我长舒了一口气，悠悠然向南望去，那人依旧木桩般蹲着哩——嘿，你就尽情地蹲吧，哪怕你蹲到地老天荒！然后我笑眯眯地走了出去。

图书室坐落在小礼堂后面，那是一排十多间的平房。东头四间是阅览室，阅览室西山墙上有个很大的窗口，靠窗摆放着两张桌子，这就是借还书的地方。有几个同学围在那里，这阵子正是管理员郁老师忙碌的时候。郁老师花白的头发，戴着副紫框老花眼镜。他是一个办事一丝不苟又非常和善的老人。他半生与图书为伍，还擅长养花，图书室前面那些千娇百媚的花花草草，是学校的一景呢！每每看到他精心侍弄花草的样子，我就会想到《秋翁遇仙记》里的秋翁。

轮到我还书了。我把《人民文学》递给他，他一页页检查起来。

我紧张地注视着他。他检查得很仔细,头遍看完,还在书脊上捏了几捏,似乎察觉了什么,第二遍又开始了。我的心不禁惴惴起来。看他又翻过好多页,估计已过了我撕下的部位,我这才轻轻出了口气,目光也转向了别处——不料我高兴早了,郁老师倏地把《人民文学》推到我面前,严肃地说:"你看,这是怎的?!"我低头一看,咳,正是在我撕过的地方,书缝下端露出了一个小小的很不起眼的纸头!"啊!"我佯装吃惊地叫了一声,心脏也随着扑通扑通地激跳起来。我接过《人民文学》,不知所措地翻弄着。旁边还书的同学提醒我:"你好好看看呀,乱翻有什么用!"我这才停止了翻动,一面装着仔细察看,一面考虑该怎么演好这个角色——可不能露马脚呀!

"郁老师,那得怎么办?"我颤声问道。

"拿回去,找找!"他简短地回答。

"我是上星期六才借的呀,星期天还没捞着看呢!"我的声音里带着哭腔。

"你放在哪里的?"

"桌洞里。"

"有谁看过没有?"

"不知道啊!"

郁老师又忙着照应别的同学去了。

我急得抓耳挠腮。旁边的同学同情地问:"你来时没发现吗?"

"没有呀,我只挑了几篇看看——怎会想到出这样的事呀!"我极力思索着应答的语句。

"这不是糟蹋人吗?太缺德了!"他愤愤地说。

我可怜巴巴地问老师:"郁老师,那就不能还了吗?"

"回去找找!"他还是那句话。

"那不是捞不着借书了吗?"

"那是啰,这是制度!"他的态度很坚决。

我靠桌站着，手托着腮不住地唉声叹气。猛地听到身下嚓嚓一声，我吓了一跳——原来是我与桌子靠得太紧了，装在衣袋里的那几张纸被挤出了声响。我赶紧朝外挪挪身子。

　　"唉，就是我事多！"我嘟哝着，这是故意说给郁老师听的。

　　这时，我的好朋友李忠谊过来了。我帮他借了书，又把这事告诉了他。他当然对我无限同情，气得直骂。

　　"别无办法，还是得找找。"他骂后也无奈地说。

　　"人家既然撕下来，还能让你找到？"

　　他不吱声了，半天才说："实在不行，咱再买一本。"

　　"得五毛钱呢！"我皱着眉说。这年头，二分钱就买一个鸡蛋，对于一个穷学生来说，五毛钱不是一个小数呀！

　　他又不吱声了。

　　还书的人渐渐少了，郁老师走过来。

　　"郁老师，那就不能还啦？"我又戚戚哀哀地问他。

　　"那是，"他答道，"得找。——这是个品质问题！"

　　"怎么找呢？"

　　"回去不要声张。渐渐地，他会拿出来看的。"

　　"唉，哪能那么巧就让我发现了呢？"

　　郁老师审视地看了我好大一会儿才说："要是自己弄的，赶快承认下来！"

　　从图书室出来，我心乱如麻。"这是个品质问题！"我思索着郁老师的话，立马想到了期末操行评定，"我要是承认了，这学期操行可能会得3分……"想到这一点，我禁不住颤抖了一下。

　　忠谊考虑的则是另一个问题："到王老师（我们的班主任）那里，跟他说说行不？"

　　我摆摆头："跟他说有什么用？"

　　"叫他跟郁老师说说，先把书还上，别耽误了借书，找着了再给他。"

"也好。"我同意了。

可是王老师没在他屋里。

我们朝教室走去。我的腿像灌了铅，举步维艰。我越来越感觉到事情的严重性。现在的问题，不仅是要耽误我这个书迷借书，更重要的是要影响我的操行等级，影响我的品行和名誉啊！——我心不在焉地和忠谊说着话，继续思索着：真给王老师说吗？他的头脑可不那么简单，定会首先怀疑我的。事情明摆着：没有谁会撕的。日子长了，他会猝不及防地问我："是你干的吧？"那时我该怎么回答呀！不，不，不能跟他说！刚才幸亏他没在屋里……向郁老师承认吗？我当即想到我在图书室的那套表演，似乎听到了他严肃的申斥："你的个人主义很严重呀！"不，不能承认……不承认吗？那么郁老师若告诉王老师，王老师再追查……纸是包不住火的。到时候真相大白，那可是豁子撩鼻涕——脏了牙了！我忽然狠劲地摇摇头，想把这些乱七八糟的想法赶出去。不料王老师、郁老师的影像却又同时浮现在我的脑际。我急得在心里大叫："天哪！天哪……"——我就这样一路走，一路想，那些纷乱的思绪如影随形，让我无法摆脱。

来到教室，我重重地一屁股坐到凳子上。教室里人不多，很静。我眯了一会儿，然后从桌洞里找出个信封，悄悄地掏出衣袋里的《钢铁突击队》，悄悄地装进去，刚要朝桌洞里放，又立刻缩回手——这东西无论如何是不能放在桌洞里了。让人翻出来，岂不成了铁证？那么，放在宿舍里？倘若也让人翻出来呢？要不……要不……扔了它？太可惜了！我无所适从，终又将它塞回衣袋。

"这个，你先看吧！"忠谊走过来，手里拿着他刚借的契诃夫的小说《儿童集》。我抬起沉重的眼皮瞅瞅他，他关切的目光给了我温暖和安慰。我默默地接过书。虽无心思，还是勉强打开目录，有一搭没一搭地看着。目录后面两篇介绍契诃夫的文章引起了我的注意，让我心神稍稍一振——契诃夫大名鼎鼎，可我对他的生平却知之甚少，与其这么痛苦地待着，何不趁此机会浏览一下呢？

翻到第一百六十三页《关于契诃夫的小说》，慢慢看下去，看到第一百六十四页，第二段写的是契诃夫给他弟弟的一封信，上面说："为甚（什）么你称呼自己是'你的没有出息的不值得注意的小弟弟'，你承认自己没出息？ 就算承认自己没出息，你知道应当在什么地方承认吗？ 在上帝面前，以及在智慧、美丽、自然面前。 在人当中你应该感到人的尊严。 你当然不是坏蛋，你是正直的人。 那么，要尊重你的正直，要知道没有一个正直的人是没有出息的。"——看到这里，我的心一下子被刺痛了。 听，契诃夫这是在责备我呀！ 他说他弟弟是有出息的，因为他弟弟是正直的。 而我呢，我这样的行为，是正直的吗?！ 是有出息的吗?！ 一阵汹涌的波涛从胸中腾起，冲击得我无法再看下去。

过了好一阵，我才又翻到第一百九十一页的另一篇文章《契诃夫的爱国主义思想》，看不多会儿，一组文字又让我触目惊心："契诃夫终身挚爱纯洁的道德，憎恨丑恶。 他在二十六岁那年写给哥哥的一封信上，开列了八项做人的标准：不强横，不自私，不贪婪，不虚伪，不淫欲，不爬高，不懒惰，不卑鄙。"——啊，"纯洁的道德！"啊，"憎恨丑恶！"啊，"不自私！"啊，"不虚伪！"啊，"不卑鄙！"……

我合上书本。 我实在看不下去了。 我怕再见到"契诃夫"三个字。 这个品德高尚的伟人的名字，犹如一根钢针，一触及就刺入眼球，让我痛不可当啊！ ——可是……我这件事……能承认吗？ 这毕竟是个道德品质问题……要是最后的结果，不是我想象得那么糟呢？

上小班了。 每天晚自习前的这二十分钟，是学校规定的读报时间，大家都称之为小班。 团支部宣传委员费洪涛的声音响彻教室，但我心事重重，连我国政府因为台湾问题向美帝国主义发出第九次严重警告这样的大事都没听进去。 我脑子里翻腾着各种念头，像有无数架飞车在里面旋转冲撞。 我的脑袋简直要胀裂了。

……郁老师让我找着以后送去，忠谊曾设想那人会自动送来……那么，我可不可以把文章送给郁老师，就说是别人偷偷送给我的呢？ ——不可！ 这个做法太幼稚了，任何人都会识破的……那么，我把它放到一个同学的桌洞里，再故意把它翻出来……呸！ 简直坑死人了！ 丑恶呀！ 肮脏呀！ 卑鄙呀！ 袁野，你怎么冒出这样的想法呢？ 倘若契诃夫在世，定会狠狠抽你三个耳光！ ……

王老师从我身旁悄然走过。 我的思路一下子被打断了。 王老师宽厚仁慈，但却是道义的化身。 他的眼里容不得半点儿沙子。 即使在平日，看到他，你也会邪念顿消，规矩起来。 此时此刻，我感到他是那么威严，甚至还带着杀气！ 我惶恐地目送着他走出教室，心里不免嘀咕：郁老师是不是跟他说了？！

我拿起圆规，下意识地剔除着指甲里面黑黑的积垢，尖尖的针头在指甲上划出了一道道白痕。 忽然，我的手指一不小心被刺着了，当即一阵锐痛袭来——唯有此时，我的思想才会单纯一些，因为它转移了我的注意力，我不得不去专注地观察出血情况了。

忧愁终于把我压倒了。 我把沉重的脑袋枕到左胳膊上，额头也热得烫手。 猛地，两侧太阳穴一豁一豁地跳动且刺痛起来。 这使我感到了惊惧。 我的头一向被称为"铁脑壳"，纵然苦读竟日也从未疼过。 可是，此时竟因愁肠百结而出故障了——敬爱的文艺女神啊，我惹下的祸端完全是因为你啊，完全是为着追随你啊！ 请您老人家慈悲为怀，施展神力，救救您虔诚的弟子吧！

下了小班，忠谊走过来问："喝水吧？ 我去舀！"他的关心体贴让我感动。 真正的朋友！ 这才是真正的朋友！ 愈是这样的时刻，愈是需要朋友！ 朋友的同情、安慰和帮助，是人在精神大厦将倾时的巨大支撑啊！

然而，正当我感受着友谊的温暖时，一个念头却猛地冒了出来，使我的精神大厦一下子倾塌了——我，我一直在对他撒谎呀！ 我一直在对我最好的朋友撒谎呀！ 欺骗朋友，我还算个人吗?！ 一阵战栗袭过全身，我陷入更大的痛苦之中……

上自习课了，教室里一片寂静。 我拿出课本装样子，依旧苦苦地自责着，依旧苦苦地思索着怎么办。 突然——这真是意想不到的突然呀——我的思想来了个一百八十度的大转弯，让我从愁苦的现实中走出来，走入了一个异想天开的幻想世界，我看到了一个美满的结局：我终于跟忠谊照实说了原委，在他的帮助下，我鼓起勇气向郁老师承认了错误，这位善良的老人拍着我的肩膀，连声说："好，知错就好，好！"我也向王老师坦白了，王老师眯缝着眼看着我，点头笑道："你呀，你呀……"

于是，万事大吉，皆大欢喜！

……幻象消失了。 幻象之后仍是必须严肃面对的难堪的现实。 ——真的要承认错误吗? 我还是没能下最后的决心。 虽然我已经认识到我行为的卑鄙和丑恶，认识到我个人主义的严重性，虽然我一定会痛改前非，可我还是不敢直面老师。 我怕丢丑，我更怕影响我期末的操行评语和等级。

啊，我的缪斯啊，我究竟该怎么办呢?！

A：哈哈，你这事呀，我看正应了一个歇后语——光着腚戳马蜂，能惹不能撑啊！

B：嘿嘿，你呀缺德，人家苦恼成那个样子，你还取笑，这才叫幸灾乐祸呢！

A：哈哈！ ——好，不取笑就不取笑吧，咱们言归正传：你这事有头无尾呢，到底是怎么了结的?

B：这个嘛，后面的日记毁了，五十多年前的事，我怎想得起来? 前些日子读到这里，我曾分析过，这事的了结，不外三种可能：一是我真的有了勇气，向郁老师认了错，他那么宽厚，认错就好，不会处罚我

031

的，更不会告诉王老师；二是我没认错，只是向他一再表白无法查找，苦苦哀求着还书借书，他软了心，也就罢了；三是不久"大跃进"开始了，大家忙于炼钢铁，此事也就不了了之。虽然搞不清如何了结，但此后我没再犯类似的错误，倒是真的。

A：让我感到特别好玩的是，你心情那个样子，竟还有心思去幻想故事情节哩！

B：这个呀，对我来说算不得稀罕。在现实中遇到事用想象去接续情节，是我常干的事。现实与幻想融为一体，既与年龄有关，更与我的爱好有关。

A：真是天真可爱一少年啊！真是酷爱文学一痴子啊！——好，这个议论就此打住。关于五级记分法和你为什么那么在乎操行评语与等级，你还得解释一下，现在的读者恐怕不明白呢。

B：五级记分法学的是苏联的。那时的文化课和操行等级，都按五级打分：5分最好，4分中上，3分及格，2分、1分当然最差了。那时大家对操行评语和等级都看得很重很重，应当说它是我们同学的"软肋"，是紧箍咒。你想，几句评语就把你整学期的表现概括了，再给个3、4、5分就定了命运，能不重视吗？所谓"分分分，学生的命根"，操行等级更是重中之重啊！何况据说还要载入个人档案跟你一辈子呢，谁也不愿给自己留下终生的污点啊！

A：嗯嗯，是这个情况，我也是过来人，有同感。——还有，本篇以《〈人民文学〉事件》为题，你看行不？

B：你那天不是说过是戏称吗？那就戏称呗！哈哈……

一九五九年九月至一九六〇年一月·师范三年级上学期·我十七岁

上卷

四 　我和王老师的故事（一）

开学已经十来天了，这些日子，我简直成了众矢之的。围绕着我的读书问题，冷嘲热讽不时袭来，我实在招架不住了。

那天中午，我同申作吉一起去宿舍。路上，他突然问道：

"袁野，你的小说题目是什么？"

"别胡说了！"我不情愿地回答。

"那你成天写什么？"

"日记。"

"噢，那是《腐蚀》（作家茅盾的日记体小说）！"

说罢，他笑了，但那是轻佻的笑、讽刺的笑。

我也笑了，却是苦涩的笑、无奈的笑。

我能说什么呢？几天来，像这样无聊至极的唇枪舌剑，我经受得够多了。

也有来自好心人的善言。那天课外活动时间，我们去菜园翻地。我习惯性地拿起书，想在休息时看上两页。陈捷扯了扯我的衣服，小声说道："还这样！看不多点儿，还净挨人说！"

我同他关系不错，我知道他是善意的，是真心为我好，可我没听他的。休息时看页书，不耽误干活，有什么不好？——虽如是想，但毕竟心情已被破坏了，休息时真的拿起书看，已像芒刺在背，又似感到了周围同学的哂笑，我难以坦然地读下去了。再去劳动时，我虽然还会犹豫，但终究还是不带了。

还有更尴尬的。星期六下午，我班到伙房切菜（从上学期开始，伙房切菜就由各班轮流去干）。正切着，费洪涛突然问我："袁野，你天天什么也不关心，一味地看小说，你究竟有什么收获？"

我不由得一激灵，憋了一会儿才支支吾吾地说："我呀……我觉得……这是一种乐趣（我当然不能说我想学写小说，那样说还不让人笑掉大牙吗？）。"

陈捷在旁边插言："他呀，横竖是一种爱好。"

咂摸费洪涛的话，我感到很不是滋味儿，终于忍不住问他："你说的'不关心'，是什么意思？"

他也是憋了好大一会儿，才用了迂回的说法："经过社会上的反右斗争，我越来越体会到政治进步的重要了，不关心政治是要吃苦头的……"

这时候，又有几个同学过来了，我们的说话被打断了。

空气一时沉闷起来。然而我的心却无法平静了。费洪涛不是一般的人，他是班团支部的宣传委员哩！他的话使我意识到组织上确实是认为我一味读书，不关心政治了！我感到了极大的委屈。我觉得我被误会了。我怎能不关心政治呢？平时政治学习，我自认是非常认真的。我真诚地渴望提高自己的思想理论水平。不仅是为了做人，即使为了写作，我也知道没有正确的思想指导也是写不好的。当然，与一般同学相比，我在这方面下的功夫的确不够。但我是心有余而力不足呀！有那么多辉煌巨著等着我看，而时光老人又是那么吝啬，我是分身乏术呀！多读了几本小说，就叫不关心政治？……

上面说的，不过是几个例子。类似情形，不胜枚举。我被这些乱七八糟的胡言乱语包了饺子了！ 我的读书兴趣受到了极大的挑战！ 我的人格也受到了极大的侮辱！ 我苦恼，我郁闷，我不得安宁，我手足无措！

　　这种局面是怎么造成的呢？ 我很清楚，根源就是班主任王思奇老师，就是他在开学之初的班会上讲的那个"开学的话"！

五　我和王老师的故事（二）

　　平心而论，我对王老师没有恶感——不，这个说法不准确，不仅没有恶感，而且还有好感、亲切感呢。他三十多岁，大高个儿，长脸，白净面皮，戴着一副橘黄色夹鼻眼镜，眼镜后面是一对与身高不太相称的细小的眼睛。只看这副相貌，你就会对他有个温厚的文质彬彬的印象。从我们踏进师范门槛之日起，他就当我们的班主任。两年了，我感到他既是一位和蔼可亲的长者，又是一位一丝不苟的严师。他对每个同学的情况是那么了如指掌，对每个同学的成长又是那么关心备至。以我为例吧，有两件小事让我牢记在心。一件是去年我们班被拉出去到沂州城南约十里路的白庄一带修路，有个把月时间，吃住都在那里。修路的生活是单调的，他回校时就从图书室借来了不少图书杂志，其中有两本是《世界文学》杂志，他单独挑出来给我，还特别强调："袁野，我是专门给你借的！"看着他笑盈盈的样子，我心里热乎乎的。我爱读外国作品他是知道的，没想到他借书时还特意想到这点，怎不叫人感动呢！还有一件是在上学期，有一次我的百米短跑测验出乎意料地跑了14秒！我年龄小、个子矮，跑出这个速度是极不容易的。他消息灵通，很快就知道了。他拍着我的肩膀夸我，后来又夸过几次，他张大嘴巴笑，细小的眼睛眯成一条线。看得出来，他是由衷地为我高兴呢！——别看这都是芝麻大小的事，但是正像我们品读文学作品时从细节里感受到的那样，那是细微之处见真情啊！

不过我也有怕他的时候。 他对我贪于读书是不那么赞成的。 每学期总要板着个脸批评几次所谓的偏爱偏废现象。 虽然没指名道姓，但我知道我在被批评之列。 每逢这个时候，我总会有几天感到不安，还会有几分不满和委屈。 ——这不，在这回"开学的话"里，这个偏爱偏废问题，又成了他讲话的重要话题，而且不像往常那样就事论事地说，简直是重锤猛击呢!

当然，作为开学的话，他不是单谈这个，他是对新学期进行总的部署和要求，讲了整整一个班会。 他首先从如何正确对待上学期的操行评语和等级谈起，要求评得好的不要骄傲，要百尺竿头，更进一步，评得不太好的不要背包袱，要奋起直追，迎头赶上。 接着话题就转入对新学期的要求。 他特别强调要做到"又红又专"——这一点同我关系最为密切，是我的要害所在，也是造成我这段尴尬的主因，所以，虽然他关于这方面的谈话长了些，我还是详细地记了下来。

"什么是又红又专?"他说，"红，就是思想好，要有坚定正确的政治方向，要有良好的思想道德品质。 这一点非常重要。 你看那些右派分子，把屁股坐歪了，跟党唱起了对台戏，成了人民的罪人。 这对我们是一个极大的警示! 专，对同学们来说就是学习好，练就一身为人民服务的本领，将来好把自己的学生培养成祖国的有用人才。 又红又专是个目标，不是一朝一夕就能实现的，需要付出艰苦的努力。 但是你必须从现在就开始啊，千里之行，始于足下嘛!"

他停顿了一下，接着说道:"要又红又专，必须克服个人主义（这时候，他的表情变得严肃起来）! 个人主义是万恶之源。 分析一下上学期同学们中出现的这样那样的问题，思想根源就是个人主义。 个人主义是你进步的绊脚石，只有搬掉它，你才能前进。 怎么搬? 一个是自己搬，一个是自己搬不了，让老师让组织让同学们帮着你搬。 让别人帮你搬，就得让大家了解你，不了解你怎么帮你? 这就需要你敢于向老师、向组织交心，敢于暴露自己的思想。 暴露思想不要怕丑怕疼。 有的同学对自己的问题遮遮掩掩，你遮掩的是什么? 是个人主义! 是错误的东西! 你把错误的东西保护起来了，你还想进步吗? 交心、暴露思想还要彻底，有的同学只交小的，不交大的，只交芝麻，不交西瓜。 西瓜那么大的包袱存留在你身上，你还想轻装前进吗? 还有一点，克服个人主义要靠实际行动。 有的同学口头上高喊克服个人主义，实际表现上却在干着个人主义的事，这叫进步吗? 这样做又能够进步吗? 谁都知道掩耳盗铃是自欺欺人。 既然如此，你为什么还要自欺欺人呢?"

说到这里，他向着全班扫视了一圈，目光炯炯，然后才说:"要又红又专，还必须纠正偏爱偏废现象(他终于谈到了最让我头疼的问题。 这时候，我觉得他的神情简直有些严厉了)。 长期以来，对某些同学来说，这个问题一直没解决好。 这不单是多读或少读几本书的问题，而是个倾向性问题。 书籍是个汪洋大海，沉溺在里面，你就难以自拔了。 你'一心只读圣贤书'，就势必'两耳不闻窗外事'，这还了得! 你还谈什么又红又专，谈什么思想进步! 纠正偏爱偏废，不是不要你读书，是要你有节制、有分寸。 要明确什么是最重要的，从而摆正位置。 同学们，什么是最重要的? 把自己培养成又红又专的合格的人民教师，才是最重要的!"

王老师讲得慷慨激昂，白净的脸颊上泛起了红晕。 我耷拉下眼皮，两手紧紧地扣在一起，使劲控制着自己的情绪。 我的脑袋嗡嗡地响着。我猜得到，这时候，同学们箭一般的目光，一定都射向我了。 此后他又讲了些什么，我没有听进去。 过了一阵，同学们不知因为什么发出了笑声。 我没有跟着笑，倒觉得大家是在笑我呢!

王老师的"开学的话"，就这样成了我的紧箍咒。 由此开始，我的日子就不好过了。 我苦恼之际，又感到委屈。 不错，我读书有些过头，影响了一些事情，这得改，但就总体来说，读书又有什么错呢? 不读书，我上学做什么？ 不读书，我又能做什么？ 我思来想去，不得其解。 我很想找王老师理论理论。 但是，直接找他谈吗？ 我犹豫了。我这个人腼腆不善言谈（当然也不绝对，在要好的同学面前，我还能说上几句，有时甚至还会滔滔不绝），跟老师谈这样的事，我肯定不能充分说出自己的意思。 斟酌再三，我决定，还是先给他写封信吧。 在信里，我是能畅所欲言的。

|六| 我和王老师的故事（三）

王老师：

　　您好！ 我想了好几天，最后还是下定决心给您写这封信。 因为不写出来，我的思想就无法稳定，我的情绪也无法平复。 乱七八糟的思想在脑子里打斗，各种各样的情绪在胸中翻腾，我的生活脱了常轨，乱了套了！

　　星期六的晚上，我独自坐在教室里，开始给王老师写信。 那天有了写信的想法以后，我又有过几次踌躇。 我怕他会当着全班同学的面批评我。 但是憋了一肚子的话不说出来，我总是心神不宁，最后还是咬着牙下定了决心。 是福不是祸，是祸躲不过，那就瞎子放驴——由它去吧。趁着周六晚上空闲，终于拿起笔来开始写。

　　王老师，我得跟您实话实说。 我的这个变化，是从您讲"开学的话"开始的。 自那天以后，冷嘲热讽犹如一支支箭不时向我射来，开始还能挡一挡，越到后来越招架不住了。 我这才懂得什么叫"人言可畏"。 您知道我好看书，看书本来是件快乐的事，可是我现在拿起书来，竟然开始疑神疑鬼起来，觉得人家一定又在对我喊喊喳喳指指点点了！ 像这样的心绪，还会有什么读书的悠然和快感！ 还怎能读得下去！"在家靠父母，在校靠老师。"以前我觉得

041

您是那么可亲可近，现在却觉得同您有了隔膜。我知道您对我不满意，看到您冷漠的目光，我心里就惴惴的。

写到这里，这些日子的情形又在眼前重现，满腹委屈又涌上心头。"啪嗒！"一滴泪水落在纸上，"啪嗒""啪嗒"……那眼泪竟像断线珠一样不住地落下。过了一会儿，等情绪稳定些了，我拿手帕擦了擦眼，又继续写。

王老师，我知道发生这些情形，是怪我读书太过。这几天我反复思考了一下，找到了自己的问题，想了今后该怎么办，不过有些问题想通了，有些问题还没有想通，所以在反省自己的同时，也感到委屈，感到苦恼，感到无所适从。那天你讲到交心的事，我觉得很有道理，现在就把我的想法通通汇报给您，请您给予批评和帮助，帮助我尽快走出困境。

我停住笔，整理着自己的思路。我觉得就得实话实说。不把真实想法写出来，我写这信做什么？至于挨批评的事，那就顾不得了。

一、关于读书。想来想去，我认为读书不能算错。有人说，书是人的良师益友。也有人说，书是人类进步的阶梯。如果这些话是对的，那么读书怎能是错的呢？当然，书有精华和糟粕之分。糟粕读了，有害无益。但是我们读的都是图书室的书，应当是精华而不是糟粕。读这些书，无疑会使人受益、使人进步。既是这样，这些书为什么不可以读呢？固然，有些人（例如我），读书多而进步慢。但这恐怕还是思想问题，而不能怨我读书。我曾设想，假如我放弃了读书，会怎么样呢？就会有进步了吗？很难说。咱班那个木头人似的冯俭之倒不好读书，然而他的进步我想是很不理想的，这就是明证。王老师，您说对不？

我知道这样写可能不太对王老师的口味，可我就是这样认识的。 不这样认识我还那样拼命读书干吗？ 所以我就得这样写。 这也算我为自己据理力争吧，但却绝对不是狡辩。

二、关于我的读书。 我从小就爱听故事，识字多了就爱读书。书籍是我极好的精神食粮，我从中得到了极大的乐趣；书籍教我懂得了什么是真善美，什么是假恶丑，让我明白了许多人生的道理；书籍丰富了我的语言，教给我写作方面的诸多知识……总之，书籍使我受益匪浅。 正因为这样，我才爱书，我才那么痴迷读书。 这几天，我反复思考，我读书错了吗？ 想来想去，我觉得有错的地方，也有不错的地方。 错的地方是什么呢？ 我的时间安排不当，有时连自习时间也读了小说。 占用功课学习时间是不对的。 对班里的活动，我是认真的，但因贪于读书，往往主动性不够。 还有，我被苏联（包括俄国）、欧洲的小说迷住了，对国内的小说读得不多，这也是个偏差。 至于我课余时间多读点儿书，我认为不能算错。 课余时间不读书去做什么？ 许多同学的安排，无非是打篮球、逛商店、轧马路、谈天说地。 我觉得这是糟蹋青春。 我不愿意糟蹋我的青春。 我这个说法也许偏颇，那些不爱读书的同学就不会同意。 他们的做法也确实不能算错，因为自由活动时间就该由个人自由支配嘛。 不过，如果人家的安排是对的，我这样安排怎么就错了呢？ 王老师，您看呢？

这段话里说的"反复思考"，是实事求是的。 这些日子经受了那么多刺激，承受着那么大的压力，我不能不思考。 我像过筛子一样，前前后后地思考，正面反面地思考，终于理出了这么些想法，现在一起端给老师，他会怎样想呢？

三、关于我今后的读书。基于上面的看法，基于您的要求，今后读书，我打算这样安排：一是时间安排，读小说要利用课余时间，绝不能占用功课学习时间。二是摆正读小说与参加集体活动的关系，要积极主动地参加班内各项活动，绝不能因贪读小说而在这方面产生不良影响。三是在读书内容上，要克服过去厚古薄今、厚外（国）薄中（国）的倾向，既要读外国名著，又要多读中国小说，特别是现代作品。四是，我是个极普通的学生，连个团员也不是，今后要积极靠拢组织，努力争取政治上的进步。

王老师，这就是这几天我关于读书的思考。我终于把这些想法写给您了。写完了这封信，我的心情轻松了不少。正如您经常跟我们讲的，我们是毛泽东时代的青年学生，我不是不想上进，但我又渴望读书。我很想把这两方面的事都搞好。但是究竟怎么做好，我上面的安排行不行，我心中无数。我殷切希望得到您的批评帮助。老师，我是翘首以待呀！给您敬礼！

学生：袁野

9月12日

写完落款，我如释重负，长长地舒了口气。我眯上眼，想静静心休息一下，但哪里能够？那个老想法又泛了上来：王老师看了信，会怎么样呢？是赞同我的意见呢，还是要狠狠地剋我一顿呢？——咳，还是不要想那么多吧。无论怎么处置，总比这样老憋着强。老是这样憋着，我这小小的脑瓜不爆炸才怪呢！

夜里，我睡了个好觉，酣酣的。

星期日白天，我又抄了一遍。晚自习时，王老师到教室里来，在他临走时，我鼓起勇气将信交给了他。

星期一早上他又来班里，我看到他是一张大红脸——难道是我的错觉？

七 我和王老师的故事（四）

实在说来，交上信，心情虽然轻松了些，心里也不再那么纠结，但要完全放松是不可能的。我自知事情还没有了结，怕再惹出是非，于是开始按照自己的计划，小心翼翼做事，小心翼翼读书，同时，也小心翼翼等待着，等待着王老师的谈话，实际上是等待着挨"剋"。

但是，真是世事难料啊，我等到的……你能猜到是什么吗？

一周以后，星期一班会。王老师对开学以来的情况进行总结。他表扬了几个同学——嘿，其中竟然有我！他满脸含笑地说我有了意想不到的进步！——这时候，我是何等吃惊啊！开始我以为听错了，可是一歪头，我的同桌在对着我笑呢！是呀，班里岂有第二个袁野！我的脑袋嗡的一声，脸上一下子热辣辣的，心头也生出一丝甜甜的味道……

王老师的表扬对我产生的影响，我想任谁都会理解的。在人们眼里，我是个表现很一般的同学，再加上死啃书本，所以除了作文在讲评课上被读过几次，表扬的事基本与我无缘。王老师如此郑重其事地在全班同学面前表扬我，还是第一次。而且这是在什么情况下表扬的呀，是在我备受冷落的时候，是在我心灰意冷的时候！——冷静下来我又想：其实我哪有他说的那么好呢！这些日子我心里那套小九九，自己还不清楚吗？他这是给我解围呀！他这是推着我前进呀！他真叫我骑虎难下呀！——不过，无论如何，我今后得有点变化了！

第二天中午，宣传委员费洪涛召集我们几个人开会，要我们当班里的通讯员，负责给学校广播室写稿。 就本心而言，这差事我是不愿干的，因为会耽误时间。 但又想到这是组织上的信任，而且有可能还是王老师的主意（他可能是让我有事干呢），于是愉快地答应下来。

特别让我心花怒放的是星期五下午的作文讲评课。 课堂上，王老师讲评了我的作文！ 而且唯我一篇！ 听着他的朗读，听着他的讲评，我的心在颤动，我的手在颤抖。 不错，我写作文向来十分卖力，但却没想到竟受到王老师如此肯定和赞赏！ 我感到了成功的喜悦！ ——下课后，王润田说："袁野这篇作文还真有味儿！"随后是几个人的同声赞扬。 还有不少人朝着我笑。 我只是慌乱地"哪里""哪里"地谦让着，可心里的滋味呢，简直不啻做皇上！ 要知道，写作是我的真爱，能得到老师的认可，能得到大家的认可，是多么幸福的事啊！

不知不觉中，我的处境在发生着变化。 同学们对我的态度明显变了，不再对我冷嘲热讽了。 当然，对我读书的态度，人家也不会那么赞赏。 我总的感觉是我又回到王老师讲"开学的话"之前的那个状态。这就够了，我又可以安然读书了（当然得记住我自己的约法三章），我的心境也顺畅起来。

我知道，这个变化还是源于王老师。 王老师，谢谢您！ 我真有种起死回生的感觉呢！

上早自习前，丁元堂递给我一封信，原来是王老师写给我的。 我连忙回到座位上，急切地读了起来。

袁野：

读了你的信，感到你的态度是真诚的，自我认识也是实事求是的。 这既可以从文字中看出来，也有近来的表现为证。

你的打算也对。 从今清算了过去，卸去了包袱，你的 14 秒速度还会提高的（滑稽）。

是的，我们之间似乎有点儿隔膜，或者说，认识上有距离，其形成原因是个人主义。我对每位同学基本上一样——热烈地欢迎进步，对落后总是感到不快（多是恨铁不成钢性质的）。

你爱读莎士比亚，我想，你的情况，是否与接触《威尼斯商人》和《罗密欧与朱丽叶》之类作品有关呢？

是的，要多接近才能多了解。以后找时间谈谈，全面地谈谈。

愿你有更大的进步！

奇

9 月 28 日夜 12：30

不用说，这是王老师对我的信的回复。看到最后的落款时间"夜12：30"，我不由得心头一动。王老师在夜里十二点多，在我们早已进入梦乡的时刻，还在给我写信呢，他真够辛苦呀！——我又连续看了几遍，王老师对我的信、对我的认识和打算基本上是肯定的，这让我感到高兴。不过，有些话也很扎眼。"个人主义"——好大的帽子！"莎士比亚"——怎么把他与我的思想联系起来啦？！我的眉头又皱起来了。

中午闲下来，我又继续琢磨王老师的信。我问自己：我是不是有点儿忠言逆耳呢？王老师隔了这么些天才回信，他那样写，一定是经过慎重考虑的。既是这样，我还是认真审视一下自己为好。——"个人主义"，他指的是什么？难道是读书？不错，我读书有个人的想法，我想将来写小说。不过说到底还只是个遥远的梦想（而且我从来没跟人说过），就目前来说只能算个爱好，爱好怎么就是个人主义？以后得问问他。当然，在其他方面，我个人主义还是有的，所以不能说老师是给我乱扣帽子。至于莎士比亚，我欣赏他不假，可他怎么会影响我的思想和行动呢？——哦，也不能说得这么绝对呢！我不就是因为他的写作题材大多不是直接取自现实生活，而认为作家的写作不一定要紧贴现实吗？换言之，不就是认为作家脱离点儿现实生活也能写出好东西来吗？

再换言之，不就是认为自己贪于读书，与现实生活接触不那么密切也无关大局吗?

我不能讳疾忌医。 我不能辜负了老师的一片苦心。 从今往后，书要读，别的事也要干好。 ——想通了，我的眉头也舒展开来。

A：哈哈，读到王老师的做法，我禁不住暗笑。 我想到了一个老词：怀柔政策。 王老师真逗，他对你用的是怀柔政策呀! ——当然，咱这里是借用，而且得除去那个贬义。 他是用鼓励的方法来促使你进步呀!

B：不错，现在重读，我也有这个想法。 这是他的教育艺术。 出于对一个学生真挚的关爱，他使用了这个巧妙的方法，真是用心良苦。 这样做，既达到了教育我的目的，也为我解了围，帮我走出了困境。 在当时那种情况下，他能这样做，实在难得。 我曾想，那时他若对我采用高压政策也不是不可以的——因为我的做法确实不合时宜——但那样就毁了我了! 每念及此，我对他就心怀感激。 当然，值得我感激的还不止这一件。 他当了我两年半班主任，对我一直是既严格又宽容的。 他的态度，让我有种父爱的感觉。 毕业这么多年了，我还那么思念他，这是主要原因。

A：对，对! 做老师，当如斯!

|八| 激情时刻

今年的国庆节，是新中国成立十周年。 开学不久，学校就组织开展"歌颂祖国"创作活动，向十年大庆献礼，体裁不限。 班里要求每组写一篇。 组里就把这个任务交给了我和戚良朝。

我在前面的日记里没写过，这学期开学后我们重新编组，良朝和他的好友朱琪与我编到一个组了，他俩也是文学爱好者。 同组的还有王卓然、孙家如、王润田和董得利，董任组长。

我和良朝接受任务后，一起酝酿了几次，打算以"大跃进"时期农村大办食堂时向食堂献粮为题材写点东西。 这个题材我们熟悉，因为办食堂是一九五八年夏天开始的，那时我们正在家里过暑假，亲见了事情的全过程。 用什么文体呢？ 我提议写个独幕剧——我曾用一个学期啃读了十集《莎士比亚戏剧集》，引发了我对写戏的浓厚兴趣。 去年冬天，我还用独幕剧形式写过一篇作文——良朝同意了。 剧名就以主人公为名，叫《刘老汉》，写的是他在献粮过程中复杂的思想经历。 又经过多次聚谈，人物、情节包括细节都商量好了，就由我来执笔。

由于事先酝酿得稔熟，我写起来得心应手。 这是个经验。 以前我写东西，往往想得太粗，还没想好就开始写，写起来不光费力，随意性也很大。 譬如暑假里我写的一个短篇习作，写得就不顺利：先是打谱一节到底，后来变了想法，又增加了人物，遂又改为三节，嘿，写着写着又成了五节。 主人公形象由四个人合成，这倒是我的得意之处。 但是倘若能像写这个剧本一样，在动笔之前就将故事构思得了然于胸，哪能走那么大的弯路呢！

趁热打铁、一气呵成，这是又一条经验。剧本情节想好以后，我是趁着这股热劲立马动笔的，真是思路顺畅，一泻千里啊，仅用两天时间初稿就拿出来了。那几个组呢，动手比我们早得多，可至今仍写个没完没了，写出来还不知是爷爷还是奶奶呢！哈哈！

以上算是写后感。我这篇日记要重点记的，还是昨天下午我写作的那个激情时刻。

昨天下午写到了剧情的高潮。思想落后的刘老汉，受到村里轰轰烈烈献粮热潮的感召，受到原来与他有同样思想后来转变过来的人物的影响，在同激进儿子的冲突及村支书的耐心帮助下，终于甩掉了思想包袱，献出了藏匿的粮食，于是矛盾解决，皆大欢喜，小剧在热热闹闹的场景中落下帷幕。写这一部分的时候，我的激情简直如火山喷发。那么些冲突着的人和事纷至沓来，逼着我一个劲地写呀写呀，我激动得身发抖、手发颤（当然还能写作啰），文思如泉涌，笔走似龙蛇。可是时间来不及了——已到吃饭时间，我这个做值日的应当去伙房抬饭了。怎么办呢？我实在舍不得搁笔，只好央求我的好友刘青厚替我抬饭了。本打算写完再吃饭的，又怕别人笑话，没敢这么做，可吃起来却是狼吞虎咽，嘴张得特别大，咀嚼得特别快，喝稀饭的声音特别响，汗水也淌得特别多。我的异常引起了周围同学的注意，但我哪里顾得了这些！饭后又立即回到座位上埋头写起来。进教室的人渐渐多了，走动声、说笑声定然是少不了的，可那时我真的是听而不闻哪！——现实世界被完全关闭在外了，我脑海里充满了剧中人的呼喊、争吵、表情、动作……当我终于写完"幕急落"三个字时，我劲劲地将笔啪的一声拍在桌上，两手支着桌面，牙齿咬着下唇，眼睛直勾勾盯着黑板，这样呆了老大一阵，才深深地呼出一口长气！心情稍稍平静了些，又举起手臂连连伸展了几次，然后把手稿放进桌洞，站起身，走出教室，一溜小跑奔向了操场！ 在操场东北角无人处，我对着天、对着树、对着远方，振臂高喊，狂吼阵阵，我简直兴奋得要发狂了哇！

直到晚上就寝，我还一直处在亢奋之中。 我一反常态，特别多话，特别爱笑。 我知道这依然是自我满足、自我陶醉情绪的宣泄。 但我任其放纵。 我想起俄国诗人普希金的情形，他写完《彼利希·戈都诺夫》，又重读了一遍之后，得意扬扬、摇头晃脑地自言自语："哎呀呀，普希金！ 你这个兔崽子呀……"——此时此刻，我特别理解他那种醺醺然的陶醉心情。 当然，我同人家比，是乌鸦比凤凰啰，但我完全原谅了自己的轻狂——因为剧本创作带给我的巨大喜悦和幸福，我要尽情地享受呀！

A：哈哈，谁说写东西只有苦呢，不光苦在其中，乐也在其中啊！

B：是的，遇到难关，你会被憋得苦不堪言，一旦攻克，又是其乐融融啊！

A：这个剧本……用了没有？

B：用了。 学校编了《学生创作选》，刻印的，厚厚的两大本，剧本即在其中。 元旦时学校办展览，又展出了。

A：好，好，祝贺你！ 这也是发表啊！

B：那是当然！ 学生嘛，能这样就已经很满足了。 那滋味真是美得很呢！ 哈哈！ ——不过有一点儿要说明白，这里写的，是一个文学痴子的写作情态。 至于"大跃进"时期农村办食堂的事，那是"左"倾冒进，是时代的错误，我们当时哪有那样的鉴别能力呢！

九 快活人的苦恼

吃罢晚饭，回到座位上，我刚刚拿起《青春的光辉》，戚良朝就笑嘻嘻地走过来了。"别看了，"他说，"出去走走吧。"我犹豫了一下，放下书，与他一起朝操场走去。

良朝乐观、诙谐，是个乐天派。这是大家公认的。他与朱琪、张顺贞交好，如同我和刘青厚、李忠谊一样。他们的年龄都比我大几岁，酷爱文学的程度不亚于我。同是文学爱好者，按说应该做朋友的，但是以前我们关系一般。我觉得他们过于矜持，过于绅士气（其实什么是绅士气我也说不清楚，不过我觉得他们像），和他们在一起时我感到拘谨——虽然与他们交往是我衷心希望的，我看出他们也有同我交往的意愿——有时也会发一阵热，交谈几句，然而明显是虚意为之，透着做作，缺乏友谊的自自然然和随随便便，之后见了面，仍然是礼貌地点点头、笑一笑，没别话可说。这学期开学后，我和良朝、朱琪编在一个小组，有了进一步接触的条件，不过关系仍无多大改善——是这次《刘老汉》的创作，使我和良朝亲近起来。在我和他到烈士陵园第五次商谈剧本的时候，他向我敞开了心扉，谈他的苦恼，谈他和朱琪、顺贞去年写的《三人日记》（去年下半年，朱琪、顺贞均患关节炎，不能去参加大炼钢铁，他们三人经常在教室里围坐谈心，谈到兴奋处，就拿出本子写上一段，你一段，我一段，时间长了，就积攒了两个本子，起了个名字叫《三人日记》。日记后来被团支书李瑞发现并报告给王老师，王老师要去看了，因系病中所记，免不了有些苦闷、牢骚之语，因而受到王老师的批评），谈王老师对他的不信任等。我因为是初次同他这么谈心，恐怕对他有所冒犯，不好朝深处细问，所以话题只触及了表象，就继续不下去了。但我觉得他这个人是个谜，我有了强烈地想了解他的想法。现在随着剧本的完成，我们的关系进一步密切了，我当然不愿错过同他接触、进一步了解他的机会。

我们在操场上缓步走着，先谈了阵剧本写作，又对读书作了一番探讨，说着说着他就谈起王老师前几天同他谈话的事，看得出来，他有着向我一吐为快的欲望。

"那天，两节课外活动都用上了。"他说，带着那种乐天的神情，"他跟我说：'良朝，咱们出去走走，这个天太好了。'于是我们就奔向烈士陵园方向。我们边走边谈，谈了两个问题。一个是爱情问题——"

我欣喜地打断他："啊，快跟我说说，也许我将来能有点儿借鉴呢！"

"嘿嘿……"他笑了，"王老师问我：'拉拉行不？'我说：'哪有什么不行的？'我就拉开了。这门亲事是一九五四年由我父亲包办的。我们是同村。我和她关系并不好。她不太活泼，我不满意。去年暑假，她要我把被子、衣服拿给她洗，我说不用。谁知不几天我和一个同学到河里洗衣服，恰好让她看见了。——王老师听到这里，插嘴说：'这就是你的不对了。如果你从自己的事要自己干的角度出发，这还说得过去，可是你……'我不好意思地哼哼了一声，又接着说起来：'上学期，她来了封信，我回信说，希望以后不要多来信，以免影响学习。'王老师又分析道：'这是你的由衷之言吗？好一个冠冕堂皇的挡箭牌！当然，如果太那个了是会妨碍学习，但如果是正常通信，那不仅不会妨碍学习，还会促使你上进的。——她信上给你写了什么了吗？'我说：'还不都是平常事！''这就是了，'王老师说，'它真妨碍你学习了吗？''嘿嘿，哪有的事！''这就说明你不过是找借口而已。'这话一针见血，我不由得笑了。　他告诉我：'事情就是这样，平常看的那些小说呀，电影呀，写的净是些美满的爱情。　那是作家根据现实生活加工的。　我们不能净幻想那个。　当然啰，谁不向往那幸福的、美好的生活，但是你得回到现实生活上来。　你说你是包办的，没有感情，当然这不是我们希望的。　但是你这样说呢，却纯粹是借口！　旧社会不都是包办的吗？　有很多夫妻关系是非常和谐的！　咱班的情况，王卓然、蒋松予、曾荣铭、国云清，他们不都是包办的吗？　他们的夫妻关系不都是很好的吗？　所以没有感情，现在培养也还不迟。　当然啰，你还有充分选择的余地。　——你有女朋友吗？'"

良朝讲到王老师这句问话，自己也笑了。　我问："这是王老师说的吗？"他答道："是呀，他还真那个睐！"我俩笑了一阵，他继续说："我回答王老师：'嘻，有，那有什么？''还通信吗？''嗨，通也是平常信。''噢，那还行。　可别有意识地培养啊！'"

我们两个又被王老师的幽默逗笑了。

"'青年人就好做这样的事，'王老师说，'通上几封信，就谈起恋爱来了，所以对这个问题，一定要慎重对待！'——我们说着说着就蹲下了……"

"在烈士陵园吗？"我问。

"不，我们顺着烈士陵园的围墙，走到玻璃厂，蹲在那里的高冈上，凭高眺望陵园里面的景色，那飞檐斗拱的纪念堂，那郁郁葱葱的苍松翠柏，在柔和的夕阳映照下，美得很呢！　我们默默地看了老大一会儿。再谈时，王老师转了话题。　王老师这次谈话的调子跟往常不一样，很诙谐，很亲切，听起来很受用。　他谈起我的思想情况，说我什么事都干了，干的也不比别人少，但是给人的印象，就是干劲不足。　我告诉他，我现在不爱唱不爱跳了。　他说你以前可不是这样的。　我说差不多有一年了！"

听了这话，我也感到惊异。　我真是迟钝，我怎么没看出来呢！

他沉默了一阵，两片嘴唇用力抿紧，腮部凹了进去，出现了两个深深的酒窝，鼻梁上现出几道竖纹，眉头蹙成了疙瘩，眼睛里流露出万难的神情瞅着我。这是他独有的表情，我观察过多少回了，只是一直没记下来。

"王老师问我原因，"他终于又接着说道，"我说我也说不上原因，可能是年龄大了？反正是性格变了。'不对，'王老师说，'年龄大可能是个因素，但对你来说，我看还不是主要的。良朝，你能敞开谈一谈，咱们一起分析分析吗？'我瞅了瞅他，看到他那热切的目光，恳挚的表情，又赶紧低下头来。我觉得我应当对老师实话实说。"

"'要说思想问题，是有。'我说，'自从去年因为《三人日记》受了批评，我一直有压力，我觉得老师、组织不再信任我了。''噢，你有根据吗？''例如，把我分到种菜组……''分到种菜组怎么就是不信任你呢？''我看分到种菜组的同学，大部分都是表现比较好的，我想，把我分到里面，是搞好赖搭配了……'王老师哈哈大笑：'良朝啊，你犯了经验主义的错误！组织把你分到种菜组主要考虑两点，一是你有经验，二是你体力棒。你年龄大些，非常具备这两个条件，分到里面是信任你呀，怎么是对你不信任呢？'他拍拍我的肩膀，又爽朗地笑起来：'良朝，你是个爽快的同学，不应该把事情窝在心里。还有什么，你就来个竹筒倒豆子，说出来咱们议议。'我红着脸又说了几件事，都被他解释过去了，我想想是有道理，是我疑心生暗鬼，想岔头了。"

"'良朝，'他最后说，'事情的关键不是组织上对你不信任，而是自那件事后，你有了自卑感，你自己给自己定了个组织上不会再信任你的调子，所以遇到事情你就会疑神疑鬼，把事情朝不信任那条线上去靠去解释，结果真的认为组织上不信任你了，你的压力就越来越大，你就快活不起来了。你忘了那个丢斧子的寓言了吗？找到斧子以前，他怀疑他的邻居，越看越像，找到斧子以后，又越看越不像。这一年多来，良朝，你演的就是那个丢斧子人的戏呀，哈哈！'他的话把我也逗笑了，他接着说：'良朝，你这个人直爽、快活，是乐天型的性格，我对你的印象是不错的。 要说有看法，就是你的干劲不足。 现在找到了根子，你就丢掉包袱，快活起来吧。 你这个年龄，正是性格定型的时候，一定要注意自己性格的培养，一定要注意哟！'"

"王老师说得很对，"我说，"依我看，你必须恢复你乐天的性格，那是一种很好的性格嘛！"

"对对！"他的眼里漾起了浓浓的笑意。 看来王老师的那番谈话，真的使这个快活人找回了快活。

上晚自习的预备铃响了，我们慢慢朝回走。 谁也没再说什么，都在深深地思索着王老师那番关于性格定型的谈话。

A：嘿，你们的王老师还真懂青年人的心，真会做思想工作咾，他没有架子，说话不打官腔，句句说到你心里，让你在不知不觉间接受了他的意见，解决了思想问题。

B：是啊，现在想想，他对学生有颗真诚的心，他像朋友一样对待你，像朋友一样帮助你，像朋友一样希望你好。 跟他接触，确实感到亲切。

A：良朝他们的《三人日记》，有那么厉害吗？ 让他们背了一年多的包袱？

B：反右以后，思想工作抓得紧了，这没有什么不对，本来是想让人们在政治上思想上少走弯路。 但有时候会把事情看过了头，做过了头。说到对《三人日记》的处理，这倒是王老师的好处呢——他只是作为思想问题进行了个别思想教育，没搞扩大化。

A：哎，那个良朝，王老师谈话后真的好转了吗？ 乐天的性格恢复了吗？

B：我看是恢复了。 他虽然年龄大些，但毕竟是年轻人，思想也单纯，卸掉了包袱，转弯也快。

A：有道理，有道理。 ——哎，你说王老师和良朝谈话是去了烈士陵园，这倒给我提了个醒，你能否把你们学校的方位和周围环境介绍一下呢，你日记里涉及一些地方，弄明白了，免得我读起来稀里糊涂的。

B：好的好的。 我们的学校在沂州城。 沂州城现在是今非昔比了，面貌发生了翻天覆地的变化，我们的学校也早已不复存在。 我要介绍的是半个多世纪前的沂州城。 嗯，我还是先画个图，把我日记里涉及的几个地方标出来，照图看吧！

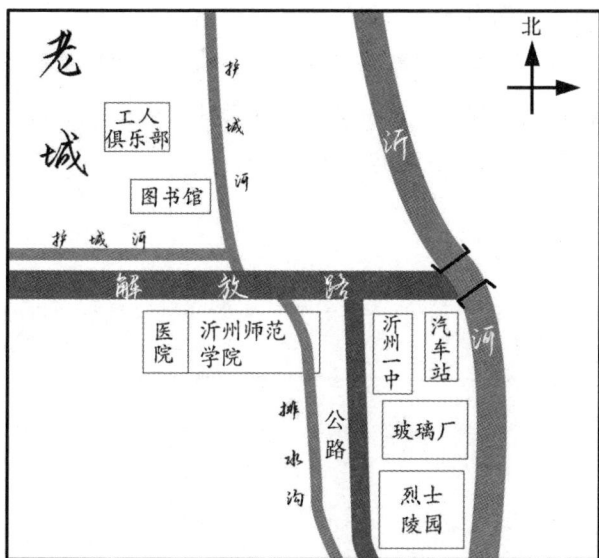

本书中涉及的部分地区简图

大体上就是这样。 你看，沂州城的东面是沂河，沂州城就是因临着沂河而得名的。 沂河发源于沂蒙山，到了沂州城地面，已经成了一条河面宽五六里的大河了，是西北至东南流向。 那时沂州城的主体部分还是老城，地委、行署以及我常去借书的图书馆、工人俱乐部都在城里。 老城东面、南面都有护城河。 城南护城河外是一条长街，叫解放路。 老城的东南方向，解放路南是医院和我们的沂州师范学院。 从城南护城河东头向南引出一条排水沟，排水沟从我们学校中间穿过，将学校分成东西两部分，学校主体在排水沟西，操场在排水沟东，学校到操场有座桥，学校的大门就在桥西。 操场东面临着公路，公路东是沂州一中。 一中东北、解放路南是汽车站，距我们学校也就七八百米吧，离沂河很近了。 解放路的最东头连着沂河大桥。 沂河大桥是沂州城地面沂河上唯一的一座桥，通汽车，可是不高，到了汛期，河水浩荡，桥就被淹没了，过河只能靠小木船摆渡。 大桥南面有大片沙滩，河堤上是杨树林，是我经常去读书的地方。 烈士陵园则在学校东南约八百米处，在公路东。 那里环境幽静，我们常去溜达，我也常去读书。 ——嗯，你让我介绍这个，的确很重要，在我的日记里，确实经常出现这些地方。 看明白了这幅地图，你对我那时的主要活动范围就了然于胸了。

A：很好，很好，谢谢，谢谢，哈哈！

十　为同学写像（一）

开学不久改选班委会时，王老师对候选人的情况，逐一进行了介绍。虽然介绍得干巴巴的，但当即引发了我记述、评论同学的兴趣。此事我一直没忘。这几天有了空闲，不妨记上一记——人家画画的叫画像，我这个就得叫写像了。

"神经"王育荣

中等个，国字脸，黑黄皮肤。浓眉大眼，晶亮的眼珠。博学，会画画，能写点歪诗，笛子、二胡也都来得。有些罗曼蒂克，有时甚至会歇斯底里大发作，人送外号"神经"。说他写歪诗，我有例证。譬如我刚看到的一首，是这样写的："我憎恨的人，你死吧；我厌恶的人，你死吧；好讨厌的育荣，你也死吧……"多颓废！还有一首打油诗："人人都说我神经，说我神经就神经，乐乐和和一活宝，疯疯癫癫赛济公……"他的言行好多带着炫耀的成分。他好背古诗，例如《罗敷》（《陌上桑》）和《孔雀东南飞》。早晨，经常是第一声起床铃刚响，他就哇哇哇背起来了。惊醒我们的往往不是铃声，而是他的聒噪。那天他向我背诵《三字经》："人之初，性本善，性相近，习相远……"只见他笑逐颜开，眼球滴溜溜打转，嘴唇"绽开"，腮现酒窝，满脸浑厚的肌肉似乎每一处都充满着愉悦，身子还配合着一些辅助动作。——《三字经》是老古董了，现在也不提倡学习，能背的同学全班可能只他一个，这倒足以成为他炫耀的资本呢！ 他崇拜郭沫若，常常向人大谈郭沫若写的三个叛逆女性。 他的性格又有暴烈的一面，发作时，为屁大一点儿事就会同你争得面红耳赤，不过三分钟后，又会与你和好如初。

一对"吃"伙计

这对"吃"伙计是张勤和陈捷。 张勤长我一岁，白净脸、大眼睛、薄嘴唇，伶牙俐齿，尖酸刻薄。 陈捷长我两岁，麦子皮色，瘦削精干，处事比张勤圆滑老练多了。

这二人性格不同，却有一个共同的嗜好——好吃。 这一点给大家留下的印象，实在太深了。

去年隆冬时节，有一天，我们到工人俱乐部参观工业展览。 回来的路上，因看到一个逮鸟的，他们就谈起逮鸟，谈起烤熟了的鸟肉之香。又由逮鸟谈到逮鱼，特别谈到逮鱼的方法。 我问怎么逮，他们说，很简单，眼下最好逮了，只要在冰上打个洞，从洞里不住地朝外擤水，冰下的水就从四周向洞口流来，鱼在水里已经冻得半僵了，随着水流朝洞口集中，你只要用手或别的什么家什捞出来就是。 这番谈话显然触动了他俩的灵机，回校后立即开始行动。 他们扛着铁锹，拿着茶缸，兴冲冲地跑到校门外的排水沟里逮鱼——这排水沟是从老城河延伸过来的，既宽且深。 它从我们学校中间自北向南穿过，沟的西面是校园，东面是操场，校园大门外还跨沟建起一座十多米宽的桥哩。 ——他们出去不多会儿，就气喘吁吁地跑回来了，张勤乐得嗷嗷叫，手里端着盛满鱼的茶缸，陈捷扛着锹，喜得咧开了嘴，兴奋地说："看，这么些！ 这么些！"张勤还感到美中不足："可惜没有盐！ 可惜！"他们的举动搅扰了教室的安宁，有人露骨地讽刺道："再买点韭菜！ 呵呵！"他俩丝毫不以为意，将鱼简单洗了洗，就用茶缸在炉子上炖了。 炖好就吃，吃得煞是有滋有味，连汤也一人一口地轮着喝了。 他俩一边吃喝一边还"真鲜！ 真鲜！"地赞不绝口，脸上流着汗，头上热气腾腾的，看来是吃美了口。

第二天早晨，陈捷值日不用上操，他打回洗脸水后还有十多分钟空闲时间，就又拿起锹跑到排水沟里去捣鼓了一阵，大大小小的鱼又逮了不少，有的还活蹦乱跳呢！ 自习时把鱼放在炉子上烤，好多都烤焦了，一股煳了的鱼腥味在教室里弥漫开来，直刺鼻子，惹起了许多人的不满和闲话。

A：哈哈，真是三个活宝！

B：关于王育荣，我想起了一九八八年同他的一次见面。 那是毕业后唯一的见面。 他因为孩子高中毕业后要来咱县一中复读的事找我帮忙。 那天，他到我的办公室来，见了面，他没急着打招呼，而是一直歪着头笑着瞅我。 我看着这个年近半百的老同志，中等个头，微黑的脸膛，额头上嵌着几道粗粗的皱纹，也可能同他在笑有关，他的鼻唇沟显得很深。 我俩对视了不下两分钟，我怎么也想不起他是谁来，只好说道："别打哑谜了，还是自报家门吧！"他这才说出名字。 一听到名字，我对他的浓眉和炯炯有神的眼睛就有印象了，关于他的事也一下子涌入脑海，我惊呼道："啊，育荣啊！ 不是那个'神经'吗?！"我俩哈哈大笑，四只手紧紧地握在一起。 那天中午，我当然要招待他了。 老同学久别重逢，自然谈得十分愉快。 我得知他在沂州城河东区工作，早已是一个中学的校长了。 近三十年不见，他不仅相貌大变，性格也持重多了。 岁月改变人呀！

A：那是当然。 ——张勤与陈捷呢?

B：关于这两位，后面还有多处会写到，我看还是先不谈吧。 ——也是因为这个原因，对下面的两组写像，咱就不加"AB对话"了，啊?

A：好吧。

|十一| 为同学写像（二）

刘青厚和李忠谊，是我最要好的两个朋友。

厚道的青厚

我们三人中，青厚最大，长我三四岁。他粗矮敦实，黑红皮肤，是个铁塔般的男子汉。他要是专练举重，我想不一定比那个世界冠军陈镜开差。他在体育上的确有特长（但不全面），玩单杠，耍那个"大车轮"风生水起，一转十多圈，围观之人无不啧啧称赞。

我喜欢他的忠诚正直、老实厚道。厚道到什么程度呢？简直能让你有种"感"得到、摸得着的感觉呢！不过厚道过甚就显迂态。举个例子你便明白了。上学期忠谊患重感冒，他架着忠谊看病，架着忠谊上厕所，一天三顿去打病号饭，还有洗洗涮涮等，一连几天，一应事项他全包了。那天忠谊因为发高烧吃不下饭，尝了几口就把碗放下了，便想让他把饭吃了。青厚说等下顿热给你吃。忠谊说下顿还有呢。青厚又说这么点饭，你想吃饭了怎么够吃？忠谊说想吃饭了还用吃病号饭吗？可是说破天青厚就是不吃，忠谊生气了他也不吃。等下顿他要给忠谊打饭时，发现剩的饭早已经让馋猫张勤吃了，他还生张勤的气呢！——应当说明的是，他可不是怕传染才不吃的，也不是他饱了吃不下，更不是嫌孬不愿吃。病号饭是伙房工人特意擀的面条，里面还得甩上个鸡蛋，谁不馋呢！我们吃饭是定量的，说实话只能吃个七八分饱，这点病号饭，有两份也能吃得下。 他确是真心实意要给忠谊留着，同时，也有不愿沾忠谊这个"便宜"的意思，尽管忠谊是自己的好朋友，尽管忠谊是南山顶上拉碌碡——石（实）打石（实）地想让他吃。 他就是这么厚道，就是这么犟，就是这么迂，迂得真是既可爱又可气啊！

青厚资质鲁钝，缺乏音乐细胞。 每学期为争取音乐课能得个 3 分，他不知得花多少力气。 音乐课考核有三个内容：唱歌、按风琴、默曲谱。 唱歌他是不行的了，唱起来荒腔走板，所以他只好在后两项上下功夫。 默曲谱，他靠的是死记硬背。 自习时，他时常以手指点着桌子，嘴里念念有词，一个音符一个音符地"蹦"着记。 看他那吃力、认真的样子，我都为他着急。 他这个 3 分，可真是来之不易呀！

他也爱文学，尤其是诗。 可能是受我影响，他特别喜欢外国诗人的诗。 海涅呀，普希金呀，拜伦呀，惠特曼呀，等等，他对他们的作品爱不释手。 但他却不会写诗（也许是写了我没见过），连散文也写不好，我就劝他多读点散文和小说。 他听了，也借来读，但他挚爱的还是诗，怕我说他，常背着我读。 我见他这样子，只能笑笑作罢。 人各有志，何必把自己的想法强加于人呢！ 而且读书是一种高尚的享受，只要能从中得到快乐和教益，也就足够了，于是不再劝他。 至于对诗的喜爱，好多人不理解，我虽然说他笑他，但是也理解他、支持他。 虔诚、执着和笨拙，不和谐地糅合在他身上，文艺之神缪斯会怎么想呢？

开朗的忠谊

忠谊长我一岁，长脸膛，大眼睛，厚嘴唇，细高挑儿，犹如一株破土而出的竹笋，通身洋溢着蓬勃的朝气。 他比我和青厚都开朗、活跃，还喜欢说个俏皮话。 例如碰到他想吃却吃不到的东西，他就会撇撇嘴，故意说道："什么鸟儿！ 我们不爱吃！"暑假里在生产队干活干得手磨出泡，别人发现了，他笑道："这几门大炮（泡）要是真的多好，运到福建前线（那时解放军正炮轰金门岛），还能顶个用呢！"某天晚上队里有个突击任务，因天黑且要下雨，大家都有些犹豫，他满不在乎地说："下雨又有什么，不就是洗个澡嘛！"一句话把大伙逗笑了，大家生龙活虎地冲上去，很快就把活儿"扫荡"了（开学时村里来了表扬信，上面就是这么写的，班会上老师还念给我们听呢）。

这些日子他一直在看《三国演义》，他十分敬佩和羡慕刘关张那种"不求同年同月同日生，但求同年同月同日死"的生死交情。我们三个一起散步时，谈不上两句他就讲起他们的故事，结尾总要缀上一句："你看人家，你看人家！"赵子龙也是他的崇拜对象，他经常不自觉地喊出："我乃常山赵子龙也！"平时走路，动不动就伸腿拉胳膊摆出练武的架势。那天中午跟我说："能会一套拳脚多好！"

他虽然也喜欢看点儿小说，但他真正爱好的却是物理。他常从物理老师那里借来相关图书硬啃。他还是学校飞机模型组的成员哩！

|十二| 为同学写像（三）

一个多月前我在写给王老师的信里谈到放弃读书是否就能进步的时候，曾这样写道："那个木头人似的冯俭之可不好读书，然而他的进步我想是很不理想的。"冯俭之何许人也？ 现在，我该给他写个像了。

"木头人"冯俭之

冯俭之，中上等个头，瓦刀脸，塌鼻子，灰黄面皮，脸上有几个甜麻子。 我可不是故意丑化这位老兄，他就是这副尊容。 他孤僻寡言，说话前言不搭后语，很难准确表达自己的思想。 他确实就像个木头人。

他没有知心朋友。 他曾经想接近陈捷和张勤，但这两个促狭鬼对他却只是讽刺、挖苦、戏弄。 例如，有一次在菜园里挖地，张勤恶作剧地嚷道："都别说话了，请老冯讲个笑话！"冯俭之木头木脑地说："我的笑话满有！""满有？ 你讲呀！""但我就是讲不出。"张勤又说："哈哈，还会朝脸上贴金呢！ 就怕没有！"陈捷插言："就是有，到他嘴里，笑话也成呆话了！"他默默不语，拿着铁锹挪了个地方。 过了一会儿，大伙儿不知怎么谈起找警卫员的事，陈捷说："我当老冯的！"说着举起锹来，朝他头上"咔"地一下（当然是很轻的）。 他翻起白眼珠瞪了瞪陈捷，说道："你怎的？"随后又默默地挖起地来。 张勤又让赵文经、王卓然当冯俭之的警卫员，陈捷说："嗨，这可好了，钻到老鼠洞里也能把他挖出来！"张勤接口道："你看老冯愆的……你看……你看……"大家转

065

头看他，他用铁锹柄挡着嘴巴，只是苦笑。

以后他就找我，找刘青厚，又找郭云清、尹文兆。可是终因他太愚，无法沟通，无法说笑，最后都散伙了。你想，同他一起玩，他只是沉默，即使偶尔说上一句，不是"锤"得要死，就是乏味得要命——如此情形，谁能受得了呀！怕是跟他待久了，你也要变成同他一样的木头人了！

他也很苦闷。有一次他跟我说："我觉着不好使。"我问他什么不好使，是身体还是什么，他连忙说："哪有的事儿！"我继续追问，他慌了："谁知道！"我曾经问他："你成天不说话不难受吗？""怎不？""那你怎不说呢？""我的脑子坏了。"——是借口呢，还是真的坏了？

但他也有说话的时候。小组讨论时，他会讲上几句新闻，某县某乡怎么着了，某人又怎么着了——都是报纸上的。这学期他弄了本皇历，让他添了话题，有时会给你讲上两句上面的事，节气呀，入伏呀，数九呀什么的。

据他说，他在小学时是活泼的，上了初中就不活泼了。

去年冬天那个"三反"运动，那是一次全校性的政治运动，主要是在同学中挖问题，对同学们进行所谓活的思想政治教育。运动以班为单位进行。就是在这次运动中，从五六级同学中揪出了一个所谓的"反党小集团"，为此，学校开了批斗大会，骨干分子被判了刑，一般分子也被开除了学籍。（此事在20世纪70年代后期被平了反。——作者注）

关于我班当时的情况，我在日记里就有详细记载，现在想来还历历在目。先是写大字报，教室的四面墙上都被贴满了。白纸黑字，洋洋大观。还对重点人物辟了专栏，冯俭之就是一个，而且是重中之重。他的问题实际上主要是在"大跃进"中劳动不积极主动。像他这样的，很明显，是让干就干，不让干就不干，不会积极主动的。他又不识时务，与同学闲谈时偶尔会冒出一两句不满的话，被汇报上去了，当然就成了对"大跃进"的态度问题。他又是地主家庭出身，"三反"运动一开始便成为靶子，也是可以理解的。于是乎口诛笔伐，全班声讨。

批判开始了。批判由团支部书记李瑞主持，先让老冯自己谈。他检讨自己劳动态度不好，还说看到大字报那么多，思想压力很大，一度产生了卷铺盖回家的想法。

接着就是批判。既有批判又有"审问"（就是提问和追问，很像审问）。而且愈到后来，愈是只准顺着说，不顺着说就"重炮猛轰"，他只好问什么答什么了。

批判先批态度。说他只谈表面现象，没挖根源，挖根源就得从根上挖，于是便直捣他的地主家庭出身，要他交代家庭情况。

他说，清朝时候祖父有一顷多地，雇两个长工。民国十几年，父亲和叔父分家后，仍是雇人耕种。后来土匪横行，父亲害怕，在他一岁时上吊死了。抗战期间，母亲带着他到舅家逃难，因收租不便，卖了些地，只剩下二三十亩了。

一连串的追问由此开始。

问：土改时你家为啥被斗？

答：租给人地。

问：你对土改是什么看法？

答：拥护。

问：胡说八道！你靠剥削吃饭你能拥护土改吗？你家被斗你能拥护土改吗？你家土地被分了你能拥护土改吗？

（不答。）

于是，大家对他的态度又展开了猛烈的批判，之后又继续追问上面的问题。

答：对分地……不满。

问：只是一般的不满吗？

答：不满……抵触……反抗。

问：不满、反抗，有没有实际行动？

（不答。）

问：你说上小学时活泼，上初中就沉默了，为什么？

答：小时活泼是因为不懂事，大了，见人家瞧不起，就沉默了。

问：只是因为人家瞧不起吗？你对新社会满意吗？

答：不满。

问：你对反右派斗争什么看法？

答：赞成右派言论，觉得右派分子不错。

问：你对蒋介石叫嚣窜犯大陆有什么看法？

答：盼蒋介石来，来了对自己有好处。

说到这里，他哭了，老是擤鼻子。

大家让他出去擤鼻涕。

分析：你有反动思想，必有反动行动。你必须竹筒倒豆子，来个彻底交代！

答：复辟行动没有，只是心里想的。

问：你对农业合作化什么看法？

答：觉得不好，不如单干。

问：对匈牙利事件呢？

答：觉得中国来个也好。

说到这里，他的嘴角突然出现了一丝奇怪的笑。

大家怒喊：严肃点儿！老实点儿！

他又哭了，肩膀一耸一耸的。

对此后的提问，他只是沉默，不再作答。

　　分析：和挤牙膏似的，挤一点，说一点，说明你态度顽固不化！认为旧社会好，盼蒋介石来，盼中国像匈牙利那样出事，说明你是彻头彻尾的反动分子！平日里你也看些报纸，好像挺关心时事，实际上呢，你一是伪装进步，二是在分析形势，分析蒋介石来的可能性有多大……你看你多么狡猾！

批判会开得同仇敌忾、群情激愤。李瑞最后总结，他进一步分析批判了冯俭之的反动思想，对冯俭之提出了认罪悔过的希望和要求。他的态度严厉而诙谐，他像长者，像斗士，像判官，时而训斥，时而讥刺，时而劝诫，俨然真理在手，正义在身。

批判会后，班里把他的情况报告给学校，学校又报告给专署公安局。公安局来了两个同志调查，又同他谈了话，认为他是在那种场合下被逼得昏了头，问什么说什么，有些胡说八道，不能作数。总体看来，他还属于思想落后那类情况。后来学校研究，给予他记大过处分。

从此，他越发沉默，越发麻木了，终至成了现在的木头人。

|十三| 话说朱琪

在前面记述同戚良朝谈话的日记里，我说过戚良朝同朱琪、张顺贞三人是好朋友，说过这学期开学后重新编了组，我和戚良朝、朱琪编在了一个组，也说过我同他们三人爱好相同却相处尴尬的状况。这种状况而今有了很大改善——细细想来，国庆节前我与良朝合作写剧本，是我同他们关系改善的契机。在此过程中，我不仅与良朝亲近了，与其他二人特别是与朱琪的关系，也逐渐好转进而密切起来。

不过也还有个"磨合"过程。朱琪爱诗，爱读也爱写，可这不是我的所爱。他也常读些当代小说，特别是短篇，这就有共同点了。他借的一些短篇集子，《青春的光辉》呀，《在两条道路上》呀，等等，我常拿来看，也想同他"理论理论"，但总是"理论"不起来，有时分歧还很大。例如作家西戎的那篇《姑娘的心事》，虽然文艺界赞声一片，我却不太喜欢。我不喜欢作者记述时用的那半知识分子腔的语言（因为主人公是农村姑娘，文化层次是不高的），对姑娘心理的描写也觉得不很真实（其实我懂什么姑娘的心理，但是不知怎么的，我就是有这个感觉）。然而朱琪却赞誉备至，尤其欣赏对姑娘复杂心理的描写，认为写得淋漓尽致，出色极了。听到我的评论，他扑哧一笑，说道："哪来的事！怎能是小知识分子感情！"说罢便不再吱声了，不知是不愿说还是不屑说。以后他又借来《碧空银花》《幼雏集》《母女教师》等，我也拿来随便看。我们在一起便是谈些文章的事，可又往往像上面说的那样话不投机。 毫无疑问，我们是相互尊重的，他多次对我说："我很敬佩你，你那种学习精神值得我学习！"我相信这是他的由衷之言。 可是这类话只能当作友谊的开场白，只能是友谊的"介绍人"，当友谊的大幕拉开，剧情需要发展的时候，由于没有别的话说，还是用它来充塞，那就不可以了。 友谊需要滋养，最重要的养料是谈心，是心心相印。 而这一点正是我们之间所缺乏的。 这与我同青厚、忠谊的关系比起来，就大不一样了，我们的相处相谈，是何等随意与自然啊！

时间是最好的黏合剂。 我们的关系也在潜移默化地改变着。 因为在一个组，接触的机会多了，共同的话题也就多起来。

昨天晚上我俩的交谈就是这样子。

昨天是星期六，因为在沂河岸边整整干了一下午的活，很累，晚上也不想再看书了，我们便相约出去逛逛。 不料一逛就是三个多钟头。

先是讨论到哪里去。 我们不约而同地想到了烈士陵园——这是我们散步的老地点了。 那里环境好，幽静，离校不远，确实是个理想去处。此刻天晚了，不好到园里去，但在它巍峨的古典式门楼下面站站，在门前广场上走走，也别有一番情趣。

晚饭前刚下过一阵子雨，道路泥泞，朱琪穿着一双新布鞋，老是躲闪着走。 我最初脑子里一片茫然，不知谈什么好。 忽然想到劳动回来的路上，他曾说过今天的劳动让他很感动，他要写几首小诗抒发感情。于是就问他写诗的事。 他说主要是用诗的形式把劳动场面描述下来。我问他最感动的是什么。 他说主要是大家干得那么热火朝天，那么自觉和主动。 我非常赞同他的观点，感慨地说："是的，是的。 你别看也有相互争执，有时还会有粗暴的指责声，例如王老师那次呵斥王润田，是很厉害的唻！ 可是那是建立在什么样的基础上的？ 强烈的主人翁意识！ 有什么意见就说什么意见，一切都是为了把事做好，不掺杂一丝一毫的私心！ 干起来呢，有多少劲就使多少劲，那真是不遗余力啊！""对！ 对！"朱琪连声说道。 我缓了口气，又说："这样热火朝天的场面，我多半年没见到了——从去年到这，第一次！"说到这里，我的激情也上来了，禁不住把去年的劳动情景赞颂了一番。"年轻的人，火热的心"嘛，那时候，我自谓是全身心地投入进去了，唯一的念头就是自己干得少了，比人家落后了，要想方设法赶上去。

我的情绪影响了朱琪。他不禁对自己那时因为有病，没能参加而深深惋惜起来。我安慰他说，你那阵子看了许多书，也是收获。他说不行，身体那样子，情绪也低沉，单是痛苦就够受的了，看书也没有决心和毅力。

谈话自然地转到他当时的思想情况和他与良朝、顺贞写的《三人日记》上来。他说，他当时写了些消沉的东西，包括那两本《三人日记》。被发现后，因为受到团组织和王老师的批评，就统统烧了。听到这里，我哎呀一声，感到十分可惜。

于是话题又转向团支书李瑞和王老师，他当然很不满意，尤其对李瑞，因为是他把他们的日记报告给王老师嘛！随后又开始对班里同学进行广泛的评价，如申作吉的自私与浮夸，郭友荣的罗曼蒂克和火一样的热情，国云清孩子般的诚实与苦干实干精神，孙家如的虚伪，董得利的欺软怕硬，张顺贞的傲慢性格，戚良朝的单纯、懒惰和富于幻想……

一谈到良朝和顺贞，自然而然地就谈起他们三个的友谊，谈起对文学的爱好……此时，我俩心灵的门户敞开了，谈话既愉快又投机。朱琪也谈了自身的经历，我对他又多了一层了解。

"初中时候，"他说，"我最初对文学并不喜爱，作文常得3分。可是有一次，我写作文用了诗的形式，老师在批语里竟说：'这首诗……'——要知道，当时在我们幼稚的心灵里，诗是一种非常神秘的东西，看到老师给它冠以诗的桂冠，我真是受宠若惊，受到极大的鼓舞，从此就爱上了诗。我没命地看些短诗一类的东西，对语文老师也亲近了。老师五十多岁，对诗情有独钟，他说他上大学时和几个同学成立了桃花社，他还当编辑呢！青年时代他写过很多诗，在报刊上也发表了许多，剪下来，成了几大本。 可惜抗战时候被鬼子烧了，只剩了一点儿，就成了现在的《残余集》。 他的诗很美很工整，读了真觉得了不得。 我问他哪有那么些东西写呢？ 他说多得是呢！ 你只要上趟街就会发现不少不顺眼的东西，回来一写就是几首。 ——青年人热情似火呀，你坐下就写，也不用怎样讲究格式，写完搁下，过后再稍加修饰，那形式自然就具备了。 我们问他怎不把诗拿去出版呢？ 他捋着胡须，嘿嘿笑了。 他说他这多年没写东西，一是老了，二是思想不对头了。 他曾在一个寒假里翻译了《唐诗三百首》，寄给古典文学的相关出版社。 出版社回信说，他们出版是有计划的，用时再通知，就把底稿寄回来了。 ——后来他把底稿给了我。"

"噢，你硬讹的？"

"哪里是讹的？ 毕业时候，他把他的东西分送给几个同学，一会儿我也去了，他半天没吱声，末后从桌洞里抽出来一本，说：'那，没了没了，把这本底稿给你吧！'这底稿我至今还保存着。 ——总之，我们对他崇拜死了。 所以，来到这里我才产生了埋头读书的想法。"

"那位老师可谓你文学的启蒙老师。"我感慨地说，"可见一个好老师会对学生产生多大的影响！"

"就是呀！"朱琪说，"正是因为这个，我对王老师很失望呢！ ——刚来校时，我把我写好的四首诗送给王老师请教，过了两星期，他说：'哎，不错，我再拿给王涛老师看看。'又过了一星期，他还给我时转述了王涛老师的意见，他自己却没谈什么看法。 看来他确实提不出什么意见。 以后我在写作文时写了几首诗，是抗旱一类的内容，明明是一些很差的东西，他的批语却是那样好。 我便失望了：他不懂诗！ ——这倒也罢了，叫人更难接受的是，他跟你谈话，还净扯些民间文学！ ——你忘了吗？ 那学期他差不多把图书室的《民间文学》杂志都搬到咱班来了！"

"是的，是的。"我说，"他很爱民间文学，还让国云清用琴书说《孟姜女》呢！"想到那时的情形，我们会心一笑，不过我想起以前关于民族风格的思考，又加了一句："可是细想想，这一点倒值得我们学习呢！"

"对对，咱们现在是有些认识了。"他说，"可是那时正是我对民间文学非常厌烦的时候，我越不喜欢，他偏偏说个没完没了，我心里说，算了吧，去你的吧。从此，我对他就失去了热心。看到马华老师还有点兴趣，就想去找他拉拉，可终没勇气……"

日记写到这里，我又认真琢磨了一下，我觉得我们对王老师确实有些苛刻了。文学体裁那么多，哪能都精通呢！譬如大作家赵树理，写小说是高手，可是你让他写诗呢？让他写郭沫若那样的诗呢？岂不是强人所难吗?!

书归正传。我们的谈话就是这样自然地进行着，热烈、融洽，话题也广泛。我也跟他谈了自己的苦恼，说了近来情况虽有好转，但还是有不小的压力，一些人对自己不了解，"白专""白专"地说得你不好受，实际上我也是力求进步的呀！朱琪对此也有同感。议论的结果是认为不能顾忌这些，只要我们做得对，就不要惧怕那些世俗的舆论。在学好功课的基础上，在不影响集体活动的基础上，还是应该努力去读书，时不我待啊！

天空浓云密布，夜色愈来愈浓。陵园旁边的公路上已不再有车跑。时间不早了，我们就往回走。

路上，我为能同朱琪倾心相谈而感到高兴。我们的友情进一步加深了。——这时候，我突然冒出一个新的想法：我们二人如此亲密，会不会伤害我同青厚和忠谊的友谊呢？因为他俩同朱琪没有共同语言。我特别担心老实厚道的青厚，特别担心会影响他的情绪。这些日子似乎就有这个迹象。每逢我与朱琪在一起，青厚总是默默无言。我由于只顾着同朱琪热烈地说话，也往往会忽视了青厚的存在！我不知这时青厚会多难过，连我自己过后想起来也感到不安。我想，这种局面不能再继续下去了，否则就是我对我们三个之间友谊的不忠了！如今我同朱琪的感情又深了一层，解决这个问题更迫在眉睫了！ ——我决定，我不能同朱琪过于亲近。 不错，我们志趣相投，是应当交好的，但是这种交好必须控制在不影响我和青厚、忠谊三人关系的范围内。 就是说，不必过从甚密，彼此心心相通就可以了。

但是这个意思又很难说出口。 我几次想说都是话到嘴边又咽了回去。 有一次我鼓起勇气说道："以后看了什么好书好文章，互相推荐一下……"朱琪"嗯嗯"地答应着。 他为避开泥泞，又跳到路西去了。 怎样把话引入正题呢？ 我又没了主意。 二人重新归于沉默。

朱琪跑跳得气喘吁吁。 我很焦急，因为快到学校了。 可是怎么说呢？ 太直白了会伤他的自尊心的……

到了操场，我又极力鼓励自己，终于说："你、你看我和青厚、忠谊怎样……"——话是终于说出来了，然而说得却是如此口不应心，如此词不达意，连自己也感到吃惊。

"你……还是那句话，我觉得你很用功……"

"不，不是那个意思。"我连忙纠正他，"我是说我们的友谊……"

"这个，我还没考虑过哎……"

他的声调柔柔的，饱含着一腔赤诚，让我感动。 我知道，他对我是完全信赖了！

可我不能心软。 我一不做二不休，又狠了狠心说："我们三个同你们三个一样，一样亲密，一样情深！"

说出这些话，我长吁了一口气。 啊，我终于点出了自己的意思，尽管说得还是不尽如人意，但毕竟是把"我们"和"你们"给朱琪区分强调了一下！

我感到轻松些了。

回到宿舍躺在床上，我如释重负地想："总算暗示给他了……我做得对！ 对！ 我必须保护我们三个的友谊！"我又想到刘青厚，这个因为愚笨而有时会受人轻视却又十分厚道的青厚呀！ 由于愚笨，现在学期已经过半，音乐老师布置的三个风琴曲子，他还演奏得一塌糊涂！ 可是他的忠厚又是无与伦比的！ 愚笨是天分问题，不是他的错。 忠厚才是他的本性，是最值得赞赏和尊重的品质！ 这也是我同他交好的最重要原因。谨慎地保护我们的友情，是我作为朋友的责任。 ——这样想着，我安然进入梦乡。

A：哈哈！ 想不到你这个厚道不下于青厚的袁野，竟对朱琪耍了这么一出小把戏，你真是既狡猾又幼稚又可爱呀！

B：嗨嗨，小青年嘛，把友谊看得比金子还珍贵哪！

A：朱琪领会到你的意思了吗？

B：我看没有。 我俩的友谊还在继续加深着。 不过也没影响我们三个的关系。 各交各的嘛，另外再注意掌握点儿分寸，就不会出问题了。

A：对朱琪初中时受语文老师影响而爱诗的事，我很有感触——老师对学生的影响是何其大啊！

B：那是当然。 老师对学生的影响，应当说是多方面的，政治上、思想上、学业上、人品上等。 影响当然因人而异，也有大有小，有的甚至会影响学生终生。 我们都是过来人了，我本人既当过学生又当过老师，对此更是深有体会。 一九七一年我教高中一个班的语文，有些学生看我能写点儿东西，跟我特别亲近，想多受点儿指教。 这些学生到了社会上，有几个就是靠着写东西起步的。 有个学生更是文学的情种情痴，至今还写这写那的，发表了不少呢！

A：嗨，老师是个特殊角色，责任重大，影响重大，诚然诚然！

|十四| 我所欣赏的郭友荣

那天晚上我和朱琪交谈时，谈到郭友荣，我对我们的交往，曾有过一番热情洋溢的介绍。 现在把那番话追忆出来，作为对友荣情况的简述。

"我俩的交往，原来是很一般的。 有一次，不知怎么在一起谈起了读书，谈起了外国文学。 你知道我在这方面是蛮有话题的，就多谈了一些。 我从苏联谈到法国、英国，从作家谈到作品，谈得来了兴致，真可谓眉飞色舞，津津有味。 我的谈话引起了他的兴趣，他就把我的读书目录拿去抄了。 这在我是很平常的事，可他却如获至宝，高兴得不得了。他依照那个目录看了些东西，如普希金的《上尉的女儿》、巴尔扎克的《驴皮记》等，最近他又看了斯蒂芬逊的《巴尔扎克传》。 这些著作激发了他火一样的读书热情。 大概因我是引荐人吧，他给了我最大的信赖。 他看书受了感动或有了感触，就跑到我跟前，打断我正在做的事情，嘟嘟嘟打机枪般说上一通……他热烈地告诉我他读的《死魂灵》里的怪异的故事，热烈地告诉我巴尔扎克的许多趣闻逸事……到后来，接触更多了，他又经常热烈地谈他自己，谈他的幻想，谈他的计划，谈他的各类私事，包括他最隐秘的事情。 一句话，他对我是完完全全地推心置腹了！ ——说实在的，我最初根本未把我们间的关系当一回事，对他的谈话也往往持敷衍塞责的态度。 可是渐渐地，我觉得再那样就对不住人了，及至后来发现了他的优点，也就真诚地同他相交了。

"上面介绍他同我说话，我连用了几个'热烈'，这可不是随便用的，我真的是这么个感觉。他说话充满激情。他就像一团火。尤其是他跟你说话的那种神情呀，那才叫感人呢！他的嘴快速地（你知道，他说话向来是快速的，而且是滔滔不绝的）说着，两手不停地做着手势，眼睛呢，直勾勾地逼视着你，那是一双多么真诚多么炽热多么如孩子般纯洁的眼睛呀！看着他这样子，你的心也会不由得被点燃起来！

　　"他确实如人们所说，有点儿罗曼蒂克。为了他的所爱，他可以不顾一切。例如都上课了，他还不顾一切地在写什么；时常开会进行了许久，他还在看什么；大家都去劳动了，他还坐在那里若有所思……他太不拘小节了，这是他的缺点，也因此招致许多同学对他的不满。

　　"但是他那金子般单纯和美好的心灵，却是让我十分钦佩的。那天，我们到野外去拉秫秸，休息时，路边有块地种的是胡萝卜，有的同学就去拔了吃。他生气地阻止说：'这是不可以的！是违反群众纪律的！群众之所以信赖咱们，就是因为咱们是学生，他们认为学生是守纪律的！是有修养的！咱们不能破坏自己的形象！'他这番议论未免天真，但这种纯洁却令人敬佩。他还引了自己的事来说明他的观点：'大炼钢铁那会儿，有一次我因事耽误了午饭，到伙房说明情况，拿了两个凉馍。伙房一个工人见了，指着几张烤牌说：吃这个吧，我剩下的。他大概是看咱定量低，肚子缺，所以才……但我一想，咱就规定了中午两个馍嘛，我吃那个还行？就谢绝了。他连说了两遍，我终于没吃……'友荣说这事，当然不是为了炫耀自己。此事给我印象很深。古人云：'君子慎独也。'在一个人独处的时候，是钢是铁最容易检验出来。友荣能如此去做，我自愧不如，恐怕在全班也是少有的。从此，我更敬重他了。"

　　友荣的情况，那天我跟朱琪就谈了这些。关于他的特点，没谈到的还有一点，就是他的多才多艺。他音乐、体育、美术样样精通。讲音乐，他是学校宣传队队员；讲体育，他是校级运动员；至于画画，在班内也是出类拔萃的。 总之，我很欣赏他。

　　昨晚停电。 秋雨绵绵，又很冷，连爱动的同学也被堵在屋里了。教室里黑洞洞的，只能闲谈。 因为考虑到刘青厚的感受，朱琪几次经过这里，我都没同他搭话。 我不愿再刺激老刘敏感的心。 我与老刘谈论苏联文学中的几部名著，尤其是诗歌方面的。 一会儿孟玉昭过来说话，就换了话题。 一会儿郭友荣又过来了，还弹着三弦。 玉昭走了，姚元松又走过来。 不知怎么，老姚问起《心理学》上素质与天赋的区别，郭友荣就放下乐器，也谈了起来。 老刘起身走了，老姚坐在他的位子上，我们继续谈《心理学》话题，尤其是谈到"个性"时，谈话简直是妙趣横生。 郭友荣说的趣处，在于他对个性的定义进行一一剖析，我说的趣处，则在于联系实际。 我们谈得轻松而又愉快。

　　谈话由个性又自然地谈到气质，并按气质的类型给同学们"对号入座"，由老姚的黏液质说到尹文兆，由尹文兆说到冯俭之。 但是对冯俭之是否属于黏液质，大家却拿不定主意了，谈话内容即由此扩展开来。我说他的性格形成，气质还不是主要的，他是有思想问题的。 郭友荣说："是的，他在精神上受了重创……"大家回忆起冯俭之的许多情况，当说到许多人对他不尊重时，友荣愤愤然说道："这是非常错误的！ 每个人都有人格，每个人都应尊重别人的人格！ 像张勤对他那样做，简直是无耻与可鄙！"缓了口气，他又说："我担心老冯会活不长久！ 没有快乐和希望怎么活呢？ 而且精神上成天承受着那样的负担，怎么活得长久呢？"我感慨地说道："他这样的人，叫我看，活一分钟也多了——像这样活着，吃喝之外一片空白，与动物何异？ 又有什么意思呢？"

　　也许我说得重了，哑场了老大一会儿。 这时候，我的头脑里又浮现出那个经常探讨的问题，于是说："你们说，人活着到底是为了什么呢？"看他们都沉默着，我解释道："我说的是人的终极目的——当然啰，现在是争取全人类的解放与幸福啦，但是在将来，当全人类都解放了，人人都获得了幸福生活之后，那时人活着又是为了什么呢？""为了更好地享受生活！"郭友荣在一阵思索之后，突然说道，"这是从人类主观上讲。从客观上讲，是为了整个历史的进化。""那……能够说追求的是享受吗？"我思索着，这样发问。"是享受！"他断然回答，"不过这享受是全人类所共有的，不像资本主义社会那样，少数人把自己的享受和幸福建立在广大人民痛苦的基础之上。而且，享受也不能单纯只是物质上的，更有精神上的。到以后，你想象一下，这精神生活会了不得咦！别的不讲，也许你在地球上住厌了，就搬到月球上去住，或者坐着火箭来一次星际旅行，到金星上的花园里去度假……那是多么美好、多么崇高的生活呀！"我们都被他描绘的神奇景象逗乐了。"这是很可能的！"郭友荣继续说。虽是在黑暗中，我似乎也看到了他的眼睛在大放光彩。"而且还不仅如此，还将追求更美好的。因为人心是没有满足的，永远没有满足！只有这样，社会才能不断向前发展！""你是说，大自然赋予人的使命，就是无尽无休地追求更高层次的美好崇高的事物了？"我总结着自己的思想，向他发问，我始终忘不了思考人类生活的目的。"对对！"他回答。"这就是说，通过人类无尽无休地追求更高层次的美好崇高的事物，社会才得以不断地向更高层次发展？"我的思考还在继续。"是这样的！是这样的！"他赞同地说。我又忽然想起：人类是这样，那么其他生物又是为了什么呢？我问他。"它们呀，"他说，"它们没有目的。它们纯粹是按照自然规律生活的。它们是机械地生长与死亡。但是根据辩证法，一切事物都存在着矛盾呀，它们就是在机械的矛盾中完成了它们进化的使命！"

上课铃响了，学习干事和几个同学找来了八九盏煤油灯，大家又立刻投入紧张的学习中。

A：哈哈！郭友荣的妙趣横生，已经被你很有意思地写出来了，咱就免谈吧。我要说的是你们关于人类终极目的的探讨，实在有趣极了。

B：探讨人类生存的终极目的，是一个永恒的话题。我们那时是一帮血气方刚的青年，"书生意气，挥斥方遒"，热情似火，罗曼蒂克，对世界充满新奇的理念，对什么都要探讨一番。探讨的对与不对是另外一说，但那种追求真理、追求人生真谛的精神倒是可嘉的。

A：不错。青年青年，人生最宝贵的黄金时段哟！

|十五| 苦恼的浪潮（一）

苦恼的浪潮又一次向我猛烈袭来。"猛烈"一词用在这里，绝不是我虚张声势。 这次的苦恼事在一天之内接二连三地发生，犹如暴风雨中的海浪，一浪紧接一浪，一浪胜过一浪，劈头盖脸地打在我身上，搞得我连气都喘不过来了。 我完全失去了招架之力。 我只能在无量的苦恼中痛苦地默默忍受。 ——此刻是晚自习时间，我没有心思复习功课，只好拿出日记本，将这一腔苦水，倾泻给我这最亲密的朋友、最知心的生活伴侣了。

苦恼事之一：我早自习读小说被抓住了

我看的是法国著名作家巴尔扎克的名著《欧也妮·葛朗台》。 巴尔扎克的小说似乎有个特点，开篇之际往往先连篇累牍地介绍故事发生的背景，环境呀，人物呀，等等，介绍得简直让你感到絮烦。 此后，故事开场了，他老人家讲故事的高超本领也逐步显露锋芒。 他像剥洋葱一样地徐徐道来，将故事情节一步步向前推进，一步比一步紧张，一步比一步扣人心弦。 到后来，不弄个水落石出，你简直就食不甘味，睡不安眠，无法释手。 ——今天早晨我恰恰遇到了这个情况。 吝啬鬼葛朗台，因为知道了女儿把多年来积下的生日和过年的钱给了落难的情人，正把女儿和夫人折腾得死去活来，我心里充满了对这个可恶老头儿的憎恨和对可怜母女的同情，她们此后的命运多么让人揪心和惦念哪！ 正因如此，已经打了上自习的铃了，我还是不能自抑地继续读下去——我当然知道自习课上读小说是不可以的。 为了避嫌，我是把小说放在桌洞里偷偷地看的。 一二十分钟过去了，班长赵续毅没过来检查，我悬着的心渐渐放松。 不料，正在我读得忘情的时候，肩头突然被人戳了一下，我警觉地抬起头来，原来是赵续毅来到身边！ 他朝我眉头一耸，神色严厉，又用手指了指桌洞里的小说。 我立时红了脸，慌张地收起书，拿出了语文课本。 又过了一会儿，赵续毅在他的座位上发话了："同学们稍停一下。 刚才我绕着全班看了一下，发现还有几个同学在看小说。 这很不好。 自习不准看小说，这是纪律嘛，怎能这么不自觉呢！ 希望这些同学注意，也希望大家互相监督！"

他的话如一记重锤，敲得我浑身哆嗦了一下。 痛悔与后怕也如潮水般涌了上来。 ——唉唉，被抓住了！ 我在自习时间看小说，被抓住了！ 倘若报告给王老师，他又会怎么批评我呢？ ——是啊，你这不是放了空炮吗？ 在给王老师的信里，你是怎样地信誓旦旦啊！ 在小组会上，你检讨与保证得多好啊："我以前自习……作业……功课……纪律……我今后一定……"可是实行起来呢，你却时常食言，自己打自己的嘴巴，自己朝自己脸上抹黑！ 知错不改，你还算个人吗?！ ——你还怪同学们对你有看法呢，你还担心你的期末操行呢，你还动不动就忧心忡忡、苦恼不堪呢，你太没自制力了，你是自作自受呀……

这堂课的下半截，我的脑子就是这样不住地翻腾，不住地自责，功课还怎么复习得下去呢！

苦恼事之二：砸了班里的稀饭缸

今天是我组值日。 值日的任务不光是打扫教室卫生，还得去伙房抬饭。 下了第二节课就到早饭时间了。 下课后，我拿起杠子就去了伙房。 待我在两排稀饭缸中找到了我班的缸，孙家如也赶到了。 我们的缸在里面一排，为避免碰着外排的缸，我提议先用手把缸抬出来。 老孙却倔强地要用杠子直接抬。 我见外排两缸间的空还算宽绰，只要小心，缸还是能从中间穿过的，就没再坚持，于是把杠子伸进络子的系绳里，然后搭在胳膊上——我的意思是让缸从两缸中间穿过后再上肩。 谁知老孙却是"绝顶聪明一时愚"，他竟把杠子直接放到肩上了——显然他是想让缸从前面缸上凌空而过。 可是我在前，你在后，你就没看见我这头是搭在胳膊上的吗？ ——危险的态势当即出现：他那头高，我这头低！而且他的个头比我高出不少，这就使得高的愈高，低的愈低！ 还有一个雪上加霜的情况，这次缸底下用的络子偏偏又凹凸不平！ ——这么几下子一凑劲，稀饭缸岂有不歪之理？ 只听哗啦一声响，那缸一下子歪倒在地，摔成数瓣，满缸鲜黄的小米稀饭流了一地！ 温热的稀饭溅满我俩的下半身，连鞋子也和了稀泥，我们被烫得直蹦，两人无奈地相对苦笑。

伙房里已没了稀饭，只给我班每人补了一个馒头。 回到教室，大家当然是议论纷纷。 我俩自觉有愧，只是默默地吃着饭。 老孙朝组长董得利那里凑了凑，压低嗓门说："我很难过。"声音传进我的耳里，我顿感脸上热辣辣的。 ——误了大家喝稀饭，人家老孙是如此愧疚，可我想的是什么呢？ 我虽也难过，但面对大家的非难，却产生了抵触情绪："那有什么办法？ 我们又不是故意的！"相形之下，我感到了自己的卑劣，当然又是一阵苦恼。

苦恼事之三：我"爬"了黑板

人倒霉了，喝口凉水也塞牙，这话我信了。

早饭后，我坚持扫地擦窗、打扫卫生，等忙完了，才去宿舍换裤子换鞋。 回来的路上正迎着大家拿着课本去音乐教室上音乐课，王润田朝我啪地捻了个响指，调皮地笑道："咳咳，又是个单挂号！"

我一愣，急忙跑进教室，只见黑板上赫然写着："桌洞不整齐者：袁野、丁元堂！"我朝自己桌面上一看，恍然大悟：噢，又是钢笔作祟！ ——我为了用着方便，常常把钢笔放在桌面的右上角，用罢又常常忘了放进桌洞。　单为这点，检查卫生的就让我"爬"过多次黑板!

　　我瞪着钢笔出神。　它静静地躺在那里，闪着幽蓝的光，好像在朝着我幸灾乐祸呢!　我气愤地一把抓起它，正要狠狠掷进桌洞，李怀玉进来了，他瞅瞅我，不紧不慢地埋怨道："又是你!　几次了?!"——这话虽无恶意，但此刻听来却是那般刺耳!　我哼了一声，没理他。

　　音乐课上我如坐针毡。　想到我邋邋遢遢，卫生确实不怎样，这次肯定又要挨卫生干事谢全成剋了。　——怎么办呢?　思来想去，觉得只好检讨了!

　　下了音乐课，在回教室的路上，我摆脱了几个同学的打闹纠缠，追上谢全成，扶着他的肩膀笑道："老谢，我的钢笔又上黑板了!"他说："又上了吗?""嗯，养成坏习惯了，老是忘了朝桌洞里放。"走在前面的王润田放慢了脚步，待我们赶上他，他才打趣道："哪里哪里，才单挂号呢!"我没恼，只是觍着脸笑着，因为平时我们说笑惯了。　我晃着老谢的肩膀说："老伙计，我不对，今后一定注意!"他朝我笑了一下，答道："好好好，可别老吃检讨饭哟!"我点点头，见他这样子，知道是放过我了，心中一块石头落了地。

　　回到座位上，我央求刘青厚往后要注意监督我。　正说着，猛地想起一个叫"手构"的名词，一下子兴奋起来："对对，我这毛病叫手构——只知放不知收嘛——你要帮我医好这个手构!"

十六　苦恼的浪潮（二）

苦恼事之四：农业实习课又弄得我不愉快

音乐课后就是农业实习课，这门课是两节连着上的。 这次老师只用了一节课讲授，第二节是评分。 这学期过了一半了，期中要有个成绩，农业课不考试，分数靠小组评定。 评时先由个人说说，大家再提提议议，评出分数交给老师誊上就是了。 讨论到我时，开始倒没有什么，我自己谈了情况，谈到缺点也说到不够主动什么的。 我自知5分是拿不到的，但4分绝无问题。 因为我劳动是卖力的，我常说："咱别无本事，只能劳动时多用点儿力气。"还把"力气是外财，用了还再来"当作口头禅。 这一点，议论时大家是认可的，但对所谓主动性问题则说得更多。王卓然说："今后要主动些。"董得利结巴着说："老……老袁……是得再……再主动些。"孙家如则直言不讳地指出："我觉得老袁不主动，还是同死读书有关。 你的眼睛一天到晚盯在小说上，哪还有心思去主动想劳动的事呢？"

听到他们喋喋不休地说这个，我的心情一下子又阴晦起来。 也可能是因为半天来净遇些烦心事，我的心理有些变化，总之他们的话使我大受刺激。 同样说的是不主动，我自己说不觉得有什么，可是听他们像炒胡豆似的说个没完，就感到很不受用。 特别是孙家如竟然把它与看小说联系起来，就更让我反感。 我当时就想，真是费力不讨好哇！ 讲干活，我比你王卓然、孙家如干得都多，可得分怎么老是在你们之下呢？而且你们还能那么理直气壮地批评我不主动！ 更有甚者，你孙家如还把不主动归咎于我看小说！ ——唉，反正提到我的问题，你们就会栽赃给看小说，看小说成了我莫大的罪过了！ 啊，读书，读书，读书有什么错呢？！

苦恼事之五：我历史课小考考砸了

命运之神今天是拿我耍着玩了，让苦恼接踵而至。 下午第一节课本是自习，但由于历史课最近落下的课太多，就让它用上了。 于是"好事"又来了：老师一上讲台就说小考！ ——这完全是出乎意料的。 因课程表上今天没有历史课，自习时我就没复习。 ——真是要命啊，我眼一眯，牙一咬，嘿，瞎子放驴——由它去了！

老师在黑板南头写了一个题，说明由南边两排同学作答。 我因坐在最北一排，又是高度近视，看不见是什么题。 老师又在黑板中间写了一个题，是"南唐经济为什么能得到发展？"说明由当中两排作答。 咳，答这个题我能得 5 分，只可惜……老师又在黑板北头写了个题："说说北周的经济状况。"我傻眼了。 这个题我一窍不通呀！ 可是有什么办法呢？ 我只好驴唇不对马嘴地胡诌一通。

交上卷，我苦笑着连连摇头。 怎么倒霉的事都让我在这一天里摊上了？ 小考弄个不及格，对别人可能算不得多大的事，可搁在我头上就不得了了！ 人家又会朝读小说上硬套，又会对我七嘴八舌、指指戳戳，我又成了箭垛了！ 唉，真是黄鼠狼单咬病鸭子，大水单冲独木桥呀！

下了课，我失魂落魄一般，站也不是，坐也不是，说也不是，唱也不是，看（书）也不是，玩也不是。 一团乱麻纠缠在脑子里，搅得我不得安生啊！

上课的铃声又把我推到座位上。 可是上课也没能给我安宁。 这堂课是教育学。 教育学老师有气无力又乏味的讲课声反倒使我思绪更加纷乱。 我在笔记本反面下意识地胡乱画着："憋死人也！ 烦死人也！ 恼死人也！ 气死人也！"倏地觉察了，怕人发现，又赶紧在这些字上竖画一番，横画一番，斜画一番，直到那些地方深蓝近墨，看不到字为止。 —— 一天的事情又一件件返回脑际，农业课的评分和历史课的小考对我刺激尤大。 当农业课评分的场景再次显现时，我不知不觉地在纸上写出了下面的话："干得多，得的少；干得多，不得好。"——我直瞪着这几句话出神。 孙家如关于看小说的言论又在耳边响起来。 是啊，历史课小考我考砸了，又让他们抓住了一条证据！ ——你不务正业！ 你走"白专"道路！ ——不，你连起码的功课都没学好，你算什么"白专"！ ——可是人家不会这样说你的，因为你贪看小说，人家对你的印象还是走"白专"道路，人家给你戴的还是"白专"帽子。"白专"啊"白专"，一个"白专"，像鬼魂一样纠缠着你，弄得你整日里"忪忪睍睍，忐忐不安"。 ——这八个字是我第三次在本子上写了。 写罢我重重地叹了口气。 想到我的所谓"白专"，无非是多读了点儿书。 这个问题究竟应该怎么处理好呢？ 我忽然想到了《中国青年》杂志，那上面有个问题讨论专栏。 这个专栏是专门帮助青年解决思想认识问题的，早就引起了我的注意。 我要不要把我的情况写给他们，请他们给予指导呢？不，不可以的，倘若他们把我的信登出来，把我的问题暴露于天下，那可是豁子擤鼻涕——脏了牙了！ ……我狠劲地摇了摇头，对着这几个字发了阵呆，终于又拿起笔来，将之一下一下划拉得没了影儿，随后就无力地趴在桌面上了……

现在，第二节晚自习又快下课了，我终于把这一天的经历记下来了。 我的心情十分沉重，就像有千斤重负压在身上，我觉得我被彻底压垮了。 命运之神啊，你为何对我这般严苛呢?！

十七 病假（一）

　　一夜噩梦连天。 早晨醒来，头脑昏昏，胀得斗大。 我知道这还是昨天那些事窝在心里不得排解，弄得脑子和精神又失了常态了。 像这样子，我怎能正常应付一天的生活呢？ 硬撑下来，说不上还会弄出更难堪的事来。 ——这么想着，我产生了集中梳理一下思想的强烈欲望，于是便以头痛为由请了病假。

　　同学们都上操去了。 我叠好被子，走出校门，走上大街，懒散地朝沂河方向走去——沂河岸边的杨树林纵深数里，清幽无人，是思考问题的最佳场所。

　　天光大明，街上卖吃食的已忙碌起来。 前方传来了啪啪的声响，我放眼望去，一个小男孩拿着一把玩具枪玩得正欢。 哦，定是他爸妈刚给买的，让他兴奋得这么早就起来了。 我走过去，刚要同他搭讪，他却顽皮地一歪头，一斜眼，蹦跳着跑开了，还不时回头朝我"打上几枪"。我被他逗笑了。

　　来到沂河边。

　　灿烂的朝霞映在宽阔的河面上，水天一色，极其绚丽。 五里长桥上行进的人流，全都被罩在这霞光之中。 ——景色虽好，我却没心思多看，就沿着河堤南下，向那里的树林走去。

　　树林深处，一对青年男女正盘坐在草地上窃窃私语，想来是恋人相会了。 我绕开他们朝前走，不料走着走着，陡地产生了一个怪怪的想法——咦，何不听听他们拉些什么呢？ 于是便走下河堤，在一汪水边停下，掏出二十多天没洗的手帕，装模作样地洗起来。 侧耳细听，只有女子银铃般的笑声不时传来，至于谈话，却怎么也听不到。 脚在细软的沙滩里越陷越深，把鞋都浸湿了。 我抬脚换了个地方，又听了一阵子，终于死了心，起身上岸，继续前行。 回头看那对"鸳鸯"，还在浓情蜜意地说笑。 想到自己不太光明正大的行为，禁不住暗暗发笑。

又走了好长一段路，我才停下来，靠着一棵树坐下，心无旁骛地开始想自己的心事。

"我是怎么弄的？ 我是怎么弄的？"我反复地问着自己。 昨天的经历在眼前重现，纷乱的思绪也泛上脑际，但脑子却如一盆糨糊，混混沌沌，怎么也理不出头绪。 我歪着头，蹙着眉，像木头一样呆呆地盯着树干出神，只感到一肚子的伤感和苦楚。

不知趣的小鸟儿在树上叽叽喳喳。 我烦了，顺手抓起把沙子狠狠向它们掷去，唰的一声，它们扑棱棱一下飞了个干净。 秋叶也惊了，纷纷落下，有一片正好落到我脖子上，弄得我脖子痒痒的。 我一把抓过来，把它放在手里使劲搓，使劲搓，搓得粉碎又使劲撒出去，这才解气。

我又在那乱麻一般的思绪中缠绵。 不经意间，嘴里溜出了轻轻的歌声，渐渐意识到了，索性纵情地哼唱起来，还随心所欲地填着词。 曲调是电影《牧人之子》主题歌的曲调，我喜欢那奔放的草原牧歌，可是填的词却不是奔放而是感伤的了。

"心忧郁身子也不自在，袁野我胀闷得要裂开来。 为什么苦恼事单找软弱人？ 千钧重负压得我抬不起头来。 明媚的阳光无法让我快活，潺潺的流水只能增添愁怀。 络绎的桥上人令我生厌，寂静的杨树林又落寞难耐。 喧闹的鸟儿啊快快滚开，你让我烦躁得愈发厉害。 灰黄的秋叶也趁火打劫，不将你粉身碎骨岂能开怀……"

我就这样唱啊唱啊，唱出的净是些颓废的句子。 眼前的景象皆不如意，似乎都成了落井下石者。 我忽然想起托尔斯泰的长篇小说《安娜·卡列尼娜》里的一个主人公列文。 他在新婚时节,感到周围一切都是那么美好,那么欢乐明快,好像都在张着笑脸祝贺他的幸福。 ——此时此刻,我同他的心境真是天壤之别啊!

忧伤的歌声悠然而止。 ——咦,怪了,经过这阵子尽情地宣泄,我竟然觉得轻松了不少!"嘿嘿,"我咧嘴笑了,对自己说,"这样好,这样好,你就这样使劲放松一下吧。 把那些烦心事暂时通通撇开,放松,放松,再放松……早饭后怎么安排呢? 你就随心所欲,信马由缰,到处逛,放开逛,逛它个七开六透气,把魂儿转过来再想事!"

我就按照这个想法在城里逛了一整天,连午饭也没回学校吃(我当然也没钱在外头吃),不仅休息了脑子,还见识了不少新鲜事,特别值得一记的是听书和看玩把戏。

南城门外有一片很大的空旷场子,是全城最繁华的地方,做生意的,玩杂耍的,三教九流干什么的都有。 傍午时分,我逛到了那里,在说书场听了好一阵子书。 那个说书人很有特点。 他说的是《薛丁山征西》。 这故事我并不陌生,但由他说起来却着实耐听。 只见他手持玉鼓,说一阵,唱一阵:说时嗓音粗犷,声如洪钟,妙语连珠;唱时脖子青筋暴出,粗得快撵上头了,唱腔别有韵味。 听书的一个个都听直了眼,他似乎有股勾魂摄魄的力量。

正听得热闹,东边忽然响起当当的铜锣声。 我扭头看去,只见一个大汉正在那里起劲地敲锣,边敲边吆喝:"玩把戏啰! 玩把戏啰!"

人们从四面八方朝那里聚拢。 说书人的吸引力也没他大了,说书场的人走了大半,我也跟了过去。 只见那大汉身边放着一个箱子、一个笼子,笼子里装着一只猴子,旁边还有几件兵器。

人们把场子围得里三层外三层,水泄不通。 那大汉先打场子,拿出一根绳鞭(在一根细麻绳的一头拴上一个铁耙齿)舞起来,那绳鞭本是软的,可在他手里却变成一条龙,能伸能缩,能软能硬,收放自如,吓得观众直往后退，直退到他要求的位置。 他又拿起一根棍子，绕场画了一个圆圈，告诉大家必须站在圈外。

表演开始了，第一个节目是"耍猴子"。 他先从箱子里拿出一个小花褂和一条小裤衩，给猴子穿上，把猴子打扮得像个小孩。 然后站起身来，当地敲了声锣，开始叫板："马中赤兔，人中吕布，鸟中凤凰，兽中猴子。 今天花果山上的美猴王来了，它要开始演戏给大家看！"说罢又是一声锣响，向猴子发出了指令，那猴子立马将两条后腿直立起来，右手搭在额头上，绕场一周，身子颠儿颠儿地给观众敬礼，惹得观众哈哈大笑。

猴子回到大汉身边，大汉又趁着锣点高声唱道："叫你戴上，你就戴上，千万别学那猴儿样，你要学那小老头，吸烟咳嗽把地耪……"猴子遵照指令，掀开箱子，拿出老头的破毡帽和面具，戴在头上，卡在脸上，又从大汉脖子上拿来旱烟袋，挂在自己的脖子上，右手拿着文明棍，既当拐棍又当锄，它弓着腰，点着头，把老头吸烟、咳嗽、锄地的动作学得惟妙惟肖。 看着它那滑稽好玩的样子，满场响起雷鸣般的掌声。

大汉又接着唱道："叫你戴上，你就戴上，千万别学那猴儿样，你要学那老妈妈穿针引线纳鞋帮……"他手中铜锣一响，猴子不敢怠慢，又掀开箱子，把刚才的道具摘下来，拿出女人的驴夹板帽子和面具，戴在头上，卡在脸上，手拿着牙签当作缝衣针，跟着唱词，踏着锣点，学着老婆婆的样子，煞有介事地穿针引线，纳起了鞋帮。

在众人的欢笑声中，大汉一边敲锣一边点评："唱得好听学得像，猴子也能学人样，美猴王千变万化它都会，就是腚上的尾巴撅个撅个无处藏！"大家又是一阵哄笑。

耍完了猴子，大汉双手合十绕场一周致谢，说道："谢谢，谢谢老少爷们对我们的抬爱，谢谢老少爷们捧场架势、呐喊助威、同欢同乐的一片真情！ 大家是我的衣食父母，演完把戏讨钱时望大家慷慨解囊相赠。

没有钱的也没关系，你不要走，还得帮个人场。"说罢让猴子进了笼，把箱子搬到一旁，又抱拳拱手说道："这些小打小闹没看头，我不能用花拳绣腿诓人，今天我要使出点儿真功夫供大家观赏。玩得好了甭说好，玩得不好请包涵指点。——第二个节目：单掌开石！"

他脱了褂子，赤膊上阵，矗立在戏场中央。少顷，他跺了跺脚，把腰带连紧三扣，两手攥拳下垂，又连着做了三次深呼吸，这是开始运气了。他一边运气一边解说："内练一口气，外练筋骨皮！"——说话间他拳头攥得愈紧，气运丹田，两臂平举，胳膊、胸脯上的肌肉渐渐聚成碗大的疙瘩，额头上的那个疙瘩比鸡蛋还大。——他面前放着一堆石头，长的、短的、厚的、薄的，大的、小的都有。只见他左手拿起一块薄些的石板，右手运了运劲，发了发力，猛然向石板砍去，啪啪啪啪，如同快刀切豆腐，把石板一块一块地切落在地上！——连砍几块之后，他又转向头上运气发力，双手拿起一块大石头，猛地向头上砸去，但见青烟冒起，火星四溅，碎石飞射，满地都是碎石子！——接连砸碎了几块，他又从地上抓起两把碎石子，继续运气发力，嗵地一跺脚，嗨地喊了一声，石粉便从他手指缝里突突突冒了出来！——啊呀呀，这两只手简直是粉碎机啊！

"好哇！""妙哇！"全场惊叫喝彩，欢声雷动！

待大家赞扬声稍息，第三个节目"天女散花"又开始了。他拿来一把铁叉，又尖朝下插进地里，又顶头拴着个小钩子，又拎来一个小花篮，里面盛满剪碎的花纸，然后一纵身将花篮挂在了叉顶的钩子上。

安排好了道具，他深深吐出一口浊气，又换上几口新鲜空气，而后掌心向上，两臂如车轮转起，迈着碎步，像旦角快走的台步，身轻似春风摆柳，脚轻如杨花着地。——在离花篮约两米远处，他立正站住，又深深吸了口气，身子往下一蹲，大喝一声"起"，接着便旱地拔葱般向上猛一跳，那矫健的身体如同火箭升空向上蹿起，在离地面三四尺时，他趁势将上身往后一仰，两腿伸直——真是说时迟那时快呀，他在半空中两腿一剪，夹住花篮，脚尖又倏地往上一挑，花篮即被抛向空中，连连翻滚，篮中花纸像朵朵鲜花漫天飞舞，又像雪花一样飘飘洒洒落向大地。 ——这时他的身子行将下落，他趁势来了个鲤鱼打挺，把身体翻转过来，又使了个燕子撮水式，两脚轻轻着地，接着又是一个金鸡独立，稳稳地站在平地！

这一纵、一仰、一剪、一挑、一翻、一撮，完成在刹那之间，是那样连贯、流利、洒脱、飘逸、娴熟，灵巧赛猿猴，矫捷比飞燕，实在是功力非凡哪！ ——观众尽情地享受着他精彩的表演，凝神静气，鸦雀无声，一时竟忘了鼓掌，忘了喝彩，过了好大一会儿，大家才醒过神来欢呼与鼓掌。

大汉收起架势，抱拳连声道谢，然后开始要钱，他说："常言道，千里做官，为了吃穿，下面我得要几个钱好填填窟窿（他用手指指嘴巴），请大家慷慨相赠！"说罢端起铜锣绕场收钱，观众争先恐后地把钱朝铜锣里扔，他喜得眼睛眯成一条缝，不住点头致谢。

一天所见，委实让我大开眼界，大饱眼福，大长见识。 ——这都是实实在在的生活呀！ 我想写东西，就得扑下身子去了解生活、学习生活呀！ 生活像大海，我就是游于其间的鱼儿，我应当不断地吸收它的水分和营养呀！

我回到学校时已过了晚饭时间。 吃过饭的同学有的朝校外走，有的还在教室里说笑。 有几个同学问我是否安好。 王润田说："你到底得的什么病，一天不回来，连午饭也不吃？！"我嘿嘿笑着，轻描淡写地回答了几句，就狼吞虎咽地吃起饭来。 对润田的问话，我不感到奇怪。 我估计，不少人对我的病是抱幸灾乐祸的心理的，因为大家都认为我是铁脑壳，并把它不适当地用在读书上。 对这样的讪笑，我这次可没介意。因为我的心绪虽然还未完全平复，但经过一天的放松，已经明显好转，我能承受得了。

A：哈哈！ 你这一天过得还算悠闲。 给我印象最深的是，你看景也想着生活积累，你在写作上的追求真是够执着的了。 ——有一点儿我得解释一下，关于看玩把戏，你日记里写感受、写观众情绪多，写具体过程粗。 这跟你对武术生疏有关，瞬间完成的那些动作，你哪能观察那么细呢。 我的老乡李敬泽有本写童年生活的回忆录，其中有他跟师傅玩把戏的事，人家是内行，对武术动作就写得细。 江湖上玩这类把戏大同小异。 改写你这一段，我在内容上就参考使用了他的有关资料，这是应当说明的，也借这个"AB对话"向他致谢！

B：很好很好，应当感谢！ 俗话说，内行看门道，外行看热闹嘛，咱们门外汉哪能说得那么细腻呢！ 几十年来，这类把戏我还看过几次，一九八〇年我在南京体育馆看了一场武术表演，其中也有硬功节目，表演者运足了气，让汽车从他身上碾过，他竟然毫发无损！ 那是真厉害！

A：啊啊！ ——中国的武术，真是博大精深啊！

十八 病假（二）

　　第二天我又请了一天假。我必须让自己彻底恢复过来。上午还是玩，当然又见到不少趣事，值得一记的有两件。

　　一是看盲人算命，还是在南城门前的广场上。盲人算命的那套自不必多说，我感兴趣的是那些找盲人算命的人的情态。他们向盲人说了自己的情况和要求后，就瞪大眼睛盯着盲人，等待着他的判词，神情是那般专注，那般虔诚，既充满期待，又含着恐惧。有好几个打算去东北谋生的人听到"×神安东，时运不济"的不祥卦辞时，顿时耷拉下脑袋，怏怏离开。有个黄脸农民得的是"一帆风顺"吉语，当即兴奋得手舞足蹈，连声说："好好好，好好好，我早买好车票了呢！"算命的人说："你是今天头一份好的，得给三毛钱（一般是两毛）！"他痛快地掏出钱包，数钱时还要进一步落实："真的头一份？""头一份！""啊，头一份！头一份！"他一边朝外走一边不住地点头自语，满脸笑成了一朵花。围观的人也都为他高兴。——一心企盼着好运的迷信的人哪，甭管那吉语是真是假，但毕竟让他在精神上得到了巨大的鼓舞和力量！我也祝他好运！

　　二是在工人俱乐部阅览室看杂志。看了几篇小说，当然有收获，但最大的收获还是看了那篇关于杜鹏程小说的评论。文章说，杜的小说之所以写得好，其秘诀就是他具有鸟瞰生活的高度。怎样才能具有这个高度呢？其一，你必须用马列主义武装头脑，提高政治水平和思想水平，这样你才能站得高看得远，才能鸟瞰生活；其二，你必须深入到实际生活中去，深入到火热的斗争中去，锻炼自己，熟悉生活，积累经验。有了这番生活的磨炼和对生活的熟知，你才能鸟瞰生活。——读着这篇评论，我又有了醍醐灌顶的感觉。我咬着嘴唇，攥着拳头告诫自己，袁野啊袁野，看到了吗？你要好好地努力啊！

经过一天多畅快的休息，我的心情已经完全好转，能够冷静地想事了。下午我去了烈士陵园，坐在纪念堂的石阶上专心致志地思考起来。我逐件过滤着那天的事情，结果惊奇地发现，除了打翻稀饭缸和"爬"黑板，其余几件都与读书有着直接或间接的关系！早自习看小说，那当然是直接的了。农业实习课评分，大家说我劳动不主动，不主动的原因不是与读书有关吗？孙家如不就直率地提出来了吗？历史课小考失利的原因能说与读书无关？教育学课堂上我那翻江倒海的忧虑和一整天痛心疾首的苦恼，说到底不也是因为读书吗？至于打翻稀饭缸与"爬"黑板，虽与读书没关系，但它们与那些事搅在一天发生，确实也对我的情绪起了推波助澜的作用。

"唉，说来说去还是因为读书！"我重重地长叹了一声，"难道我读书错了吗？错了吗？"我右手支着下巴，左手搭在膝盖上，瞅着满园郁郁苍苍的松柏，扪心自问，"不必讳言，我那天做得确实有错。我自习课读小说，怎么说都是错的。是的，我爱文学，我想写作，但课堂上多读那么几页，究竟有多大作用？历史课小考失利，也实在与我平时功课学习用心不够有关，倘若我像读小说那样努力学习功课，还会出现这种情况吗？至于参加劳动和其他集体活动的事，这是个老问题了，虽然与我的身份（真正的一介草民）和做事没经验有关，但平心而论，我能否认为我贪读小说对此没有影响呢？——那天我还攀扯人家王卓然和孙家如，我怎能那样想呢？人家是干部，参加劳动少点儿是因为社会活动多，我能与人家比吗？"

想到这里，我不免有些惭愧，感到对不住人家。停了一会儿，我的思路又回到正题上来，想到那天虽然做得不对，但读书问题确实是长期困扰自己的问题，不禁又是一声叹息。——唉，造成这个局面，归根结底还是因为我那个想写东西的志向呀！我的志向与目前的现实发生了尖锐的矛盾，这才是问题的症结所在呀！——但是，我不该有这个志向吗？我的志向错了吗？不，没错！绝对没错！我想写东西是为了什么？还不是为了反映和讴歌社会主义吗？当然是的！既是这样，又有什么错？既然不错，我当然就应该朝着这个目标，努力努力再努力！——是的，我现在的情形正是这样努力的，我不应只发愤读书，还应注意观察生活和积累资料，也要脚踏实地地投入学校生活中去（尽管由于读书，主动性不够）。当然啰，这样做首先是为着培养和锻炼自己，另一方面我觉得也是一种生活体验。——倘若有人说，你既然这么喜欢读书，那好，你就不要参加别的活动了，你只管读你的书吧！我能答应吗？不，我是绝对不会答应的！因为把我同沸腾的生活隔绝了，我还怎么了解生活？我还能写出什么?! ——何况我还有个深藏心底的秘密呢：在我将来的小说里，我要写一个人的故事，写这个人思想成长的艰苦历程，写他在社会生活中摸爬滚打，历尽风雨艰辛，克服缺点弱点，逐步成长为一名坚强的共产主义战士！这个人的模特儿是谁呢？就是我！因为我坚信自己会走这样的道路的。我同这个人就像孪生兄弟，不，他实际上就是我的影子。他就是我，我就是他。我在生活中成长着，他也在生活中同步成长着。——既然如此，如果让我闭门读书，让我对火热的现实生活充耳不闻，岂不堵塞了我进步成长的道路，岂不葬送了我那个写作的志向吗？我怎么会答应呢?!

啊呀呀，啊呀呀，你想到哪儿去了？你这个好沉湎于幻想的袁野呀，你想得实在太远了！你还是停止想入非非，回到现实中来吧。现实是什么？现实是你无节制地读书，造成了不良影响，影响了学校纪律，影响了功课学习，影响了参加集体活动，影响了别人对你的看法，影响了你自己的进步！　——唉，我究竟该怎么办呢？　……怎么办？　还是得回到现实中来，实际一些，实事求是一些。　理想是得要的，但理想的实现不是一朝一夕的事情，我不能像沙漠里的鸵鸟——钻头不顾腚！现实的事我必须处理好，不处理好我就苦恼个没完！　而且更重要的，我还有个期末操行评定管着！　——怎么处理呢？　根本一点还是要管控我的读书。　而今而后，自习时间绝不能再看小说了（但日记是要记的），要认真学好功课，要积极参加劳动和班里的活动，并且努力争取主动。至于读书，当然还是要充分利用课余时间，但也要避嫌，不一定老是在教室里读嘛。

就这样，我思考了整整一个下午。　想通了，才觉得事情竟然如此简单！　不就是一个读书问题嘛！　不就是一个管控好读书的问题嘛！　——上午看的关于杜鹏程小说评论中的"鸟瞰"一词，突然从眼前跳了出来。　是呀，头脑中的阴霾被驱走了，我能够清醒地"鸟瞰"那天的事情了，一盆糨糊成了一汪清水，真相就清清亮亮地凸显出来，让我纠结不清、痛不欲生的事情就一下子简单明了了！　——嘿，这倒是解决问题的好办法哩，今后遇到难缠的事情，不要急着处理，头脑糊涂时你会越想越糊涂，只有你头脑清醒了，问题才会迎刃而解呢！

我精神抖擞地起身朝学校走去。　路上，我还在自我劝解：这些问题，你像捯粪一样捯过多少遍了？　袁野，最重要的还是身体力行啊！

A：哈哈！　雨过天晴，老兄，你痛不欲生的几天终告结束了！　——你最后想得不错，实际上事情就那么简单，就是一个管控好读书的问题。青年人有爱好有追求是好事，但你是生活在集体之中，生活在现实之中，就得把握好分寸，兼顾其他。　这个问题放在今天处理，恐怕也得这样。　你们当年那么强调"红专""白专"，政治气氛那么浓重，当然更应如此。　你没处理好，集体不容，自己也苦恼，根子就在这里。

B：是的，我做得确实过头了。　不过，关于处理爱好与现实的关系问题，即使站在今天回望当时的情形也会感到比较复杂，这是一个难题。 在这个班里，王老师比较宽容，个人爱好还有存在的空间（不过那时大气候是那样，即使存在也已很艰难了），在这种情况下，注意掌握分寸是有必要的。 但到下学期分了科就不同了，个人爱好就难以生存了。 那时候的问题，就不是掌控能解决得了的了，而是要不要个人爱好的事了。

A：好吧，这个问题就到写那段时再谈吧。 ——我还要说的是，你那时形成的以自己为模特儿写小说的理想，到了半个多世纪后的今天，咱们真的要把它变成现实了。 是不是可以这样说呢？

B：这个嘛……也是也不是。 的确，咱们在以我为模特儿写小说，但写的只是这个人一学年的事，他这时还在成长的初级阶段，还很幼稚。 我那时的想法呢，是要写这个人逐步成长为共产主义者的全过程呀！ ——你看，不一样吧？

A：那么，如今已过古稀之年的你，成了共产主义者了吗？

B：这个……我虽然入党不算太晚，但也只能说是个为党勤勤恳恳工作了大半生的好人，离那个标准还差得远呢！

A：如此说来，你理想的小说就无法完成了！（我俩同时纵声大笑）笑谈！ 笑谈！

|十九| 教诲

　　病假之后，又是几天过去了。今天晚饭后，王老师把我叫到语文教研室谈话，一直谈到上晚自习。

　　他先问我头疼怎么样了，我说歇了两天，好了。他又问是怎么回事，我说我也说不清，反正那天夜里噩梦连天，早晨起来头就疼得不得了。——我这话当然有一半是假话，我不想也不好意思跟他说那天的情况。那天的事实际上是我自己内心作乱，我不说谁也不会知道。王老师瞅了瞅我，说："你请假后同学们有些议论，觉得你头疼跟你读书过甚有关呢。"我说："关系不大，这几天我还是那个读法，就没有感觉了。"他说："还是要注意休息，劳逸结合嘛，人的精力毕竟是有限的，老是那么个用法，容易出事。"他又问我最近读什么书，有读书笔记没有。我说有，主要是对内容、结构、人物写些分析，好的句子也摘一些。他同意我的做法。

　　谈话转入正题。他说："这几天，我对你的情况有了些思考。你的情形是怎样的呢？肯定地说，你是在进步着。你进步的特点是慢而稳。"

　　我赞同地笑了。他的分析我觉得是恰当的，也让我感到温暖。我说："是的，我每走一步都要经过很激烈的思想斗争呢！"

　　王老师的话却来了个急转弯："但是你进步得确实太慢了！不走可倒稳，不过那不是进步。有些人尽管走得歪三扭四，但待他走稳了之后，他的进步可很大唳！"

我笑不出来了。他停顿了一下又说："影响你进步的主要因素是什么呢？我想了想，还是那个读书问题。这样说，不是不让你读书，是让你有节制，是让它不影响你的进步。没有节制，一头扎进书的海洋里，你哪还有心思去争取进步！你还有什么进步的积极主动性！你想想，是不是这个道理？"

他见我偏着头直着眼在思考，又放缓了语调说："袁野，不要你死读书，确实不是要不要读书的问题，而是个倾向性问题。我们为什么反复强调要走'红专'道路，不走'白专'道路？人生在世，必须有个正确的政治方向。方向不正确，就要犯错误。走'白专'道路，就会搞错方向，就会在政治上出大问题。——袁野啊，你年轻，自身还没有体会，还不知道这个的厉害哟！可你对社会上的情况应该动动脑筋呀，你只要看看反右斗争就明白了。咱们学校的那些老师，有的还教过你，不就是政治上出了大问题吗？他们不光危害了国家，也危害了自己，甚至还会危害他们的家人和其他亲人。噢，在你们同学中，不也有这样的事吗？去年五六级同学中出了个'反党小集团'，批判大会你们不是参加了吗？他们自毁长城，年纪轻轻就葬送了前途。这些血淋淋的事实，不应该给你敲响警钟吗？袁野啊，这个问题事关重大，事关人的政治生命和政治前途，一定要搞明白。一定要在政治上走对路。一定要在政治上和思想上努力争取进步。对你来说，目前最重要的就是要真正处理好读书与进步的关系问题。读书重要，进步更重要，一定要把二者的位置摆正摆好！"

他语重心长地说了这么一通，说得我心惊肉跳，说得我连连点头。这时候，于老师进来了，看我们正在谈话，又退了出去。

"刚才说的是读书与进步的事，对你来说，还有个事也很急迫。"王老师接着说，"这就是要努力培养自己实际工作能力的问题，也有必要跟你特别地谈谈。"说到这里，他瞅了瞅我，扑哧一声笑了："过去总觉得你年龄小，个子矮（我这两点大概给他的印象最深了，他经常这样说我），在这方面我没特别要求过。现在看来不行了，必须提到日程上来了。再有半年多你们就要毕业了，就要到小学里去独当一面了，你自己觉得这方面怎样？"

这是我的短板。看他盯着我笑，我也不好意思地笑了（我想，我那时不止不好意思地笑，脸也一定成了大红布）。

"是呀，这是个很现实很迫切的问题，"他收敛了笑容，严肃地说，"到工作岗位上，你就得能够独当一面去工作。比方说去哪里联系个事吧，人家孙家如、李西成一定会做得很好，可要你去做呢？"

"那……那……"我挠着头皮，"我……我做不好……"

"就你现在的情况，我看也是。咱们只是举了个例子。独当一面实际上需要处理多方面的事情。没有这个实际工作能力，那就空有一身本事，也做不好工作呀！而这个实际工作能力，就需要锻炼。你现在就要锻炼，有意识地去锻炼和提高自己！"

他顿了顿，又说："你的情况跟我有点儿相似，我的母亲在我小时候，对我很溺爱。我长到老大了还不好意思叫人什么。不是不愿叫，而是我太腼腆了，实在叫不出口。以后上了中学，学政治一般是先听报告，然后讨论。讨论是那时学政治的重要方法。看人家呱呱一大套，可自己呢，就像个闷葫芦，即使心里有也说不出来，硬着头皮说了，往往也是说着说着就忘了。这不行，也使自己吃亏。我下去教了几年小学，工作做得就不出色。什么原因？自己忠厚老实，群众一般对咱挺尊敬的，主要就是和干部关系不好。咱缺乏这方面的锻炼，缺乏社会经验嘛！"

他用手轻轻点着桌子，沉思了一会儿又说："是的，你是得有意识地锻炼自己。像你现在这个样子，只知道埋头读书，什么进步呀，锻炼提高呀，都不放在心上，实在不行哟！以后到了社会上就要碰壁，甚至难以立足哟！——当然啰，由于各人有各人的脾性、爱好、趣味，因而进步的途径也因人而异，大家是殊途同归。 就因为这样，所以不能拿一个模子套人，不能一概要求，绝对平均。 不过有一点儿应该强调：虽然各人有各人不同的道路，各人有各人不同的主观能动性、积极性，但是——"说到这里，他的声音提高了，显出了焦灼的神情："这个主观能动性、积极性，你必须发挥出来呀！"

上晚自习的铃声响了，我们的谈话还在进行着。 贾老师进办公室了，我们就走出来，在校园里的井台旁又站了一会儿。 这阵子正是小班读报时间，教室里传来了费洪涛读报的声音。

我回到座位上，脸上还热辣辣的。 我觉得王老师的话切中要害，实在太对了。 我确实不能只顾读书，忘了政治，忘了进步。 我当然还要读书，但一定要二者兼顾，而且都要搞好。 还有那个锻炼实际能力的问题，王老师说得不错，我确实太欠缺了。 别的不讲，仅就说话而言，我就太差劲了，我太腼腆，太不闯实。 他拉的是他自己小时候的情形，我实际上更甚。 别看我跟相熟的人拉呱，还能说上一通，但在集体场合或不熟悉的人面前，往往一句话也说不出来，就是说点儿也是前言不搭后语。 这哪能行啊！ ——袁野啊袁野，从今以后，你要说！ 你要大胆地说，放开说！ 你要努力把自己锻炼成铁嘴铜牙！ 记得有个英国人（也许是希腊人吧，记不清了），他还有点儿结巴呢，但他顽强地锻炼自己，甚至每天都要对着大海练习演讲，靠着这样艰苦卓绝的努力，他最终成为一个了不起的演说家！ ——袁野，你没有这个毅力吗?！

A：看了这篇日记，我也很感动。 王老师对你的事确实动了番脑筋。 你的感觉是对的，他的话的确语重心长。

B：是的，他关心我，爱护我，句句说到我的要害处，句句说到我的心坎上，正如他在给我的信里说的，他是恨铁不成钢啊，他是盼铁成钢啊！

A：读着日记，我也在琢磨。 撇开王老师的情谊不说，咱们就事论事议议：站在半个多世纪后的今天来看王老师那番话，对不对呢？

B：我也曾这么想过。我觉得他的话很有道理，很现实。我是从书呆子阶段走过来的，我的经历让我体会到，当书呆子委实不是理想的学生生活。书呆子到社会上会吃亏的，会受挫折的。人是社会之人，在社会上总有许多人要接触，有许多事要做。书呆子缺乏社会经验和实际能力，往往会为人所不喜，为社会所不容。我参加工作后，头几年就吃过这个苦头。当然，那时候"左"，提到"红专"又往往会排斥读书，无疑是不对的。书呆子固然不好，但通过认真读书培养起来的业务能力，却是服务社会的真本事，没有这个真本事也不会干好工作。所以把读书与进步与锻炼能力有机地结合好，实在是学生的一个重要课题。

A：我也是这个看法。

B：还有王老师谈话中提到的右派和五六级"反党小集团"的事，那是个时代问题，前面咱们也解释过，这里不再啰唆了。

A：好吧。就在这次谈话不久，你同张勤吵了架。前面你给他写像时，说他尖酸刻薄，读了下面这篇写吵架的日记，我才有了更深的印象。

B：哈哈！

二十 一幅画引起的争吵

　　没想到世间竟有如此卑劣可恶之人！ 那么尖酸刻薄，那么无理取闹，那么让人讨厌，真乃世所罕见也！

　　这人就是张勤！

　　上周美术课上，老师布置的课后作业是搞美术创作，让个人自选题材，要求是运用革命现实主义与革命浪漫主义相结合的创作方法。 最初，我找不到参考资料——不，准确点说，参考资料不少，但画面都很复杂，我画不出来。 画画是我的弱项，我缺乏这方面的艺术细胞，美术课是我最头疼的课程。 每次画画，我纵然费尽九牛二虎之力，能得个 3 分（及格分）就不错了，有时还会得上个令人难堪的 2 分。 现在老师让自选题材，我当然要找最简单的画了。 到底画什么好呢？ 人最难画，我想都不敢想。 我的思路自然而然地转向植物，又自然而然地想到了向日葵——因为上学期老师让搞壁画创作时，我曾受《中国青年报》上一幅画的启发，画了一轮光芒四射的太阳和几株迎着太阳生长的向日葵，取名《葵花向阳》，结果得到了有史以来第一个 5 分！ 我当然喜不自胜。 其实我画那个也就是图个简单。

　　此刻，我又把那幅画找了出来（由于得了少见的 5 分，我特意保存下来，也算敝帚自珍吧，哈哈）。 不过只是看了看就无可奈何地放下了。 这是不能再画的了，我不能烫剩饭呀！ ——但我的思想老离不开向日葵。 因为它太好画了。 我忽然想到是否可以变变题意，画几株高大的向日葵，让它把一些原本高大的东西比下去，以此来歌颂大丰收呢？ 这样想着，我兴奋起来。 然后又想，让它比什么呢？ 我想到高楼。 可高楼怎么画呢？ 问王育荣，他也不会。 我只好决定画房子，接着又想到太阳、飞机、云彩这些空中之物，不都可以和它比高吗？ 让这些物件都成了矮子，我的向日葵该是何等伟岸高大啊！

我很快画了出来，画毕又歪着头打量了一番，颇为中意，起了个名字叫《向日葵》。 又感到光有名还不尽意，想了想，就在画的下面写了四句打油诗："向日低下头，飞机在下头，白云缠在半腰间，高房蹲着像坷垃头！"

说实在的，我画得并不好看（你想我还能画多好），但是内容新颖，富有浪漫色彩（老师要求运用革命现实主义与革命浪漫主义相结合的创作方法嘛）。

我摇头晃脑，洋洋自得地拿给人看。"你看怎么样？ 你看怎么样？"看的同学也啧声连连。 我更加得意了："咱老袁了不起咪！ 咱老袁了不起咪！"

我这种小丑式的表演，说到底无非是图个乐子。 谁知正在我自鸣得意之时，忽然从旁边抛来了一声嗤之以鼻的怪叫："什么了不起？！抄袭！"

这半路杀来的程咬金就是张勤。 真是大煞风景！ 他这一瓢冷水泼下，我通身都凉了。 我面红耳赤地同他争论，还拿出我的原画给他看。不料他更来了劲头，尖嘴利舌地说道："你看是吧？ 向日葵、太阳……"我分辩："你没看添了什么？ 这个向日葵同那个一样吗？ 而且，也是更重要的，是题意不同啊！"可他不待我说完，就一指头戳到画上，傲慢地说："别说了，在事实面前……"随即扬长而去！ 直让你目瞪口呆，有口难辩，真是气杀人也！

时间如同忘泉的水，能使你慢慢忘却那些不愉快的事。 一周前的这场争论，我渐渐有些忘了。

不料树欲静而风不止。 今天发下美术作业，我看着老师给的那个鲜红的 5 分，不用说兴奋劲儿又上来了。 我问王润田几分，他高兴地撇着腔说："5——分！"我把桌子一拍，洋腔洋调地说："咱也不用说！"——我这个样子，可不是目中无人的那种傲气（在画画上我没这个资本），只不过是由衷的喜悦罢了。 如前所述，美术课得 5 分，对我来说是"凤毛麟角"啊！

谁知正在我喜不自胜的当儿，又有一股冷风从背后突然袭来："哎，瞎叫唤什么，得 5 分的有得是！"

不用说又是那个促狭鬼！ 真叫人哭笑不得！

我没答话。 陈捷把我的画拿去看，称赞说："不错！ 不错！"——我想，这称赞里头也定有夸我绘画水平的意思。

"什么不错，抄袭！"那股冷风又插了进来。

争吵又是不可避免的了。 还是上次那场闹剧的重演。

我只好又把原画拿出来让大家评判。

"你要不拿人家还不知道，你这一拿正好证实了我的话！"他不听不看，只是一个劲儿地斥责！

假如换一个人，换一种语气（我是指开玩笑的语气），我当然不会生气。 可他却是那样郑重其事，那样厉言厉色，那样尖酸刻薄，俨然是我干了见不得人的事，需要由他这个卫道士挺身而出，大义凛然地进行揭发批判！ 这就让人不能容忍了。 这是一场捍卫自身荣誉、洗涤污言秽语的斗争！

我激烈地辩解着。 见他依旧顽固地恶语相向，我只好狠狠地说："好像这分挣的是你的似的！ 好像是抄的你的似的！ 何必这么歇斯底里！ 何必这么丧心病狂！"

上课的铃声止住了我们的争吵。 课堂上，我老半天安不下心来。我痛恨这小子。 为了发泄自己野兽般的快感，他时常抓住某一时机，用他那尖声尖气的语调，用他那尖刻恶毒的语言，给人制造难堪，给人制造种种不愉快。 这算个什么人呢!

"往后不和他说话了!"我心里暗暗发恨,咬得牙咯嘣咯嘣响。

可是过了一阵子,一个念头又浮上来:"成天碰头打脸的,我能光不和他说话吗? 恐怕也不可能……想当初,我们还曾经是好朋友呢!"想到这里,以前同他交往的一些事涌上心头。 那是一年级第二学期期末复习功课的时候,我们一起躺在宿舍床上,他朝我倾吐心事,吞吞吐吐地告诉我张新传借他的钱几个月了,至今没还,还一声不吱,问我该怎么办好。 他那怪怪的样子,惹得西面床上的朱琪也注意起来了。 ——他那时连这种心底的秘密都跟我说,对我该是多么信任哪! 还有,在炎热的夏日傍晚,我们端着脸盆到沂河边洗衣服,一边洗一边说笑,洗完了,又跳进水里洗澡,交换着搓背,那情形又是多么亲密呀! 大炼钢铁时,大家是分组轮班干的,他硬是求着劳动干事将我俩分到了一个组。 ——这不是友谊吗? 不承想如此关系,而今竟变成这个样子! 是从什么时候开始的呢? 又是什么原因呢? 我困惑极了。

"这年龄是最没同情心的。"我陡然想起了莎士比亚这句话。 莎翁是最洞察世故的。 难道张勤那样待人(他不光是对我,对冯俭之,对其他人也常常如此),真的是年龄原因吗? 我又想起了心理学上讲的个性问题,或许个性也是个原因?

无论如何,想到这些事,我的心已开始软了。 我记得王老师曾跟我这样说过他:"你别看他说话过激,让人下不来台,但有时候说得很对呢!"是的,倘若同他的私利没有牵扯(这一点儿非常重要),有时候(这是指他的枪炮火药对准了的时候),他的话的确能一针见血,成为正义的呼声呢! 虽然方式欠妥,但那时他说的却是别人想说而不好意思说或不敢说的话。 ——如此说来,这个讨人嫌的家伙,倒也有他的好处呢!

一股柔情袭上了我的心头。 我产生了要与他和解的想法。 我想,我应该跟他来一次敞开心扉的谈话,彻底交换一下意见。 我要不客气地指出他的偏颇和态度的生硬，使我们能够重新释嫌修好。

我预测着我们未来的友好。但我对自己懦弱的性格缺乏信心——它能让我鼓起勇气跟他谈吗？它能帮我说服这个桀骜不驯的家伙吗？

A：张勤这家伙着实讨嫌，明明是件闹趣的高兴的事，让他一搅和，却给人造成了这么大的不快！

B：读这一节，他的形象又出现在我眼前了，他高颧骨，薄嘴唇，精明而自私，直率而刻薄。诚然如人所说，在不影响他个人利益的时候，他往往能一语中的，说出事情真相，说出些正确的东西。但那吃了枪药一样的语气，又叫人很难接受。他就是这样的刻薄佬、促狭鬼。我对他实在没有好印象。——不过这都是青少年时期的陈年旧事，老来忆旧，只剩下哈哈一笑了。

A：你日记里说要找他谈谈，谈了吗？

B：后面没记，想不起来了。不过这篇日记后面几句话说得有道理，凭我当时的性格，我想我不一定有这个勇气。但有一点儿可以肯定，我俩也不会由此结仇，青少年嘛，"六月的天，孩儿的面"，有点矛盾也会逐渐消解的。

A：你被他气成那样，竟然还会想到同他和解，这说明你少年时就已经具有宽容厚道和善良的心性了，你一直如此，县委、县政府两大院的人都说你是个好人——我找到它的渊源了。

B：哈，过奖了，过奖了。

|二十一| 封炉子的故事

冬天携着寒冷，大踏步地走来了。 教室里上星期四就生起炉子了。炉子由每天的值日生负责管理。

今天是我组值日，晚上当然得封炉子了。 我从未封过炉子，也不会封炉子，按说下了晚自习不必留下，可是我却留下了。 朱琪问我怎么还不走，我说想看看怎么弄，他哈哈大笑，调侃地说："你这人怎么这么失败呢！"我不好意思地嘿嘿笑了。

我端着煤油灯（电厂停电是经常的事），只见王润田把火幢子（一头尖的铁棍）朝炉膛里一插到底，用力搅了几搅，炉灰就从炉底唰唰地漏了下去。 他又接连插搅了几次，炉膛就空了大半截。 戚良朝这时已从屋外走廊的炭堆里扒来了满满一戳机子炭块，顺势哗哗地倒了进去，炉膛就满了。 董得利是负责和封炉口的炭泥的，他用铁盆端过来了，但那炭泥却稀得很，王润田一看，立时皱起眉头，说道："这么稀！ 还净是炭块！ 怎么封?！"得利结巴着说："怎……怎么不行的？ 怎……怎么不行的？"说着便把炭泥一股脑儿倒在炉口上。 润田见生米已煮成熟饭，只好用火铲将炭泥抹平，又把一直插在炉膛里的火幢子使劲转了几转，转出一个大口子来，随后拔出火幢子，这炉子就算封好了。 润田愤然说道："明天炉子熄了，我不负责！"说罢气哼哼地转身走了。 炭泥由于太稀，倒在炉口上后迅速朝中间的口子聚拢，眼看要将口子糊死了，得利慌了，急忙拿火铲朝外扒，扒一会儿停下看看，还是不行，又赶紧去扒……

我们几个不愿再等，相继走了，只有他留在那里侍弄炉子。待他回到宿舍，我已经脱了衣裳钻进被筒里了。

"明……明早，"他过了好大一会儿才说，"二……二组准备去……生炉子就是！"

"熄了吗？"润田说，"我看也活不长久！"

"根本胡来的事！"良朝也说，"炭泥和那么稀，不是闹着玩吗？哼！"

"明天早自习，几个烟鬼倒是高兴了——有烟吸了（用木块生炉子，烟气还能少了吗）！"王润田接着说。

"啊哈！"良朝上了劲头，笑道，"烟鬼们既有烟吸，又不用花钱，老董此举，倒是让他们一举两得呢！"

宿舍里一阵哄笑。

我听他俩一唱一和地数落，知道是在故意说得利。大家笑声过后，我还禁不住在被窝里偷偷笑。

得利这人不仅好不懂装懂，而且非常虚荣爱面子。他哪里受得了这番捉弄？只听他在外间屋里（我们宿舍在中间有道隔墙）嘟囔："借着一点小事就……就打击、诽谤、排挤、讽刺、挖苦……人！"

这让我更觉得好笑。心想这家伙倘能知道更多一些词语，不知要堆砌到什么程度呢！

他连着嘟囔了多遍。直到我入睡的前一秒钟，还听他在唧唧："……讽刺、挖苦、打击、一棍子打……打死人！"

A：哈哈！有趣！有趣！——这么点儿事，是不是搞得过分了？

B：哈哈，你不知道这里面的道道。得利是我们的组长，他优点不少，缺点也很明显，平日为人处世"虚"一些，有时让人很不舒服，大家看不惯，所以遇事免不了搞他一下子。——他的情况，下面还有记载，就不多谈了吧？

A：好，好。

二十二　给猪食保暖

　　给猪食保暖，是刚刚干完的事。今天是星期天，干完了大家就各自散去，只有我留下来埋头写这篇日记。要记的就是刚才这事。这事把我的无知无能凸显得淋漓尽致，此刻想来还忍俊不禁呢——哈哈，我还是从头记起吧。

　　因为是星期天，我们的早饭吃得十分悠闲。正吃着，学校的大喇叭突然响了。原来是下通知，说寒流即将到来，要各班抓紧做好猪圈和猪食的防寒保暖工作。——我前面的日记可能没记过，这学期开学后，学校各班都开始养猪，这是勤工俭学的新项目。学校操场东部划出一片地，建起了一排排猪圈。各班都组建了养猪小组，由有经验的同学组成，专管养猪。猪食则由同学们利用课外活动时间和星期天轮流到外面去找。工厂、机关食堂择下的菜根、菜叶呀，河沟里的水草呀等，凡是猪能吃的都弄来。养大的猪卖给学校伙房，既可改善大家的生活，又能增加班里的活动经费。我对养猪一窍不通，当然只有拾猪食的分儿。

　　——且说听了广播，劳动干事李西成当即招呼大家饭后先回教室，安排一下再干。这家伙经验丰富，头脑清醒，此事有几个活路，怎么分工，一瞬间即成竹在胸。待大家回到位上坐好，他便井井有条地安排起来：两个组干一项，有出猪圈的，有窖白菜疙瘩的，有给猪食保暖的。分好工后，他又向全班征集两床苫子，让有两床以上苫子的举手，二十多个人呼的一声举起手来。人太多了，又让有三床的举手，结果赵文

113

经、尹文兆的被征用了。 ——献苦子的情景是那么热烈，真让人感动哩！

开始干了。 我们一、二组是给猪食保暖的。 这时候，我的无知无能就显现出来了——我竟不知要干什么！ 我问润田，他说就是把外面走廊里的猪食缸抬进屋，再用草围起来。 因为缸里有猪食，太沉，得先把猪食搲出来才好抬。

我走出教室，有几个同学正歪着缸朝外倒水，费洪涛用捞子在缸口接着，随水流出的猪食就落在里面。 水倒得差不多了，又把缸立起来。洪涛用手搲捞子里的猪食，一次没搲完，就让我拿着捞子。 随后他又搲了一把，里面剩得不多了，我依旧拿着，没想到他却不再管我，去搲缸里的猪食了。 我急了，问他："这剩下的该怎么办呀？"他扑哧一声笑了，顺手把捞子里的猪食倒进缸里，说道："真是个书呆子！"我不好意思地笑了，也伸手到缸里捞猪食搲。 这猪食本是不需搲得太干的，可我哪里懂呀，只是一个劲儿地搲，一个劲儿地搲，一直搲到再搲不出水才作罢。 结果人家已经搲了两三个团子了，我却只有一个小蛋蛋攥在手里（此刻想来自己也觉得好笑。 站在别人的角度看，我这不是磨洋工吗？再说，你不懂为啥不看看人家是怎么干的呢？ 你呀，真蠢，我恨死你了）！ ——但我的洋相还没出完呢。 猪食团子是要放到筐子里的，我离筐子远了些，走过去放又怕人说，索性就朝那里一扔，结果没扔准，落到地上又碎了，惹得大家又说了阵闲话。

缸里的猪食搲完了，缸底剩下的水还需倒出去。 这个活我能干。我就像冯金堂的小说《桂梅和小惠》中的小惠一样，也想"表现表现"，就主动把缸歪倒，右手掀着缸腔，水迅速流出来了。 不料这又成了"熊的服务"，费洪涛见我这样倒水，连忙阻止说："你晃晃再倒呀！ 你晃晃再倒呀（意思是把缸底的泥沙晃起来，好同水一并倒出——这当然是我过后才明白的）！"可是已经晚了，水大部分已被倒出，覆水岂能再收！他无奈地说道："真是个小孩！ 里面的泥沙怎么弄呢？"他只好用手去抠，抠罢又用饭帚刷，费了好个劲儿才清得差不多了，我掌着倾斜着的缸看他忙活，觍着脸苦笑着。 他的话虽然难听，我却没有生气。 自己就是不行嘛，就是得好好学嘛！

随后是几个人合力把缸抬到教室后面。 靠西北角那里早就收拾出一个较大的空间，另一口缸已靠墙摆放好了，献出的苦子也拿来了，还弄来了许多干草。 把这口缸与那口缸并排放好后，就开始朝缸的周边塞草。 人多，我插不上手（实际上也不会干），就站在一边看。 孰料下面的活儿还挺有道道，又让我开了眼界。

草塞了大半，戚良朝发现了问题：南面的缸比北面的缸矮好多，比要围在外面的苦子还矮。 这怎么行呀！ 这样，不仅会朝缸里掉草，使用起来也不方便。 张寿福说："这好办，搬几块石头垫在矮缸底下就行。"

这个问题解决了，新的问题又出现了：塞满草后，这个怪物是那么臃肿庞大！ 大家使劲将草朝里挤，又将苦子围起来试试，还是不行。其一，草向外的反作用力很大，一松开就又胀回来，臃肿的状况依然；其二，苦子太软，既不能挤住草，还容易被草撑坏。 怎么办？

王育荣出去了，一会儿扛来一块门板，靠着草一试，很好，草被牢牢地挤在里面！ 可是一松手，又不行了，门板要朝外张倒！ ——怎么将它固定起来呢？ 在地上钉铁钉？ 不行，铁钉太短。 大家又被难住了。

王润田走了出去，一会儿拿来几根鸡蛋粗的木棍。 大家说好！ 可地面是砖铺的，木棍是圆的，怎么楔进去呢？ 戚良朝找来斧头，把木棍下端咔咔一阵砍成扁的。 三根木棍揳进砖缝，牢牢地挡住了木板下部，但上部还是朝外张，又该怎么办呢？

李瑞又出去了，一会儿找来一根绳子。 谢全成赶忙朝墙上钉铁钉，打算把揽着门板上部的绳子拴在上面。 戚良朝摇头说道："恐怕不行！墙是土墙，木板向外的张力那么大，会把铁钉拔出来的。"孙家如一拍大腿说道:"好办! 咱们用的木楔子还是短了,要是用高过木板的,不就牢靠了吗?"

真是三个臭皮匠,顶个诸葛亮。 两口缸终于规规矩矩、暖暖和和地待在那里了!

看起来是那么简单的事:无非用草围起缸,外面再用门板挡牢,却让那么多人动了那么多脑筋,费了那么大的周折!

我只是作为看客见证了整个过程。 我心里充满了敬佩、羡慕和感慨:人家是多么富有智慧呀! 集体的力量是多么伟大呀!

我对自己的无知无能感到愧疚。 我虽然出身农家,却是个十足的笨伯。 一来我被家里娇惯,平时父母舍不得让我干活;二来我本人也只知读书,不知学干活。 俗话说实践出真知嘛,我做得少,就懂得少,会得少,在勤工俭学中出洋相也就难免了。

我想起我看过的介绍女作家张爱玲的一则材料。 她出身于富贵之家,从小就衣来伸手,饭来张口,完完全全一个书呆子,连起码的生活常识也不知道,甚至出了门就找不到了。 父母看到这种情形,着急地说:"孩子弄成这样,是我们的失败!"这才开始注意培养她的生活能力。 ——人家是大作家,拿她来说自己,是将天比地,但只就生活能力而论,我同她确有相似之处(我这只是说有点儿相似。 但我也不能太妄自菲薄,毕竟我还没到那位小姐的程度嘛,哈哈)。 袁野啊袁野,王老师告诫你要注意培养生活能力的话,你要切切牢记在心哟!

A:哈哈,读了这节,我看到两个淋漓尽致:一是你的无知无能表现得淋漓尽致,二是你把你的丑态也写得淋漓尽致。

B:嘿嘿,说写得怎样那是过誉,可我出的洋相确实是淋漓尽致呢!

A:唉,孩子娇惯就是不行哟!

B:是啊,"娇养误好儿"嘛! 我的无能不仅让我出尽了洋相,也让我吃尽了苦头啊!

二十三 斗严寒（一）

寒流来得很快。 中午时分，起风了，风势逐渐增强，发展迅猛，傍晚时已是狂风大作。 校园里，高大的杨树上光秃秃的树枝在剧烈地摇晃着，院内飞沙走石，纸片败叶漫天飞扬。 狂风在屋脊上、院墙上、树梢上发出鬼哭狼嚎般的呼啸，犹如一个霸气十足的传令兵，凶悍地宣告着它的寒流主子的到来。

气温在迅速下降。 棉衣刚穿时感觉是那么厚，此时却又觉得是那么单薄。 听说明天要降到零下十六度，这消息令人恐惧。 入冬以来，虽然一直与寒冷为伴，我的手早就冻肿了，但如此凶猛的寒流，我们还是第一次经受！

晚上越发冷了。 晚自习后开门出去，我一下子被寒气噎得喘不过气来，捂着鼻子好一阵才缓过来。 寒风在耳边呜呜地吼叫，耳朵像被粘上了冰碴，又疼又麻。 回到宿舍，拉起夜里和明天将要面对的酷寒，整个屋子充满了恐怖的气氛。 戚良朝说："俺娘来，今夜会不会被冻烂了？"王润田说："不烂也要扒层皮！"——我突发奇想地说："要是能在宿舍里上课多好！"王卓然接口道："你看你想得多美！ 这是根本不可能的！""怎么不可能？"我说，"在每个宿舍都安上大喇叭，咱们坐在被窝里听课，老师要是乐意，也可以拿着话筒，坐在被窝里讲嘛！"大家都被这滑稽的场景逗乐了。 孙家如感慨地说："真是到什么时候说什么话，每年冬天，都免不了有这样一番议论！"

夜里，按习惯我都是伸直腿睡的——因为只有一床被子，没有褥子，我就把被子叠成圆筒，既当被又当褥，身子钻进去，伸直腿睡，就避免了与冰冷的芦席接触，当然就好多了。这也是大家共同的做法，称得上是御寒保暖的一个诀窍呢！——可是今夜却出了问题：我睡梦中被冻醒了，发现身子早已蜷成大虾形状。被筒被撑开了，身子贴到冰冷的芦席上，刺骨的寒风乘隙而入，冻得我簌簌乱抖，两腿死死压在一起，骨头也疼痛难当。我只好将被筒重新整理好，重新将身子直直地放进里面。不料事不遂愿，当我第二次、第三次被冻醒的时候，身子和被筒竟又成了第一次的样子！真是气死人了！——但是气死人的事不止于此。尿也多了起来。往常一夜只起一次，有时还一次不起，今夜却破天荒地起了两次！尿罐是靠门放着的。我哆嗦着起床，哆嗦着小解，凛冽的寒风从门底下钻进来，刀似的刮着光光的双腿，全身哆嗦得更厉害了，小便也跟着哆嗦起来，失了准头，几次尿到罐外，也顾不得了。尿罢哆嗦着回到床上，躺下后还要继续哆嗦一阵，连牙齿也嘚嘚地打战呢！

早晨起床铃一响，张寿福就欠起身敲着他床边的玻璃窗说："你看你看，冻得邦邦的，你看你看！"我抬头望去，原本明净的玻璃被厚厚的冰花糊成毛玻璃了。王卓然从床上一跃而起，一边穿衣一边说："当了一夜的'团长'！"孙家如说："你当'团长'，俺也没少当了'站'（颤）长！"被严寒折磨了一夜的人们都被逗得哈哈大笑。

我嘘嘘哈哈地爬坐起来，照例因惧怕棉袄铁一般的冷，不敢马上朝身上披，就光着上身坐一阵子——这个举动自己也觉得好笑，可就是改不了。待我终于鼓起勇气将棉袄猛地披到身上，还要照例偎一会儿时，王卓然已经下了床，还把敲完玻璃又缩回被窝的张寿福喊了起来。估计快打上操铃了，我也加快了动作，伸袄袖、蹬棉裤、穿袜子、戴帽子……一系列冰冷的物件骤然上身，身子如筛糠一般颤抖。体育干事在外面吹起了集合哨，全屋人都慌了。我顾不得扣扣子，急忙下床穿鞋。

正系着鞋带，上操铃响了。张寿福还在床上穿袜子，连声嚷着："这么快！这么快！"——我系好鞋带，不顾一切地冲出去，可是为时已晚，大队人马已走得无影无踪。我一边扣一边朝操场跑去，寒气猛然钻进鼻孔，鼻子一阵发酸，连眼泪也流出来了。我只好放慢脚步，抹去眼泪鼻涕，才又接着跑起来。

操场上，绕着跑道形成的黑压压的巨大人环，在微明的晨曦中涌动着。我知道我班同学已经做完准备活动跑起来了，就直接插进了人流。起初想跑得快点儿，以便尽快暖和起来。不料没跑几步，寒气又钻入鼻孔作祟，难以忍受的酸楚使我不由得又慢下来。我对自己说："你还是慢慢跑吧，这样的鬼天气，实在不宜快跑……"——然而严寒这个恶魔却没有因为我的让步而宽容待我，当我跑过弧形跑道转而朝西跑的时候，劲猛的西北风立刻劈头盖脸向我冲来，我一时窒息，急忙转头，同时将慢跑改为小步快走了。——人流迅速越过我。一个矫健的身影突然从我身旁飞快闪过。我的目光跟了他去，哦，原来是张新传！只见他身轻如燕，前面的人一个个被他迅速超越过去，他的身影渐渐消失了。我一下子感到了惭愧，也受到了鼓舞，遂又改步行为小跑。

快打下操铃了，我随着人们从跑道上下来，身子也暖和多了。我缓步朝我班集合地点走去，听到有人在互相询问跑的圈数，我也考虑该报几圈（班里每天都要统计的）。我跑了不足三圈，照实说是不行的，太丢人了。那么报四圈？似乎也少。六圈？是不是又多了？也不能露出破绽啊，那就五圈吧——我正这样寻思着，身边两个人的对话传入耳中："几圈？""九圈！"我吃惊地转头望去。见那人手里拿着帽子，脸上流着汗水，头上冒着热气。"哎，真好！"他接着说，"一夜没得着暖和气儿，这会儿才通身舒坦！哈哈，真好！"他一边说一边笑，两臂还不住地悠着。我像挨了一记耳光，连忙将目光避开了。我真是羞愧难当！同样是人，同样面对寒冷，人家如此豪气冲天，自己却如此猥琐不堪，这算什么事哟！

来到集合地点，身为团支部文体委员的王卓然正在队前讲话，他十分不满地说："我们的情况很不好，吹哨集合时只有十个人！ 冷固然是个原因，但主要还是思想问题！ 这十个人能及时起床，你为什么不能？ 偎那阵窝子难道就不冷了？ 要知道，愈冷愈是对我们的考验！ 愈冷愈能磨炼我们的意志！ 希望迟到的同学往后要自觉，一听到铃声就起床！ 大家也要互相督促，见没起的就叫一声！"

他的话像鞭子一样抽打着我，进一步加深了我的愧疚，我感到了比冷还厉害的难受！ 不仅因为自己也在批评之列，更重要的是他的话让我更明晰更强烈地意识到了自己的弱点——意志薄弱。 我在严寒面前的畏缩，正是我意志薄弱的表现！ 入冬以来，为了克服对寒冷的怯懦，我曾下过多少次决心，咬过多少次牙！ 结果呢，事实表明，我下的是懦夫的决心，我咬的是小人之牙！ 我是十足的言语的巨人，行动的矮子啊！

我怀着痛责自己的心情走回宿舍，洗完脸又走回教室，心里一直在不停地翻腾。 想起王卓然那句"愈冷愈是对我们的考验，愈冷愈能磨炼我们的意志"，我对自己说："既是这样，你就再下一次决心，把当前的酷寒当作磨炼你意志的试金石，同它坚决地斗争，来个冻死迎风站！ ——对，冻死迎风站！ 不仅起床要快，今年冬天，我还不允许你与人合铺！ 听着了吗？ 不允许你与人合铺！"

下了这样的决心，我身上又有了劲头。 但内心的翻腾仍未停止。 一个新的思想又出现在脑际："袁野，对待软弱，你还要从更高的角度去认识它。 不要认为软弱是小事，你看小说里写的那些叛徒，哪一个不是软骨头？ 这说明什么？ 软弱是产生叛徒的温床哪！ ——如此说来，你对软弱的容忍和妥协，岂不是在给软弱提供滋长的土壤，在培育叛徒的因子吗？ 长此以往，你身体的性质就变了，就变成一个盛满叛徒因子的躯壳了！ ——啊啊，你看有多么可怕！ 你袁野还能允许软弱的存在吗？ 还能吗？ 还能吗？！"

答案不言自明。 我咬紧了牙关，攥紧了拳头。

我又想起打算虚报圈数的事，感到可笑而又可耻。"真是既想当婊子又想树牌坊啊，你看你干的什么事！"我鄙夷地训斥自己，"你怎会这样呢？ 成绩不好加上虚荣心重，这就是你想弄虚作假的原因。 看来关键是要提高自己。 你跑得多了，还用虚报吗？"想到这里，我觉得自己在认识上又提高了一步。

　　下了早自习，各组都在统计跑的圈数。 刘青厚问我："你几圈？"我照实说了。"我也差不多，"他说，"风那个猛劲，连喘气都难……""嘿，别提了，我正为这个生自己的气呢！"我告诉他自己曾有想虚报圈数的想法，又说，"同样是人，人家为什么能跑九圈呢？ 还是怪咱意志薄弱啊。 这不行，今后我一定要同自己的软弱对着干，你注意监督我！"

二十四　斗严寒（二）

老天爷板着严厉的面孔，接受了我的宣战。

第一次战斗是在上午的体育课上，我费了九牛二虎之力才取得了初战的小小的胜利。

体育课活动量大，按理说应该脱棉鞋换单鞋的。可是因为冷，有换的也有没换的。我换不换呢？我想象着空旷操场上的奇冷，犹豫再三。教室里已经走得只剩下几个人了，我那斗严寒的决心才在脑际迟迟出现，我一跺脚，骂自己："你这个懦夫！你怎么忘了你要同软弱对着干呢！"想到这些，我立马把鞋换上，这一关终于闯过来了。

操场上，大家在七嘴八舌地说着舒不开身、伸不出手之类的话。谢全成将手使劲伸进袄袖里，佝偻着腰，还把下巴缩在围脖里，俨然一个缩头乌龟。见这模样，我警觉了，把自己缩着的脖子硬硬地挺直了。做准备活动时，我逼着自己用力做各种动作，此后又逼着自己在跑道上飞跑了三圈。停下来时，身子热了，头上汗津津的，大腿根里还麻沙沙地酥痒。我当然不再怕那个混账的寒冷了。这节体育课是测验铅球投掷。由于准备活动做得好，我觉着好像没费太大力气，铅球就从手中飞出，一量，嘿，七米九！——对我来说，这个成绩实在非同小可。平时我使出吃奶的力气掷出的最好成绩才七米三！我为这个成绩、更为自己斗严寒的初战获胜而欣喜异常。

不过，更大的考验还在后头。

晚上，我照自己保证的样子，没再偎窝子，脱了衣服就钻进被筒。热身子陡然贴上冷被筒，巨大的温差使我像发疟疾一样止不住地抖擞，我咬紧牙关坚持着，好久才止住。——夜里，我从睡梦中突然醒来，试了试，还不需小解。又检查被子，这次被筒没有被撑开，身子在被筒里挺得直直的（谢天谢地，我的身子学乖了）。但是怎么就醒了呢？不住战栗的身体终于使我明白过来，哦，又是被冻醒的！意识到这点，身子抖得越发厉害了。我连换了几种睡姿，还是不行。被子也怪了，此时竟出奇地单薄，似乎已经失去了御寒作用，寒气肆无忌惮地钻进来，我浑身起了鸡皮疙瘩。下身比上身更冷，因为棉裤棉袄都在上身盖着。我欠身把棉裤抽出来盖在下身，许久之后，才又睡着了。——一阵猛烈的剧痛又把我弄醒了。最疼的是左手四、五指和右手的小指。我用手一摸，啊呀，竟然黏乎乎、滑腻腻的！凭着经验，我知道，是那些早就冻肿了的地方破了皮，淌出脓水来了！不单是淌了脓水，这几个手指还那么粗笨和僵硬，已经肿得打不成弯了！——身子在急剧地抖动，脑袋也胀疼得厉害，我赶紧把头从被窝里伸出来（因为冷，我是蒙头睡的，顾不得卫生不卫生了），可是吓人的寒冷又使我当即缩了回去。看来是感冒了，我心里琢磨，明天得到卫生室拿点药吃。听着周围的鼾声，我又强迫自己入睡。迷迷糊糊之中，想到天这么冷，是该与人合铺了。但想起自己不合铺的决心，遂又打消了念头。然而合铺的想法一会儿又顽强地冒了出来，我劝自己："也不能……太死心眼了。锻炼意志……可不是糟践身体啊……"想着想着又昏昏地睡着了。

起床铃刚刚响过，张寿福就发现李瑞和他的被子都不见了。我说："大概是夜里冻急了，找人合铺去了。"王卓然说："是的，他走了一个多钟头了。"

这次大家都起得很快。我今早值日也没犹豫（宿舍值日生负责抬尿罐打洗脸水，不用上操，自由一些）。寿福虽然起得比平日早了些，但还是落后了。 他连声对我说道："别忙呀老袁，咱俩是值日呀，值日就有这样的好处呀，一星期享一次福呀！"——抬着尿罐去厕所时，他的腰弓得像个大虾（这可不是让小小的尿罐压的），嘴里嘘嘘哈哈，不住声地嘟囔："俺娘唻，这么冷！"他这猥琐的样子不用说是对我的警示，我立时挺直了腰杆（奇怪，冷的感觉似乎也立时消减了不少），并开玩笑地问："难道比昨天早晨还冷吗？""俺娘唻！ 还用提吗？"他的嘴唇都哆嗦了。 我鄙夷地看着他。 受这个反面教材的刺激，我想起夜里曾产生的与人合铺的想法，又不免一阵悔恨。 我坚定地告诉自己："袁野，往后再有犹豫，你就把自己当成说话不算数的小人好了！"

　　我就这样在反复的思想斗争中顽强地坚持着，斗严寒的决心、毅力也在逐步增强。

　　这几天一直很冷。 每天早晨都有人嚷着"冷得要命"。 让我自己也感到惊奇的是，我真没觉得太冷。 虽然有时也会有点儿战栗，但那不过是一小会儿的事儿，冷的感觉没有人家说得那么强烈。 我跟人说起这种情况，他们说这是适应了。 我想这话有些道理，但更重要的还是同意识有很大关系。 小说里不是有这样的话嘛："意识到这一点，他愈发……"这是真的。 例如你被蝎子蜇了，初时虽疼，但感觉上还不是那么要命，但当你知道是被蝎子蜇了的时候，你的疼痛便愈发厉害了。 冷也是如此，你愈想到冷就愈冷，愈觉得冷就愈冷，愈怕冷就愈冷。 我现在的情形恰好相反。 我下定了斗严寒的决心，我坚决地控制自己不去想它，我坚决地要战胜它，结果，冷的感觉就真的减轻了。 我胜利了，我成了斗严寒的勇者！

　　人的意志啊，倒真有它的特异功能呢！

　　A：哈哈，这场斗严寒，好哇！ 高哇！ 既有英雄气概，又透着幼稚气味，真是成长中的青少年作为！ ——特别是看到你把斗严寒同斗叛徒行为联系在一起，真觉得既可爱又可笑呢！

B：哈哈！甭管怎样，对我来说，斗严寒实在是场硬仗，你看我的思想斗争多激烈啊！

A：是的是的，斗严寒就是斗软弱，斗天就是斗自己。

B：读这一节，我还把那时的情形同现在做了比较。现在城市过冬有暖气，农村虽然没有暖气，但条件也变好了，有被有褥，天冷了还要加被子，还要生炉子。穿的呢，袄裤大多已不是棉的了，这绒那绒的，既暖和又轻便。可那时候呢，晚上盖一床薄被，身下是芦席，白天那身棉裤棉袄也薄得可怜，怎能不冷呢！学生时期我的手年年冻得淌脓水，肿得像馍馍，脚也会冻。此情此景，现在想来还会不寒而栗。

A：是啊，那时的情形，现在的青少年难以理解哟！

二十五　新年大联欢

　　一九六〇年的元旦莅临人间。 年年迎新年，年年有新样，今年更有趣！ ——这是我对今年新年联欢的评价。 此刻是新年午夜，全校大联欢的热潮刚刚结束，同学们都回宿舍睡觉去了，我却丝毫没有睡意。 这一夜特殊，学校不强调统一作息，我不打算睡了。 我要趁热打铁，把大联欢的热闹景象记下来——即时而记，不是更真切吗？

　　不过且慢。 我还得先追记一下昨晚我班同五九级三班的联欢。 这个联欢质量一般，本来不值一记，但有个节目却是必须记的，因为它对我有着特殊意义。

　　这个节目就是国云清说唱的琴书《养猪倌风雪喂猪记》。 琴书是我的"作品"，写的是一个养猪积极分子在风搅雪的恶劣天气里，顶风冒雪喂猪的故事。 实在说来老国说得很不理想，一上场就把"喂猪"说成"养猪"。 我是提词的，开始因为离他太远，他听不清，以致一落就是好几句。 直到我靠他近了，说唱才正常了。 由于前半截说得糟糕，所以节目结束后我垂头丧气，我觉得我丢人丢大了。 回到宿舍，我没有心情说话，只是默默地脱着衣服。 正在这时，忽听外间屋里王润田说道："老袁的琴书——"这话一下子挑动了我敏感的神经，我倏地跳下床，侧耳倾听："我觉得还怪受教育哩，跟人家写的小说似的！""哎，"这是戚良朝的声音，"是的，不一般，有味……""嘿，没想到老袁还有这一手！"宋胜广接着说，"不简单！"——此后就听不到下文了，似乎都睡

126

下了。

我又站了好一会儿才回到床上。我的颓丧一下子一扫而光！我激动得心都要跳出来了！我自己也听出我的喘息声是多么急促！——啊，虽然说唱得不怎样，没想到还是产生了一点儿好的效果，还是得到了一点儿赞誉！真是出乎意料啊！——我反复回味着他们的谈话，感到了莫大的喜悦和幸福（我真的有幸福感）！要知道，这是我第一次在大庭广众之下（尽管场合还不大）发表作品并得到认可啊！

周围早已鼾声四起，我却久久不能入睡。今晨又早早醒来。醒来后泛起的第一个念头又是琴书。想到琴书心里就又漾起说不出的甜美。"人哪，是多么容易满足啊！"起床时我这样想。

我还得再写几句才能结束这个追记。今天上午，朱琪主动跟我说："你的琴书写得不错！"看他那诚恳的样子，我相信这是真话。——啊哈，看来我的琴书还真的可以哩！

好啦，现在我可以平心静气地写今晚的大联欢了。大联欢有联欢晚会、游艺活动和广场千人舞三个内容。联欢晚会当然不错，校级水平嘛，可这是年年都有的，算不得新内容，我就不记了。后两个内容是今年新添的，也确实给我、给大家带来了新鲜感，带来了巨大的欢乐。过新年不就是图个乐子嘛，我就记这两项好了。

联欢晚会一结束，游艺室就开放了。游艺室设在我们五七级的六间教室里，一处一个花样。我想看个全貌，就先从西头一班逛起。那里早已挤满了人，下围棋、象棋、跳棋，打扑克的都有。我见人太多，就出来了。走到二班门口一伸头，见里面摆的是乒乓球台子，我不爱这个，就径直去了三班。三班是赛诗会所在，这阵子还很冷清。我对赛诗不抱希望，我进去是想看布置在这里的作品展览的。靠南墙摆着一溜桌子，上面放着展品，分绘画和文学创作两类，作者主要是学生，也有老师。我最想看的是学校刻印的《春苗——学生创作选》，厚厚的两大本呢，我和良朝合作的独幕剧《刘老汉》也在其中。我不光想看自己的，也想看别人都写了什么，写到什么水平。这是身边人的作品，更有学习和借鉴的价值呀！——我正颇有兴味地读着，张顺贞进来了，手里晃着几张贺年卡片向我炫耀。我先是丈二和尚摸不着头脑，及至听他说了情况，不禁啊了一声，嘿，想不到还有这般热闹的去处！就放下创作选，跟着他到四班去了。

四班虽与这边的教室一排，却隔着一条通道，在路东。这里的光景果然大不相同。离教室老远就听见里面人声鼎沸。到了门口，里面果然很热闹，真是摩肩接踵。屋里南北向扯起数道绳子，绳上挂满了红绿纸片。起初我还以为是装饰品呢，看过才知道，纸片上写的是谜语。东门口的人挤成堆，一个个高举手臂朝里面挥动，嘴里还喊着"给我一个号！""给我一个号！"——张顺贞跟我说了游戏的玩法，先要号，再拿着号去找相应的谜语，猜对了给张贺年卡片。于是我也钻进人堆，费了好大劲才要到了号，找到纸片，上面写的是："稀奇古怪，古怪稀奇，前面守脊，后面比皮（打一物）。"这谜语本身也算得上古怪稀奇，我翻了半天白眼，也猜不着，就给了顺贞，又去要了个号。这回是 129 号，谜语是："出了潼关回头看（打一书名）。"嘿，这个难不着我，潼关在西安东，回头看不是看西安吗？西安古名长安。《西望长安》是作家老舍一个剧本的名字，不正对上吗？我果然猜个正着，得了一张贺年卡片，上面是一幅画：一个牧童骑在水牛背上，悠悠然吹着洞箫。嗬，这小家伙好逍遥啊！

我又来到我们五班的教室。这里的人集中在东西两边。我知道他们在做什么。因为这场面是我们下午布置的，也有意思得很呢！西面一群人不时发出啪啪声和欢笑声，那是在"解放台湾"：地上铺着沙盘，上面放着许多红皮小炸鞭，你在钓竿上拴上香（在高粱秆的一头拴根线，即为钓竿），将香点着，用它去点鞭（当然有距离限制），点炸了鞭，就算解放了台湾，就奖励你一包瓜子。东面那群人是钓鱼的，也是在地上铺上沙盘，上面放着许多用纸剪成的鱼，鱼身上有个细铁丝做成的小环，你拿着钓竿去钓鱼（钓竿线头上拴钩），钓到了也给瓜子。 这两个游戏都需要好眼力，我高度近视，自知不行，就去了六班。

六班又是另一番景象。 屋里的人也分成东西两部分，排着弯弯的长队。 北墙靠西挂着个小黑板，上面画着一个人头，唯独缺鼻子，这鼻子就是让人蒙着脸用粉笔去添的，添准了也给瓜子。 我想这个不需要眼力，我是可以做的。 见李忠谊排在队伍里，就到他前面插上了。 他已经"挣"了一包瓜子，给了我一些。 我问他怎么样，他说不好添。

东边那队是干什么的？ 我望过去，只见北墙靠东挂着一面锣，一个同学头上套着能遮眼的大娃娃头，右手拿着槌子，正小心翼翼地朝前走——不用说是去敲锣了。"嗯，"我说，"能行，那目标大呀！"说话间那同学已走近锣了，只见他举槌朝前打去，那槌子在空中画了个弧落下来，打空了——槌子离锣还有半拃距离——他的身子也闪得俯了下去，引起众人一阵大笑。 我心里暗自埋怨他："你怎么不朝前多走一点点呢？"转眼间第二位又到了，可惜稍偏了点儿，又打空了，又是一阵笑。忠谊说："就是这样，百分之八十都是打空的。"我说，他们要是先量好脚步就好了。

我就这样一边等，一边看着别人的笑话，又是替人发急，又是责怪人家，又是开怀大笑。 不过，我对自己在这边添鼻子倒是蛮有信心的，因为我接受了他们的教训，已经量好了从出发处到小黑板的步数，也量好了那个空缺的鼻子与我胸部对应的位置。

终于轮到我了。 我蒙上脸，小心翼翼地往前走，心里默默地数着步数，一、二、三……到了！ 我停下脚步，更加小心地把粉笔朝我测好的前方画去——不想却画到了墙上！ 在大家的笑声中，我又羞又恼地交出了蒙面布，心有不甘，决心再来一次。 ——可是第二次也没好多少，我把鼻子安到眼角上了，那人头活脱脱成了一个怪物！ 在一边看景的教导处李主任扑哧笑了。 我红着脸，悄悄地离开了，心想还是安心定气去看创作选吧，于是又回到三班。 想不到那里已经形势大变。

还没进教室，从窗外就看到里面坐满了人，我进去只好站着看了。同学们正一个接一个朗诵自己的诗篇，个个踌躇满志，激情满怀。内容多是歌颂党、歌颂社会主义的，也有歌颂养猪运动的。随后是对对子，由一班的同学出上联，让二班的同学对下联，有时二班的同学对答如流，有时就得喳咕一阵。例如一班的喊："共产党是太阳"，二班对："毛主席像爹娘"。一班："社会主义光芒万丈"，二班："资本主义死路一条"。一班："人人赞颂总路线"，二班则"个个……个个……"的期期艾艾，有一个突然说："个个拥护人民公社"大家笑了："啧啧，不对仗了。"二班经过一番思索，才对出来："个个高唱跃进歌！"这才算了事。

　　接着是二班让三班找形容词配句，形容词须是"喜洋洋"格式，即后两个字必须完全相同。二班说："资产阶级——"三班一阵沉默，一个同学冒失地说："卑鄙无耻！"引起大家一阵哄笑。"资产阶级——"二班又催，"臭烘烘！"三班好歹过了关。"地主小姐——""酸溜溜！""娇滴滴！"两种说法都可以。"人民生活——""乐融融！""成熟的麦子——""黄澄澄！""今天的电灯——""白亮亮！"

　　赛事中间还穿插一些有趣的节目表演，真是生动活泼，我看呆了。综合对几个游艺室的观感，虽是各有千秋，但毕竟还是这里有文气，更雅一些。

　　散场后我才找《创作选》看。正沉迷其中的时候，听到外面喧闹，原来是夜宵开始了。我连忙走了出去，只觉得时间快得惊人。

　　夜宵是绿豆小米汤，很好喝。我一边喝，一边兴奋地分享着对赛诗会的印象。朱琪说："好的你还没看到呢！开始是于老师让我们续诗，那才有意思呢！""怎么个续法？""那啊，好比这首诗是四句，每句四个字，他写出前三句，第四句就让你续，那是真带劲！""哦，叫你续的什么？""这个……我记不清了，其中有一句是'舞姿蹁跹'，反正那首诗是写晚会的，我们续得很费劲，可大家兴趣都浓得很呢！""俺娘咪！俺娘咪！"我被这浪漫的诗生活情景陶醉得直叫唤，真懊悔自己没能赶上。谁知朱琪又给我加了点儿兴奋剂，他说："那里还有个即兴题诗的本子，你有了诗，赌写是的，写完了就当场朗诵出来。蔡老师到了那里，就提笔写了一首……"

夜宵刚罢就打铃了。这是要我们到校园广场集合，欢送胜利的一九五九年，欢迎伟大的一九六○年！

于老师正站在广场的舞台上，对着麦克风意气风发地朗诵迎新诗篇。广场中央堆放的一大堆柴草已被点燃。

一九六○年的第一秒钟终于到来了！热闹的人群立即爆发出雷鸣般的欢呼，广场沸腾了！那熊熊的篝火也兴奋起来，只见它先在草堆上兜了个圈，接着火光倏地蹿上高空，天空一下子被照亮了，广阔的校园一下子被照亮了！激情似火的人们一个搭着一个的肩膀，绕着篝火纵情地跳起来了，纵情地唱起来了！翩翩的舞姿，表达着对新年到来的无限欢欣！高扬的歌声，抒发着憧憬新的一年的豪迈情怀！——跳着跳着，有部分人首先从大集体里分离出来，组成了新的舞圈，以新的动作、新的节奏旋风般飞舞。整个队伍也随即散开，数不清的新的组合在广场上激荡。人们跳得狂热了，合起又散了，散了又合起，变换的是形式，不变的是唱是跳，是无限欢快，是万丈豪情！——郭老师带着一大队人马，扶肩搭背，边扭边唱，像游龙一般迤逦而来。我们舞圈的人立刻加入进去。游龙绕场舞动，"嗨，嗨，嗨"之声直冲云霄，惊天动地！——这时候，忽有一群调皮鬼如猛虎下山，在场内横冲直撞地跑跳，队形一下子被冲乱了，大家只好又化整为零。我和郭友荣、宋胜广在一起扭着秧歌，后来觉得速度太慢，不过瘾，就按郭友荣的意见，将秧歌步与跑跳步结合起来，动作愈来愈快，我们忘情地跑，忘情地跳，忘情地扭，忘情地唱，我们真的是忘乎所以了！——直到篝火渐渐熄灭，这场千人狂舞狂欢才宣告结束，大家还觉得没尽兴呢！

本来，我由于脚上长了冻疮（这几天走路都是一瘸一拐的），最初参加时还犹豫过。 但融入狂欢之后，我早已将它抛到九霄云外。 直到从火线上下来，才又感到了火辣辣的疼，而且愈来愈疼——这阵子更疼了，但我不后悔。 过新年嘛，快乐才是第一位的！

好了，这个新年大联欢终于被我记下来了。 我兴奋依然，我要接着读福楼拜的《包法利夫人》了。 明天（实际上是今天，我估计已是凌晨四五点了）是元旦，是假日，我还要继续读上一天——我要珍惜这难得的不受制约的时间哟！

A：哈哈！ 这个大联欢，够味儿。 虽然节目内容还说不上多新奇，但有全校千余名师生意气风发、激情澎湃去参与，真是规模宏大、热闹非凡哟！

B：嗨嗨，那是当然！ 那是个激情燃烧的年代嘛，新年联欢更是大家的一次激情迸发哟！

A：说得好，是迸发。 而且，你本人更是迸发——你一夜没睡，白天真的又读了一天吗？

B：那是当然！ 我日记里不是说"要珍惜这难得的不受制约的时间"吗？

A：呵呵，你这个书痴哟，你的精力咋那么充沛呢！

B：咱们不是说过吗，是动力，梦想的动力！

A：好！ ——下面，咱得议议后边材料的安排了。 一九六 年的一月与农历腊月相隔才二十多天。 看你的日记，你们是一月二十五日（农历腊月二十七）放的寒假。 时间这么紧，所以你们元旦前就开始了期末复习，学校也公布了期末考试时间。 元旦后，当然主要是复习考试了，班级工作也进入了尾声。 这段时间，你主要记了3件事，一是小组讨论期末个人小结，二是复习中的趣事，三是关于人民公社的班级大辩论（这是鉴于当时政治形势的特殊安排）。 大辩论是你记述的重点。 这些材料都是按发生时间合着记的，该怎么安排呢？ 我打算把前两件先写出来，然后再集中写第三件。你看怎样？

B：同意。

A：那好，咱就先写讨论学期小结。在这一节里，有个事你得先解释一下，就是"魏民隆阶级教育运动"，讨论小结时好几个同学的表现都涉及这事。它是怎么回事呢？

B：我回想了一下，对这个运动还有些印象。魏民隆是一名贫农出身的农村干部，那时候他翻身忘本，对党不满，还侵吞集体财物。一九五九年秋冬，地委抓住这个反面典型，在全地区开展了阶级教育运动。学校当然也不例外。运动中同学们联系自己的家庭实际，有苦的忆苦思甜，无苦的批判家庭对自己的不良影响，同时联系自己的现实表现进行反省反思，从而达到提高阶级觉悟的目的。因为这个运动是以魏民隆为典型的，所以一般就称"魏民隆阶级教育运动"。这个运动在班里进行的情况，我是有记载的，可惜这部分日记让家属毁了。

A：哦，又是老嫂子的"罪过"，哈哈！

|二十六| 学期小结讨论会

元旦前的班会上，王老师讲了两件事：一是要求大家全力以赴投入期末复习考试。二是要求每个人回顾自己本学期情况，写出小结，再由小组讨论并写出意见上报。

过了元旦，各小组就利用课余时间开始讨论个人学期小结了。

"先从老袁开始。"我们小组讨论时，组长董得利先点了我的名。每次讨论他都这样说，所以他的话一出口，大家不由得都笑了。

我按照写好的小结说起来。我是这样总结自己的："第一，优点：一是在'魏民隆阶级教育运动'中，能大胆暴露思想，检讨自己，思想觉悟有一定提高；二是平时为人处世，能努力按道德标准要求自己（但做得还很不够）；三是劳动方面，能卖力肯干，不偷奸耍滑；四是后半学期，学习还较认真。第二，缺点：一是靠拢组织差；二是全面发展不够，前半学期学习不够认真；三是劳动方面主动性不够；四是生活作风有些拖拉散漫。"

我就是这样勾勒了自己这学期的形象。我觉得自己就是这样子的。但令我意外的是，同学们对我的评价是那么好，好得让我赧颜。他们一致认为我这学期不错，特别是在"魏民隆阶级教育运动"中表现较好。朱琪说我待人诚恳。王润田说我能注意要求自己，但不能大胆展开批评。孙家如说我在劳动方面很卖力气，也关心班集体了。就连我一向认为爱挑剔的王卓然也说我这学期进步很大，他认为我的缺点是在全面发展方面。 大家都佩服我读书的毅力。 我记录着大家的发言，不由得心潮涌动。 我感谢大家，感谢大家能够注意到我的些微进步。 不过也感到惭愧，我觉得他们过奖了。

讨论完了我的，就依次进行，不需点名了。 愈朝下讨论，我愈觉得大家态度都是那么真诚，眼光又是那么锐利，有啥说啥，畅所欲言，既能充分肯定你的优点，又能不留情面地指出问题，小组讨论简直是一次集体的促膝谈心呢！

对王润田，除了说他进步踏实，劳动好，学习认真外，孙家如和王卓然还谈到他在"魏民隆阶级教育运动"中一开始不敢大胆暴露落后思想，对自己在征兵工作中的软弱行为过于强调客观原因（一九五八年征兵时他验上了，但由于祖母阻拦没去成）。 朱琪建议他在以后工作中注意方式方法，譬如他作为宿舍负责人，对晚上就寝时打了熄灯铃后还说话的同学，不必吆喝，可以用委婉些的语言，因为咱们都快毕业啦，有那个自觉性。 家如又说王润田今后工作要照顾全面，因为他是全班的劳动干事，不应只顾本组嘛！

对戚良朝，大家一致认为他这学期进步很大，尤其是后半学期。 家如说良朝很想进步，学期之初曾为自己为什么进步不快而苦恼。 王卓然说良朝在养猪运动中表现不错，但以后要注意行动快点儿，不要拖拖拉拉，也不要只顾拉呱忘了干活（有时会这样）。

轮到组长董得利，他自行越了过去，于是就讨论朱琪，讨论家如。 越往下进行，我对王卓然越佩服。 他对每个人都能说上一通，而且说得那么中肯，有好些我连想都没想过。 他看人看事怎么那么准那么细呢！还有他的正直，他的大胆开展批评，也是我自愧不如的。 譬如对孙家如，他就直言不讳地指出孙家如在工作上有贬低别人抬高自己的问题。对这一点，好多人包括我也是有感觉的，可我犹豫再三也没好意思说出来。 听着他的发言，想到润田给我提的"展不开批评"的意见，我感到内疚。

轮到王卓然本人了。 他总结了自己的方方面面，说自己在功课学习方面虽然下了功夫，可成绩就是上不去，说自己工作上能认真负责，但是很古板，工作方法既简单又不够灵活等。 他说完了，家如笑道："你这不是说干净了吗？ 我没有什么可说的了。"大家也有同感。 虽然还是议论了一阵，却没有超出他自己说的范围。 不是因为他是团支部委员不好意思说，是真的没有新的内容了。 就我个人来说，我对他是很尊敬的。 在小组几个人中，他是老大哥。 他已结了婚，是孩子的爸爸了。实事求是地讲，从学习上看，他是笨一些，工作上也板一些，但这是能力问题，不是一下子能提高的。 他的好处在于他的精神。 他学习成绩虽然不好，但他刻苦用功；他工作也不是很出色，但他认真稳重，是靠得住的。 在他身上，你随时随地会感到那种主人翁的味道……

　　两节课外活动在不知不觉间过去了。 我们一个个脸上红扑扑的，心里热乎乎的。 通过对这一学期的回顾，通过批评和自我批评，我们都觉得受到了不小的教育。

　　讨论小结，最后一个是董得利。 不过这已到了第二天午休时间了。

　　得利把小组记录本递给王卓然，让他代记——其实依我看，记录的事由王卓然来做可能更合适些，只不过董得利要强，或许认为这是他组长之权，硬揽去记罢了。

　　王卓然接过记录本，看了一下便奇怪地问："咦，你怎记的？ 怎这么少？""就……就是这样的呀，"董得利结巴着回答，"他……他本人说的，小……小组意见……""其实我觉得你记得过于简单！"朱琪说完就把脸别向一边，像是早已心怀不满，终于忍不住爆发了似的。

　　事情确是如此，每个人名下都是稀稀落落的几行。 在大家讨论的时候，我见得利时常停笔不记，许多该记的也让他放过去了。 我看着都替他着急。 ——然而此刻提出来，死要面子的他岂能接受？ 他耷拉着脑袋，唔唔哝哝地为自己辩护："其实这……这个，你上……上下结合着看就行……行了。"他的结巴是越急越厉害，说到后面这个"行"字，还习惯性地一撇上嘴唇。

家如建议把董得利记的念念听听。王卓然开始念，念着念着就念不下去了，因为有些地方简单得不成句子。董就接过来念。这一念不禁使我们大失所望：不光记得不全，漏了许多重要内容，更让人不满的是，他把大家提的缺点记下了，优点则记得很少甚至不记！譬如给我记的是："暴露思想，劳动能够干，后半学期能重视学习，靠拢组织差，劳动不主动，前半学期不重视学习。"这都是我自己说的，但他是挑着记的，同我实际说的已经有些变味。"小组意见：全面发展不够，生活拖拉。"就这样记完了！据他说是小组意见和个人意见结合着的。但是个人意见也能算小组意见吗？而且照他记的那样，这学期我的缺点就占了大头了！前面同学们说的我那些好处，也成了石灰抹嘴——白说了！王卓然说他记得太粗了，也没能全面反映小组讨论情况。得利带着不知是认错还是不认错的语气嘟哝："就……就是呀，就……就是呀……"

事已如此，再纠缠也无用了，就让得利讲他自己了。优点方面，他说他进步目的明确了，在"魏民隆阶级教育运动"中起初不敢说，后来打消了顾虑（听到这里，我感到不是滋味：你的顾虑真的打消了吗？）；缺点方面，他说自己联系群众不够，没能常找同学拉拉，脾气有时暴躁（这又让我觉得不舒服：你一个小组长多大的官，动不动就"群众""群众"的！）。

他说完了，大家提的意见就多些，对他在"魏民隆阶级教育运动"中的表现最不满意，他对自己的家庭（小商人家庭）不敢正视，认识很差。对他在日常生活中表露出的虚伪、造作和患得患失也进行了严肃批评，尤以王卓然说得最多最全面。王卓然说同他接触总有一种不真诚的感觉，好像他嘴上说的一个样，心里想的又是另一个样；他太敏感，太患得患失，如某次说了句什么话，明明没什么，他却悔得了不得；他工作虽然积极，但给人的印象好像是故意表现自己；大家反映，他对干部和一般同学不能同样对待……

说到这里，上课铃响了，讨论暂停。课堂上，我怎么也安不下心来。大家给董得利提的意见，使我无法平静。讨论时我脑子不听使唤，许多事没想起来。不过纵然想起来，我那个胆小的毛病也不会让我直说的。连我发言时那句"在一起就感到不自然"，也是经过斟酌才说出来的。想到这个情形，我很生自己的气。现在，王卓然的坦率给了我勇气，我开始对得利的问题深入思考起来。是的，仅就表面现象看，他的问题似乎很复杂，而且充满矛盾。例如，他有时显得很虚心，能够征求"群众"意见，甚至还"请教"过我，但有时又一反常态，固执得很，对别人的意见油盐不进；再如他平时工作确实是积极肯干，但在许多小事上，如刷痰盂、到伙房抬饭等，却又斤斤计较，不那么任劳任怨。还有王卓然和其他同学提的那些。他为什么会这样呢？想来想去，我觉得还是他的思想意识有问题。思想支配行动嘛，不是思想作怪，你对他的行为就解释不通。——我想了大半堂课，终于得出这个结论。我决心到时候说出来，走出自己要大胆开展批评的第一步！

课外活动时间继续讨论他的小结。这次我终于实践了诺言，大胆谈了自己的意见。不过也还有个过程。那是在王卓然指出得利的表现说明他"虚荣"的时候，我感到不妥，却没好意思说出来，甚至对自己是否就课堂上想的那些进行发言开始犹豫。正在这时，朱琪开腔了："虚荣？我怎么觉得不是那个味咪！"朱琪的直率使我自责，也把我的勇气重新鼓起来了，我于是说道："是呢，我也是那个感觉，我觉得得利一点儿也不虚荣，例如在那次普通话朗诵会上，他的那个'小演诵'——"一句话引得大家哈哈大笑。所谓的"小演诵"是得利的一个笑话。上学期班里搞普通话朗诵比赛，他的普通话虽然说得南腔北调，但他的表现却十分勇敢，他走上讲台进行朗诵，由于紧张还把自己的"朗诵"说成"小演诵"，成为大家长时间的笑谈。——待大家笑罢，我一鼓作气地说下去："我反复地想了，得利这些矛盾的行为，究竟是怎么造成的呢？ 我认为根子在思想，他思想不纯，思想里面掺杂着个人主义……"

"对对，"朱琪说，"我也是这个看法！"

又经过一番讨论，大家的意见统一起来，觉得得利在思想意识上确实存在问题。 此后大家又就"虚荣"还是"虚伪"进行了探讨。 王卓然说"虚荣"和"虚伪"相似，我们说绝不是一回事。 他又说它们都是资产阶级的东西。 我说不能这么说吧，好像虚伪是资产阶级的东西，虚荣是小资产阶级的东西——咱们不是常说"小资产阶级的虚荣心"吗？

这个阶级属性问题实在难以下结论，大家没再就此继续讨论，而是紧扣得利的情况进行分析。

"无论如何，"朱琪说，"对于董得利来说，说虚伪要比说虚荣恰当得多！"

卓然不再争了。 最后的胜利，终于是我们的。

A：哈哈，你们讨论学期小结，还是蛮不错的民主生活会哩！

B：有那个味儿。 这对大家正确使用批评和自我批评这个武器，也是一个锻炼嘛。

A：对得利的批评，很有火药味呢！

B：重读日记，我也有这个感觉。 半个多世纪过去了，他的事基本忘光了。 就日记上写的这些事来看，他确实不太讨人喜欢。 别的不讲，就说他当这个小组长吧，还是多大的官嘛，怎就把组里的同学看成他的"群众"呢？ 真可笑！ 不过人家主体是好的，要不怎会让他当组长呢？

A：说到这里，我想到你们关于"虚伪"和"虚荣"的争论，王卓然怎么那样说呢？

B：这有两个可能，一是他作为干部，可能考虑得多些，要照顾董得利的自尊心，二是他可能就是那样认识的，毕竟是学生嘛，水平还是有限的。

A：嗯，有道理。 ——另外，我对你在讨论过程中的心路历程也很感兴趣，你不光认真，而且很动脑筋，你的脑子在一个弯儿一个弯儿地转，很有意思！

B：这是当时事当时记，很真实的。 它说明我确实在不断成长嘛！哈哈！

二十七　复习撷趣

　　功课复习是越来越紧张了。 复习是独特一景，我得搞个特写。

　　先写声音：上课时教室里总体说是个"无声世界"。 偶尔有的声音，无非是咳嗽声、蹉脚声和擤鼻涕声，有时也会有问询或讨论的窃窃私语。 但这些"偶尔"，破坏不了"无声世界"的整体肃静！

　　次写姿态：趴着的，站着的，挠头的，蹙眉的，颤腿的，舞着帽子的，嚅动嘴唇的，正襟危坐的……那真是五花八门，共同组成了一幅绝妙的西洋景！

　　最有特点的还是眼睛：无论是看着课本的，看着墙壁的，看着屋笆的，看着黑板的，还是看着别的什么的，那对眼珠几乎都是一动不动地定在那里！ 这当然是在默读、在思考、在背诵、在记忆啰！ ——你知道有个成语叫"目不转睛"吗？ 说的就是这个情形！ 你知道有个成语叫"聚精会神"吗？ 说的就是这个情形！ 你知道有个成语叫"全神贯注"吗？ 说的就是这个情形！

　　啊哈，为了考试能有个好成绩，大家真是连吃奶的劲儿都使上了呢！

　　下面就写到我了。 我这段时间称得上是"辛苦恣睢"。 因为我天天要做三件事。

　　一是复习功课。 我这次复习得特别认真。 越是认真，越是感到基础知识的重要。 我觉得自己以前那种应付式的学习，实在太胡闹了。我像一个如饥似渴的婴儿，贪婪地吮吸着各门功课的乳汁。 复习范围也绝不以老师的复习提纲为限。 我求全求细，舍不得漏掉一丁点儿。 这么一来，我的复习进度就大大地落后了，我又只好快马加鞭地往前赶啊赶啊——既是如此，我当然要付出更多努力了。

二是给同学们"写像"。 有消息说，由于一九五八年中学大发展，师资匮乏，我们这届同学毕业后要面向中学分配。 为适应中学教学的需要，下学期要分科学习，重新编班。 这就是说，寒假后同学们便将分而散之，所谓的"五七级五班"就不复存在了。 鉴于这种情形，我算了一下时间，给自己规定了每天写两个"像"的任务——我要赶在放假前把全班同学的相貌、性格都记下来，给大家留个"影"！ 这就又占去了我不少课余时间。

三是写日记。 这是我两年多来的习惯，现在又有了新的情况。 根据学校安排，阳历年后每天晚自习时间，各班都在进行关于人民公社的大辩论，这场辩论跌宕起伏，激动人心，我实在不能不记啊！

你想，有这么些事一股脑儿压在身上，我能不辛苦吗？ 我每天从早到晚，包括课余时间，都忙得不可开交啊！ ——好在我脚上的冻疮还没好，不能参加体育活动，让我多了一些时间。 不过事情往往是利害相连。 由于身体得不到锻炼，加上过度使用脑力，我这"铁脑壳"竟撑不住了——它开始"反抗"，它"罢工"了！ 上课时我精神委顿，记忆力坏得吓人，一段话读了多遍还记不住，我的脑袋简直是油盐不进了！ ——这还了得！ 这怎么能行！ 我给自己下了死命令，强迫自己打起精神，强迫自己鼓起劲头，可是脑袋而今已是死猪不怕开水烫，哪有半点儿成效？ 可恨的眼皮也火上浇油，动不动就要"合闸"，来个关门大吉！ ——唉唉，这可如何是好，我简直怕极了呢！ 我简直急坏了呢！

奇迹就是在这种状态下发生的。

今天上午课间操时，大家都到操场去了，我不能去，独自待在教室里。我头昏眼涩，枯坐在座位上也觉得无聊。这时候，我的脑子倏地灵光一现，我想起了朱琪桌洞里有本《莎士比亚戏剧集》——于是，习惯势力又抬头了：哎，你这样干坐着有什么意思，过去翻翻？这样想着，我就像被磁石吸引的一块铁，不由自主地走过去翻看起来。初时的想法，无非是借以消磨时间。不料才读了不多的几句，我这块"铁"真的就被吸住了。我开始进入戏剧的意境。待读完四页（两场），我已经被剧本非凡的表现力惊得目瞪口呆了——要知道，第二场只有三页呀，就把一个激烈惊险的战争场面和骁勇善战的麦克佩斯的形象勾勒出来了！更神奇的是，那个麦克佩斯这时候还没出场呢！莎翁啊莎翁，你真是妙笔生花啊！——如此惊人的表达效果是怎么造成的呢？我贪婪地重复读着，品味着，思索着，一心要弄个究竟。——与此同时，我对莎翁的无限崇拜之情也被重新激发起来了，我想起一个批评家的话："莎士比亚，时代的灵魂！而且他将属于所有的时代！"是的，他说得真好，真对！就文学而言，莎翁确实是永恒的高峰、永恒的楷模啊！

我赞赏，我感叹，我兴奋，我激动。此时此刻，我的魂儿飞到莎翁那里去了！——待它终于飞回来的时候，我突然发现，我的脑子已是那么地清澈，那么地爽朗，昏沉一扫而光了，疲惫一扫而光了，乌云密布的苍穹，一下子晴空万里了！

我被这个发现惊呆了，我被这个变化惊呆了！

"啊呀呀，啊呀呀，啊呀呀！"我禁不住连声惊叫起来，"这是怎么回事呢？这是怎么回事呢？"

不用说，这全然是莎翁所赐啊！莎翁啊莎翁，不料您竟然还有如此的神力！——惊叹之余，我找到我以前竟日苦读而不知疲倦的原因了：原来秘密不在我自身，而在伟大作家的如椽神笔！是他们将无限的奇妙赐予我，将无限的美好赐予我……才使我读而不厌、乐而忘疲啊！——啊啊，我是多么渴望能得到他们万分之一的真传，让世人通过我的努力，也能得到如此的快乐和满足啊！

A：哈哈！ 好作品能振奋精神，减轻疲劳，这个我信，我自己也有体会。 可是能治头昏脑涨，倒是头一回听说，真是不可思议！

B：呵呵，你觉得不可思议，但毕竟发生了呢！ 我当时特意记下这个镜头，可见自己也是惊奇之至呢！

A：此种情态，固然说明莎翁作品魅力之大，更是你一腔痴情所致。你呀你呀，你这个书痴呀！

B：哈哈。 关于这事，咱就谈到这里吧，下面转个话题。 往后的几节，写的就是班里开展的关于人民公社的大辩论了。 对于这场辩论的背景，我看应该在这里介绍一下。 不然的话，年轻的读者不明就里，岂不要堕入五里雾中？

A：很有必要。 为这事，我曾查阅过一些资料。 一九五九年七八月间，中共中央在庐山先后举行政治局扩大会议和八届八中全会（史称"庐山会议"），会议的中后期，开展了对所谓"彭德怀、黄克诚、张闻天、周小舟'反党集团'"和右倾机会主义的斗争，吹响了在全国开展反右倾斗争的号角。 斗争的目的是保卫总路线、"大跃进"和"人民公社"三面红旗。 这场斗争的错误，直至近二十年后，在一九七八年十二月党的十一届三中全会为受害的同志平反昭雪，才大白于天下。 你在日记里记的你们学校你们班在一九六〇年初开展的这场大辩论，就是在这个大背景下发生的。

B：是的。 当时，社会上和老师们搞的是反右倾运动，学生搞的不叫运动，叫学习。 方法是先学习后辩论。 学习是理论准备，辩论是不同观点的交锋。 学习时间是一九五九年十二月，主要是利用政治课学，到下旬，发下辩论题目，大家自行准备发言提纲。 阳历年后开始辩论，主要安排在每天的晚自习时间，有时也利用课外活动时间。 据日记记载，这场辩论到一九六〇年一月十六日（农历腊月十八）才结束，历时半个月。 这段时间期末复习考试也到了高潮。 在这样的时候还拿出那么多时间搞辩论，足见此事的急迫与重要。 辩论中，广大同学充当的是人民公社捍卫者的角色，真诚而又火热。 当时大家当然不知道这是错的——二十年后才由党中央宣布错了的事，二十年前的平民百姓哪会知道错呢！ 这是历史之误，不应当责怪他们的。

A：你的日记，完整地记载了学习与辩论的全过程。 这次整理，我特别注意保留它的原貌。 我觉得它的可贵之处在于原汁原味地记下了当年这场辩论的真实情况，在于原汁原味地记下了当年一群青年学生追求和捍卫真理的精神风貌（虽然二十年后又说是搞错了，但当时大家确实是这样认识的，确实觉得真理在握，确实要为捍卫真理而斗争），在于原汁原味地记下了你这个主人公在辩论中的思想脉络。 这个"原汁原味"，真是千金难求啊！

B：呵呵，让你这么一说，它倒成了金不换喽！ ——好啦，咱们无非是先介绍一下时代背景，至于它的价值，还是得由读者评说。

二十八 大辩论（一）

这一段时间的政治课，我们一直在学习关于人民公社的文件和文章。 通过学习，我们对人民公社的优越性有了相当多的认识。 但有些问题我还糊涂着。 例如，农村现在又恢复按劳取酬了，又不吃食堂了，又以原来的高级社为单位了，等等。 这与高级社时候又有什么区别？ 这岂不是倒退了吗？ 再如，说人民公社是"瓜熟蒂落，水到渠成"的结果，最初我也是不相信的——虽然从理论上认识到它产生的必然性，但是又觉得与事实不符。 因为一九五八年夏天成立人民公社的时候，我们正在家度暑假，我是亲眼看到了那情形的。 我觉得群众敲锣打鼓不过是个形式，说他们有多么自觉自愿好像还不是那么回事。 推而论之，河南省那些成立较早的人民公社，我估计也可能是这个情形。 近日读了作家马烽在《人民日报》上发表的特写《春到人间花自开》，写的是山西省汾阳县（现在为汾阳市）一个人民公社成立的来龙去脉，我的思想有所改变，但还是有想法，我觉得那个地方是那样的，我们这里（甚至还有好多地方）则不是的。 我对于"人民公社是少数人哄起来的"这种说法，虽然觉得有些措辞不当，但多少也有同感。

昨天政治课上，我们阅读了《中国青年》第二十几期的一些文章，倒是解决了一些实际问题。 这些文章很有针对性，像是作者很了解我的思想状况似的。 关于前面说的是否倒退的问题，文章告诉我们，我们本来就是社会主义性质的，所以就应该按劳取酬。 大办人民公社时，有些人确实是认识不足，搞过了头，所以现在要进行整顿，整顿的目的就是把搞过头的恢复过来，这是纠偏，而不是倒退，是为了把人民公社的事情办得更好。 对于人民公社化运动的形成问题，学了文章，我也是茅塞顿开，豁然开朗了。 文章里有这么一句话很启发人："必须了解，在一定情况下，觉悟和能力没有表现出来的机会，并不等于没有这样的觉悟和能力。"哦，是了，这样解释，倒很能说明问题：人民公社的成立，是生产力发展的需要；生产力发展的需要，也就可以说是人民群众的需要；人民群众有了这个需要，当然就会产生这个觉悟；而这个觉悟，虽然由于人民公社成立得过于迅猛而没能表现出来，但你不能就此否认它的存在呀！ ——情况既是这样，那么，说人民公社的成立是人民群众自觉自愿的行动，还有错吗？ 而且，不仅先进的地方如此，落后的地方也应是如此。 因为"任何地方任何人都不是孤立的、静止的，特别是群众运动在广大地区形成高潮的情况下，各地区相互影响的力量是极大的，群众思想和干部能力的成长变化是用'一日千里'这个词也不足以形容的，原来条件差的地区迅速赶上去，是完全可能的"。 是的，对我们这个地区的情况来说，这样理解就说得通了。 想到自己曾因为思想不通而产生了不满，甚至觉得我们党也不实事求是，不免有些惭愧。

　　通过学习，我对应如何对待人民公社运动的缺点、如何对待新生事物的问题也明确了。 诚然，"大跃进"和人民公社化运动有不少缺点，例如命令主义、浮夸风、"共产风"等。 应当怎样对待它呢？ 是反对呢，讥笑呢，还是积极地帮助纠正呢？ 这里面确实有个态度问题。 很显然，前两者是错误的，后者才是正确的。 因为，第一，人民公社化运动是新生事物。 新生事物在初期，在其摸索阶段，出现这样那样的缺点错误是难免的。 这正如孩子的学步和学话，摔点跟头，说点错话，有什么可奇怪的呢？ 你总不能因为出现了点情况，就认为让他学步和学话是错误的，不让他学步和学话吧？ 第二，也是更重要的，我们党一旦发现问题，便立即采取措施进行纠正。 正如《人民日报》所说："从没有任何一个政党能这样迅速地纠正自己的缺点和错误。"——情况既是这样，你怎还能去反对和讥笑呢?《人民日报》文章引用了列宁的话对这种态度进行了严厉的批判:"讥笑新的幼芽软弱,抱着轻浮的知识分子的怀疑态度等等——这一切实际上是资产阶级反对无产阶级的阶级斗争的手段,是保护资本主义而反对社会主义。"(《伟大的创举》)文章接着指出:"问题的实质正是这样严重:社会主义事业中的新事物,刚产生的时候总是像幼芽一样;而毒草总是想夺取香花的幼芽的养分。 在这种情况下,忽视幼芽,轻看幼芽,'怀疑'幼芽,而不是热情地积极地对待幼芽,不正是对反社会主义的毒草有利吗? 有这种'轻浮的知识分子的怀疑态度'的同志们,难道不值得猛醒吗?"——这些话,犹如当头一棒,击中了我的要害和痛处。 我为自己曾产生糊涂想法而感到内疚,也感到了危险(犯错误的危险)。 我深刻地认识到:思想认识水平只有不断地提高,才能更好地认识和理解客观事物;而且这个提高是无止境的,尤其像我这样在政治上那么幼稚的人!

　　我必须好好记记这场关于人民公社的大辩论了,它实在太刻骨铭心了。

　　在历时一个月的理论学习的基础上,学校在元旦前发下了辩论题,让各人自行准备,写出发言提纲。 元旦后,集体辩论开始。 辩论以班为单位,利用每天晚上两节自习课的时间进行。 我班的辩论,由团支部书记李瑞主持。 每次辩论,他都坐在教室前面偏北一点儿的位置,这样便于他主持会议。

　　辩论一开始的几天还没有什么,都是泛泛地说些常规的话。 渐渐地,需要动脑筋了。 例如关于人民公社的成立是不是政治经济发展的必然趋势问题,前段时间我在思想上本来是解决了的,可当辩论中涉及党的领导作用的时候,又把我搞糊涂了。 问题是由赵续毅的发言引发的。他为了说明成立人民公社是政治经济发展的必然趋势,是"瓜熟蒂落、水到渠成",举了下雨的例子。 他说,譬如下雨,空气中的水蒸气饱和到一定程度,天刮风也下雨,不刮风也下雨。 对他这个说法,我当时没觉得有什么毛病。 但是下了课,张勤跟他争起来了:"赵续毅的发言也不对啊！ 照你的说法，党的领导岂不成了可有可无的啦？"赵面红耳赤地同他争辩，说那只是个比方。"比方？ 这个比法也不对！"于是，接着再上课时就提出来了。 我同大家一样，开始认真地思考起来。 是呀，强调人民公社的成立是政治经济发展的必然趋势，那么党的领导作用又该怎么看呢，是不是可有可无的呢？ 如果是必需的话，那么二者的关系又该怎么处理，孰轻孰重呢？ 围绕这些问题，大家争得不可开交。 下了课，在回宿舍的路上，我、朱琪、顺贞、家如还在继续争论："我看还是党的领导重要！""不能那么说吧？""那……你说人民公社离开党的领导能成立吗？""可是……离开经济发展的需要又能成立吗？"

熄灯后，我久久不能入睡。 我对这个问题实在太模糊，翻来覆去地想了半夜。 想到明天还有功课要复习，我几次强迫自己入睡，可是哪里能够睡着？ ——啊，我终于想出头绪来了。 我准备分两个问题讲：第一，党的领导是否可有可无？ 当然不是！ 人们常说党是灯塔、是舵手、是带路人，这个说法就道出了党的作用。 没有党的领导，何来社会主义的革命和建设？ 而人民公社正是社会主义事业的一个组成部分呀，所以这个问题是无可争辩的！ 第二，党与生产力，在成立人民公社这件事上，谁最重要？ 我认为还是生产力。 这需要从两方面说明：一是外因通过内因才能起作用，而生产力是内因；二是党的主张是怎么来的？是根据生产力发展的需要提出来的呀！ 有了这个需要，再加上党的领导，人民公社就发展起来了！ ——我忽然又想到赵续毅举的下雨的例子。 是啊，下雨需要两个条件，一是空气中水蒸气要达到饱和程度，二是要有风来降低空气温度。 有前者无后者，水蒸气不会凝成雨滴，有后者无前者，雨又何来？

想到这里，我兴奋极了。 啊啊，我终于把这个问题搞通了！ 听着孙家如响声如雷与张勤细吹细打的鼾声形成的不悦耳的合奏，我忍不住笑了，起来解了个手，释然地进入了梦乡。

二十九 大辩论（二）

我还是继续写下去。 关于党在人民公社化运动中的作用，大家很快就统一了认识。 但在讨论人民公社的优越性的时候，却出现了大的问题。 尹文兆在批判"人民公社没有优越性"的错误论调时，谈了两个观点：一是我们说的人民公社的优越性，是指它在各地显示出来的优越性的总和，至于在一个具体地方，是不容易一下子看出来的。 二是由于这个原因，对人民公社的优越性，需要实际地调查调查，研究研究……

他的发言，引起了大家密切的关注。 大家纷纷发言，摆出人民公社在各地表现出的优越性的大量事实，批驳他提出的在一个地方不容易一下子看出来的论点。 于章在发言中，干脆给他下了断语，说他对人民公社的优越性是抽象的肯定、具体的否定，理论上肯定、实际上否定。 张勤则尖锐地指出：尹文兆这种说法，是一个立场问题……

对张勤的话，最初我是怀疑的，甚至是否定的——能这样说吗？ 怎能这样说呢？ ……但在张勤发言之后，接着又有许多同学连珠炮似的指出这是立场问题，这就不能不引起我的深思了，不过我还是不能断定。

李怀玉发言了，他是为尹文兆辩护的，他说他不同意于章的看法，尹文兆是不会否认人民公社的优越性的。 他的话一落音，主持会议的李瑞立即问大家听清李怀玉的话没有，待大家作出响亮回答后，讨论才又继续进行。 发言内容仍是继续批评尹文兆的观点。 下课铃响了，李瑞让大家思考两个问题：一是尹文兆是不是否认人民公社的优越性？ 二是尹文兆是不是立场问题？

　　这个课间十分热闹。　教室里围成一个个人疙瘩，大家在热烈地争论着。　对尹文兆究竟是什么样的问题，我心里还在矛盾着。　尹文兆的脾性嘛，大大咧咧的，既是大老慢，又是愣头青……我看着一堆堆人雄辩的样子，紧张地思索着尹的情形。　我问李瑞："他到底算是什么问题？""这个嘛……"他说，"你还是自己考虑吧，也还得看继续讨论的情况……"

　　上课铃又响起来。　李瑞首先让李怀玉解释他否认于章观点的理由。李怀玉起来讲了四点：一是人民公社优越性这么大，这么明显，尹文兆还能看不到吗？　二是人民公社的巨大优越性，据说连帝国主义都不能不承认，尹文兆还能否认吗？　三是说到尹文兆自己，你看他这学期添了多少东西：小大衣、皮鞋……在全班也是数一数二的。　这些都是人民公社化后添置的，应当说是人民公社给他带来的，难道他能身在福中不知福吗？　四是尹文兆在发言的开始，不也是承认人民公社优越性的吗？

　　李怀玉的发言，被同学们刷刷地记了下来。　他发言刚停，全班沸然，只听轰隆一声，如林的手臂举了起来。　陈捷发言说："李怀玉的话说得太天真了。　尹文兆明明在说人民公社的优越性，'在一个具体地方，是不容易一下子看出来的'。　——此话怎讲？　中国虽大，却是由一个个具体地方组成的。　如果在一个个的具体地方看不出来，那么人民公社的优越性何在？　尹文兆不是抽象的肯定，具体的否定又是什么？　李怀玉说人民公社优越性那么大，连帝国主义都不能不承认，尹文兆还能否认吗？　这只是你的想当然，他尹文兆偏偏就要否定！　不错，尹文兆确实在享着人民公社的福，但他确实又是身在福中不知福。　他戴了黑色眼镜，对人民公社这么些优越性（包括他自己享受到的）都视若无睹！事情就是在尹文兆身上这样矛盾地存在着。　诚然，像尹文兆这样的确实不多。　不过这也好解释，哲学上讲过，事物有一般也有特殊嘛，尹文兆就是个特例！"

　　申作吉起来揭发："李怀玉不是说尹文兆不可能否认人民公社的优越

性吗？ 我可以举个例子说明：那天写发言提纲时，尹问我：'人民生活提高，得从哪几方面说？'我告诉了他，他说：'哪有提高？ 我怎么没看见？'这是尹文兆自己说的。 他就是这样的人嘛，你叫他说理论，他也能哇哇地说一大套，可是扯到具体问题，就看不到了呢！ 试问李怀玉该作何解释？"

申作吉说罢，李瑞登时从椅子上站了起来："尹文兆，你想想申作吉说的属实吗？"尹怯怯地站了起来："我、我得想想……我、我忘了……"李摆手让他坐下，对着全班同学说道："他确实就是这样说的，那天我也听到了。 我听着不对头，就在小本子上记下了，是这样记的。"他翻开本子念道："十二月二十八日晚，说人民生活提高了，我怎么没看见？ ——尹文兆问。"

讨论继续下去。 这时我的思想感情发生了突变。"可见他不是无心说的，"我想，"这跟他的性格已完全没有了关系，他真的是没看到优越性，真的是阶级立场问题了。"想到自己此前的怀疑，不禁自责："我太温情。 我总是把问题看得太轻。"于是拿起笔来，开始写驳斥尹文兆和李怀玉的发言提纲。

讨论愈来愈激烈了。 有的同学甚至很愤慨，既批评尹的错误，又指责他的不诚实态度。 又打下课铃了，讨论只好停止。 一下课，就有许多同学将尹文兆围了起来，继续和他辩论，并恳挚地告诉他："不要怕，在未充分驳倒你之前，你可以不服气，你只管坚持你的就是！"尹文兆连声答应"是是是"。 就寝铃响了，班长连连催促，大家才走出教室，向宿舍缓缓移动，依然人声鼎沸。

|三十| 大辩论（三）

　　翌日晚上继续辩论的时候，尹文兆首先起来进一步阐述了他的论点。他说，他之所以说人民公社的优越性不能一下子看出来，根据是：放假回家，看到那里没什么变化，人还是那人，地还是那地，房还是那房，生产队还是那生产队，还是高级社的形式。他就纳闷，这不是没变吗？他还说，他主张"需调查调查，研究研究"是有根据的，毛主席不就是调查了一个多月，才写出了《湖南农民运动考察报告》吗？

　　还没等他坐下，整个教室就震天价响动。李瑞一下子从椅子上站了起来，他对全班高举着的手臂望了望，激动地大声说道："都放下！我先发言！我这里要解释的是，毛主席当年的调查和尹文兆的调查，性质有着根本的区别！毛主席是因为农民运动搞得太好了，太出色了，以至于统治者受不了了，是在这种情况下才去调查的。他不是因为看不到农民运动之好，而是因为它太突出了，要去发掘材料，从而更好地为它辩护的。而尹文兆呢？是因为看不到人民公社的优越性，而要一点一点地去分析着找！也就是说，人民公社的优越性太少了，需要拿着放大镜去将它放大！像这样子，照这办法，我说尹文兆啊，你将永远看不到它的优越性！你之所以看不到，不是因为它客观上没有（有！并且很大！），而是因为你主观上的原因！俗话说：'一叶障目，不见泰山。'是你阶级立场的'一叶'，遮住了人民公社的'泰山'！试问尹文兆，你对人民公社那么大的优越性视而不见，需要'研究研究'，而对九牛一

153

毛的缺点怎么就一下子看到了，而不需要调查调查呢？！"

他愤愤然坐下了，黄白面皮上竟泛出红晕来。

接下来的发言，犹如风起云涌，个个都很激烈。 我照例在拼命地写。 我必须把提纲写得很详细才能发言，因为我缺乏即席发言的能力。 我主要驳他"家里没变，人民公社的优越性是各地显示出的优越性的总和"。 我这样阐述我的论点：在我们祖国，落后和先进虽然存在，但差距总是不大的，尤其在"大跃进"时期！ 所以你说"家里没变"，这不符合事实。 不是真的没变，而是你不去看、不愿看、不承认罢了。 至于我们说的人民公社的优越性是怎么来的，我认为，是根据它在各地显示出的共性综合起来的，绝不像你说的那样，是这里一点那里一点用加法加起来的总和。 不错，各地有各地的特点，但每个优越性在每个公社都不同程度地表现出来了，这是毋庸置疑的。 俗话说："麻雀虽小，五脏俱全。"叶圣陶诗曰："一花呈众相，一沙摄大千。"阮章竞诗云："一颗露珠虽然小，映着个太阳在当中。"都是说的这个道理。 ——对尹文兆发言的性质，此时我虽然认为是立场问题，但只觉得他是站在富裕中农立场上的，而没有朝其他方面想。

我在第二节课快下课时发了言。 可是同以往一样，我发言时过度紧张，腿直抖，心直颤，以至于时常前言不搭后语，时常要停下来去看提纲，有漏下的还得回去重说。 这么一来，大好的内容被我说得支离破碎。 尤其是中途打了下课铃，同学们对我的发言都不感兴趣了，我清楚地听到了周围人的唏嘘之声。 我更慌了，只得把几个诗句念下来草草收场。 这又引起了一阵哄堂大笑。 李瑞总结说："与其找两句诗句做证，倒不如引证些马列主义！"

我对这样的结果感到突兀和莫名其妙。 ——这两句诗是我十分欣赏的呢！ 我坐在位子上发怔时，张勤忽地蹿过来说道："你白糟蹋了我们的时间！"一瓢冷水泼下来，我浑身顿时凉了个通透！ 我原以为我的发言会招来称赞的，没想到竟如此适得其反！ 回到宿舍，大家还在议论和奚落我的发言。"我表达不出来呀！"我苦着脸说，声音里充满了灵魂的哭号，"你们……你们不了解我……"我说不下去了。 这一晚是我非常痛苦的一晚。 我为自己蹩脚的口才而感到羞愧难当。 我对自己真恨得咬牙切齿。 我最后决定：以后再发言，就全部写出来，照着念！

第二天早自习时，我翻开《心理学》课本，看了关于兴奋和抑制的神经过程的相互诱导规律，对自己的情形一下子恍然大悟。 哦，我之所以站起来就紧张得语无伦次、丢三落四，不就是这个相互诱导规律在发坏吗？ 由于我的大脑的一部分过度紧张和兴奋——也就是在大脑中产生了优势兴奋中心——按照相互诱导规律，大脑的其他部分就受到抑制，其中当然也包括语言中枢。 语言中枢既然被抑制了，我的思维、我的发言还能顺畅吗？ 明白了这个道理，我告诉自己：今后要想提高语言表达能力，必须在说话前先稳住自己的情绪，沉住气，慢慢来，风雨不动安如山。 情绪稳定了，不过度兴奋了，语言中枢能够正常行使功能了，你的发言岂不就顺畅如流水了吗？ ——不过，话虽如此说，届时我真的能掌控好自己吗？ 我自嘲地摇摇头笑了一下，实在对自己缺乏信心。

三十一 大辩论（四）

晚上辩论时，李瑞首先总结了这些日子的情况，说大辩论进行得很好，真正达到了"课堂辩，课下辩，不通就辩，通了就变"，要求同学们继续发扬这种深入思考、踊跃发言的精神，把当前这个最大的大是大非搞清楚。

他讲完之后，由尹文兆作检讨。 尹缓缓站起身来，又停了老大一会儿才开了腔。 他说同学们的批判让他很吃惊。 他本来是想阐述人民公社的优越性的，怎么产生了相反的效果？ 他想不通，找丁昌培老师（政治老师）分析了一番，认识到的确是自己错了。 他举出许多自家变化的例子，又探寻了发生问题的原因。 他说自己在思想认识上确实太模糊，也受到一些家庭影响。 说到这里，他顿了顿，似乎还有话说，可是一两分钟过去了，他终于没再说出什么，就默默地坐下了。

他的检讨，招来的是一阵惊人的沉默。 随后便是一通激烈的发言。大家对他这个检讨极不满意，所提意见，归纳起来主要为：一是不接触思想；二是对家庭认识不够。

张勤在列举了一些事实后，直接说：转变太快，太突然，非出本心。 大道理谁都会说，干脆还是让他讲讲自己思想转变的过程。

他的意见得到了许多同学的赞同。 李瑞征求尹文兆的意见，尹又怯怯地站起来说："这个……我得想想，这个问题提得太突然……"

于是李瑞让大家继续讨论：尹文兆为什么看不到人民公社的优越

性？ 他的情况究竟是思想问题还是立场问题？

大家议论纷纷。 李瑞突然把他身边的水桶拎起来，敲得啷啷响，惊醒了每个正在沉思的脑袋。"这个水桶就在这里，"他激愤地大声说道，"可你偏偏否认它的存在！ 这怎能说是个思想问题呢？ 真是咄咄怪事！"激动使他哽咽了，老半天没能说出话来，最后才挥手说道："大家还是继续说吧！"

在此后的发言里，有的批评尹是故意诽谤人民公社，有的痛斥他阶级立场错误。 整个教室如一团火，一个个热辣辣的头脑，一张张红扑扑的面孔，一通通喷火似的发言。

就寝前，我们又议论起尹文兆的立场问题。 董得利问："他……他是什么成分？"王育荣说："地主吧。"张寿福反问："他不是贫农吗？"李瑞回答："他是双重家庭，十岁才到他这个父亲家来。"我问："怎么回事？""是这样，"李瑞解释说，"他的家原在东海县——你没听他一口江苏口音？ 他家是地主，他父亲土改时被打死了。 听说还要打死他娘俩，他们就逃了出来，要了好些时候的饭。 后来听说那是没有的事，他们又回去了，村里给了地，但他哪里种得了？ 就又逃到了山东，他母亲就嫁给了这个父亲。 这个父亲是贫农，退伍军人，好成分。""他……他要过饭呀！"董得利说。"他那算什么要饭？"育荣说，"那是在新中国成立后了。 他要饭只会增加对我们的仇恨！"李瑞说："你听他在'魏民隆阶级教育运动'中说的哟（他虽然不敢说，但也被同学们挤出一些），他说他同母亲逃出来要饭的时候，有一次他母亲病了，他母亲疯了似的说：'你拿枪去杀杀——'叫他杀什么？ 还不很清楚吗？ 那是新中国成立后呢！""我、我看他、他的反动思想真……真严重！"董得利半道里插话，"他、他地主阶级的反动本质还没、没变！""你说他在要饭时还能不常受这样的教育？ 受了这样的教育还能没有他的阶级感情？"李瑞接着说，"可是你听他说的，他一点儿也没受地主家庭影响！ 他对共产党非常支持！ 他对社会主义非常赞成！""谁信他的？"育荣说。"是呢，谁信呀！"寿福也说。

"他平时的表现就不是个味，"孙家如在外间屋里说，"那天买肥皂，他把一毛六分一块的和两毛一块的两块肥皂放在手里掂来掂去——他又是个大老慢，真急死人呢！ 最后他慢声拉语地说：'这四分钱是差在哪里呢？ 不是大小相仿吗？'我说是质量差异。'是吗？ 谁试过吗？ 这得研究研究。'那不紧不慢不咸不淡的语调真气死人呢！ 这有什么可研究的？ 难道国家会坑你吗？""李怀玉昨天晚上问他，"张寿福说，"你到底是不是否认人民公社的优越性？ 你到底是不是立场问题？ 其实，这不是秃子头上的虱子——明摆着吗？""那个人呀，"李瑞又慢腾腾地说，"历来就没有个阶级立场！"熄灯铃响了，我们才断了话头。

可我老是睡不着。 我的思想来了个大转弯。 关于尹文兆的阶级立场，我是没有别的看法了。"我实在太温情了，"我对自己说，并再一次深切地感到了这点，"我总是把事情想得过于简单……"——然而想起李瑞说李怀玉的话，我还是觉得言之过重了。 是的，他态度确实不太对劲，但这是他认识模糊所致。"他的政治学习差，"我想，"这是他今后应该认真接受的教训，不过他毕竟是想好的……"——关于尹文兆的问题又浮上来了："尹文兆说他本来是想阐述人民公社的优越性的，没想到却得到了相反的效果。 这句话倒是实话，他这是事与愿违。 但是，应该怎样解释这种现象呢？"我忽然想到了"欲盖弥彰"这个成语，一下子兴奋起来。 是的，由于立场关系，他看不到人民公社的优越性，但又偏偏想说人民公社的好话以装潢门面，于是就想出了"调查""研究""总和"之类说法，殊不知反而将他的问题暴露出来了！ 这不就是欲盖弥彰了吗？ ——再朝深里想想，这个情形又说明了什么？ 人哪，必须真正地转变立场！ 不转变立场，就会闹出"欲盖弥彰"的政治笑话，因为纸是包不住火的！

第二天我本打算发言的，但是没发。 因为许多同学也就此进行了探讨，人家谈得比我精彩，比我深刻。

三十二 大辩论（五）

关于尹文兆的问题，又接着辩论了两个晚上，大家确实都充分地发表了意见。 同学们像剥葱一样由表及里地分析他立场观点的错误，分析他错误产生的根源，谆谆劝导他今后要注意思想改造，同家庭划清界限，把立场转变过来。 李怀玉也主动发言，检讨了自己是非不明，差点儿成了错误思想的俘虏。

就在问题基本明了、对这个问题的辩论接近尾声的时候，不料又出现了新的情况。 第三天晚上，孟玉昭揭发：尹文兆说他对批判的感觉，是大家在抠字眼，他自己则是用词不当！

这真是平地起风雷！ 全班一片哗然，人人义愤填膺！ 于是批判又掀起了新的高潮。 那发言的情形，我看得用“同仇敌忾”来形容（当然得去掉“仇”与“敌”的本意）。 我也赶紧写发言稿，只觉得脑子像飞速运转的机器，笔下语言如流水般顺畅，大约用了多半节课的时间，一篇洋洋洒洒的稿子即告完成。

我在第二节课发了言。 接受以往的教训，这次是照稿念的。 发言甚为成功，给我带来了荣誉。 正因如此，我得把这个发言的主要内容保留在这篇日记里。

我首先谈的是家庭影响和思想改造。 我说：“尹文兆的问题主要是家庭影响问题，也就是阶级立场问题。 这使我看到了家庭影响的严重性和顽固性。 它对你的影响，是潜移默化的。 俗话说：‘近朱者赤，近墨者黑。'那种坏思想在日常生活的熔炉里，不知不觉就融进你的头脑里了，成为你大脑难以分割的一部分了。 这同毒瘤长进你肌体里是一个道理。 这当然不是说那思想是不可改造的，不要忘了毒瘤也是可以通过手术治愈的。 但毒瘤治疗的艰难，也正说明了思想改造的艰巨。 是的，思想改造是一个长期的、艰苦的、痛苦的过程。 ——我再接着说阶级影响。 它既已融入你的头脑中，便要支配你的言行。 你看，你已经成为它的代言人了，成为被它驯服的工具了，致使你虽然想着尽量抑制、尽量掩盖、尽量伪装也无济于事，还是露出了马脚。 这马脚显露得是那样自然，那样无意识，以至于你在被批判时竟是那样吃惊，那样摸不着头脑！ 你目前的尴尬处境，就是这样造成的！ 说起来也毫不奇怪，家庭影响就是有这么巨大的力量。 联想到我自己，不也是这样吗？ 我出身于一个富裕中农家庭，我也曾不知不觉站在富裕中农立场上看事情，因为大炼钢铁时家里的锅被砸而不满，因为自己家在人民公社化后生活提高不大而苦恼。 当然，大炼钢铁时砸锅是不对的，是'大跃进'的缺点，尤其同我县'共产风'有关。 但是问题不在于你看到了那个缺点，而在于你怎样对待它（包括'大跃进'的其他缺点），你是认为它作为新生事物，由于种种原因在所难免，从而热情地帮助干部群众去纠正它的缺点，扶持新生事物健康成长呢，还是把它的缺点作为奇观，再用放大镜去放大之，去埋怨、憎恨、讥笑、幸灾乐祸呢？ 这个对新生事物的态度问题，就是不同阶级的分水岭。 ——话再说回来，对'大跃进'、人民公社，我曾采取过富裕中农的态度（当然，通过政治学习，我有了改变），而今对尹文兆问题的讨论，又引起我对这方面的思考。 我再次感到我们进行思想改造的必要性。 这个改造，不仅是对尹文兆和其他剥削阶级家庭出身的同学，不仅是对我和其他富裕中农家庭出身的同学，即使对于贫下中农家庭出身的同学，甚至是工人阶级家庭出身的同学，也是必要的——列宁不是说过吗？ 在工人阶级中也不能自发地产生马克思主义，马克思主义是革命知识分子同工人运动相结合的产物，在工人阶级中自发产生的是工联主义——当然，对于他们，不一定叫思想改造啰！ 是的，我们要改造，要脱胎换骨！ 企图掩饰遮盖，蒙混过关，把丑恶的思想带到将来美好的社会里去，或者不愿从根本上去改，而是浮光掠影，改头换面，都是不行的。 这就是尹文兆问题使我想到的，也可以说，是我们都必须从中接受的深刻的教训，特别希望尹文兆坦白诚实，正视问题，在思想改造的道路上勇敢前进！"

说到这里，我的话题一转，矛头直指尹文兆目前的状况。 我说："要改造思想，首先是必须明白自己要改造什么，自己错在哪里。 可是现在的情况是，尹文兆恰恰是在这个问题上卡了壳！ 他对自己的问题采取的是不承认主义！ 比如他认为大家的这次批判是抠字眼，他自己的说法则是措辞不当、非出本心。 这就把这些日子大家对你的苦口婆心的帮助否定了！ 这就把你实际存在的问题否定了！ 尹文兆啊，你怎能背着牛头不认赃呢？！ 人民公社明明有那么大的优越性，你却认为'说人民公社的优越性一下子就能看到，真太天真了'，你要'调查调查，研究研究'，这难道是措辞不当吗？ 人民生活明明是大幅提高，你却说'人民生活提高了吗？ 我怎么找不到证据？ 俺那里怎么还吃坏地瓜干？'这难道是措辞不当吗？ 大家批判你了，你为自己找出的辩护根据是'俺那里的地还是那地，房还是那房，生产队还是那生产队'，以此来否认人民公社给农村带来的巨大变革，这难道又是措辞不当吗？ 同学们的眼光是锐利的，尽管你给你的说法加上了漂亮的伪装，但还是能够透过复杂的表面现象，看出隐藏在骨子里的实质。 一个人，就其本心来讲，不能够在郑重的严肃的事情上，去憎恨去谩骂他所喜爱的，去亲爱去赞美他所厌恶的。 你对人民公社的错误认识，正是你阶级立场的真实表现！ 葫芦结的总是葫芦，甜瓜结的总是甜瓜。 不转变立场，你对人民公社的感情是不会改变的！ 不从立场上找原因，你也不会真正认识到你问题的症结所在，你的思想改造也将是一句空话！ 有鉴于此，希望尹文兆三思才是！"

三十三 大辩论（六）

　　课外活动时间我们进行了最后一场辩论，先由尹文兆说。 他说他近来为这事感到很苦闷，把很多自习时间都搭上了。 这次心理学考试能得5分，自己很吃惊哩。 他说他翻看了许多资料，认识到自己确实错了，自己是站在个人主义立场上看问题的，正因为这样才只看到大炼钢铁时砸锅等一些缺点，而对人民公社的优越性熟视无睹。 在反复说明了自己的个人主义立场之后，他又说同学们说的都是对的，都很对，希望同学们多多帮助，因为他只是"认识了个初步"。

　　我随听随记随在纸上发问，对他说的"个人主义立场"觉得很刺耳。 我这样写着：第一，"个人主义立场"——还有这个立场？ 好新鲜！ 第二，"以前我不能理论联系实际"——原因何在？

　　等他慢慢住了声，我也开始思考自己的发言内容。 可是我没能再发言。 因为待我写完发言稿，时间已经不多了。 但我也不后悔。 从许多同学的发言看，我觉得我还是太温情。 我对他问题的估计仍然过低。 ——我还是记一记辩论的情况吧。

　　尹文兆一坐下，同学们就呼隆一声举起了手。 发言的情形，上篇日记我不是用"同仇敌忾"来形容吗（当然还得去掉"仇"和"敌"的本意），我看这次是有过之而无不及，不过，在众多发言中，给人印象最深的，我看还得首推陈捷。

　　"可以明显地看出，尹文兆不是在检讨，而是在精心辩护；不是弄明

162

白了，奔上了正路，而是愈糊涂了，更上歧途！"他第一句话就这么声色俱厉，显然是愤怒极了（我当时的感觉是：这个说法未免过于严重了）。

"到底是不是阶级立场问题呢？"他接着说，"我举几个例子，让大家看看：第一件，关于买球鞋问题。尹文兆也承认现在穿球鞋的增多了，可他是怎样解释的呢？他说这是因为天天搞运动，人人忙得不得了，不能自己做了，所以只得买着穿。——你听，他就是这样否认了那是人民生活提高了的表现！第二件，尹文兆对那些明显的好事情不感兴趣、视若无睹，但对那些绝无仅有或者不足为奇的事情却大发感慨。有一次在马路上看见了一个穿破衣服的要饭的小孩，他装成很怜悯的样子说：可怜、可怜！国家怎么不给你饭吃呢？怎么不给你衣穿呢？还说什么原来咱们国家也有要饭的！第三件，看见医院的大楼和医院东北面的茅草屋，他就说什么'鲜明的对比'，把那片茅草屋比喻成纽约的贫民窟！第四件，那是在'魏民隆阶级教育运动'中，他被同学们追问急了，坦白他母亲在病中曾叫他拿枪去杀——杀什么呢？那是在新中国成立后呀！就说这几件事吧，试问尹文兆，如果不从阶级立场上找原因，你将如何解释这些言论呢？！"他说得慷慨激昂，气得脸通红。

许多人接着举起了手，人们的激情之火被彻底点燃了。我这时也摆脱了那温情的束缚，觉得这家伙实在太成问题了。

李瑞站起来，向着"手臂的森林"望了一圈，然后说："你们估计还有多长时间？""不过十几分钟。"有"钟表"之称的戚良朝说。于是李瑞把手一摆，说道："那么，大家把手放下吧，我说一说。"他离开座位，走到中间讲桌前，翻看了一下手中的本子，然后抬头面向全班，目光炯炯而又严峻。又沉默了一会儿，他说话了，洪钟般的声音里充满了激愤："尹文兆今天的发言，不是他在认识上有所好转了，而是把问题推得更干净了！我先说说前天晚上我同他的谈话。我问他对同学们的批评有什么想法，他说他对阶级立场的说法接受不下来。我说你认为你是什么立场？他说他是个人主义立场。我说咱们在政治课上都学过阶级斗争理论，在阶级社会里，每个人的思想都要打上阶级的烙印。 个人是属于阶级的，你怎么会是个人主义立场？ 他不管这一套，一口咬定自己是个人主义立场。 我让他下次辩论时谈谈，他又不敢谈，怕会受到更严厉的批判。 我说你若认为自己是错的，你就认错改错，你若认为自己是对的，那还怕什么，就谈出来嘛。 咱们的原则是坚持真理，修正错误。大家如果认为你错了，当然还可以继续批评，批评是为了帮助你，你总不能讳疾忌医吧？ 最后我还是劝他再好好想想，跟大家谈谈。 他也答应一定认真考虑考虑。 ——可是今天他发言的事实表明，他没有认真考虑！ 也或许，他认真考虑了，但考虑的是如何瞒天过海，蒙混过关！个人主义立场，好新鲜的名词！ 个人主义怎么还是个立场？ 你真让我们大开眼界！ 你企图鱼目混珠，以表面现象代替问题的实质，难道能说得过去吗？ 还是得刨老根！ ——口头上说'大家说得很对''对我帮助很大'，其实呢，把大家关于阶级的论断否定了，只承认什么个人主义立场，这不正是口头上肯定、实际上否定，抽象的肯定、具体的否定吗？ ——尹文兆说他只是个认识的开始，是的，你真的只是个开始，而且是个很差劲的开始，很不像样子的开始！ 当然，一个人的思想问题，不是一下子能解决得了的。 希望尹文兆能够正视现实，正视问题，加强学习，与剥削阶级家庭那一套彻底决裂，把思想、立场真正转变过来，只有这样，你才能成为一名符合党的要求的好青年、好教师！ ——好了，我们对这个问题的辩论，到此就结束了。 看得出来，通过半个月的学习辩论，大家都得到了很好的锻炼，有了很大的提高，我们的目的也基本达到了。 当然啰，关于思想政治进步，对于我们每个人来说，这也只能算是个开始。"

下课铃响了，他的话也就此打住。 在走廊上等着吃饭的时候，我们又热烈地讨论起来，对尹文兆的发言一致表示了不满甚至愤怒。

随着辩论的终结，这学期的政治课也算结束了。 大家都确实感到，这些日子的大学习、大辩论，实在是一次很好的、很实际的阶级教育。

A：啊呀，读到这里，我才能顺畅地透一口气！ 这次辩论，还真是惊心动魄呢！

B：咳咳，对这次辩论，我说点什么呢？ 辩论的背景与对错，咱们在前面已经谈了，无须重复。 我要说的是看罢日记后的心情，真是五味杂陈。 我们这帮热血青年，以捍卫真理的姿态投入辩论，慷慨激昂，情炽如火，到头来才明白，原来是在"左"的思想误导下，捍卫了错误的东西！ 谁也没有怀着私心杂念去故意伤害同学，却做了伤害同学的蠢事！ 在半个世纪后的今天，我要借此向尹文兆说一句：对不起，文兆！请接受我迟来的道歉！

A：前面说过，这是历史的错误，不应由你们负责。 而且，因为你们是学生，辩论中还是掌握了分寸的，没给尹文兆戴什么帽子。

B：话虽这么说，但毕竟是伤害了文兆，而且是我们直接伤害的，也不知此事对他的以后有无影响。 想来真是感到痛心，感到亏心呀！

A：我仔细想了一下，觉得对于辩论，对于那场反右倾斗争还得多说几句。 如果只是笼统地说句错了，不说说它错在哪里，那还不够。 你看看你们辩论的时候，个个振振有词，俨然真理在握，正义在胸，尹文兆被搞得惶恐而又狼狈，不知情的人也许会真的以为他罪不可赦哩。 ——实际上，你们全力维护的那个"大跃进"和人民公社化运动究竟是什么情况呢？ 历史已经证明，一九五八年下半年风起云涌的"大跃进"和人民公社化运动，是党在探索社会主义建设道路中的一个严重失误，它在"左"倾思想指导下，以高指标、瞎指挥、浮夸风和"共产风"为主要标志，严重违背了客观规律，严重破坏了社会生产力，严重损害了人民的生产生活，是造成随之而来的三年经济困难的重要原因。 在一九五九年的庐山会议上，彭德怀等同志陈述了他们对一九五八年以来的"左"倾错误及其经验教训的意见，却被认为是"资产阶级的动摇性"，是向党进攻。 会议对他们进行了批判斗争，会后又在全党开展了反右倾斗争。 这场斗争在政治上使党内从中央到基层的民主生活遭到了

165

严重损害，在经济上打断了纠正"左"倾错误的进程，使"左"倾错误延续了更长时间。 ——你们的辩论，就是这场反右倾斗争中的一朵微小的浪花。 你们在辩论前学习的那些材料，都是为维护"左"倾错误服务的，不顾现实，颠倒是非，指鹿为马，使用的净是些诡辩术。 你看，明明人民公社化运动不是生产力发展的需要，不是群众的自觉自愿，却要说成"在一定条件下，觉悟和能力没有表现出来的机会，并不等于没有这样的觉悟和能力"！ 这样的狡辩，今天看来简直是个笑话！ ——这些错误的理论武装了你们的头脑，你们以此为武器，在辩论中绞尽脑汁为那些错误的东西辩护，你们还以为是捍卫真理呢！ 你们还对尹文兆"同仇敌忾"呢！ 依我看，这才是最值得痛心的！ 我说你们的错误是历史和时代造成的，道理也就在这里。

B：唉，不错不错，真是知事白了头啊！

三十四 丁元堂的苦恼

快放寒假了，学校小卖部多进了些糖果（现在物资匮乏，在商店里不好买的），因为怕拥挤，就按班轮流去买。今天轮到我的班了，课外活动时天气不好，改为自由活动，大多数同学都去买了。本来是买来带回家的，可是大家哪能经得住诱惑？教室里一片咀嚼之声。——我没买，一来钱不宽裕，二来我有个不买"嘴子"吃的指导思想。我觉得与其花几毛钱买"嘴子"化成大便，不如买本书变为知识！——然而看人家吃毕竟不是美事，那吧唧吧唧的咀嚼声让我受不住了，就拿了本书奔向宿舍。谁知那里锁了门，见本班小宿舍没锁，便推门而入。不料扑面而来的竟是浓重刺鼻的烟气，呛得我连打了几个喷嚏，引得屋里的同学哈哈大笑。这里历来是烟鬼们的吸烟室。透过烟雾，我朝里看去，只见丁元堂斜倚在迎面的床上，张新传坐在南面床沿上，陈捷则仰卧在东面床上，个个手夹纸烟悠哉游哉地吸着，缕缕烟气袅袅升腾，将小屋灌满了。

我犹豫了一下，还是走了进去，靠着丁元堂坐下了。丁元堂吐出一口烟，眼里洋溢着盈盈的笑意，立马向我炫耀起他昨晚吃的"宴席"来。他们几个画画好的同学这些日子利用课余时间帮公安局画宣传画，结束时人家招待了他们。

"老袁唻，真了不得呀！"他兴奋地说，"咱也没吃过什么好东西，三个人吃了八大盘，鸡鱼肉蛋还有别的什么，咱也叫不出名堂来。饭是白面烤牌。 招待俺的同志四十来岁，热情极了，一个劲地催吃：'吃呀，吃呀，我就不信小青年就这么没本事！'可是我们个个吃得肚儿圆，哪里还吃得下啊，我面前是一碗鸡蛋汤，他硬逼着我喝了……"

他谈得津津有味，神采飞扬，我们几个听得都直咽唾沫。 这也难怪，我们这些农家子弟，在学校一顿两个馒头一碗白菜汤，也只能吃个多半饱，骤然碰上那么丰盛的饭菜，怎能不受宠若惊、津津乐道、铭记于心呢！

这半年多来元堂主动接近我，跟我还说得来。 原因可能是他觉得我在写作上有点儿本事。 喜欢接近有点儿名气的、有点儿本事的或者有点用处的人，这是他的特点。 刚来师范不久，他就交上了教美术的王老师（王老师画画在全省都有点儿名气）这个良师。 王老师很喜欢他，还单给他画过像呢！ 以后他又交上了管图书的郁老师（应当说是有用处啰）这个益友。 郁老师爱花，他经常帮着侍弄。 郁老师很宠他，图书室的书任他翻看。 第三、四学期他交上了朱琪和张顺贞这两个好朋友，因为他们文学好嘛！ 上学期又对我亲热起来。 你听他喊我那声"老袁唉"，语调是何等甜美、何等热乎哟！ 我知道他这脾性，对他无非是敷衍。我和他没有多少共同语言。

且说当他的宴席之谈临近尾声，我正不知该说什么的时候，陈捷开了腔："老袁，咱还给周文写信不？"（周文是我俩初中时要好的同学，与他是邻村老乡。 初中毕业当年没考上学，第二年考入莒阳师范。 我们和他还常有书信联系）我感到很奇怪，就说："这……还用写信吗？ 寒假时你去他家不就行了？""那倒可以，"他说，"不过以后再给他写信，得换换内容了。""啥？"我听他说得蹊跷，诧异地问，"还能光谈专业思想？""不，不光那个，"他坐起来，脸色也显得凝重，"还要谈谈思想进步什么的。 ——你对他放心吗？""怎么的？ 我觉得他没什么呀！""他的成分……成分……""不是老中农吗？""那是他继父的成分。 他的生父是地主！""啊？！"我大吃一惊，"原来如此！""是啊，"他说，"是得叫他好好干了，要让他同原来的家庭划清界限。 ——现在用人，人家特别强调原来的成分呢!""嗯? 你怎么知道的?""昨天课外活动我们开会了,叫我们寒假里分头调查同学们的家庭情况呢。""开会了? 咱们班还有谁参加?""我、李瑞、蒋松予、罗生纪、谢全成、国云清……"

"哦哦……"

一阵沉默。

"咳,老陈了不起了,得到党的信任了!"丁元堂不胜羡慕地说。

没人应答。

"信任……"丁元堂又重复说,一下仰躺在床上,眼睛瞪着屋笆。

"信任……信任……"他吧咂着嘴,又连着自言自语了几次。

我觉得,丁元堂后面这几个"信任",已经不单是羡慕,更多的则是感叹,甚至还有些难受了。 见他这样子,我心里不禁暗笑。 这家伙没想别的,想的就是"信任"二字。 他羡慕陈捷得到了"信任",感叹"信任"的荣光,难受自己没得到"信任",至于陈捷为什么能得到信任,我看他未必去想。 这也正反映了他进步的目的。 我知道他很想进步,很想入团。 但入团是为了什么? 看他那样子,无非是觉得成了团员,能得到信任,对自己的生存更有利罢了。 的确,他这学期进步不小,他努力地表现自己,处处争先恐后,对参加劳动,对给集体做事(如画画)都挺热心的。 可是,正因为出发点有问题,他就免不了患得患失,对有关事情的反应敏感而又强烈。 今天这种情况,就是他这种情绪的自然流露。

类似情形,我还见过一次。 那是两个多月前了,一天晚上,上第一节晚自习时,团支部副书记蒋松予念了几个人的名字,让他们在第二节晚自习后留下开个会。 当时我没在意,反正不关我的事,不多会儿就忘了。 下了自习回宿舍躺到床上,元堂问我:"知道开的是什么会吗?"我一时被问得莫名其妙。 他见我这样,提示说:"就是留下的那几个人呀!"我恍然大悟,反问他:"什么会?"他颇为神秘地说:"积极分子会!"我把这几个人掂量了一下,无论如何,有陈华同参加,不会是什么不好的会,就不置可否地答应着:"哦哦。"不想他却特别多话,像炒胡豆似的分析来分析去，话尾总是那么一句："积极分子会！"他又斜着身子，胳膊支在枕头上，怔怔地瞪着前方，一字一顿地说："可……王……奎……"语调间充满了极度的痛苦、嫉妒与失望。 他说的王奎，也是参加这次会的，平时表现确实不如他。 我当时也想，是呀，丁元堂这段表现不错呀，既是积极分子会……既是连王奎都参加了……怎么没有他呀！

这天晚上元堂睡下又起来，起来又睡下，十分不安与苦恼。 我被他折腾得好久没睡着觉。 这个会究竟是什么会，我至今也不知道。 但是他那晚的情态，却给我留下了极其深刻的印象。 ——唉，这个丁元堂哪！

……三个烟鬼终于走了。 我凑到窗边看书。 可是心潮涌动，怎么也静不下来。 陈捷的话让我联想到当前的大辩论，我感到了家庭出身的重要。 与此同时，丁元堂的模样也在脑子里回旋。 我想，这是一个多好的生活细节呀，晚自习时可得抓紧记下来哟！

A：哈哈，丁元堂算得上一类人物。 他师范时期入上团了吗？

B：寒假开学后就分科学习了，他分到美术班，情况就不了解了。我估计够呛。 他虽然一心想入，也有些好的表现，可是飘浮，不踏实，患得患失，这是他致命的弱点——你想，像我这样的书呆子都能看出他的问题，组织上岂能看不出来？

A：有道理。 ——陈捷他们寒假搞的调查，按咱们自己的经历推想，应当是学校安排的对毕业生的政审。

B：应当是的。 陈捷当时虽然参加了调查，我估计他也不甚了解学校的意图，毕竟是学生嘛。 他说的按家庭成分用人有片面性。 家庭成分对一个人会产生影响，而且那时党的用人政策是"有成分论，不唯成分论，重在政治表现"。

A：对。 不过那时你们还是学生，对社会上的情况，应当说还是雾里看花，不甚了解的。

三十五 分科报名百态

午休后接到通知：课外活动时间，我们年级的同学到学校小礼堂开会，听下学期分科的报告。

多少天的传言终成现实。听罢通知，我激动得一把抓住刘青厚的胳膊，脱口说道："我真怕呀！"老刘先是一愣，随后有些生气地说："你看你，一会儿说成了大人了，一会儿又说怕呀，真让人摸不着头脑！"一下子说得我也一愣，好一会儿才反应过来，原来他指的是星期一我跟他说的那话。那天中午，费洪涛从总务处领来一些蒜，切碎后盛在茶缸里放到炉子上煮，目的是煮好后掺在猪食里，预防猪感冒。煮了不多会儿，那浓重的蒜味就在全屋弥漫开来。我呼吸着这美好的蒜香，脑子里突然浮想联翩——由蒜味想到吃饺子（因为蒜是吃饺子必备的调味品嘛），由吃饺子又想到过年（因为家里麦子少，只有过年才能吃上几顿饺子嘛），由过年又想到快放寒假了，那么寒假我该怎么过呢？怎么跟爷爷拉呱呢？还能像往年那么孩子气吗？不，绝不能再那样子了！于是就很有感慨地跟老刘说："你知道吗？我忽然觉得我已经是大人了，因为明年就要当老师了！"我顿了顿，又笑道："真有意思，自己觉得还跟小孩似的，却很快就要教小孩了！"老刘哪里知道我这拐了几拐的思路？瞅着我怔了一下，不解地嘿了一声，没搭话，就又继续看他的书了。——想到那天在他看来没头没脑的话语，联想到我刚才一惊一乍的神态，感到自己的表现实在有些突兀冒失，实在让他难以理解，我原谅他了。——其

171

实，这会儿写着日记，又琢磨我跟他说的"怕"字，还是词不达意，没能表达出我当时全部的心情。 我全部的心情是什么呢？ 面对即将来到的生活巨变，我是既怕又喜，既憧憬又兴奋哪！

关于分科的报告是李校长做的，总的意思是，一九五八年教育大发展，各县新建了许多中学，由于师资缺乏，上级决定我们这届师范生毕业后面向中学分配。 为适应中学教学的需要，下学期要进行分科学习，要求同学们根据自己的特长先报志愿，每人报两个，以供学校做分科编班的参考。

会后即报志愿。 我立即就确定了：第一志愿语文，第二志愿史（历史）地（地理）。 对历史我也很爱的，我很想通过学习，彻底地了解一下社会发展规律。 我对地理也蛮有兴趣，小学时就是个地图迷。

可是刘青厚却费了牛劲。 开会回来的路上，我问他："你报的是什么？""语文！"他简洁而坚定的回答让我吃了一惊。 我原本想他该报体育的，他虽然爱好语文，但水平确实太差了。 这么想着，我又问："第二呢？""我还没确定呢，"他说，"是生物还是体育？"我说："体育吧，你体育还不错，而且体育方面的人才也缺。""可我的球类不行。""那个……下学期你就得拼命练了。"说完后我俩一时无语。 我心里仍然翻腾着他的语文志愿。 他又说话了："我知道我要是到语文班得是最差的了，也不一定批准。 可是我很爱呢！ 我想，下学期在语文班一定会学很多东西……"听了这话，我的心略噔一下稳下来了。 我感到了他爱语文的真淳和深挚。 我很感动，对他的尊敬油然而生，觉得他报语文不甚妥当的想法也烟消云散，便说："行行，你就这样定吧……"

教室里已是沸沸扬扬。 人们围在火炉旁，互相询问着。 我把手伸向炉口，问孟玉昭："报啥？""我还没确定呢！"孟玉昭答道。 我又问陈捷："报啥？ 语文？""我，我想呢！"陈捷说。 我又问："第二个呢？""第二个呀，你说是数学还是史地？"陈捷问。"数学吧，数学吧。"我这样说，又转头问戚良朝："第二个呢？"戚良朝说："还没确定呢!"我又问朱琪,他也在犹豫。"朱琪,除了文学,咱们没有爱好的啰!"良朝说完,嘴唇又习惯性地向上一噘,向里一缩。"唉,没有啰。"朱琪低声答道。"神经"王育荣突然说道:"你们看我是报语文还是美术?""报美术了哦! 你只管在那里发你的神经吧!"大家七嘴八舌地说他。 只见他把手一挥,摇头晃脑地说:"那好那好! 在美术班,我就可以尽情地舞动画笔,描天画地,再题诗以配之,累了就使劲拉上一通二胡,畅抒情怀,那才叫逍遥复逍遥呢……"

鼎沸的人声,欢乐的笑闹。 郭友荣也凑过来。 我问他,他为难地说:"我还拿不准呢! 你说我该怎么报呢? 文学、体育、音乐、美术,我都爱呢!""郭友荣,报体育了哦!"不知谁说了声,大家都一致赞同。 我说:"你的体育是定了! 你无论把什么写到第一志愿,最后都会定你体育,报体育的人太缺了!""可我对文学很爱的咪!"他也同意了大家的意见,但又感到无限的惋惜。

"老袁咪,"这是陈捷喊我,见我连忙转向他,"我又想想,我不能报语文。 报了语文,我在那里是最差的了。 我不!"他决定把第一志愿改为数学。

开始填志愿登记表了。 三张表前挤满了人头,熙熙攘攘。

可是刘青厚还在举棋不定,他把我拉到座位上说道:"你看我第二志愿到底怎么报,体育还是生物?"我反问他:"不是体育吗?""我对球……球规还不是很熟悉……""这个,"我打断他,"还有一学期咪,好好学嘛! 而且,"我鼓励他,"在一个小中学里,体育还有什么大不了的? 就得在工作中练嘛! 况且,"我又转了个弯,"你的生物出色吗? 我看还不如体育!"他被我说服了。

郭友荣登记完了,脸红红地走过来,一开口就带着感情说:"你看多糟糕,为什么音体美要分家呢? 我真遗憾!""嘿,"老刘却高兴了,"这对我倒有好处,否则我就进不去了!""你呀,"我对郭友荣的多才多艺十分钦佩,对他说,"你有多方面的爱好,你永远是快乐的伙伴!""是的呢，"他的眼睛熠熠闪光，"我觉得一切都是那样美好有趣！我拉胡琴、跳舞、唱歌……还有画画！你不知道哟，一幅好画能使人多么陶醉哟！有一次，我看见一幅很大的山水画，你看：那怪石嶙峋的山，那清澈透底的水，那青松翠柏，那山间竹笋……好像耳旁在鸣响着叮咚的流水声，鸣响着山鸟的啼啭声……我忽然觉得灵魂飞走了，飞向了那仙山幻境……我在画前足足待了半天！"他激情的述说好像也把我们带进了那仙山幻境，又把我们从里面带了出来，他依然热情洋溢地说："真好！真好！我打算寒假里就画上几幅国画……"

"可是无论怎样，"我说，"都不要忘了读书——读书，这是一个乐趣无穷的世界！""是啊，"他说，"可是我下学期捞不着看书了。我打谱下学期集中精力把体育上的事情弄精通——这才是真本事咪！"我点点头："对对对，对我们来说，爱好是要服从专业的！""我还打谱下学期把专业弄好了，"他一个劲地说下去，"到工作岗位上，再使劲地啃小说……"我打断他说："但是有一点要注意，我们的爱好首先是建立在满足精神需求的基础上的。要从爱出发，不能把它和庸俗的金钱联系在一起！"我意犹未尽，又添了一句："像陈捷那样！""你提他呀，"郭友荣刚要说，我又拦住了他："他也一度爱好文学，但那是什么爱法呢？把文学作为获取金钱的工具，还没入其门就拼命投稿……""他嘛，嘿！"郭友荣终于抓住了空隙，着急地说，"讲实惠，图安逸，就是他的出发点啰！就说这次报志愿吧，报了数学，嫌累，又改了史地！""他吗？！"我大吃一惊，这么说来，这是他第三次改志愿了，"他怎能这样呢！""他就是个鬼精灵，对自己的私生活算计得太……太那个了！""嗯，是这样。"我说，"不过，实事求是地说，他现在毕竟进步多了，尤其是对政治对集体的事。但对个人的事这么处理，也总让人觉得不是个味儿……"

值日生抬来了饭。教室里一阵骚动，我们热烈的讨论才不了了之。

晚上，熄灯铃早已响过了，可是大家都没有睡意，拉志愿拉了很长时间。李瑞把满屋的人都问遍了，还直率地谈出自己的看法。譬如对刘青厚说："我感觉你的语文不怎么样，体育也不突出。"对赵续毅说："你语文没大希望，史地还有可能。"又问我："你觉得你的语文很有把握吗？"张寿福听了，插嘴说："这还用说吗？秃子头上的虱子——明摆着嘛！""那也不一定！"李瑞反驳道。"怎么不一定？"寿福说，"老袁、朱琪嘛！""你要知道，文史两门课是学校思想教育工作的重要一环呢！"李瑞说，"语文分科，恐怕不只根据语文成绩，思想方面可能更重要呢！"

他脱了衣服，又披上袄，在被窝里坐着。我正在抠袜子（袜子是家里做的布袜子，底厚，穿的时间长了，底上积下了污泥），他忽然又问："老袁，你要分不到语文班怎么办？"我不假思索地说："我都一样，史地我也很喜欢。我从小就爱听历史故事，我在五年级就爱上了世界地图。""是的，"他缓缓地说，"就该有这个打算，就该有这个思想准备。"我把袄盖在被上，缩进被窝里了，他的声音又响起来："老袁，你如果到了语文班，必须好好地学习政治！""那是啰，"我说，"就是到了史地班，也得好好学！""对对！"他赞同地说，也躺下来。一会儿又朝我靠了靠，我也就向前凑了凑。"你要知道，你的政治学习比较差，语文课在学校思想教育工作中是比较重要的……"他的意思我懂了，我知道同学们大都这样看我，于是说："是的，这个我自己也知道……是得做分不到那里的准备。""对了，"他朝我更靠近了些，"有准备比没准备强。俗话说'有备无患''不怕一万就怕万一'嘛，凡事就应该先朝坏里想，只有这样，当那个坏的真的来临时，你才不感到惊慌与苦恼，而那好的来了，便会激起你更大的欢乐与幸福。——譬如你吧，现在还没上语文班，就该打不去的谱；倘若进去了，就该打以后分配到小学的谱。""是的。"我点头应道，又赶紧停下来听他还说什么。可他没再说话。耳畔响着的只有屋外呜呜的风声和室内同学们入睡的鼾声。我说道："睡吧？"于是我俩各自将头挪回到枕头上。我的脸颊一阵一阵发热。回想他的话，觉得确有道理，敬佩之心不禁油然而生：人家不愧是干部，随时关心着你，随时做着思想工作哩！

　　夜里，我解了次手回到床上，就睡不着了。离起床时间还早。以前偶尔出现这种情况，我总会焦躁不安，可是这次脑子里涌出了种种念想，倒让我安下心来了。我想了很多。我想，不管分到哪个学科，反正有了学习新专业的机会，都要认真学好。倘能分到语文班，就要拼命读书，多读些名著。我又想到下学期就要到新班去，在五七级五班的生活就要结束了，禁不住产生了无限的留恋之情——无论是对同学还是对王老师，尤其是对王老师。平日里好像没觉得什么，可是现在要分开了，对他却异常地感激起来。这两年半时间我是他看着长大的，是他拉扯着长大的，在他的教导和关怀下，我从一个幼稚的少年成长为一个略知世事的青年……"王老师，你是我的恩师！"我在心里这样对他说。我觉得离校前应当找他谈谈或者写封信给他，向他表示自己发自肺腑的感谢，并请他对我今后努力的方向给予指点。——用心理学中的话说，我是属于抑郁质的人，抑郁质的人最念旧。直到起床，我一直被浓重的怀旧思想缠绕着，起床铃响了，我还悠悠如在梦里。

　　A：哈哈，分科报名称得上是出小喜剧。这是关键时刻，每个人都显露出自己的本色。刘青厚呀，郭友荣呀，陈捷呀，王育荣呀，李瑞呀，都表现出自己的特点。给我印象最深的是陈捷，他三改志愿，确实显示出他的鬼精灵。——他最后上了哪个学科？

　　B：数学。——谈到他，我得为他说句话。学生时期，他有突出的优点，也有突出的缺点。他确实是个精明人。大家对他不好的印象，主要在"吃"上，他吃得实在有些不顾影响，在私利上也算计得太过精细。但是学生嘛，正在成长期，大家都不是完人。上进才是他的主流。参加工作后，他一九六二年就入了党，在同学中应当是早的，可见他进步之快。

　　A：是啊，人生充满了变数，尤其是青年人。

三十六 期末聚谈

　　快放寒假了，我与朱琪几天前就约定抽时间逛逛谈谈。 昨天是这学期最后一个周末，晚饭后，朱琪、张顺贞和我，三个人一起出去了。

　　不料刚走到院里，"木头人"冯俭之却缩着脖子跟了上来。 这真让人扫兴，一下子给我们心头蒙上了阴影。"你跟着做什么唻？"我很烦地想。 可是这家伙不识时务，一直像个尾巴紧随在后，弄得我们老半天沉默不语。

　　出了校门，我们向南拐去。 老冯这时倒先开了腔："怎么，不上街吗？""嘿，上街？ 你想干什么？ 难道想请我们下馆子再吃一顿？ 呵呵！"顺贞连笑加说，语中带刺。 见我们只管前行，老冯还在争取我们："还是上汽车站吧，啊？"我们这才明白他要去汽车站打听买回家车票的事，可是由于心里厌烦，都没搭理他。 默默地走了一会儿，他又说话了："咱这个走法，是要去哪里啊？"——这会儿他倒成了多话的了。"咳，去哪？"一直缄默着的朱琪也上来他的滑稽劲儿了，朗声笑道："咱就顺着这条路一直走，一直走，上我家做客去，吃完早饭再来了哟！ 哈哈……"这纵情的笑声和调侃把我和顺贞都逗笑了。 我本来觉得有老冯在场，不能让我们尽吐情怀，笑过之后却变了想法：其实他跟着也没什么。 他算什么障碍？ 一个木头人，在与不在还不一样！ 实际上他只要这样跟着就满足了，无须特意和他说话，何况他又不会传言递语、搬嘴弄舌！

这样想罢，心就坦然了。 我便打开了话匣子，问他俩寒假的打算。"我捞不着怎样，可能得留下搞宣传。"顺贞不情愿地说。 他三弦弹得好，是学校宣传队成员，寒假里要参加巡回演出。"不，你在这里四处访问，能学到不少东西呢，能过个痛快年！"我安慰他。"其实在家里也不孬啊。"顺贞说。"嗯，这倒也是。"我点头附和。"在家里，不知能有肉不？"朱琪说。"有，一定得有！ 过年嘛，再穷也得买点儿。"我这样说了，见没得到回应，忽有所悟，"哦，我这又是站在中农立场上说话了——'再穷也得买点儿'！""是呢，"顺贞说，"贫下中农绝对不会这样说！""咳，这个立场问题可真了不得，你不知不觉就流露出来了！"我感慨地说。 一扯到这个，我们自然而然地想到这些日子同尹文兆的辩论。"咳咳，"朱琪说，"这个尹文兆也真有问题，就是不敢承认这个——"

他的话还没说完，老冯突然讲起了他的头："我的头……我的头不知怎的，老是晕、疼，复习功课也复习不进去。"他这一说，我们的话题只好转向他了。"我不知老冯是怎么受的，"我说，"我只要有一会儿头疼，就难受得不得了，就觉得要老命了！""就是呢，我成天晕得了不得，复习功课也复习不进去。"他难受地说。"你呀，你必须改变这种状况，你要乐观起来。""嗯，嗯。"

说了这些，他满足了，我们又开始了新的话题。

我问朱琪："寒假怎么过？ 以写为主还是以读为主？"朱琪说："还是看，结合着写。 你呢？""先写点儿，再仔细看看《水浒传》。"我说，"初中时看过，但那时是走马观花，没深入读进去，没注意从中学点东西。 名著嘛，就得多下点功夫。"一说到名著，我就来了劲头，于是又说，"我想，下学期分了科，得使劲读，拼命读，把世界名著尽量多读一些。"——于是自然地说到分科，朱琪说："下学期咱三个还得在一个班里。""不一定吧？"我说，"据说两个语文班咪。""两个班有什么？"他说，"一定会把一个班的同学弄到一起的。"

我们又沉默了，都在琢磨这个事的可能性有多大。

"我的头……"老冯的话又在沉默中响起。可是我们没再理他。不知不觉到了烈士陵园门前的小广场，刺骨的东南风迎面而来，顺贞喊冷，我也感到了冷的力量。寒冷打破了我们在陵园门前站着聊天的计划，我们只好向后转了。

我突然说起我近日由分科引发的依恋的心境，说起我对王老师的感激之情。"也许怪我是个抑郁质的人，善于恋旧吧，我对他，对过去的生活是那么眷恋！""就是呢，"顺贞说，"以前没觉着什么，路上见了他，眼皮一耷拉就过去了，可现在的感觉却不一样了，好像他平时对你的每个眼神都是那么亲切，都有着鼓励的意味……""我觉得很惭愧，"朱琪声音低沉地说，"老师对我是很信任的，一直都很信任！"他顿了顿，我想了一下，认同了他的说法，"可是我却辜负了他，没能达到他的期望，想来着实惭愧！""可见一个好的班主任在同学心目中有着多重的分量，起着多大的作用！"顺贞感慨道。

我们又谈起同学。"我对同学也很是留恋，"我说，"只不过对王奎还是那样嫌恶！"（据袁野说，王奎性格乖戾，有些神经、孤僻、鄙俗。关于他的事，日记里记了不少，可惜让家里人糟蹋了。——作者注）"王奎呀，他就是个吃才！"朱琪鄙夷地说。

一个"吃"字引出了广泛的话题。

"这个呀，张勤、陈捷也好不了多少！"顺贞说，"有一次，张勤从伙房弄来了一茶缸豆浆（压豆腐时挤出的浆水），你说那算什么咪？可他呢？一进屋就大喊：'了不得了！了不得了！'他在茶缸沿上喷喷唰唰地吸着，边吸边说：'陈捷咪，你尝尝这个鲜哟！了不得了！'屋里的同学被他的尖腔尖调惊动了，都瞅向他，待弄清了原委，又都不屑地做起自己的事来。陈捷却立即蹿过去：'了不得吗？我尝尝！'他抿了一口，登时大叫：'俺娘咪，这么鲜！这么鲜！'连忙拿起茶缸，直奔伙房而去。——你看，他们同王奎岂不是一个料子！"

"不，"我说，"他们很不一样，——当然在'吃'上是一路货色，在别的方面就不同了。例如对待外界舆论，陈捷、张勤已经开始注意影响了，你不觉得他们近来好了许多？可王奎不行。他不知耻，不怕人，我行我素，一点儿也不自觉！另外，他还是个主观唯心主义者呢，无论什么事，即使他错到腔里去，你只要不赞同，他就会说：'其实你也是这样想的，不过你不说就是了。'——你看这理论怪不？""对，他就是这样的！"顺贞点头说。"可是陈捷、张勤就不一样了，"我继续说，"他们既有贪吃、惹人嫌的一面，又有正直的一面。你不见张勤近来时常一改他的尖刻，转而为正义欢呼吗？他好多时候已能够从集体利益出发来看问题了。尽管他的话直率而欠柔和，叫人难以接受，却很对嘛！""嗯，"朱琪也说，"是这样。""在这方面，"我接着说，"陈捷还要更进一步，话从他的嘴里说出来，就很耐听，很让人舒服，也很容易让人接受——这是他的一个小天赋咪！""不过，"朱琪说，"我觉得他对人总近于谄媚。你看他帮老师把干部团弄得多好！他之所以能成为咱班的红人，也与此有关。"我没再吱声。我感到他这说法有点儿偏颇，可也确是事实。

　　沉默了一会儿，顺贞跟我说："我怎么觉得咱们这个弄法……提高不大，有时甚至会丧失信心呢！"我知道他指的是我们共同的文学追求，刚要说话，老冯又开了腔："我的头……"朱琪当即堵了他："你的头怎么着？你必须改变你的性格！你的头疼就是在你的沉默中日积月累起来的！""嗯……"他慌忙答道。朱琪穷追："你就不会活泼起来吗？你就不会跳，不会叫，不会笑吗？只有这样，你才能克服你旷日持久的疼痛。否则，艾罗补汁（治神经衰弱的药，老冯经常服用）是无济于事的！"他说得激烈，也说得恳切。我被这态度感动了，也真诚地说："是呀，你必须有个根本的改变。在学校里，大家都了解你，对你好，可是以后到了社会上，什么样的人都会有的，人家会怎样对待你呢？你又将怎样生活呢？""嗯，是的，我很糟。我不能很好地接受同学们的意见，我很糟。"他笨拙地检讨起自己来。 谁都能听出这不过是应景之说，或许他真的是诚恳的，但却又没有能力准确表达心迹，只能如是说。

他的事又算告一段落。 我转脸对顺贞说："关于你那个问题，我觉得你就不该有那个想法。 我跟你说说刘青厚——若按你的说法，他该是不可救药的了。"我于是把老刘的笨拙，他在报志愿时的选择以及我的感受说出来，然后说："是的，他的态度确实让我感动。 难道他不知道他的语文很差，到语文班后就很难分配到中学去吗？ 我相信他是知道的。 但是他的第一志愿仍然锁定语文。 因为他说这样会学很多东西。爱，这就是他对文学的态度。 有时候，我看他很吃力地看着海涅或者普希金的诗，简直是一字一字地啃，我甚至疑心他看不很懂呢——根据是他有些字不认得——可他依旧顽强地看着，不知疲倦地看着。 因为他从那字里行间，将诗人的伟大情感心领神会了，他获得了最大的快乐和满足。 是的，快乐和满足。 快乐和满足，这是我们精神的第一需要，也是我们阅读的第一目的。 你只要从中得到了这个，就是有了最大的收获！ 阅读的目的当然不止这一个，其他目的也很重要，但是我觉得它们是第二位第三位的，甚至是从属的。 孙家如、陈捷不懂这个，讽刺老刘：'你天天死啃、死啃，你从里面啃出了什么？ 你啃的有什么意思！'这真是卑鄙庸俗的观点！ 他们怎知道他由此而上升到的神圣精神世界啊！ ——是的，我爱老刘也就爱在这里，爱他的虔诚，爱他的毅力，爱他的承受重压而不悔！ 他这一点，是很值得我们学习的。 因此，当你感到丧失信心的时候，我认为你必须首先自问：我从里面得到乐趣没有？ 如果得到了，那就值了，何来丧失信心?！"

由于说着说着激情上来了，我一股脑儿说了这么些。 停了停，见他们没答话，又说道："当然，通过读书寻求提高，这也是很重要的，尤其对我们这些有志青年来说。 但这绝不是一蹴而就的事，急不得啊！哎？"我忽然想起一件事来，就转头问朱琪，"你最近看的《文学知识》上的《答文学知识社问》，里面作家回答的最主要的创作经验是什么

181

唻？""哪有什么，"他说，"就是多看多写呗！""是的，也只有这个办法。"我低声咕哝了一句。　顺贞说："这么说来，感到提高不大，还是因为功夫不到啦？""对了，是还不到。"我说，"依我看，文学的道路永远是条黑暗的道路，它需要你用自己的心灵发出的光芒来把它照亮。　心灵怎样才能发光？　就是靠长期多读多写多磨炼！　像入门书或者经验介绍之类的东西，只不过是些必要的引火物而已。""对对，是功夫还没用到！"顺贞握了握拳头，劲劲儿地说。

　　此后，由于每个人都在深思，大家又沉默了。

　　"明天就是三九的最后一天了。"老冯又瓮声瓮气地说。　虽然天黑下来了看不到他的表情，但我能猜出他脸上一定挂着笑，那是他自以为说出了一件新鲜事而自我欣赏的得意的笑。"哟，你怎么知道的？"我问。我虽然不问也知道，但是我更知道这样问能给他快乐，所以就故意发问。"我是在皇历上看到的。"他的声音里洋溢着欢快。"老冯的记忆力这不是还不错嘛！"我夸他。"我有时候还是不错的！"他得意地说。　我不禁暗笑。　这家伙生活别无乐趣，只以研究皇历为能事、为乐事，真是可怜之至，可叹之至！　——我这场戏唱完了，给了他满足，我像完成了一个任务似的，感到了轻松。"哎，俭之，"朱琪若有所悟地说，"你在生活中可不可以像你爱皇历一样培养一种兴趣，你全力倾注在上面，或许会让你好起来，开朗起来的……""对对，"我说，"正因为你成天把你心灵的大门闭锁着，不进风，不进雨，不进阳光，那些乱七八糟的东西，就在你脑海里生长起来了，它们在里面发酵、发霉、变质、腐烂，给你的感觉便是疼痛、晕胀、昏聩和难受。　培养起兴趣呢，就能把那朽透的铁锁砸碎，你心灵的门户洞开了，阳光照进来了，那些见不得人的东西就被赶跑了，就被消灭了，你就舒服了！""兴趣……"他用手蹭着头皮，"我有个时期爱过音乐唻，可现在不爱了……"

　　我们不知不觉来到了汽车站。　天太冷了，我们到候车室里找了个连椅坐下，老冯去打听车票情况。　看着他的背影，我们不由得又谈起了他。"老冯……"我说，"简直愚笨得不可收拾！""哎，他是愚笨。"朱琪说，"不过他现在过得算是比较愉快了——同学们都拿他当同学。 你看他有时候也能发些感慨哄。 王润田买了个大衣的毛领子，大家免不了评头论足，说好说孬的都有。 他鹦鹉学舌，天天跟在王润田腚后重复人家的话：'王润田你买失败了！'他不识趣，三番五次地说，把王润田都说恼了。 看到炉子冒出火苗，他又会说'美丽而毒辣的火焰'，哈哈哈哈！"我们放声大笑了一阵。 笑罢，我说："咳咳，他硬是变得麻木了。至于有些促狭鬼对他的嘲笑，有一次我问他反感不？ 生气不？ 你猜他怎么说？'叫他们说就是，那有什么哄？'嘿，你看他竟是这样！ 不过他这样想对他也有好处，要是斤斤计较，怎么活下去啊！"——议论着他这些情形，我们都禁不住动了感情。

我们的话题又转到对记日记和速写的体会上，随后又谈起同学们对我们的评价问题。 朱琪说："我总觉得同学们对我评价过高。"我说："大家看你读书多，有一套。""其实呢，我肚里空空的……""朱琪行，"顺贞边思索边说，"怎么说呢，你具有一种……成功的……女子的……矜持和魅力！"他斟酌着用词，说罢放声笑了。 朱琪把嘴一撇："别胡扯了，哪来的事儿！"顺贞继续说："就是嘛，人们自然而然地不由自主地都想接近你，想同你拉上几句……""这个嘛，到了这里还好了呢！"朱琪诉苦地说，"你不见在初中那会儿，就有那么些人，有事无事都要和你搭讪两句，人家叫他趸磨死了，这算什么哄……""呵呵呵，"顺贞胜利地笑了，"是了吧？ 你天生就有这样的魅力！ 我早就注意到了这点，也早就开始琢磨其中的缘由，可就是琢磨不出来……"

老冯回来了，我们开始往学校走。 路上，遇到孙家如几个人，他们是从澡堂里出来的，走在我们前面。 我敏感地觉察到老孙有意停下来等着，为的是和朱琪一起走着说话。

A：哈哈，朱琪……有意思！

183

B：关于他，就甭谈了。下学期我同他分在一个班，交往甚多，写他也多，到时再说吧。

A：好吧，那就谈冯俭之。我很想知道他后来的情况，你了解吗？

B：了解不多。分科时他被分到生物班，据说实习时他讲砸了。我们的实习准备时间那么长，可是他上了讲台，只讲了十分钟就没得讲了，你看多惨！大约是一九八二年吧，在郏县师范教书的戚良朝来咱这里招生，老友相逢，当然要喝两盅了。我问他俭之的情况。他也只知大概，他说俭之毕业分配到郏县一所小学，教学还是不行，就让他当了校工。本校有个女民办教师，很同情他，与他结了婚，对他不错。他在"文革"中的情况我不了解。他那样子，挨斗不挨斗都有可能，但不会出大情况。他大约是一九七〇年前后去世的。

A：哎呀！真让人不胜唏嘘！

B：现在回顾这事，又引起我一些思考。他怎么会变成那样子呢？当然，那时讲阶级、讲阶级斗争，他出身不好，思想上肯定会有压力，但还没把他变成那样子。他考上师范就是证明。那时候穷，师范管吃，所以报考师范的人很多，师范是很难考的。他能考上，说明他学习不错，头脑也不错。他出事就出在一九五八年那次"三反"运动对他的批判上。这事我在前面给他"画像"时写过，那次批判无限上纲，把他一般的思想问题，分析成了阶级本性问题，还硬逼着他承认，不承认就"重炮猛轰"。他一个未经世事的小青年，又胆小怕事，哪里受得住这样的阵势，只好顺着说，让他承认什么就承认什么。事后又是公安人员谈话，又是学校给处分。他性格内向，沉默寡言，如此巨大的压力老是窝在心里，他的头脑不坏才怪。——把他弄成这个样子，我们参加批判的同学是有责任的。我们头脑发热，意气用事，凭着想当然，凭着所谓的政治热情，不顾事实，不管利害轻重，肆意而为，快意而为，结果造成了这么大的恶果。我们不能因自己是青年学生而原谅自己。我们当时已经上师范二年级了，应该懂得一些事了，应当有一定的是非观念，应当知道处事要有分寸。掌握会议的李瑞更应负责。他是团支部书

184

记，水平得比一般同学高些，会议失控了他得把话题拉回来，不能听之任之，更不能推波助澜。所以做学生、做学生干部，也得严格要求自己，要实事求是，不能任性胡来，特别在涉及政治问题这类重大事情上，更要慎之又慎，不能做政治上的糊涂人，否则，留下的可能是终生憾事啊！

A：确实，确实！——咦，那次批判怎么不是王老师主持而是李瑞主持呢？

B：这个啊，那个"三反"运动，学生搞，老师更要搞啊，王老师哪能来主持呢？

A：哦哦……好啦，这事就谈到这里吧。咱们再谈谈你。你聚谈时侃侃而谈，滔滔不绝，倒是蛮能说呢！

B：咳咳，这得看场合，看对谁。与相熟的人相处，我不拘束，确实能说一些。但在公众场合，在不熟的人面前，我就紧张得不行。你看我大辩论时不是出了洋相吗？

A：哈哈，人哪，看来是得锻炼。——咱再谈你关于读书的那通高论。读书（当然是指文学类书啰）的目的，自是因人而异，各取所需。你那套说法，放在现在，当然无可厚非。可那时候政治氛围那么浓烈，我想要是让李瑞知道了，定会批评你不讲政治，读书目的不纯。

B：说得有理。分科那天晚上，李瑞不是说我政治上差吗？实际上，好的文艺作品，作用是多方面的，它褒扬的是真善美，抨击的是假恶丑。阅读这些作品，你在得到精神上的快乐和满足的同时，也会在不知不觉中受到潜移默化的熏陶。——当然啰，我那时还是个青少年学生，我关于读书的那些想法，难免不成熟。我在日记里谈的对好多事情的看法，大体上都是如此，都可能打着不成熟的烙印。我们整理这本书，目的是记述一个青少年成长的历程，既然是他成长中的思考，那就不可能而且也不能要求他具有思想家的成熟啰！

A：哈哈，好好好，有道理，有道理。

三十七　学期结束时（一）

期末考试结束了。 我们终于从昏天黑地的复习考试中解放出来，人人轻松无比，好几个同学还高兴地喊起"乌拉"。

当晚班里开了晚会，下学期要重新编班学习，这是我们班最后的聚会。

晚会很不热闹。 不仅因为节目都是即兴的，还因为分科分班引发的惜别之情。 两年半的朝夕相处啊，怎能不让人感慨万千、依依不舍呢！

王老师讲了话，总结了这两年半的生活，感情十分真挚。 他首先肯定我们都有了不同程度的进步，从政治思想、学习、劳动等方面举了大量的事例。 他也检讨了自己工作上的不足，希望同学们多提意见，还总结了几条经验教训，如政治挂帅、参加劳动、坚持不断革命等。 他提到我们的同学不全了，有的服了兵役，有的因病、有的因思想问题退了学。 他希望同学们在新班里要更加努力，圆满完成师范时期最后的学业，把自己培养成合格的人民教师。 虽然都是些平常的话，但此刻听来却语重情长。 平日里一贯沉稳的王老师，竟说着说着眼圈红了，几次停下来调整情绪。 同学们也很激动，有的甚至低声啜泣。 ——这是这个可爱集体的收尾之会啊！ 师生之情，同窗之爱，搅动着每个人的心哪！

第二天是本学期在校的最后一天，自由活动。 我和刘青厚、李忠谊到烈士陵园去做"告别"工作。 友谊当然是要长存的，但眼下毕竟是阶段性的终结。 由于分科志愿不同，从今往后，三个人在一起朝夕相处的日子就一去不复返了。

在烈士陵园纪念堂的正门前，我们停下了。这里避风，暖和。站在高高的平台上，雄伟的革命烈士纪念塔、造型别致的著名烈士墓和满园肃穆的苍松翠柏尽收眼底。

我们聊天的话题广泛而随意。关于分科，关于假期生活，关于老师，关于同学，关于方方面面的感想……你知道什么叫真正的友谊吗？且不说平日里那种体贴关切、心心相通和情深义重，单是这种海阔天空的闲聊，就不是寻常交谈的味儿。那种无拘无束、自自然然，那种披肝沥胆、坦坦荡荡，那种知无不言、言无不尽，那种甜甜美美，舒舒畅畅，实在是蕴藏在人身上的最美好、最真挚的情感的释放与交融啊！

松涛阵阵，鸟鸣啾啾。不知不觉间，太阳由东南转至中天又转向西南，得往回走了。路上，我们继续交谈着对彼此的看法和今后的注意事项。忠谊说："对别人我倒没感到太那个，对你俩总是恋恋不舍。我希望咱们把友谊保持下去。过去听的看的那些旧小说、旧故事里，有许多是写朋友情意的，桃园结义呀，高山流水呀，两肋插刀呀，等等，我很向往咪！""是的，我们要做永远的朋友！"我边说还边使劲地握起了拳头。"是的，永远的！永远的！"老刘说，两眼炯炯放光，脸上现出红晕。

谈到今后，我说："我对你俩比较放心，你们都具备了一定的生活能力。不过有一点要特别注意，就是不要像某些人那样，在生活中斤斤计较于一个'吃'字。——你想，人比动物高贵的，不就是精神生活吗？'吃'，是人与动物共有的。但是对人来说，'吃'不过是全部生活中的一部分，不过是精神生活的物质基础罢了。斤斤计较于吃，又与动物何异？"他们都同意我的说法。于是又自然而然地谈起同学来，对王奎、张勤、陈捷这几个吃货嗤之以鼻。

"我看郭友荣把这个'吃'字也看得太重！"老刘猛地冒出了这么一句。

"纯粹是胡说！ 那是你不了解他！"我激动地大声说。 郭友荣是我心目中的天使，他俩这样指责他，我当然容不得。 ——可是说完了又想，该问问青厚有什么根据。

"就表现在他这次留校上。"青厚说，"头几天叫他留他不留。 可是听说地区运动会吃得好，他又积极地要求留下。 ——你看他不就是图个吃吗？"

"呸！"弄清了原委，我又激动地说，"我说你不了解他吧？ 你以为他留下是想参加地区运动会，当运动员吗？ 不，是参加学校宣传队！ ——我说给你听吧。 开始他因为想家和觉得在这里无聊而不想留校，可是听说宣传队要慰问那么些地方，他就想留了。 这和我还有很大关系呢，我对他说留吧留吧，机会难得哟！ 他才想通了。 可是已经晚了，留校名额已满。 他很惋惜，一连几夜没睡好觉。 不料事情有了转机：地区要开运动会，宣传队的丁和广要参加，宣传队就空出名额了，于是他就忙着做工作顶替丁和广。 ——明白了吧？ 他想的不是参加运动会，而是宣传队！ 这是他今早跑来跟我说的，据说大有希望呢！"

"哦哦，原来如此！"老刘点头说道。

可是事实却打了我的嘴巴。 我碰壁了！ 郭友荣竟然真的是那种俗套的人！ 这使我失望极了，痛苦极了。 ——此事我本来不想记的，但是我的责任告诉我，我不能感情用事，我不能拿愿望代替现实。 再丑的事也得记。 我必须忠实于生活，忠实于日记！

事情是这样的：从烈士陵园回来不久，我在厕所里解手时遇到了郭友荣。"行了吧？"我急切地问。"行了！""丁和广参加运动会？""我参加呀！""啊？！"我大吃一惊，"怎么是你参加？ 你争取的不是宣传队吗？""哪里哪里，我哪说过呀！"我不吱声了。 他竟连这个都否认了！ 我心中那片晴空一下子乌云密布。

"你要知道，我在这里一定会过得很愉快的！"他兴奋地说，"和那些乐天的运动员搅在一起，我的精神生活一定不会坏。 ——只可惜捞不着读书了。 不过，我在这里把精神头养足了，下学期可以集中精力去搞功课，因而也不值得惋惜……"

他喋喋不休地说着，可是我哪里听得进去? 如今他说的每一个字每一句话我都感到多余和刺耳，感到里面充满了令人厌恶的虚伪。"在这些漂亮语言的后面，不知隐藏着什么见不得天日的东西呢! "我这样想，心里充满了苦痛、愤怒和鄙夷。 我不理他了。

也许他察觉了我的态度，终于停止了饶舌，讪讪地走了。

我心乱如麻。 几天来关于他留校问题的言谈涌上脑际。 我想起他曾几次掰着手指告诉我: "宣传队里伙食一天只八毛钱，早饭两毛，午饭三毛，晚饭三毛! "说罢还把嘴一撇! 我想起最初让他留下时，他无论如何不留，原因是太累，成天排练，晚上很晚才睡，他说去年有一次练到很晚很晚，同学们一坐下就睡着了，可领导还有事要说，见实在叫不醒了，才让大家回去睡了。 一天到晚，只有早晨才有点空——允许睡到吃早饭。 饭也不好……这些话，都是他私下对我说的。 对外说的理由则是: 两年没回家过年了（都是因为参加年关宣传），老人家想得慌，今年一定得回家过年! ——由于我太信任他了，这些话又是他多次零星地说的，所以我听了都没朝心里去，还从留下好的角度劝他留下。 看他答应了却没争取成，我还为他惋惜。 现在，他的谎言使我把他的话一下子串起来了，我这才恍然大悟! 我终于明白了真相! "啊啊，原来他真的是这样的人哪! "我痛苦地得出了结论。 想到一小时前老刘的话和我为此而作的辩解，我真是……真是……无话可说! 唉!

此后好长时间，我的情绪一直很低沉。 郭友荣的行为，不只使我觉得受了骗，而且打碎了我的一个梦。 在我的心目中，郭友荣是一个纯洁完美的人，是我理想中的人物。 现在，纯洁和完美已化为青烟而去，偶像形象也随之荡然无存，我心里好苦哇!

三十八　学期结束时（二）

明天回家我得早走。 百余里行程，不通车，全靠一步步地量啊。晚饭后，我先回宿舍收拾行装，打算之后再去找王老师告个别。 因为郭友荣的事，我的心情一直不好，所以动作迟钝，丢三落四，收拾行李时，捆上又解开，解开又捆上，重复再三，费了好大劲。 终于妥了，就去教室里约人一起到王老师那里。 巧了，忠谊和青厚都在。 可是忠谊却说王老师开会去了，今晚见不着他。 我顿觉怅然，怔怔地站在那里，半天没有说话。 突然，一股强烈的冲动汹涌而来，激荡得我无法遏制，感到要说给王老师的话如鲠在喉，是非说不可的了！ 怎么办？ 我想到了写信，便向忠谊要了纸笔（我的已打包了），手颤颤地将纸铺在《中国青年》杂志上，握住笔管后又颤了一阵，停住后才埋头书写起来。 澎湃的激情一泻千里，化成了如下的文字。

我最敬爱的王老师：

今晚本来要去您那里坐坐的，不巧您开会去了。 在这离别的前夕，在这五七级五班的学习生活即将结束之际，我心潮澎湃，激动不已，不给您说几句话就难以平息，于是提笔写这封信，请忠谊、青厚代转。

敬爱的王老师啊，此时此刻，我最想跟您说的话是：多谢您！多谢您！ 竭尽我正战栗着的身体的全力，我要高喊一声：多谢您！

敬爱的王老师，这几天，由于分科分班，我时常回顾总结我这两年半的生活。 虽然我在咱班还是落后的一员，但我同自己比，我自认两年半前的我与今天的我，已是判若两人！ 我已从十五岁长到了十八岁。 我已从一个懵懵懂懂的无知少年成长为一个具有一定思想和信念的热血青年。 在两年多来的风雨历程中，我经受了锻炼和考验。 在我挚爱的文学领域，我也有了一个质的飞跃。 刚入校时，我简直是一头莽撞的小野兽，只以堆积词语、玩弄辞藻为能事，而今则初步懂得了斟词酌句，明白了要准确地表达自己的思想了……王老师啊，每每想到我的进步，我就必然想到您。 我这一切的一切，无不同您息息相关啊！ 是您改变了我，是您重塑了我啊！ ——王老师，我这是给您写信，我没有必要去连篇累牍地追述往昔那些细枝末节。 两年多来，您是怎样如园丁之于花木，如双亲之于子女，给我教诲，给我关怀，给我呵护啊！ 在我成长的道路上，您洒下了多少汗水，付出了多少心血啊！ 说您的恩情比天高比地厚，这已经不是俗套的感恩之语，而是发自我内心深处的真情实感啊！ ——每念及此，我的热血便沸腾，我的肢体便颤抖，我的喉咙便哽咽，我的眼睛便饱含泪水了啊！ 王老师，请让我再高喊一声：感谢您！ 无限地感谢您啊！

　　敬爱的王老师，我明天很早就走。 下学期您或许不再当我们的班主任了。 想到这点，我的灵魂里便充满了哭声。 我恳请您原谅我以前因年幼无知犯下的种种过失，恳请您原谅我对您曾有的冒昧和不敬！ 恳请您把对我的批评和要求，告诉您眼前的忠谊和青厚，或以后直接告诉我——能够有您的教导的灯塔照耀，我在今后前进的道路上，将会更加充满勇气、信心和力量啊！

　　一万次地给您鞠躬！

　　一万次地祝您万事如意！

您感激涕零的学生：袁野

元月二十三日晚

写罢读了一遍，改了几个字，心情也渐渐归于平静。 又觉得"啊"字用得太多，想去掉几个，可是重读之后，感到哪一个也不好去。"啊"字是我此时的深情流露啊，无"啊"则不足味。 索性算了，就将信折叠起来，交给青厚。 他俩明天都坐车走，青厚是下午两点，忠谊是下午六点。 他们还打谱到王老师那里玩会儿。

在回宿舍的路上，青厚说："你早晨可以早走点儿，我送你一程。"这是出乎意料的。 友情让我感动。 我们约定，我三点左右就起床，到教室的炉子上烤馍，吃好喝好再叫他。 可时间怎么掌握呢？ 我们都没经验。 到宿舍一说，好了！ 董得利和王卓然答应叫我。 他们是坐车的常客，老有经验，称得上是活钟表。 我放心地睡下了。

凌晨时分，我被叫醒了，看看钟，三点十五分，真有个准劲！ 一切都准备妥当后，我叫起老刘，他挑着挑子，我们就上路了。 夜色黑暗，北风劲吹，寒气砭骨。 老刘先是戴着手套，但还是挨不住，后来实在冻急了，就摘下手套，把胳膊压在扁担上，袖起了手。

我们边走边谈。 我跟他说了郭友荣的事，说了我由此引起的心境的变化，我的极度失望和沮丧。

"我在世界上怎么就找不出一个完美的人来呢？"我心灰意冷地说，"本来，我对郭友荣是很赞赏的，可是这件事后，我对他的看法却一落千丈。 我无比愤懑——天下之大，怎么连我理想之人的立锥之地也容不下呢？！"

"你理想的人是什么样的？"

"多才，多艺，崇高，纯洁，不猥琐，不俗气，无邪念……"

"哎哟哟，"青厚打断我说，"怪不得你找不到呢，你要求得太高了！我们学生正在成长时期，哪能那么完美呢？ 否则便不要学习了！"

"噢……噢……噢……"他的话使我冷静下来，我缓缓地认真地思索着，觉得是有道理，"嗯……有理……有理……"——认识有了变化，心情也开始好转。"这么说来……是我的想法……有点儿罗曼蒂克了？"我继续思索着说。

"岂止是一点儿！"老刘斩钉截铁地说，"整个儿的罗曼蒂克！你太理想化了！"

"哦哦……"我终于长吁了一口气，如释重负地说，"平时，我也常常这样来衡量同学呢，结果一些很好的同学也不如我意。譬如王润田，他为人很忠厚，做事很有经验，可论及对问题的认识，那就很肤浅了。再如戚良朝，那么正直单纯的人，私心怎么那么重呢！你不知道，吃饭时他时常蹲在菜盆边，歪着个头，身子前倾，眼睛直勾勾地盯在分菜的勺子上，那勺子好像是块磁石，他的眼珠就是个铁蛋蛋，被勺子牢牢地吸住了。他的手里拿着馒头，两片嘴唇本是咀嚼着的，可是此刻因为太专注，是一动也不动了……每每见此情形，为观察他的形象，我就要把眼镜戴上（你知道，我吃饭时总把眼镜拿下来），走到他的侧面去仔细瞧看。看着看着，我就止不住揪心：私有制啊私有制，你的威力有多大啊，你竟将一块真金生生地熔化了！"我缓了缓气，又接着说，"再说你吧，那么诚实，那么表里如一，然而你的愚笨是不符合我的要求的。再如国云清……总而言之，在我们班里，哪一个都有缺陷，哪一个都不能尽善尽美！"我顿了顿，又加了一句："我现在怀疑，我今后能不能找到这样的人呢?！"

"以后啊，"老刘回答，"保准能找着，你放心！到工作岗位上会有的，可能还会不少！"

"可是我昨天听他们说……"我就把几个同学告诉我回家路上要注意防坏人的话对他说了。

"这个嘛，"他说，"他们的意思也对。就是说在外面要随时提防……"

"随时警惕最为安全！"我陡然想起莎士比亚这句话，急忙插话。

老刘继续说："对。但是这种人毕竟是少数，绝大多数都是好的。

而且绝顶好的也不缺乏。 你以后会遇到的，你放心。"他看我那样子，一个劲儿地安慰我。

我们就这样谈着走着，早已过了沂河大桥，在公路上走了好一段了。 话题转换了，我们评论了一会儿同学，互相分析了彼此的优缺点，又谈起各人的家庭及其对自己的影响，自然而然地说到农民的狭隘自私以及同学中这方面的情况。 我们禁不住向往起那个无私坦荡、光明正大、相亲相爱、幸福美满的共产主义社会来。"那时候人是多么美好啊，世界是多么美好啊！"我说，面对着鱼肚白的东方，深深地吸了口清冽的空气。 我完全陶醉在对那理想社会的憧憬里了。

夜色在逐渐消退。 天空由灰暗转为明亮，东边天际朝霞灿烂。 终于，那一轮红日冉冉升起来了，它朝着我们慈爱地笑着，给了我们温暖、抚慰和鼓励。

我们一口气走了十五里路。 老刘一直挑着行李，执意不让我换。是分手的时候了，他说："我回到学校也不过才吃早饭吧，我把几个馍馍烤烤，给忠谊吃了（忠谊买的馍少，而且也没钱入伙了），我们就去逛书店，回来再到王老师那里坐坐，下午两点我就走了。 我还得给忠谊点钱，让他到饭店里吃顿饭，他下午六点才走呢！"

我们又站着谈了一会儿。 我看着他朝回走，直到看不到背影了才动身。

渐渐地，我的情绪从与朋友分别的怅惘里回转过来。 我的心箭一般归向了我亲爱的家。 半年没回去了，在那遥远的地方，慈祥的爷爷奶奶、大大妈妈和天真可爱的小妹们，都在翘首盼着我哩！

我不由得加快了步伐。

A：哈哈！ 读了你这篇日记，我看到了你那时候一颗金子般纯洁的心。 你单纯、重情、追求美好、疾恶如仇，但是也通体透着青少年的天真和稚气。

B：是啊，那是个富有理想色彩的年龄，也是个不谙世事、很不成熟的年龄。我是书呆子，尤其如此。

A：你特别反对追求"吃"。三年经济困难时期，就是从一九五九年开始的。在那个饥饿的年代，你有这个想法，很难得，但是由此对同学的行为反感，也未免过分，人以食为天嘛！

B：是的，那时吃不饱，吃不好，人们想吃点儿，想吃好点儿，实在情有可原。但自己思想太理想化了，就容不了呢！——不过，如果把吃变成追求，太讲究吃了，甚至成了"吃货"，我至今还是不认同。

A：呵呵，这已经是人生观问题了，咱们免谈。——另外，我发现，你们在一起好评论同学，这是不是那时你们同学的特点呢？

B：这个……我说不准。我接触面窄，对同学们的情况了解不全面。从我个人的经历看，可能有这个倾向。这个倾向是否就是自由主义呢？应当说是。不过……对那时的我们来说，似乎也有点儿好处。你看大家的评论，都不是恶意中伤，而是就事论事，评说是非曲直。大家都在成长期，对周围的人和事分析评论，有结合现实探讨人生的意味，倒是有助于提高思想修养的哩。

A：哦，这个……也许……可能……是吧。

下卷

一九六〇年二月至八月·师范三年级下学期·我十八岁

三十九　分科有意外

这几天天气出奇地好。 东风柔和，春阳送暖。 大雁排成"人"字或"一"字，得意扬扬地鸣叫着从南方飞来。 稍干点活儿就出汗，我真后悔把棉鞋又从家里带来。"过了冬，一天长一葱。"已经过了立春，白天显然长了，清晨的阳光每天从教室门洞进屋时都要比上一天向后缩一点点。 ——春神啊，原来是个性急的姑娘！

不要怪她性急。 她说不定也同我们一样，急着了解分科的信息呢！

我们确实心急火燎地盼着分科，寒假里是掰着指头数日子。 终于数到头了，按学校要求，提前三天风尘仆仆地来到学校。

学校领导却好像不那么着急，不紧不慢地做着我们的思想工作。 先作报告，再分组讨论，再写决心书。 在大家都表示了要以党的需要为第一志愿，坚决服从组织分配之后，学校才又召开大会，宣布了分科方案。

大部分人都如愿以偿。 语文专业有两个班，我和刘青厚、朱琪分在语文甲班，张顺贞、戚良朝分在语文乙班。 分在甲班的原班同学还有王卓然、赵续毅、费洪涛、王润田。

开会时，我和朱琪是挨着坐的。 刚听完甲班的名单，我们就会心地相视而笑，两人的手紧紧地握在一起，朱琪的手还使劲握了几握。 真是大喜啊，文学是我们的至爱，能够分到至爱的专业里，能够在至爱的专业里专心致志地学习至爱的知识，将是何等幸福快乐的事哟！ 求风得风，求雨得雨，我袁野夫复何求！

但也有改变志愿的。 李忠谊就是一个。 他的第一志愿是理化，他也确实特别喜欢理化，上学期他大部分业余时间都用在了钻研物理上，时常躲在学校飞机模型组的小楼里（他是飞机模型组成员），一学就到半夜。 他曾多次说过想攒点钱买些元件自己组装收音机。 寒假里，他还特意从程老师那里借了电学相关书籍回家自学呢。 ——然而方案宣布了，他却被分在史地班！ 哎呀……我不由得轻声叫起来，感到异常惊讶与惋惜。 真是太出乎意料了！

我知道他接受不了，散会后赶紧找他，教室里没有，厕所里没有，最后在宿舍里找到了。 他的脸血红血红的，像正发着四十度高烧，他的眼皮塌下来，像被什么东西坠着。

我为他难过。

可他一句孬话也没说。 他说他一散了会就去找王老师了，可王老师说了解他的爱好，不过这门功课更需要人。 我知道无法挽回了，就劝慰他说，既是这样，那就得服从需要了，你这学期也得把理化放一放，全力以赴攻专业了。 他说是的，但理化毕竟是自己的真爱，终究是不能放弃的。

这次晚饭是全班最后一顿团圆饭。 吃饭时我想约他出去遛遛，就问他："饭后做什么？""看电影去！""为什么？""闷得慌！""自己？""自己！"他瓮声瓮气地回答我，语句简短而沉重。 看他这样子，我心里也很不是滋味，就小心翼翼地说："还是一起出去玩吧？""也行，只要别让我闲着！"——不巧我来了客人，最后还是由他自己去了。

第二天早晨见了他，我问："看了电影？""没买着票！""那做什么咪？""我逛去了！""自己？""自己！""逛到哪里？""农校（那里有他的老乡）！""那不是两个人了？""到了那里，八点多了，他睡下了，让我叫起来谈了几分钟话，我就走了。 顺着大街一直走，反正有的是明亮的月光！""什么时候回来的？""十点多！"

我跟人说起他的情况，张寿福说："怎么，不高兴吗?"我说："不高兴是必然的——尽管他愿意服从分配。 不过这也好理解，心理学不是说吗，当一个人的动型（这里指的是兴趣）被破坏了，在新的动型还没建立起来时，他当然会产生不愉快的情绪!"

　　A：咳，我也为忠谊难过。 怎给他改了志愿呢!

　　B：是呀，他爱死理化了，却被分到史地班，怎不叫人难过呢! 但难过归难过，他服从分配也是真心的。 那时说"把党的需要作为第一志愿"，确实不单是口号，也是行为准则。 这也是时代特点，一切听从党安排嘛!

　　A：是的，我也是过来人，对此也有体会。 ——哦，有个事咱得议议。 这一节是本卷的序幕，以后写的就是新班的事了。 关于忠谊对新专业的态度，我发现你在半个月后的日记里还有记载，我想把那段日记提到这里说说，算是给分科的事画个句号。 你看怎样?

　　B：可以。 但怎么出现呢?

　　A：我想了，把日记原封原地夹在咱们这个对话里吧，这段日记倒有些意思。

　　B：好的。 咱们的"AB 对话"，在写法上也不妨灵活些嘛。

　　昨天晚上和青厚、忠谊一起出去遛圈。 这是分科后我们第一次聚谈。 忠谊的情形又是出人意料。 他好像变了个人，对新专业显露出浓烈的喜爱了。 他兴冲冲地告诉我们，这些日子，他成天抱着《中国通史》啃，累得够呛。 ——通史真好，四百多页一本书才写到战国呢……

　　他谈笑风生，眉飞色舞。 我和青厚瞅着他直笑，见他对新专业开始入迷，心里的石头一下子落地了。

　　我们三个人的谈话也有了新特点，每个人都"三句不离本行"。 我一谈就是《文学概论》上令我心醉神迷的那些内容。 忠谊一谈就是历史上的事件和历史唯物主义，拉着拉着又扯到生产力和生产关系上。 老刘说他背语文课文只得了3分，不过也说得兴致勃勃。 我又说对文艺理论理解得不深不透，例如形象性问题。 忠谊又抢着说关于历史问题的百家争鸣，最站得住脚的是范文澜和郭沫若……

嗬嗬，每个人都有一肚子话急着说，每个人说的又都是自己专业的事，而专业又不相同，谈话就驴唇不对马嘴。 这情形真叫人发笑。 但我们都很高兴，特别为忠谊兴趣的转移高兴。

A：哈哈，有趣有趣！ ——忠谊的变化说明青年人的可塑性实在强呀！

B：说得好，可塑性！ 青年人处在成长期，各方面都有很大的可塑空间，犹如一株幼树，就看你如何给它整型了！

四十 初到新班

初到新班，要记的事怪杂，我得分块记。

先记我的心情。分科名单宣布的那天夜晚，我兴奋得半夜没睡着觉。无限的喜悦不必再记，要记的是我专心务学的勃勃雄心。我该怎么利用这宝贵的半年时光呢？一句话，要争分夺秒，孜孜以求，使自己在文学方面有个突飞猛进的提高！一方面，要认真学习专业课，文学概论呀，文学史呀，作品分析呀，古汉语和现代汉语呀，等等，对这些听起来就让人心痒的课程，再也不能像以前对待功课那样二马一虎了，要张开大口，敞开肚皮，饕餮而食，兼收并蓄！另一方面，还要用课余时间多读名著（可以制订个读书计划）。就要当中学语文教师了，孤陋寡闻怎么能行！我还想，进了语文专修班，文学成了专业，情况定然与以前不同，不用再担心人家指指点点，说我偏爱偏废，说我埋头书丛了！——何况大家都是清一色的文学爱好者，都是文学的情种情痴，人同此心，心同此理，说不上还会来个读书竞赛呢！

星期一一大早，同学们就聚集到新班来了。早自习时间，由班主任李严老师主持，排了座次，编了学习小组，还指定了班干部和小组长。我被编在一组，组长叫解立文，个子跟我差不多，黑红脸，小眼睛，蒜头鼻子。他长得不怎么样，看上去倒挺机灵能干的。我同王卓然又编在一个组了，真巧！他仍然担任团支部文体委员。

我得介绍一下李严老师。 不仅因为他代文艺理论课，还因为他是班主任。 班主任嘛，是班里工作的主要领导者和组织者，是我们最实际的领路人啊！ 他细高个儿，黑瘦脸膛，浓眉下的眼睛炯炯有神，彰显着他的干练。 我虽然认识他，但没接触过，对他爱好体育活动倒有印象，早操时候，往往会看到他在操场跑道外圈飞跑的身影。 听同学说，他是共产党员，还是学校教师党支部委员，学校党委很器重他。 在新班吃头一顿饭时，我发现他在班里同我们一起吃，咦，好生奇怪，他怎不在教师食堂吃呢？ 一打听，哦，原来他是入了我们学生伙。 很明显，他是特意要与我们同吃同生活哟，这在学校老师中，大概是唯一的了。

在星期一下午班会上，他除了讲了一些到新班的注意事项外，重点讲了要誓夺开门红。 他说，我们组成了一个新的班级，开始了新的生活。 我们要以新的姿态、新的干劲、新的精神面貌，投入到新班级各项工作中去。 目前最重要的是打好开门红这一仗，誓夺开门红！

同学们从不同班级聚到一起，彼此不熟，拘谨是免不了的。 这几天班内气氛的最大特点就是沉默，或者说是压抑。 说话声都低低的，走路声也轻轻的，连咳嗽声都是抑制的。 自习时，你甚至能清晰地听到翻书的声音、搓脚的声音呢。

今天中午大扫除，我和朱琪同擦一窗，他说："把窗子打开，让外面流动的空气流动进来！""咳，"我说，"你就是把太平洋的狂飙引进来，恐怕也不能让屋子里的空气活跃一下！"他会意地笑了，但也没敢高声。不过，这已经是他几天来最放纵的一笑了。

来到新环境，我才了解到朱琪性格的另一面：冷。 在原来班里就有人给他提过这类意见，可我没有实感，现在看来他果真有点儿那个。 星期一下午，五八级一个同学来找他（看样子他们是同村），一进教室就喊："朱琪！"他坐在位上一动没动，只是抬头瞅瞅，低声说道："你来啦？ ——过来吧。"那同学走过来，他也没让座。 他们小声说了句什么，就沉默起来，好久没再说话。 连我这个旁观者都为他们着急。 最后，那同学说："我走了。"他当即说："你走啦?"还是只说没动。 那同学就这样悄悄走了，我忍不住暗暗地笑。

我于是对他格外注意起来。 我发现，他对新环境的适应能力也确实不怎么样。 走起路来，步履缓缓，耸着肩膀，两手兜在腹前，或低头或昂首，目不旁视。 一天到晚，他极少说话，更不会主动同别人说话。 虽然由于生疏，大家都说话不多，但他却说得格外少。 今天吃晚饭时，我故意问他："今天说话没有?""嘿，说话干吗! "我相信他真的一句话也没说。 这是他故作矜持，还是他在新环境里的性格本色呢? 我拿不准。 可能属于后者，也可能兼而有之。 我决心继续观察，看他怎么凭这副样子，逐渐对周围同学产生磁力的——根据我两年多来对他的了解，我相信这磁力必将会产生的。

现在要写到我了。 我虽然也订了开门红计划，但我这个头开得不好，甚至非常失败。

朱琪寒假里借了本《三千里江山》，图书室还没收书，我拿来看了。这是作家杨朔的长篇小说，语言流畅风趣，人物也写得活，当然吸引我了。 我沉迷其间固然无可厚非，但别耽误正事呀! 星期一我组值日，我几次忘了去打水，弄得组长解立文都有些意见了。 还有，班里集合，我因贪看几行文字，老是最后一个入队，也引起非议。

最让我难堪的还是我的性格。 我这人老实、腼腆，又惧生，最怕的是生人生环境。 来到新班，同学不熟，老师不熟，一群生疏的人出现在我的周围，我适应不了——不是一般不适应，是非常不适应。 我的头上像戴上了孙悟空的紧箍，而那唐僧偏偏又无休止地念着咒语——不过与孙悟空也有不同，我的头不像他那样疼痛难忍，而是头皮紧绷绷的，头脑昏沉沉的，反应迟钝，说话木讷，做事笨拙，跟个木头人似的，一天到晚如此。 唯有读书时例外。 一打开书本，我的脑袋便像抹上了清凉油，一下子清明起来，这真是个奇怪的现象。 我的这种状况，影响了做事，也影响了与同学交往。 初到新班，我也想同大家尽快熟悉起来，像在原来班级那样自然和谐呀，可是我做不到。 我可恶的性格筑起了一堵墙，挡住了我与人沟通的路。

头脑的混沌也破坏了我的记忆力。 我记不住同学的名字，不管在心里默记了多少遍。 昨天晚上睡下，我开始回想白天记下的同学的名字，可是脑子一片空白，连一个也想不起来了！ 我只好苦笑着自我安慰："睡吧，睡吧，强扭的瓜不甜，还是让它们自己闯进来吧！"这才昏昏沉沉地睡了。 早晨起床时又出了怪事，恍恍惚惚间竟连方向也辨不清了！哎呀老天爷，这可如何是好！

着实令人苦恼！ 这个苦恼，把分科带来的喜悦也大大冲淡了。

A：来到新班，你和朱琪都遇到了尴尬。

B：是呀！ 不过，我同朱琪还不一样。 人家虽然拘谨，但不是对新人新环境怵头的那种，因而不像我这么迂腐、窝囊。 而且他这种情况也不会持久的。 正如我在上面日记里说的那样，他对人有种天然的吸引力，别看他"冷"，在人际交往上那么被动，但别人会对他主动的，会找着跟他说话，朝他张着笑脸，有意同他接近。 这种情形看似怪诞，却的确会在他身上发生。 所以他最终不会寂寞，不会孤独的。 而我呢，现在多半生走下来，回望当年，我算是看明白了，我那时是个老实疙瘩、书呆子，虽在文学方面还能游刃有余，但对新环境的适应能力实在太差了。 我想，倘若大脑中真有一个部位是专管社会交往和适应环境的，那么我在新环境里，这个部位就关了闸门了。 前段时间我读这部分日记，对这种现象仍然不免唏嘘感叹，对那时的我动了恻隐之心。 我思考了好几天，给它起了个名字，叫作"恐新症"。

A：（一拍大腿）嗬嗬，恐新症！ 好一个恐新症！ 你创造了一个新名词呢，真有你的！

B：是啊，我有恐新症。 我那时的情况就是恐新症的表现。 当然，这种恐新症也不是不能改变的（我参加工作几年后就逐渐变过来了）。但确实需要较长时间的锻炼，也需要有个合适的环境。 没有合适的环境，没有周围人的理解和体贴，那就糟了，尴尬、难堪与被动就会一直延续下去，甚至愈演愈烈。 我在这个班里就是这个情况。 这一节记的只不过是开学几天的境况，实际上我的"好戏"才刚刚开场呢，直到毕业也没能走出困境。 这真是性格的悲剧。 当然啰，倘若把这学期我的遭遇完全归咎于性格，也失之公允。 它是其中一个原因，但绝对不是主要原因。 个中情形，你还是慢慢朝下看吧。

四十一　苦恼的星期六

不知不觉到了星期六，来到新班已经六天了。

午休时间，班里召开了非团员会。我知道谁是非团员了，嘿，还不少哩。

会议是关于思想进步的，由团支部组织委员周振主持，团支部书记刘建讲话。刘建个头敦实，长脸，薄嘴唇，讲话跟钢炮似的。他说，新班组成以来，这是首次召开非团员会。李老师讲了，新班级要有新面貌、新气象。怎样才算新呢？最重要的是思想面貌新，精神面貌新。这个"新"靠什么来体现呢？主要靠实际行动！他说，李老师星期四就跟大家谈过，从下周起，我们班要开展一个"争创红旗班"运动。这个运动是个很好的平台，每个同学的思想和行动，班里方方面面的工作，都能在上面充分展现。通过大家的共同努力，把我们班打造成全校的先进班、红旗班！他说，这个星期我们已经连续开了几个会，班干部会、小组长会、团员会，现在又开非团员会，明天（星期日）早晨还要开誓师大会，目的就是要把全体同学动员起来，让同学们积极投入到运动中去。誓师大会嘛，就是造声势、表决心的大会。哎，顺便问一句，大家都写好发言稿了吗？好，都写了，那就希望明天都能踊跃发言，向老师、向组织、向同学们表达自己火热的决心！

说到这里，他顿了顿，目光扫了一圈，又继续说，咱们都是非团员同学，我要着重谈一下思想进步问题。开学几天来，在我们非团员同学中，许多人表现不错，有的已经写了入团申请书。 这是积极进取的表现。 希望每个同学都要努力创造条件，争取早日加入青年人自己的组织——共产主义青年团。 共产主义青年团，顾名思义，它是为实现共产主义而奋斗的青年组织，是党的后备军。 一个要求进步、愿意听党的话、愿意为共产主义献身的青年，怎能不积极参加这个组织呢?! 然而，好的愿望要与好的思想表现结合起来。 先进性是团组织的突出特点，思想要先进，行动要先进，事事要先进，时时要先进。 希望大家对此要有明确的认识，在"争创红旗班"运动中，在各项工作中，要学先进、争先进、当先进，只要你做到了先进，团的大门是永远向你敞开的!

会上，同学们热情高涨，大都发了言，表了态。 可我没说。 我也有满腔热忱，我也想进步，但我说不出来。 在这个新环境里，我总腼腆于当众说话。 看着人家滔滔不绝的样子，自己想着也该说上几句，可是刚有这个想法，胸膛里立时便有一头小鹿乱撞，语言中枢也出了故障，我找不出合适的句子来表达自己的心情。

会后，我禁不住忧郁起来。 ——人家会怎么看你呢? 你无动于衷! 你不思进取! 刚到新班你就给人留下这么坏的印象，今后还会有好吗?! ……

我恨起自己的性格来。 ——你总是胆怯，胆怯! 你怯什么呢? 你怎能这样子呢? ……唉，关键时刻你当闷葫芦，不敢向人家介绍自己，不能让人家了解自己，又怎能怪人家对你产生不好的看法呢? ……

突然间，我又怨起分科来（冒出这个想法，我自己也吓了一跳）。唉，为什么要分科呢? 在原来班里，我不会这样怵头，大家也都了解我，我哪会有这样的尴尬和难堪啊!

会上的热烈情景又在眼前重现。 是的，刘建说有的同学连入团申请书都交上去了。 开学才几天啊，你看人家这劲头! 可是……我能写吗? ——嘻，像你这样子，你写了，人家还不说你是癞蛤蟆想吃天鹅肉吗？ ……唉唉，真怪，为什么非是党员团员不行呢？ 难道不是党员团员，同样具有为共产主义奋斗的思想就不行吗？ 呸呸！ 你想到哪里去了？ 你怎能这样想呢？ 党员、团员是一个人思想觉悟的政治标杆呀，社会是复杂的，人群是复杂的，凭着它人们就能对你寄以信赖，因为党团是人群中的先进群体啊！ ……然而我……是没有希望的……

整个下午，我就是这样胡思乱想着，忧虑不安，无精打采。 我直打哈欠，眼皮老往下坠，额头里好像塞进了一块石头，堵得慌又坠得慌。

可苦恼的事还不单这一件。

课外活动时间，班里搞大扫除。 我和陈友洪抬着一筐粪便朝沂河边送（那里有学校的大粪场，学校的厕所由各班轮流打扫，粪便攒起来种菜），回来时再捎筐沙来垫厕所。 满满一筐粪够沉的，路又远，一路走下来累得够呛。 我俩浑身是汗，衣扣全解开了，皮肤还是被蒸得难受。 在粪场倒下粪，又到河滩里装沙，已经上岸走出老远了，不料却被喊住，说是公社要留着卖沙，不准抬走，硬逼着我俩往回倒。 真是晦气，真是憋气，不准抬你早说啊，你这不是成心折腾人吗？ 但他态度强硬，我们只好倒回去，到远处桥头去抬。 两脚在软软的沙滩上吃力地挪动，一步一个深脚印。 来到桥边，见这里的沙离水太近太湿，但也只好将就了。 抬起筐来，水从筐底直往下滴漏，我们被压得举步维艰。 累极了就歇歇，把杠子朝地上吭当一撂，站着直喘粗气。 一路随走随歇，回到学校时，第二节课外活动课已经下课了，我浑身像散了架子，一屁股瘫在凳子上，连吃饭也不愿起来。

吃完饭我正漱口，李老师走过来（我注意到，吃饭时他就朝我这边凑过几回，但都止住了），轻声问我："袁野，你课外活动做什么去了？"

我连忙吐出口水，给他说了，他点点头走了。 我望着他的背影，出了一身冷汗。 天哪，幸亏他问了我，幸亏我告诉了他！ 不然，他岂不以为我躲到哪里偷懒去了？　然而，往后像这样的情况不是常有的吗？我不能说明的时候不是更多吗？　而且，这件事说明，李老师已经特别注意我了……我怔怔地站了老半天，越想越后怕，越想心绪越坏，我甚至感到有些悲哀了。

把碗筷收拾好，回到座位上，直着眼坐了会儿，最后还是摇摇头，搓搓脸，拿出书看起来。　正看着，忽见刘建、宋明德、周振几个团干部从外面走进来，一人喊着一个同学出去了。　我心头又是一动，看不下去了——很明显，为了"争创红旗班"运动，团支部正紧锣密鼓地开展工作啊。　我……我该怎么办呢？　我该怎么办呢？！

午休以来的事又浮上脑际，我一时间心慌意乱，一筹莫展。　情急之下，陡地想起了王思奇老师。　是呀，我何不去找他指指路呢？　——他现在是乙班的班主任，代我们两个班的汉语课。　寒假来校时路经初中母校，他的同学马老师托我把马老师自己创作的剧本捎给他征求意见，我还一直留着，为的就是找个合适的时间送给他，借机跟他说说话的。　现在我遇到难题了，不正是找他的好时机吗？　——可是一走出教室，我老远就见他屋里黑洞洞的，只好又折了回来，重新坐下，手托着腮，一动不动，如同老僧入定一般……

这天夜里我失眠了，翻来覆去睡不着，脑子里老翻腾着白天那些事，理不清又摆脱不了。　听着周围的鼾声，我甚是焦躁，越焦躁越睡不着。　后来我使劲揪着头发，使劲蹬腿，对自己说，你不要再倒磨这些事了，还是想想明天早晨在誓师会上发不发言吧——不错，你胆小，你怵头，但是……你不能改变吗？　心理学上说，一个人性格的形成，自己要负责任的，而且性格也是可以改变的。　既然你的性格不好，已经给你造成了这么坏的影响，既然它又是可以改变的，那为什么不改？　必须坚决地改啊！　——我给你下个死命令：就从明天发言改起！　明天一定要大胆发言，义无反顾地发言！

下了决心，心下稍安，才渐渐睡了。

A：真是苦恼的星期六啊！ 你的"恐新症"，一遇上事，更来了麻烦。

B：是啊，一个"恐新症"弄得我畏首畏尾，可把我害苦了。

A：我琢磨了一下，你的情况，还不单是"恐新症"的问题，从上学期的日记里我就发现，你性格内向，还像林黛玉那样多愁善感。 别看你表面上沉默寡言，平静如水，实际上遇着事，你想得太多，心里简直是波澜起伏啊。 来到新班，又突然受到浓厚的政治氛围的冲击，"恐新症"与林黛玉性格便同时对你发力，你心中就波涛汹涌了，你怎么受得了啊！

B：对呀对呀，这事算让你琢磨透了！

A：嗨，你岂止有个苦恼的星期六，接下来的星期天也不轻松啊。 ——不过这已是下节的事啦。

四十二 发言的艰难

有人说，下决心是一回事，真正行动起来可能又是另一回事。 对这句话，经过星期天早晨的"争创红旗班"誓师大会，我算是深有体会了。

因为要开会，起床铃声一响，大家呼呼隆隆都起得很快，匆匆忙忙洗漱完，就陆续到教室来了。 路上，我叮嘱自己：你说话要算数哟，可别再泡了汤啊！

会场已经布置好了。 黑板上用美术体写着"争创红旗班誓师大会"九个通栏大字，黑板上面的毛主席像两边，一边写着"读毛主席的书"，一边写着"听毛主席的话"，红纸黑字，赫然醒目。 这都是昨晚布置的。 几个干部来得早，刘建不知从哪里弄来一块漂亮的桌布，在教桌上一铺一围，教桌一下子就显得庄重了。 周振和班长赵续毅一人抱来一盆君子兰，放在教桌两头。 花盆古色古香，君子兰郁郁苍苍，又给会场增添了不少隆重氛围。

周振主持大会，他的嗓门也跟刘建一样，非常响亮。 我想，这大概就是让他主持的缘故吧。

会上，首先由刘建宣读全班争创红旗班跃进计划。 计划对今后工作进行了全面安排，其中特别强调要学习马列主义、毛泽东思想。 计划说，省地委最近都作出了学习马列主义、毛泽东思想的决定，我们要闻风而动，积极响应，抓紧抓好。 学习要理论联系实际。 要以学习马列主义、毛泽东思想为纲，推动争创红旗班运动。 计划最后号召："同学们，红旗班的红旗正在向我们招手，让我们立即行动起来，鼓足干劲，力争上游，心往一处想，劲往一处使，创造班级工作的优异成绩，把这面红旗牢牢掌握在我们手上！ 让属于我们的这面红旗在跃进的校园里高高飘扬！ 高高飘扬！"

跃进计划犹如一团火，把大家的情绪点燃起来了。 在此后的自由发言环节，同学们一个个争着冲上讲台表决心，激情澎湃，意气风发，整个教室沸腾了！

我也很激动，把前天就写好的发言稿摆在面前，准备发言。 可是万万没想到，对于我来说，在准备发言与真正发言之间，竟然隔着那么难以逾越的鸿沟！ 强烈的发言的念头与强烈的不敢发言的怯懦进行着激烈搏斗，发言的念头顽强地鼓励我发言，不敢发言的怯懦又不断制造着紧张、恐慌和颤抖，甚至还找出种种借口，顽强地阻止我发言。 在会议进行的两个多钟头里，这两个孽障让我经历的心路历程，是何等艰难啊！

我还是把它们格斗的过程，具体记下来吧。

周振一宣布自由发言开始，我立刻紧张起来，心脏也扑通扑通地猛跳。 听了几个，发现都是小组长代表小组发言，知道还不是个人发言的时候，心跳才稍缓了一些。

接着就是真正的个人发言了，我的心跳不由得又加快了。 但我没打算早说，心里告诉自己：别慌别慌，先听听啊……

发言的气氛越来越热烈，同学们争先恐后地蹿上讲台，雷鸣般的掌声响了一阵又一阵。

我觉得该行动了，问自己："上？ 上！"可是目光一触着讲台，登时怯了，慌了。"还得上——讲——台！"我皱着眉想，感到十分为难和惶恐。 犹豫之际，突然冒出一个想法：你的稿子没人家带劲，你还是先改改吧。 发言的念头就这样打消了。 我埋头审起稿子，觉得不合适的就改，听到别人好的句子就添上。

这是"发言"与"怯懦"第一个回合的斗争,"怯懦"以它貌似合理的借口,取胜了。

时间在飞逝,阳光从门外闯进屋里来了。 发言进入白热化状态。发言内容已不单是表决心,相互之间还展开了挑应战。 挑应战火花迸射,教室成了一团火了。

"你实在不能再拖了!"我态度坚决地催促自己,连眼睛、鼻子、嘴巴都蹙成一团,帮着自己下决心。 然而不争气的身子却立马剧烈地抖动起来,发言稿在手底下被抖搓得沙沙作响,心脏好像也要从胸膛里跳出来了。"发言"与"怯懦"的格斗进入决战阶段,双方展开了白刃交锋。一个拼了命地要我上,一个拼了命地让我上不成,我真是心急如焚哪!关键时刻,"怯懦"又故技重施,告诉我:你的开头还不合适呢! 你开头是介绍自己,这阵子哪有这样讲的呀,再改改,再改改嘛! 这话虽是"怯懦"的撒手锏,但也有些道理,"发言"终又败下阵来。 我叹了口气,乖乖地开始改开头。 不料却出现了意外的情况:长时间极度地紧张与惶恐,把我的脑袋搞成一盆糨糊,再也不能从中进出中意的句子了!我急得抓耳挠腮、蹉脚掐手,哪起半点儿作用? 恨得我直骂脑袋:你这个混蛋,你这个叛徒,你怎能在这个时候背叛我呢!

闯进来的阳光早就在向后缩,快缩到门口了。 我下意识地朝后一望,正迎上李老师的目光——这是我第三次发现他注意我了。 我赶紧扭回头,更加心慌意乱,怎么办? 怎么办?! 我两手捂着脸,身子像在筛糠,心里已是翻江倒海。 我只好让自己先稳稳,死命地稳稳。 可是身子好像不是自己的了,又是好长时间过去了,战栗依然有增无减。 我终于明白:只要我想发言,战栗就不会停止,我就无法发言! 这个无情的现实使我在簌簌战栗中横下心来,打了退堂鼓:唉,算了,我不说了! ——"发言"终被"怯懦"逼到绝处,不得不缴械了!

有了这个决定,抖动倒是渐渐轻了,但我又终觉不妥,终觉不安。想到昨晚的决心和会前对自己的叮咛,看着雄赳赳气昂昂冲上讲台的同学们，我对自己十分鄙夷。 我知道李老师还在看我，却不敢回头了。这会儿他又是怎么想我的呢？

不料事情到最后竟然有了转机。 我也不知道是怎么来的勇气，难道是被对自己的鄙夷刺激起来的？ 难道是被李老师充满鼓励、督促甚至还有责难的目光激发起来的？ 难道是被同学们澎湃的激情鼓动起来了？反正我再一次咬牙切齿地发狠，告诉自己：你死也要死在讲台上！ 于是在会议临近结束的时候，我不顾一切地举起手！ ——但是周振没点我的名。 又第二次举手……周振环视了一下全场，宣布时间到了，请李老师总结……

我一下子又追悔莫及。 我埋怨自己优柔寡断，终误大事。 过了一会儿又宽慰自己：这也不能全怪你啊，毕竟是你举了手没让你说嘛……

然而总不免惴惴。 李老师会上的目光又在眼前浮现。 不知道他看到我举手了没有？ 他对我该多么失望啊！ 昨天非团员会上刘建、周振一再要求大家要踊跃发言，我这个样子他们又该怎么想呢？ 我越想心里越乱，越想越觉得自己不可饶恕。 难受到极点，反过来又对自己动了恻隐之心，我晃晃脑袋对自己说，你呀，总是这样患得患失，已经过去的事了，你懊恼有什么用呢？ 何况没发言的又不止你一个！ 何况你只是怯场，又不是不想发言，不想进步！ 亡羊补牢也可以嘛，你就按李老师总结时讲的，把发言稿抄到班报上吧。 更重要的，还是要看今后的实际行动！ 不过，你千万千万不要再苦恼了，你要乐观起来，乐观起来啊！

早饭后班里没再安排活动。 因为是星期天，白天可以自由支配，我就坐下来写日记。 把昨天的思想经历和今天早晨惊心动魄的一幕倾吐出来了。 这会儿心里好受了一些，但还是提不起精神。 在位子上呆坐了一阵，心想还是去解解手吧，就起身到厕所去。 不想这一去，倒使我的心境有了转机。

教室后面有个草棚，去厕所要经过那里。 走近的时候，我听到草棚里面说说笑笑甚是热闹，我好奇地伸头一看，哦，是刘建在给同学理发呢！ 想到自己也该理了，就问："还有几个？""两个。"刘建应答着转过头来，"哦，袁野呀，你也要理？""嗯，行吧？""行，时间还够用，我下午才去参加环城赛跑呢！"他语调随意而亲切，我听了既温暖又感动。 ——请不要以为我用错了词，我此刻心情颓唐，就怕人家瞧不起我。 团支部书记能这样跟我说话，我受宠若惊啊！

我进屋在凳子上坐下，看他理发。 他微倾着身子，眼睛盯着刘青厚的脑袋，推子在他手中咔嚓咔嚓响，上下左右运行自如，头发也随之簌簌而下。 一看就知道是个老手，我佩服地想：没想到他还有这一手呢！

"这阵子推子真好使，"他快活地说，"跟收割机似的！"

大家被逗笑了。

他又跟青厚说："你举重很好，你的体型也适合举重。 好好练，争取当个陈镜开第二！"

陈镜开是 20 世纪 50 年代我国第一位举重世界冠军。 这句俏皮话，说得青厚哼哼地笑。 大家也都展开想象开青厚的玩笑，引发了阵阵笑声。

我也笑得很开心，摘下帽子在手里摇着玩。 刘建看了说道："哟，袁野，你的头发还剪不着呢！"

"是吗？"我不好意思地笑了，"我还以为得理了呢！"

"再等几天，再等几天，啊？"他的声音还是那般亲切，眼睛里充满了盈盈笑意。

他这样子使我突然间从心底冒出一个想法：啊，同学们并不轻视我！ 团干部并不轻视我！ 是的，并不轻视我！ 人家是团支部书记，对我竟这样亲切、平易、随和，没有一点儿架子，我关于同学们会看不起我的忧虑和担心是不是多余了？ 是不是神经过敏了？

我心头的阴霾开始消退。 从草棚里出来，我觉得脚步轻快了不少，心情也轻松了不少。

情绪更进一步好转是在晚饭后。

晚饭后，非团员们又在李老师屋里开会。同学们的劲头都很足，都迫不及待地谈感想表决心。我受到感染和鼓舞，也鼓起勇气谈了，虽然谈得磕磕巴巴，但毕竟是谈了，毕竟把自己追求进步的决心谈出来了。

你能知道我谈完后的感觉吗？那真是如卸千钧重负啊！从昨天到现在，我一直为这个"谈"字揪心，我的心差点儿被揪掉了啊！可现在终于谈了，我用不着再纠结了！我解脱了！我解放了！我的心终又复归原位了啊！

当然，我谈得没人家带劲。我不知道别人，特别是李老师怎么看我。就直观感觉来说，他好像不太喜欢我。不喜欢就不喜欢吧，说起来只能怪我，谁叫我如此畏首畏尾呢！李老师是个好人，从开学一周以来的情况就看得出来，为了搞好班级工作，他是绞尽了脑汁啊！

散会时已打了上晚自习的预备铃，李老师也同我们一起到教室来了。体育干事陈文捷正同赵续毅趴在我位上商量什么，看到李老师，他起身问："一天跑十圈怎么样？"我一听就知道他说的是"跑向莫斯科"的象征性长跑活动，这是昨天就开始酝酿的。规定每人每天绕跑道跑多少圈，全班跑的总和达到了去莫斯科的里程，就算"跑"到了莫斯科。——没等李老师回答，有人就接了话："十圈？是一天吗？"我一看是刘建，他正从外面进来，一瘸一拐的，看来下午参加为纪念中苏友好举行的环城赛跑累得不轻。只听他接着说道："那不多！正好我明天歇好了，咱就开始！"说罢晃着身子朝自己位上走去。这家伙确实厉害，总是这么活力奔放！

我坐在位子上，感受着教室里跃进的浓厚气氛，心想新的生活开始了。是的，我应该脚踏实地地做些事情了。我的思想不能老是待在未来，待在梦想里，要实际一些。当然，我想写东西，想为社会主义文学奋斗的理想是不会改变的。但是写东西不是为了教育人吗？要教育人必先受教育。我要从现在开始，努力地磨炼自己，不光是磨炼自己的

217

笔，更要磨炼自己的思想和品质啊！

自习时我又开始写日记。思想顺畅了，情绪好转了，下笔也顺畅了。下了第一节晚自习，大家出去跳舞（每天第一节晚自习后都要跳的），我也能跳了，也能唱了。跳完舞回到教室，杨仕友说站在电灯下也暖和，我接着说"那不成烤光了"，这话有点儿意思，听的人都笑了。是的，我觉得自己的心态开始走上正常轨道了。经过这一番痛苦折磨，我才深深地体会到：快乐是多么宝贵哟！啊，我怎样才能把这个"快乐"永远留在自己的生活里呢？

A：哈哈。看你这个样子，我是既同情又想笑。说到底不就是发个言吗？快师范毕业的人了，怎费了那么大的劲儿呢！

B：咳，这就叫性格呀，这就叫"恐新症"呀！"恐新症"遇上新环境，就要出洋相了。为了让你对我的"恐新症"加深了解，我再给你举个例子。自己村里的人，该不陌生吧？可我十二岁就离家读初中，回家少，在家待的最长时间就是假期，所以同村里人也不熟了，尽管都是兄弟爷们，见了也打怵。就说暑假吧，我多是待在家里看书，很少出门，出门也要戴上斗笠，阴天也戴，傍晚太阳落了也戴，不单是为着遮阳，主要还是为着遮脸遮羞啊。遇上人了，没说话先红脸，说上几句也是期期艾艾的。村里人都说我怎跟个大闺女似的。

A：哈哈。你呀你呀！好吧，这个话就此打住。我注意到，你们的李老师不同于那个王老师，新班一组成就出手不凡，第一天就让大家订开门红计划，一周里他从干部到群众，从团内到团外广泛发动，在此基础上又利用星期天召开"争创红旗班"誓师大会，运动的声势就造起来了，大家的劲头就鼓起来了，他做思想工作有一套嘛！

B：是的，经他这么一搞，班里情况当然要发生变化。不过由于大部分人学专业的思想都重，此后两周还没大动起来，所以我基本上还能按照自己的想法去做，我的思想在这段时期也比较平静。

A：是的，我也注意到了，此后两周可能是你这学期思想最平静的时光。 也有些苦恼，但跟班里的形势无关。

B：是这样的。

A：我还注意到一个情况，在刘建读的跃进计划里，特别提到学习毛主席著作的事，你的日记里以前没记过。 我对 20 世纪六七十年代风靡全国的学毛著运动的来龙去脉不甚清楚，这个运动是不是从这个时候开始的呢？

B：我搞史志时，也留意过这个事。 学毛著，在这之前当然也学，但没形成运动。 形成运动是从解放军开始的，大概起于一九五九年下半年，推向全国就到了一九六〇年了。 中央的文件我没见着，在我们省，省委是一九六〇年二月作出《关于学习马克思主义、毛泽东思想的决定》的，咱省的学习运动即由此开始。 学毛著是政治上的大事，咱们学，别的省当然也不会落后。 我是这个运动的亲历者，一开始就有感受。 不过班里虽然号召了，起初大家还是重视不够，到三月中旬，学校专门召开了誓师大会，学习才热起来。 这是后话，后面的日记有记的。

A：不错，记了，朱琪在会上还朗诵了自己写的诗呢。

四十三　学做北京人

　　说普通话被提到日程上来了。据说第十周就去实习，实习时必须讲普通话，不讲不能上讲台，就算上了讲台也会给你个不合格。这可不是闹着玩的，离实习还有几天啊。

　　每个人都感到形势逼人，然而都习惯了方言土语，要真说也难。

　　那天誓师会上就提出了"做北京人"的问题，会议要求大家连平时说话都要用普通话，但会后没动起来。班里采取了措施，规定星期二、三、四、五早饭前抽些时间由朱琪领着集体朗诵（这是他的强项，他开始显露锋芒了）。此法有效，却管不着平时。于是又出了新法子，跃进榜贴出来了。那是用一张大纸画的表格，表格左面从下到上画了"老牛拉破车"、汽车、火车、飞机、火箭几种图形，表格下面写着全班同学的名字，每个名字上方都钉着一根白线直通到顶，白线上串着一个硬纸做的箭头。团支部宣传委员费洪涛解释说，每过一段时间就由小组评比一次，根据你说普通话的情况，将你的箭头移到相应的位置上，差的就坐"老牛拉破车"，好一点的坐"汽车"，依次类推，最好的当然是坐"火箭"了。——此法虽然有趣，可大家还是没说起来。

　　对此情形，同学们在帮伙房切菜时议论过。有的说撇着腔说话不好意思。有的说听别人说得怪腔怪调的，就吓得不敢说了。有的说平时拉呱，一高兴就忘了说了。赵续毅说得更风趣："那还没什么，更严重的是你说话时得先分辨一下里面有几个方言土语，好把它清出去，可等你想好了，或者等不到想好，你要说的话已经忘了！"大家听后都笑得肚子疼。 我想想自己，除了害羞（这当然是一大因由），还有个特殊情况。 我平时说话都是粗声粗气的（有人说这是在变声），可一说起普通话，就像被人卡了脖子，声音变得又细又尖，你看要命不要命！ ——总之，原因各有不同，归纳起来无非是不好说、很难说。 这确实是个严重的问题。

上晚自习的铃声响过，费洪涛站起来了，手里拿着一页纸，笑眯眯地说道："卢成进写了个挑战书，题目叫《谁敢应战？》，我给大家念念。"

所有人的目光都投向了那页纸，他不慌不忙地念道："我要坚决学好用好普通话，上课用，下课用，开口就用。 对方若不用普通话，我将拒绝与之对话！ ——谁敢应战？！"

读完了，他眉头一耸，高声问道："敢不敢应战？"

教室里一下子热闹起来，七言八语地应道："敢！ 敢！"

"好，谁敢谁就写应战书！"费洪涛说，接着又补了一句，"当然啰，不敢的也可以不写，这是自愿的嘛！"

又是一阵哄笑。

成进这家伙平日里傲气十足，不想竟突然放了这么一炮！ 这一炮放得好，将影响说普通话的一切障碍瞬间轰得烟消云散，大家的劲头真正被鼓动起来了。 这些日子普通话虽然没说起来，但大家确实都有强烈想说的欲望，缺的就是这把火啊！

下课后，每个人的应战书都贴到了班报上，不过是十分钟光景，争做北京人的浓厚氛围就开始有了。

我打算，星期天就到沂河边树林里去练。 那里安静，是自由天地，"海阔凭鱼跃，天高任鸟飞"，我可以无拘无束地放开嗓门，尽情说练，那才是美丑自知之，乐趣在其中呢！ 我又想起那个为矫正口吃，每天面对大海苦练，终成演说家的希腊人了，他的精神是对我的鞭策，他的做法也值得我效法呢！

四十四 读书乐（二题）

（一）

从图书馆借了本《文学概论》，这是本文学理论专著，几天来我看得怪热。 真是本好书。 我以前看文学作品和文学评论多，但没看过系统的文学理论书。 这本书给我展现了一个新天地，让我大开眼界。 里面的内容简直是琳琅满目啊。 它就像一个学识渊博的大师，系统而全面地讲解着文学诸方面的知识，我平日里想过的、没想过的、模糊不清的、一知半解的，或者百思不得其解的诸多问题，在这里都找到了答案，而且还解释得那么精辟透彻。 有的事理仅用寥寥数语就让你茅塞顿开，你会觉得，真理竟然如此简单好懂，我们同真理之间，原来只隔着一层薄薄的窗户纸啊！

举例来说，谈到作家的个性语言，书中写道：作家在作品里，虽然塑造着各种典型人物，这许多典型人物都互有区别地说着符合自己性格的话，但是必须有一种完整的统一的语言把它们有机地结合起来。 这种语言就是作家自己的，反映着作家的创作个性也就是风格的语言。 这么一说，我就豁然开朗了。 原来我一直稀里糊涂地认为，作家的个性语言，指的是作品里全部的语言呢。 书中随后又对个性语言作了进一步阐述，特别指出：作家富有特色的个性语言，是作家成熟的标志，而个性语言（风格）的形成又非易事，是作家长期艰苦磨炼的结果。 这又使我想到了自己，我的语言就没有个性，变化很大，今天这个样子，明天那个样子。为什么会这样呢？现在明白了，我在这方面，实际上还是个牙牙学语的孩子呢！孩子是最善模仿的，是最无个性的，表现出来的特点就是变化无常。是的，我不必为此苦恼，也不必苛责自己，但是必须苦学苦练，快快"长大成人"啊！

总之，这本书是个宝。我要好好学习它，思考它，消化它，吸收它，把它变成自己的财富。那么厚一大本，够我啃一些日子的，看来别的书得让让路了。

（二）

昨天下午朱琪向我推荐王汶石在《人民文学》第一期上发表的新作《春夜》，他的啧啧称赞，勾起我极大兴趣，午休时赶紧去阅览室看了，没看完，晚饭后又去了。果然是好！多么新颖别致的题材啊！多么美好的新生活画面啊！多么栩栩如生的人物形象啊！我算是被它完全迷住了，我算是对它完全倾心了！看的时候，我不知多少次啧嘴蹉脚，不知多少次哼哼地笑，要不是旁边的同学一再提意见，我说不定要喊起来跳起来呢——实在是痛快淋漓啊！

小说中的主要人物，马芳芳清纯如玉，王树红品格美好，她们身上闪耀着新青年的光辉。她们的形象，洗涤着我思想上的污泥浊水，使我纯洁，使我美好，使我强烈地憧憬美妙的新生活，使我真挚地热爱周围的人和事！

感谢了不起的王汶石，他给了我们如此玲珑剔透的艺术品。写东西就应当写这样的，给人美感，给人享受，给人感动，给人潜移默化的教诲！

这篇小说也让我自省自励：前些日子，我还曾打算给刊物投稿，用春蚓秋蛇般拙劣的文字，去玷污圣洁的文艺殿堂呢！袁野，我告诉你，你今后要严肃对待神圣的写作，不准你这般轻率轻浮！你年龄还不大，要以成功的作家为榜样，扑下身子读写练，观察生活，提高思想，锤炼技巧，培养风格，以破釜沉舟的决心，拼它个十年八年，不登文坛誓不休！

A：这两个事，不在一篇日记里，因为都是写读书，我就放在一起了。你这个书痴呀，别看在人际交往上不怎样，可一接触到文学方面的事儿，你就特有激情，特有感慨，你真痴迷得可以。

B：文学是我的至爱嘛。说那时候它对我勾魂摄魄，我对它魂牵梦萦，我看也不为过。

A：好多人看小说，无非图个热闹，你却不然。

B：是啊，我读书，第一是欣赏，从中得到艺术上的享受和精神上的快乐。第二是学习，吸收它的养分，从思想上、写作上提高自己。

A：你那时思想纯洁，是否与此有关呢？

B：纯洁还说不上，但从中得到教益倒是真的。好的作品把善恶好坏写得淋漓尽致，不由你不受熏染，不由你不从善如流、疾恶如仇啊。

A：痴情如斯，可敬可佩，治学当如此。可惜那时已"左"得可以，你倒因此吃了不少苦头呢！

四十五 同思奇老师的谈话

星期天一大早，王思奇老师组织我们两个语文班的同学在乙班收听中央人民广播电台播放的关汉卿的《窦娥冤》。《窦娥冤》是古典名剧，当然好啰，但是很不好听。 一来播放的是原作，不好懂，二来收音机杂音重，丝丝拉拉听不清，还刺耳，所以也就听了二十来分钟吧，王老师就让散了。 我看着他远去的背影，忽又涌起找他谈谈的念头。 这已经是第八次要找他了。 我赶紧到教室里拿起剧本（我前面写过，这是初中母校马老师的作品，马老师让我捎给王老师，想征求王老师的意见，我一直留着就是为了借给剧本的机会找王老师谈谈的），跑着追上他，问他有事吗。 他支吾了几声，最后还是说没事，我就跟着走了。

到他屋里，我把马老师的剧本交给他，就在床沿上坐下了。 我谈起对《窦娥冤》的"听"感，一方面感到它思想性艺术性都了不起，一方面感到毕竟是几百年前的东西了，文言气太重，原文播放效果不好。 ——我侃侃而谈，无拘无束，巴不得把一肚子想法都倾倒给他。也怪了，在李严老师面前，我是何等拘谨啊，可见着王老师却像见了亲人，坦然而随便，甚至还有点儿放肆呢。

王老师笑盈盈地看着我，不时点点头。 待我说得差不多了，就把话题转过来，问道："到了新班，你怎么样？"

说真的，前些天想找他，就是要谈思想的，可现在情绪好了，似乎在这方面已无话可说，他又问得笼统，所以我谈的主要是学习。 我说了自己是如何感到知识的不足，说了这段时间学习《文学概论》的收获，还说起李严老师的文艺理论课讲得肤浅。

他静静地听我说完，指出："在阅读方面今后要注意多看杂志，看小说也要多看现代的。"

我点头说是，他紧跟着问："思想进步方面，怎么样呢？"

"嗯，前些天我为此还苦恼呢……"这次他明确地点了题，我也就有话说了，于是谈了发言的经历，说得他哈哈大笑。我又谈了读书的苦恼。到了语文班，本以为大家志趣相同，都会埋头学专业的，现在看来，气氛不是那么回事。但自己没事做，又不愿浪费时间，还是想多读点书，但读起来心情却惴惴的，怕人说……

"没事做？"他皱着眉说，"不是都安排事了吗？"在我回答之后，他哦了一声，接着说："不过，你一开始的想法就有问题。到了语文班，大家就得埋头于文学专业书吗？你想错了。当然在这时候，想着就要到中学教语文了，确实会感到知识的匮乏。但是学业务与学政治，还是要摆正位置！还是要把政治学习放在第一位！试想我们的工作、学习，还不是要服从政治的吗？过去有些人片面强调学习，甚至把政治、劳动看作是配合学习的，从而轻视甚至排斥政治和劳动。在我们看来，这是把它们的位置搞颠倒了，是本末倒置了！譬如老师从年前就开始的反右倾整风运动，我们现在还是每天晚上搞到十点钟（下星期可能要好些了），回来再备课。上学期呢？你忘了你们那些日子都把下午的课提到早自习上了？那是因为那阵子运动式紧，我们从中午就开始搞，一直搞到晚上很晚的时候，哪里有时间备课？你说不影响教学吗？确实影响。但是又必须这样搞。服从中心工作需要嘛！难道我们能只顾教学，放着某些同志的问题不管吗？"

他咽了口唾沫，缓了口气，继续说："是的，你那个认识是不对的，必须纠正过来！我问你，你的政治学习是怎么安排的？"

"我……我……"听了他的批评，我结巴了，"我正苦于没有时间呢！"

他的手朝桌上啪地一拍："你看你看，问题不就出来了吗？！ 你为什么读小说有时间，学政治却没了时间？ 还是没重视！ 重视了就有时间！ 时间像海绵里的水，只要你想挤，总是可以挤出来的。 实际上，你的问题还是个重视的问题，你说是不？"

我笑了，他也笑了。

"袁野啊，你年轻，对政治问题还没有深切体会哟！"他语重心长地说，"对待许多现实问题，你能没个态度吗？ 总之，不是反对就是赞成。 你观点不正确，就要犯错误啊！ 要想不犯错误，就得好好学政治，通过学习，把立场，把思想感情转变过来。 否则，那些错误的东西留在脑子里，你总会不知不觉地流露出来的。 如今犯错误的，你以为都是那么明目张胆的吗？ 不一定。 袁野，前车之覆，后车之鉴哪！ 你很快就要正式踏上社会，同我们一样，成为国家工作人员了，千万要注意在政治上把握好自己，用正确的理论武装好自己的头脑啊！"

王老师说后面这些话时，不停地用手叩击桌子，似乎想引起我的注意。

"还有一点，"他思考了一下又说，"你今后必须打破中游思想。 你就是这样，表扬表扬不着你，批评也批评不着你，辩论时还能说上两句，不求有功，但求无过。 呵呵，这还是我们这次整风的一个辩论主题呢。 其实真的是这样吗？ 你不求社会主义之功，岂不就是大过吗？ 你就因为有这种思想，使你在很多时候，明明可以跑到前头去却缩到了后面……"

"是的是的，"我被他说到心坎上，急忙插嘴道，"有时候，明明是我想出了某个主意或者想做某件事情，但是又想，同学们别再说我出风头……"

"是啊，"王老师笑道，"你看你想的是什么！ 这其实还涉及世界观、人生观问题。 只要是为了集体，为了他人，为了社会主义，你尽管

227

放手去干就是，畏首畏尾干什么呢？"

"我时常这样想：你横竖不是那块料，你只要尽上力气，做得问心无愧就是了……"

"然而你真的问心无愧了吗？ 真的尽力了吗？"王老师穷追猛打，我俩不禁哈哈大笑。

"所以，"笑声过后他说道，"你必须改变这个现状，你必须热情起来。 无论做什么，有了热情就好办了。 譬如你看小说，就很有热情嘛，正因如此，你坚持最久。 你要把这种劲头拿出来！ 还有，你看书也不要光看些外国的古典的东西。 正如前面说的，你这会儿特别要抓的是政治学习。 为了克服过去你给人造成的带有成见性的印象，根据矫枉必须过正的道理，你甚至可以不读、起码少读小说，多看政治书籍。 这也是为了适应目前的学习毛主席著作的运动哟！ 你看最近报刊上连篇累牍地宣传提倡，可见又是一个大的运动。 对了，在这方面，你打算学什么？"

"《辩证唯物主义与历史唯物主义》。 我想对世界有个总的认识。"

"但是不如学毛主席的《矛盾论》和《实践论》。"

"可它们只是它的一部分。"

"但却是最基本的内核！"他说，"不过，学那个也行。 总之你必须把政治学习重视起来。 以前因为你小，只有十六七岁，可现在是大人了，就得按成年人的标准要求自己了。 还有，你在交往上也要注意提高。 试想一下，将来到中学里，当起老师来了，对外搞个联系啊，搞个家访啊什么的，你觉得怎样？"

"嘿嘿……那真是……"王老师的话又戳着我的软肋了，我不由得笑了，"我不行，我的性格……"

"你必须改变它！"他斩钉截铁地说，"交际是一种能力，也需要培养和锻炼。 人是社会之人，在社会上生活，不会同人交往怎么行呢！ 就你目前的情况来说，首先要同团支部加强联系。"

"可我觉得没话说。"

"怎么没话说？"

"就像李严老师吧，一个大生人！ 我的特点你知道，在熟人面前说不上会滔滔不绝，可见了生人就要了命了，别想蹦出一个字来。 至于团支部，跟他们说什么呢？"

"说说自己的思想情况嘛，征求一下他们的意见嘛。"

"这些他们不是都知道吗？"

"那也不一定。 而且即使知道，由别人看出的和自己说出的就不一样。"

"那也可以，我和王卓然一组，可以跟他说。"

"也要和支书说。"

"但是支书……"

"不是刘建吗？ 他不是很好吗？"

"当然，他很好，非常平易近人。 但是……毕竟没话说。"

"这样不好。 你想进步就首先要让人家了解你，而且，你要知道，进步是永久性的，即使入团问题在这里解决不了，以后也必须好好……"

"那是，那是！"

"袁野啊袁野，"他微蹙双眉，脸上显出忧虑之色，盯着我说，"你只要想一想，你如果只是埋头看书，不注意学政治，不注意政治进步，不注意提高工作和生活能力，你将是个什么样的人呢？ 是非常落后的了！"

"是的，我现在的情况，除了能看点书，别的似乎什么都不懂。"我说起自己如何缺乏独立生活能力，没拿过一次针，没买过一寸布，前些天买了块布送到被服厂去做，我觉得是干了平生第一件了不起的大事。我又说起平时劳动时遇到点儿有技术的活就打怵，就作难，说得王老师又是一阵大笑。

"哎呀呀，袁野呀，你确实需要好好锻炼啊！"

我正要再说点什么，蔡老师进来找王老师谈事情。我注意听着他们的谈话，原来是让王老师去三中联系实习的事。啊，实习！一直风传到第十周去实习，没想到现在就着手准备了！

等蔡老师走了，我按照自己的想法转了话题，让王老师谈谈对原班几个同学的看法（这是我计划中的内容，我对这几个同学的事一直迷糊着）。我发现，他说得那么中肯，那么入情入理。他的话解开了我对原班一些事情的疙瘩，也加深了我对这些同学的认识。王老师看问题就是"更上一层楼"啊！

时间已经很晚了，他饭后还有工作，我告辞出来，向教室跑去。教室里，饭已被同学们吃了大半，菜也凉了，但我仍很高兴，思奇老师的一席话，又让我得到不少教益啊！

正吃着，学校大喇叭响了，通知各班班长和卫生干事去开会，还要同学们饭后先不要远离教室，有重要任务。什么任务呢？

A：读了你跟王老师这一席谈话，很有感触。王老师关于政治和反右倾运动的那番话，在一定程度上勾勒出那时候政治生活的一个状态。人当然要有正确的政治方向，可那个搞法，工作和学习还怎么正常进行啊！

B：现在看那时的事，当然会有不同的看法。但咱们都是从那时过来的，细想想还是能理解的。强调突出政治，强调阶级斗争，政治运动一个接一个，这是那个时候的特点。搞这些当然需要时间，工作和学习该让路就得让路，政治第一嘛。到"文化大革命"的时候，搞运动就成了主要的事了。搞来搞去，大家脑子里装了许多错误的东西，也干了不少蠢事。但正如王老师说的，人是时代之人啊，不可能脱离时代而孤立生活的。

A：你现在怎么看王老师那番话呢？

B：这个嘛……怎么说呢？ 他是那时的人，他当然有那时"左"的思想。 我也是那时的人，那时接受起来当然也是顺茬的。 如今过去五六十年了，时代变了，人的思想也变了，我当然不会认同那些"左"的东西。 但王老师对我讲那番话，应当说是他当时的肺腑之言，他是真心实意地为了我好。 那时政治气氛浓，政治运动多，政治上出事的人不少，他是一心想让我跟上时代步伐，怕我犯错误啊！ 世间难得真情在。我至今还对他深情怀念，看重的就是这份真情。

A：是啊，真情难得。 再说他关于要你好好培养生活能力和工作能力的话，现在看也是对的。

B：是的。 王老师上学期和这次的谈话都提到这个，足见他对我了解之深。 学生时代，光当书呆子不行。 学问要搞，生活与工作能力也得好好锻炼。 我那样子放到今天，怕是连工作也不好找呢。 哎，说到这点，我想起来了，下面日记里有个喂猪的故事，我又出了洋相呢！

A：是的是的，哈哈！ 不过这是后话，你这个星期天还有故事要记哩。

四十六　朱琪的恋情

任务下来了：趁着星期天，全体出动去挖蝇蛹。 挖蛹数量要统计上报。

我和朱琪结伴出去了。 我们在城南起起伏伏的丘壑中串游寻找。这里是一九五八年大炼钢铁时沂城的一个炼钢工地，废弃的烟囱还在，锈铁烂渣遍地狼藉，不由得引起我们许多回忆。

但是蝇蛹不多。 我们只好折向东去，转到烈士陵园东面，见有好多人在一个大粪场里埋头挖蛹，就凑过去挖，果然不少。

挖着挖着，不知怎么我突生异想，感慨起男女情事来了，说道："我发现，现在啊，自由恋爱确实取代了包办婚姻了，寒假里我就见了三对相亲的！""哎！"朱琪答道，但我哪容他插嘴，便自顾自地说下去："你看农村姑娘那个泼劲儿！ 譬如我姐姐——她爱说爱笑，泼辣大胆，外人都说我怎不和她折中一下呢——只要是她的朋友相亲，她都头插蜂窝里地跟着去看……"

"那是当然啰，"朱琪急着说道，"譬如俺庄上那个，和她的那一个成天在一起呢，也不怕人说。"

"她是干什么的？"

"上学，上小学，不过年龄已经十八九了。 你知道现在学生年龄参差不齐，大年龄的不少呢。 她就是个恋爱狂，你看那个热哟！"

"嗨，歌里不是唱嘛，'年轻的人，火热的心'嘛！"

232

"就是哎，我还差点让她缠着了呢！"

"哟，是吗？ 拉拉，拉拉！"

他嘿嘿笑了，说道："其实也没什么。 那是一九五八年暑假，农村不是有个扫盲运动吗？ 我跟她一个组参加扫盲。 她好说好笑，泼泼辣辣，让我产生了好感，于是——"

"于是就拉上了？"

"哎，多拉了几句。 可她往后就亲热得不行了呢，时常没话找话说，有事没事朝我跟前跑，朝我家里跑。 俺庄离这里四十里路，暑假开学后，她往这里跑了两趟——都是步行！ 到了寒假，她更是每天不知去我家多少回。 一天晚上，她又来了，我送她回去时，她递给我一封信。"

"哈哈！"我开怀大笑，"怎么写的？ 称呼是朱琪或琪？"

"还要亲热得多呢！"

"亲爱的？"

"对了，"他点点头，"她先说了对我的病（那时朱琪得了关节炎）感到着急和心疼，接着说她对外人的风言风语——你想她那样子，能不惹人议论吗——是个什么态度，她说她坚决不怕，只要咱俩怎么怎么……"

"哈哈，你怎么回答的？ 成了？"

"哪里，我也回了一封信。"

"谁送去的？"

"我自己递给她的。 我跟她说不行，我已经有了……"

"真的假的？"

"也算真的。"

"哈哈，说说，她是做什么的，上学？"又套出一个新线索，先前那个我就撇开不谈了。

"嗯，在这里上幼儿师范。"朱琪甜甜地笑着，"可是我们保密保得很严，绝没有第三者知道。 所以我回信后，那女子就千方百计打听，但哪能打听得到？ 此后她就很冷了。"

"你们的事，一直没人知道吗？"我追着问。

"哪里，现在是戳穿了。 我为这事正苦恼呢！"

"哟，让人知道了就苦恼吗？"我调侃道。

"呸！ 你不知道，这事出了差错。 今年寒假她跟家里说了，她和哥嫂有矛盾，她哥嫂在里面瞎捣蛋，弄得她爹妈也不同意了。"

"为什么？"

"说什么她比我长一辈。"

"你们同姓吗？"见他摇头，我接着说，"那还有什么！"

"就是啊，可他们就是不愿意呢！"他激动地说，"为这个，开学后我一直苦闷着呢！ 你没看出来吗？"我摇摇头，他又说："我在想，无论如何不能散呀！"

"那当然啰！ 情感这东西刻骨铭心，是闹着玩的吗？"我这时也认真起来，同情地附和着。

"就是呢！"他眉头紧锁，急切地说，"你想，我们的事四五年了，感情那么深挚，出了这个弯子，该如何是好？！"

"你不必担忧！"我安慰他说，"其实根本没什么。 现在是这样的社会环境，你们又都快参加工作了，实际上已经摆脱了家庭的控制，他们不同意又能怎样？"

我的话可能起了点作用，他心下稍安。 我又说："但是结婚不要过早。"

"对，至少得等她毕了业。"

这事算告一段落。 沉默了一会儿，我又问他："你们三个是不是都有了？ 戚良朝的我知道，顺贞呢？"

"他啊，也算有了，可也不保险。"

"你们这些家伙，真闯实啊！"我笑骂道，又不由得想起自己，感叹地说，"但是我……唉，最终只能让人给说一个。"

"嘿，哪里的事！"他连忙说，现在轮到他安慰我了，"性格是会变的！"

我无奈地摇摇头："不，我还有这个自知之明。 我也羡慕你们，可我没这个本事。 我在女子面前，是那么羞涩、腼腆、笨拙……"我迟疑了一下，又讷讷地说："我笨拙得简直可笑呢！ 不信你留心观察就是了。"

朱琪没再说话，大概又在纠结他那档子事。 我也不想再说什么，刚才犹豫着没对他说的昨天那事浮现在脑际，我沉浸在对它的回忆里了。

那是昨天午休大扫除的时候。 本来是四、五、六组干的，没我们的事，可是抬垃圾的少一个人，我正好遇到就上去帮忙了，那一个便是女生陈秀芳。 抬垃圾时，她在前我在后，抬起前，我把筐朝我这边扒了扒，她回头说道："哟，都弄到你那头去了。"我立时张皇失措："哪里哪里……"

两个人抬筐，按说应当说说话的，我很想找点儿话说，可是搜肠刮肚，哪里寻得出半句？ 不禁对自己有些恼恨，转而又自我宽慰："恼恨什么？ 没话说何必硬说！"便不再想了，两个人就一直闷着。

走到传达室门前，校工老任出来打上课的预备铃，我终于憋出一句话："你这家伙，打这么早吗？"他瞅着我嘿嘿地笑。

一路无话。 倒垃圾时感到老闷着实在不是个事，就没话找话地说："还怪沉唻！"（其实哪有多沉）她答道："都弄到你那头了嘛！"我又慌了，忙说："哪来的事！"她又说："走得腿疼。"（说不上她也是没话找话说呢）"嗯……我也是……"我含含糊糊地应和着，实际上真没觉得怎样，接着又蹦出几个有补充意味的字："腿……伸……伸……不开……"

抬起空筐往回走时，想到自己刚才那言不由衷的话，不免感到好笑。

又是一路无话。 西北风刮过来，冷飕飕的。 可能是老天爷成心让我丢丑，到教室门前放抬筐时，一筒稀溜溜的鼻涕突然从鼻孔窜到了上嘴唇，我急忙掏手帕擦，她恰好回过头来，看个正着！谁知祸不单行，慌乱中手里的杠子又火上浇油，啪地掉落到地上！好难堪呀！我尴尬地归置好抬筐、杠子，尴尬地回到座位上，上课了还心下难安：一个大小伙子当着女生的面出这么大洋相，多丢人呀！我想："这都是同女子打交道的过错。你既然在她们面前这般紧张，今后还是少接触为好！"

"哟，天不早了，走吧？"朱琪的声音把我从回忆中拉回来，我们就起身回校了。回来我就抓紧写日记，连同早晨与王老师的谈话一起记下，一直写到吃晚饭的时候。生活啊，我日记的源泉，你怎有这么多新鲜事儿呢！

A：读了这一节，咱们议论点儿什么呢？首先，我觉得你同朱琪的关系比以前深了一层，你们的谈话已经深入到第三线了。

B：是的，以前的谈话多在爱好方面。分科以后，他最亲近的朋友咸良朝和张顺贞去了乙班，我就成了他在甲班最要好的了，关系自然而然更亲密了。

A：你俩的谈话，反映了一个历史现象，20世纪50年代尚属新中国成立早期，那时男女婚恋关系已有很大进步了，虽然还没有现在这么开放，但同旧时代凭父母之命、媒妁之言相比，也确是一个极大的变化。朱琪谈的那个热辣辣、赤裸裸追求爱情的女子不简单。朱琪也是个情种，早早地就开始了"地下活动"。

B：这段恋情对他的影响还蛮大的，直到毕业分配还影响着他的情绪呢。

A：你自己那段回忆也挺有趣，我读着也觉得好笑。你怎么那样子呢！

B：这就是我呀，不那样还是我吗？分科前我们五七级五班是"光棍子班"，那时女生少，大都安排到前四个班了，分科后班里有了四五个女生，如何同她们相处，对我来说就成了难题。我见了生人就打怵，见了她们更怵头，能不出洋相吗？

A：哎哎，不要说得这么绝对吧。这篇日记的下一篇，记的可就是你对女生动了心思呢。

B：哎呀呀，不错。看来对异性打怵与喜不喜欢还不是一码事。我那年十八岁了，饮食男女，青春年少，班里有了女生，抬头不见低头见的，产生点儿爱慕心思也在情理之中。同朱琪谈话之前倒没觉得有什么，谈话后心思就被勾起来了，这篇日记记的就是此后几天我心头的异动，说的是我对女生青眼相加，不过也没敢具体记，接着就是咬牙切齿地对自己的痛斥，这个异动终于被我"决绝"地消灭了……

A：哈哈，是的，是的，从日记里能看得出你对自己的那副狰狞面孔，这也显示了你袁野的特色。因为这段心思来得快也去得快，我看咱就不收了吧。到麦收时你又故态复萌，那简直称得上风狂雨骤啊，倒是得好好记记的。

B：可以，可以。

|四十七| 作文评语塌了我的天

一声霹雳震垮了我。 我的天塌了!

这声霹雳就是李严老师对我作文的评语。

来到新班,这是我们第一次写作文。 我写的是寒假回家路上的见闻,借以表现新农村的新气象。 写这篇作文,我是下了一番狠功夫的,无论记人状物、写景抒情还是遣词造句,都斟酌再三,煞费苦心。 我这样做,不只是因为我对写作历来认真,另外还有个私心:我别无所长,唯在写作上自认为还算有点儿小本事,我想靠它打响我在新班的第一炮,以此吸引人们对我的关注,提高我的声名,创造一个于我有利的环境。 不是我想出风头,而是不想在人们的轻视中生活呀! 所以交上作文以后,我就盼着发作文。

万万没想到,结果竟是事与愿违!

作文评讲课是昨天下午上的。 作文发到手里,我首先看到的是那个刺眼的4分,我的头就一下子蒙了(作文得4分,在我是少有的)。 更恼人的还是评语,评语中"赏"给的优点是"文章还算通顺",接着就是批评:"不精练,内容也散,主题思想不突出。"最后是训词:"今后要注意培养工农感情。 要想写出于人民有益的作品,必须首先注意改造思想。"训词源于文中一个词语。 我在记述人民公社社员早晨出工的欢闹景象时,有这么一句:"一位看上去有点儿邋遢的老汉甚为活跃,不知他神采飞扬地讲了什么,逗得大家哈哈大笑,几位姑娘笑得前仰后合,那个背后拖着长辫子的还直擦笑出的眼泪呢！"李老师在"邋遢"下面画了一道红线，旁边的眉批是："这是什么思想感情！"

这样的评语真是出乎意料，把我气坏了。 不精练吗？ 通篇你给我动了几个字？ 而且动得还不算妥帖！ 写得散吗？ 主题思想不突出吗？ 简直是屁话！（请原谅我，我此时太激动，禁不住对老师爆粗口了）"邋遢"是不干净、不整洁的意思，农村老汉脏一点儿有什么稀奇？ 说他有点儿"邋遢"怎就成了"什么思想感情"？ 怎就得"注意培养工农感情""注意思想改造"？ 真是滑天下之大稽！

我又把文章仔细看了两遍，每一遍都激动得要命。 说实话，我真觉得这是篇很好的文章。 新农村之新景象、新农民之新面貌跃然纸上，依然令我感动不已！ 这样的文章，怎么人了他的法眼就变了颜色，成了他训斥我的依据了呢？ 我真不相信世上竟有眼力如此低下之人！

我感到深深的悲伤！

我更感到无比的愤怒！

情急之下，晚饭后我拿着作文找到王思奇老师，我想征求王老师的意见。 倘若他也是如此看法，那么我数年的努力就算白费了，我的文学理想说不上也将就此终结！

评语引起的后果是显而易见的，我心态大变。 我丧失了唯一能让我获取自尊的资本，自觉名誉扫地，变得很自卑，很忧郁，很沉默。 我不愿也不敢接近人群，孑然独处，成了自惭形秽的丑小鸭了！

苦恼又重新主宰了我，就像苍蝇离不开大粪（呵呵，我成了大粪！），我总是无法将它驱走。 有时被磨缠极了，就使劲跺脚，还大喝一声"呔！"（我自称"呔"字镇静法），仍然无济于事。 我被折腾得头昏脑涨……

现在一天过去了，我痛定思痛，又转来宽慰自己：不要太在意这个挫折了。 虽然不知道李老师为什么会得出那样的结论，但可以肯定地说他是错了！ 我当然不能说他不学无术，但我也不会认为自己不学无术。

几年来我读的书、看过的文章还少吗？ 我的作文经常被作为范文而受到老师同学们的赞赏不是事实吗？ 我不相信自己这么没眼力，不相信自己下了苦功写出的文章会这么一文不值！ 我还得有这个自信，不能被他的评语给打倒了！ 要坚信，真金不怕火炼，是金子总会发光！

这是我关于评语的新的思考。

A：唉，一篇作文评语竟然改变了一个学生的心态！ 这篇作文你还有吗？

A：没了。 那学期事多，实际上就写了这一次作文。 虽然失去了原稿，无法印证，但我至今还相信那是篇不错的散文。 当然不一定像我在日记里自认的那样好。 但就我当时的写作功力，就我下的那番功夫来说，肯定写得可以。 说句狂话，李严老师是有眼不识金镶玉！ 哈哈，说笑了，说笑了。

A：哎，我想起来了，后面有篇日记夹带着记载了王思奇老师还给你作文时说的一段话，在哪篇咪？

B：不必找了，这篇日记我也记得。 他大约是七八天后还给我的。他谈了对作文的看法，其中也有息事宁人的意思。 他说，他自己看了，还让几位老师也看了，都感觉不错。 但是不要吱声了。 要搞好同李严老师的关系。 他工作太忙，没有时间仔细琢磨，看得有些走眼。 不过这不是什么大事，不就是一篇作文嘛！ 不要看得太重，也不要丧失信心，自己的写作能力自己还不知道吗？！ 思奇老师这样说了，我心里好受了些。 现在重读日记，我又认真思考了一下，李严老师的评语究竟是怎么回事呢？ 思奇老师说他忙是个原因，但也不全是。 他一开始就对我印象不好，可能会影响到对我作文的看法，所谓"城门失火，殃及池鱼"嘛。 再则，也是更重要的，是他的"左"。 说那个老人有点儿邋遢，那是实写，用得着上纲上线，提到工农感情和思想改造上去分析吗？ 难道我不实话实说，而说老人像姑娘一样洁净就有工农感情，就不

240

用改造思想了吗？ 他实在"左"得可以。 至于我的写作能力如何，后来的情况也可佐证：那学期学校要求自编自演节目，班里先后让我写过三个独幕剧（写节目的只我一个），前两个内容不合要求，没用，第三个是活报剧，在学校毕业晚会上演了，还得到一些好评。 ——然而作文事件（不妨这样说吧）对我的打击实在太大了。 他一板斧砍下来，砍杀的岂止是一篇作文，更重要的是一个学生的自尊心啊，是一个在困境中苦苦挣扎的学生的精神支柱啊！

A：这件事告诉我们，老师对待学生，即便是一篇作文，也马虎不得。 不认真对待，说不上会酿成恶果的。

B：是的。 不过话又说回来，事情有弊也有利呢。 前面不是说过，在同朱琪谈话之后，我对女生有过心头的异动吗？ 对它的克服，固然是自制力起了作用，但李老师的评语也"功不可没"。 作文的失败弄得我人不人鬼不鬼的，还哪有心思去想那个啊！

A：哈哈，你倒会自我宽解，不过也有道理。 可是……这是否又是李老师的一个过错呢？ ——他挥动板斧斩情丝啊！ 哈哈……

B：你这家伙，好不地道！ 哈哈！

四十八　朱琪在学校文娱晚会上一举成名

　　星期六晚上，学校召开了学习毛主席著作誓师大会。 会议开得很隆重，张校长宣读省委关于学习毛主席著作的决定，唐书记作报告，教师代表和学生代表发言表决心。 大会对推动全校学习毛主席著作运动起了很大作用，这个我就不多记了，我要记的是朱琪在会后文娱晚会上的诗朗诵。

　　文娱晚会是配合誓师大会举办的，以多种形式歌颂党和毛主席，歌颂毛泽东思想。 朱琪是学校文艺宣传队朗诵组成员，这次由他单独朗诵自己的诗作《毛泽东著作颂》。 真没想到，他的朗诵竟然获得了震撼全场的巨大成功！

　　朗诵开始倒没什么。 因为天冷，他上场鞠躬时没有引起大家的回应。 诗的首句是"啊"字，看来他想一上来就营造一个磅礴的气势。可是由于"啊"的尾音拉得过长，暴露了他声音的弱点——单薄、底气不足，还有点儿劈沙，因而引起一阵哄笑。 好一个朱琪，面对这种情况，竟能从容不迫，沉着应对，依旧坦然地激昂慷慨地朗诵下去。 局面迅速扭转过来。 那铿锵有力、雄壮华美的诗句，那指点江山、激扬文字的气概，那抑扬顿挫、优美动听的男中音，完全把听众征服了。 全场鸦雀无声，千余双眼睛在他身上聚焦，千余颗心随着朗诵的节奏激荡。 他给人们展现出一幅幅换了人间的历史画卷，展现出一个个山河巨变的壮美景观，他引导人们跟他一起去纵情地歌颂党，歌颂毛主席，歌颂毛泽东思想。 大家确实都沉醉在他诗的意境里了。 ——朗诵完毕，先是几秒钟的沉寂，接着就爆发出雷鸣般的掌声。 全场轰动！ 议论纷纷！ 一致赞美！ 我听到陈捷（分科时他分到了数学班）在那边激动地大放赞词："确实了不起！ 你看他读了多少书啊！"

晚会结束时，四面八方响起的"啊"的声音（当然是学他的啰），盖过了搬动椅子的嘈杂声。 ——他朗诵的弱点，此时已经转化为赞赏的标志了。 回到教室，许多同学还是朝着他"啊"。 这天晚上，他的朗诵成了各宿舍议论的中心话题。 在我们宿舍，大家对他笑脸相迎，争着跟他说话。 当他说到今后要严禁用"啊"字的那种发音方式时，人们都会心地笑了。 木头似的陈友洪一边铺床，一边也在呜呜哝哝地"啊啊"着。 解立文评论说："今天所有的节目，都没有诗朗诵有气魄！"

诗朗诵引发的袅袅余音继续在校园回响。 连续多天，人们还时常谈到它，"啊啊"之声也不时响起。 朱琪仅仅用了十几分钟时间，就在人们的心田上拓开了一大块荒地，让钦佩的种子在那里发芽、生长，变得苗壮，开出繁茂的花朵！

我为他的成功高兴。

A：朱琪是一晚成名啊！ 那时的师范学校人才济济，他能崭露头角，看来真的有两下子。

B：那是当然。 他诗写得好，普通话好，音质也好，在我们三个年级十八个班中是出类拔萃的。 有这个基础，再加上晚会这个平台（这实在是机遇啊），他成功了。

A：朱琪的成功使我想到了"面子学问"，也就是人的外在才能。你看那些歌唱家、舞蹈家、运动员什么的，好多是一举成名的。 原因何在？ 他们有超常的面子学问、外在才能啊，遇到展现的机会，就脱颖而出了。 当然面子学问也不是天生的，而是艰苦磨炼、内外兼修的结果，正所谓"台上一分钟，台下十年功"嘛。 不过，有了面子学问、外在才能，出名来得快也是事实。

B：你这说法倒让我想到了自己。 那时同朱琪比，人家是白天鹅，我是丑小鸭。 用你的理论找原因，我有点儿长处也是内在的，我的愚拙则是外在的。 我对外展现的是自己的短处和弱点，就难免成为让人瞧不起的丑小鸭了。

A：哈哈……说起这个嘛，你这学期的确过得很不顺当，出了不少丑。 至于原因嘛，既有你个人的，也有其他的，不好一概而论。 咱们还是遇事说事吧。

B：好，好。

A：从这次誓师大会后，你们班就开始了跃进，你这学期仅有的一段还算平静的生活也随之结束了。

B：是的是的，既为跃进，何来平静！

四十九 快马加鞭向前进

十多天没记日记了。为啥？没空儿。忙啥？忙跃进。一九五八年"大跃进"时有个跃进歌，有句歌词是"跃进跃进大跃进，快马加鞭向前进，向前进"。这些日子，我们班还真有歌中唱的那个味儿。这个跃进得记，不记下来我着急。今天晚自习我不管三七二十一了，把别的事放放，专记这个跃进。

学校学习毛主席著作誓师大会后，为贯彻会议精神，掀起学习毛主席著作高潮，掀起争创红旗班运动新高潮，班里先后开了两个班会，一个是"又红又专"班会，一个是"跃进"班会。虽然两个班会内容各有侧重，但都是为着一个事——掀起两个高潮，使班级工作实现跃进，所以对这两个班会，我还是放在一起记述。

在"又红又专"班会上，李老师从总结开展争创红旗班运动两周以来的情况入题。他说：我同团支部的同学议了一下，运动开展以来，班里工作有一定起色，如体育活动、说普通话等，但是还很不够，总的来看，运动还没形成热潮，大家仍在按常规走路。究其原因，主要是政治和业务的关系没处理好，"又红又专"的问题没解决好。有些同学觉得，快当中学老师了，肚子里得有点儿真东西，于是一头扎进业务堆里，"两耳不闻窗外事，一心只读圣贤书"，对学毛著、学政治就放松了。这是典型的重业务轻政治的表现。我们要向这些同学大喝一声：你错了！你不是在走"红专"之路，而是要走"白专"之路！政治是统帅，是灵魂，是一切工作的生命线。 对毛主席的这个教导，我们一定要有充分认识。 业务虽然重要，但它毕竟是工具，是枪。 你在政治上把握不好，你的枪就会打错对象。 右派分子、右倾机会主义分子不就是这样吗？ 他们把枪口对准党、对准人民了。 这是多么危险的事！ 所以政治和业务，政治是第一位的，大家不要把它们的位置搞颠倒了。 我们开"又红又专"班会，就是要解决这个问题。 这个问题解决不好，学习毛主席著作运动就搞不好，争创红旗班运动就搞不好。 我给大家出三个问题，大家讨论一下：第一，什么是"红专"道路？ 什么是"白专"道路？ 第二，你现在是怎么走的？ 第三，你今后打算怎么走？

我们进行了认真讨论。 答案当然是肯定的。 作为毛泽东时代的青年，谁不愿意跟党走？ 谁不想走"红专"之路呢？ 李老师说，走"红专"之路，首要的是政治进步，思想进步，要学好、用好毛主席著作。省地委为此作了决定，学校也召开了誓师大会。 这是向我们发出的动员令。 我们一定要紧跟部署，立即掀起学习高潮。 有的同学说，前段时间不是已经开始学习了吗？ 我们说，学是学了一些，但是还很不够，离要求还差得很远。 在学习中，必须做到理论联系实际，尤其是联系思想实际、联系工作实际。 对我们班来说，目前最重要的是争创红旗班运动。 我们要以学习毛主席著作为纲，来一个大发动，来一个大跃进，鼓足干劲，力争上游，使各项工作突飞猛进，使我们班真正成为走在学校前列的名副其实的红旗班！

两个班会之后，班级氛围大为改观，一派如火如荼的跃进气象。 下面我就分项记述。

学习毛主席著作。 班里规定每人每周自学五个小时，多者不限；要求建立个人学习笔记并定期检查；还要写论文、写学习心得体会，一周一统计。 每周出一期论文班报。 在学习内容方面，班里先是规定每人要学《矛盾论》《实践论》《关于正确处理人民内部矛盾》，过了几天，政治课要讲这个了，又改学《中国社会各阶级的分析》《湖南农民运动考察报告》和《改造我们的学习》。 大家都学得热火朝天，许多同学把空余时间都用上了，干活也带着毛主席著作，自习也忙着做笔记、写心得。我的情况略有不同。 学毛著我当然愿意，我也想在政治上思想上提高嘛。 可我的《文学概论》只读了一半。 学这个同读小说不同，需要细嚼慢咽。 我想二者兼顾，办法是：班里规定的每周自学五个小时毛著的任务一定完成，要求做的那些方面一定做到，余下的时间就学《文学概论》。

体育活动。"跑向莫斯科"的长跑活动还没结束，我们继续跑。 每人每天至少跑十圈。 为争取时间多跑，早晨起床后不集合了，自己去跑就是。 周振给自己规定每天早晨跑二十圈（四百米跑道啊，他真厉害），那天早晨他跑了十八圈，心有不甘，下了早自习的课间十分钟里又去操场补上了。 刘建一直和他摽着干。 每天下操后他俩对话的第一句必定是："跑了多少？"有这样两个闯将带头，你想谁还会自甘落后？ 向学校报捷的那天早晨，大家连洗漱时间都用上了，平均每人跑了二十圈。 此项活动是全校首创，由于成果显著，学校推广了我们的做法，我们欢欣鼓舞。 现在我们又开始"攀登珠穆朗玛峰"了——练臂力、爬绳、引体向上、俯卧撑均可，规定每人每天爬绳二十米（引体向上、俯卧撑折算）。 周振、刘青厚每天能爬五十米，符民爬到七十米。 学校又推广了我们的经验。 班里决定爬上"珠峰"后，再"跨越东海"或"太平洋"——练习跳高跳远。

学普通话。 一开始只是强调"说"，后来采取班报上的建议，增加了汉字语音拼写，设立普通话学习跃进榜，先是小组自评，后来改为相邻两组互评。 评的时间也由一周一评改为三天一评。 我连着两次被评为"老牛拉破车"，第三次还是拼音测验帮了忙，升了个等级——坐了"汽车"。

"千篇月"运动。 上星期二学校黑板报编辑部公布了开学以来各班写稿篇数，我班名列第三。 李老师急了，号召掀起"千篇月"运动，要求每人每天写一篇稿（包括给班报写稿）。 刘建第一天就写了七篇。 我组那天写了十八篇，组长解立文以为不少了，可一打听，四组是二十八篇！ 看样子，一月千篇是按不住了。

还有挖蝇蛹运动、种油料作物运动。 开始时我们挖蝇蛹处于落后状态，上星期来了个突击，把午饭后、晚饭后的时间都用上了，最终后来居上。 学校响应团中央号召，开展每人种三百棵油料作物运动。 我们闻风而动，星期日一天就种完了学校全部空闲地，率先向学校报了捷。

再就是功课学习了，这是最近几天的事。 说实话，由于忙跃进，大家学功课的心思都淡了，自习时间好多都用在写稿、写学毛著的心得和论文上了。 但是任课老师不容了。 首先发难的是代语文课的于老师。 他课堂提问有个特点，不光提问上堂课讲的，凡是讲过的都会问。 我们功课学习成这个样子，谁能撑得住这个问法？ 星期二上语文课，连着两堂课提问成绩都差，3 分、4 分，还有 2 分的。 这可把于老师气坏了，第一堂课脸气红了，第二堂课脸气黄了，他把课本朝教桌上一摔，说道：“我要是问不出个 5 分，这堂课我就不讲了！”结果他真的就不讲了，让分组讨论原因，还说把不懂的问题提出来他当堂回答。 实际上人人心里明白，哪里是不懂，是没下功夫呀！ 经过这番折腾，大家才开始抓功课学习。 团支部和班委会研究了一些措施，最主要的是要求大家自习时间专心学习（实际上无法真的做到，因为写稿、写心得、写论文什么的总得有时间嘛，不过大家对功课学习毕竟抓紧了一些），对学习差的就减少其社会工作。 例如刘青厚，他是养猪小组的，这次就换下来了。 你猜换的是谁？ 是我！ 已经通知我了，明天就走马上任。 我很高兴，这是组织上的信任嘛。

说到跃进，班报的推动作用可谓功不可没。 班报设在教室后面墙上，以前就有，现在是班报的面积空前地扩大了，从南到北占了整面墙。 它分设两个专栏，北面是“读宝书”，张贴学毛著的心得体会和论文。 南面是“跃进台”，下设几个小栏目：批评表扬栏、建议栏和反映班级工作的各类统计表。 有了这个跃进台，班内状况一目了然，好事落不下，坏事也跑不了。 连徐远庆那天上自习没报告就出去这事也上了批评栏。 有人说它是跃进的眼睛，有人说它是跃进的战鼓，还有人说它是跃进的喉舌，我看三者都是。

总之，这个跃进开展得轰轰烈烈，红红火火，意气风发，斗志昂扬（我是故意叠用这几个词的，不这样说就觉得不足味）。 但估计还会有新项目出台。 班报上的建议五花八门，如文娱、卫生、拾猪草等，都还没落实呢。

A：读这篇日记，看你们紧张，我也紧张，紧张得简直透不过气来了。

B：呵呵，老师热，我们更热，每个人都热得像团火，那真是激情燃烧啊。 ——但是咱们还是先别忙着评论它吧，这个跃进才刚刚开始呢。

A：那好。 ——不过有一点儿我还得提出来问问，你们怎么大事小事都称运动呢？ 连挖蝇蛹、种油料作物都叫运动，合适吗？

B：这个……我也说不好，反正那时班里集中干点事，都爱叫运动。也可能那时运动多，叫顺嘴了。

A：哈哈！ ——下一篇日记就写你喂猪了，这是你跃进中的一朵火花呢。

B：咳咳，换句话说，是我又要出洋相了。

五十 喂猪趣事

有句话说，事非经过不知难。 我虽出身农家，却从没喂过猪。 此事看似简单（实际上也不复杂），可让我来喂，就"趣事"频出了。 下面记的就是我第一天喂猪的情形。

早晨喂猪。 第一道工序是和猪食：把粗食细食舀到桶里，再掺和好。 但是粗食舀多少，细食舀多少，我哪里知道？ 幸亏我的搭档宋明德（他是团支部副书记）没让我和，而是让我到养猪场去生火，做好温猪食的准备（天还冷，早晨的猪食要温）。 不料生火对我来说也是难题。 东北风呜呜地刮，正扯着架子要跟我捣蛋呢。 我也怕它胡来，便跪在地上用身子挡着划火柴，没想到这狡猾的家伙却从斜刺里蹿过来，火柴刚冒火头就被它吹灭了。 我调整了一下姿势再划，它也灵巧地变换着方向再次给吹灭。 再划，再灭；再划，再灭……有两次倒是把引火的高粱叶点着了，可那火摇摇复摇摇，苟延了一会儿又化青烟而去。 我怀疑高粱叶湿，用手摸摸，窸窣作响，确是干的，就坚持继续点火，可是一二十根火柴划出去了，依然瞎子点灯——白费蜡，急得我满头大汗。这时，宋明德拎着猪食桶来了，我只好让给他点。 他让我拿着草把，自己抽出两根火柴（哦，他用的是两根！），在火柴盒磷片上呲啦一划，亮了，他迅即拱起手捂着，稍停了停，再移到草把下面。 嘿，点着了！我嘻嘻笑了。 火头渐燃渐大，蹿上来了，他着急地说："你转转哎！ 转转！"可我哪知道怎么转？ 只管拿着草把呆着。 火焰蹿到草把上面，打了个旋，接着朝下消退，他赶紧夺过草把挽救，但为时已晚，还是灭了。 他这才告诉我是怎么回事："转"就是转草把，不让火头冒上来，冒上来没东西着了，还能不灭？ 我恍然大悟，第二次点火才成功了。

我们把温好的猪食提到猪栏，但我不敢喂。 好在以前来过两次，见过人家打扫猪栏，就拿了铁锨跳进栏里，先将猪窝清扫干净，再锄沙垫。 可锄了几锨又怯了：是不是锄多了？ 我怕宋笑我迂腐，犹豫了一会儿没好意思问，最后把心一横：管它呢，把几个湿窝再垫垫就是了！便又锄了几下，锄着锄着心又虚了——到头来只是在湿窝上覆了薄薄的一层，就狼狈地跳出来，怯怯地瞅了瞅宋，见他正专心喂猪，没说什么，才心下稍安。

中午喂猪。 宋明德值日，到伙房打饭去了，让我和猪食。 这可把我吓坏了——本来打算中午跟他学学呢。 也是急中生智，我赶紧跑到刘青厚跟前，急急喊道："老刘！"他正看书，慢慢抬起头，疑惑地看着我，我说快走快走，他问做什么，我见旁边有人，想到照实说出来岂不让人笑话？ 就说："你出去就是！ 出去再说！"发现田全智已经注意到我了，说罢便逃也似的跑出去，在屋角等着。 真是急惊风遇着个慢郎中，好大一会儿他才出来，我一把抓着他的胳膊说："快快，帮我和猪食！"他登时明白了，笑了笑便跟我走了。 啊哈，在刘青厚的指导下，我终于学会了这一了不起的技术！

下午喂猪。 宋明德还是不得闲，他到师范附小当少先队辅导员去了，我又找了老刘当帮手。 这次是我喂，他指导。 我先用铁勺清了清猪槽，然后朝里面舀了三勺猪食，分别放在三个点上，三个小猪听到声音，急忙跑出来，各自奔向一个点，狼吞虎咽地吃起来，叽叽呱呱，响声连天。 好，能吃就好，不然像中午那样拱拱拣拣的，真急人呢！ 我若有所悟地对老刘说："可见中午它们那样子，还是因为不太饿！"我等它们吃光了再添食，添时还是一猪一份。 但这么一来，先添的倒吃了亏，因为那两个立马来抢。 再添时我就改了办法，给第一个多舀点，并尽量不让那两个抢食，看谁伸头就呵斥一声，或用高粱秆敲它一下。嘿，小猪这回怎这么听话啊，我乐了，又开始识记小猪的特点：这个头上长了一撮黄毛，脏得成了灰黄色了；那个团团胖胖的，特能吃；第三个耳朵上的毛大都已褪掉，成了红白相间的光板了，它最瘦，也不太能吃。老刘说它前些日子生过病，病中一直喂豆饼，吃馋了，病好后掺了猪食，到现在还不太想吃——咳，真是不知好歹，怎能老给你吃病号饭呢！

大半桶猪食很快被吃了个精光。我进栏把猪窝清了，看着吃饱的小猪晃晃悠悠往回走的样子，不由得笑了，这时才意识到自己心情竟是这般好，于是对老刘说："你知道吗？我开始对小猪有感情了。刚让我喂猪时虽没意见，但只是感到有事做挺好。现在则是喜欢上了它们。你看多可爱呀！"

A：哈哈，你这个趣事说明一个道理：实践出真知。无论什么事，即使像喂猪这么简单的事，不做就不会，做了就会，做多了就熟练了。

B：是的，从这个角度讲，我很感谢那时的勤工俭学，让我得到了锻炼。

A：看来对孩子太娇生惯养不好。让他多干点事，实际上就是让他多学点生活本领，不然长大了会受折磨的。

B：不错，我的遭遇就是明证。

A：后面的日记得议议了。在此后一周里，你遇到了一连串不愉快的事，魔鬼好像真的缠上你了。怎么写呢？我想用一个题目把这些事统起来，叫"屋漏偏逢连阴雨"，怎么样？

B：噢？说说想法。

A：这些事，单看起来是孤立的，没什么关联。但实际上有内在的关联，因为它们都发生在你身上，又因为你是丑小鸭啊（哈哈，这倒同前面的分析挂上钩了）。你这个丑小鸭虽然"丑"，但也有很强的自尊心，也要面子，也想美，也不甘于做丑小鸭。然而现实又偏不买你的账，偏要接连让你出事、受挫、丢丑，这就叫"屋漏偏逢连阴雨"了。本就"屋漏"，又遭逢"连阴雨"，你就越发遭罪，越发苦恼，丑小鸭的日子就越发不好过了。

B：嗯，有些道理，就用这个题目吧。唉，真是雪上加霜啊，让我又经历了一个苦恼的小高潮呢。

|五十一| 屋漏偏逢连阴雨（一）

几天前，朱琪不知从哪里弄了本《我的诗生活》，是诗人臧克家写的，薄薄的一本，从暗黄的颜色来看，有年月了。我随手翻看了几页，就觉得怪有意思，又是名人自述，不由得心头发痒，想看一遍。可什么时候看呢？眼下时间紧是一回事，更重要的是得避嫌——班里气氛这样，我看《文学概论》人家已经有些意见了（但我必须坚持看完），再看这个，岂不更惹是非？突然间想到：何不星期天早起一阵子，突击把它看完呢？这个想法让我甚为得意：既读了书，又避了嫌，又不耽误班里安排的事，一举而三得，神不知鬼不觉，何等之妙哇！

因为心里有事，星期天夜里我早早就醒了，也就一两点吧，满屋人都在酣睡。我蹑手蹑脚地起了床，走出门来才知道下雨了，可哪里顾得上这个，一鼓劲儿冲进雨里，蹚着积水，一溜小跑进了教室，点上煤油灯就读起来。那诗一样的语言，火一样的诗情，罗曼蒂克的诗生活，不一会儿就使我沉醉其中了。我读书好动感情，诗人爱诗迷诗写诗的情怀，着实让我敬佩和感动。读到他连卧榻席下都放着纸，每每夜间心生妙句就立马起床记下再睡的情节，我激动得眼睛都湿润了。

但我没能读完，因为被夜间站岗护校的同学制止了。第一次，我答应着没动。第二次我答应着，还是没动。第三次他态度强硬起来，还问了我的学号。我只好无奈地叹了口气，恋恋不舍地回去睡了。

这事我本没当回事。星期天早起看会儿书有什么呢？可没想到竟

254

成了事。

星期一上早操时，操场上热闹非凡，晨练正欢，正播放雄壮音乐的大喇叭却突然停了，随后响起了教导处李主任的声音："同学们注意！同学们注意！下面我说个事。星期六夜里，有个同学开夜车一直开到三四点钟，这是很不对的！这个同学是五七级的。希望他好好认错改错，也希望大家引以为戒，不要再犯这样的错误！"

我正大汗淋漓地跑着步，听到广播后立时怔住，反应过来后悄悄地退出人群。我知道糟了，东窗事发！我意识到事情闹大了——李主任虽没指名道姓，但我还能听不出批评的是我？！

一早晨我都惴惴不安。吃早饭时看到李老师几次瞅我，心中愈发惶恐。饭后他终于发话了，让我到他宿舍里去。

"你星期六夜里是怎么回事？"我刚进屋他就声色俱厉地问我，脸色如铁。

我像小学生那样在他桌前垂手而立，吞吞吐吐地说明了情况，低下头等着挨训。

"你看你干的什么事！"他啪地拍了下桌子，声调同他的表情一样冷峻，气愤地说，"昨天上午站岗的同学就报告给学校领导了，又专门找了我。你认为只是个人的事吗？你破坏了班级荣誉！全班同学都在一心一意地争创红旗班，你倒好，专门朝红旗上抹黑！而且是在全校同学面前抹上了重重的一笔！你看你多荒唐！"

说着说着，他激动得站了起来。

"遵守纪律，遵守作息制度，连小学生都明白，你却明知故犯！再有几个月你也要当老师了，像你这个样子，怎么教育学生，怎么为人师表！"

他来回走着，边走边说。

"不要认为这是小事，破坏纪律，破坏班级荣誉是小事吗？！而且，纵是小事也含着大道理。我们成天喊着要听党的话，你不遵守纪律，是听党的话吗？ 你不劳逸结合，是听党的话吗？ 要知道，我们的一举一动都关联着听党的话的大事啊！"

我从眼角一瞟，见他气得嘴唇都有点儿哆嗦了。

"这件事还不单是纪律问题。 对你来说还反映出一个学习目的问题，对'红专'道路的态度问题。 你为什么胆子这么大，竟敢置学校纪律于不顾，置班级荣誉于不顾，半夜三更去读这些东西！ 根源就在这里！ ——袁野啊袁野，我们为什么要开'又红又专'班会？ 为的就是让大家明确学习目的，端正学习态度，走又红又专的路。 你倒好，无动于衷，我行我素，依然死抱着小说不放，你说你走的是什么路？！"

他越说越气，一直说到打预备铃，最后问我："你打算怎么办？"

我怯怯地瞅着他，没吱声。

"这样吧，"他稍平静了些，思考了一会儿才说，"你写个检讨，贴到班报上——一定要深刻！ 至于在今天下午的班会上……就不让你作检讨了，但我得讲讲。 这对大家也是个警示。 无论如何，这类事不能再发生了！"当他说到"在今天下午的班会上"这句话的时候，我的心都提到嗓子眼儿了，我真怕他让我在大庭广众之中检讨啊！

这一天，我惶惶不可终日，不知道他在班会上要怎样剋我。

还好。 下午班会上，他虽然讲得严肃，却没先前那么严厉。 他要大家以此为戒，遵守作息制度，遵守纪律，端正学习态度，爱护班级荣誉，要朝红旗班上添红，不要朝红旗班上抹黑。 我扒在桌上，眯着眼，缩着身子，巴不得有个地缝让我钻进去呀！

会后，口快心直的司东勤朝我啪地打了个响指，笑道："啊呀呀老袁，你这是秉烛夜读啊！"我朝他咧了下嘴，别过头没理他。 这家伙渐渐同我熟了，好跟我说笑，可你得分清什么事啊。

我心情沉重，耷拉着眼皮不敢看同学。 他们会怎样想呢？"别看他平时默头默脑的，却原来是个惹是生非的家伙！"唉，鄙视、白眼，看来是少不了的了。 唉，本来想着避嫌，想着偷偷把书看完算了，没想到弄巧成拙，惹出这般祸事，丢了大人了！ 我又想到李老师对我的印象本就不怎么样，这下好了，往后肯定越发没好果子吃了！ 当然，我想得更多的还是自己。 自己的做法，确实违反了纪律，影响了班级荣誉，今后是得好好注意，接受教训……

晚饭后我写完检讨书，趁着教室没人，悄悄地把它贴到了班报上。

A：哈哈，你确实是弄巧成拙，撞到枪口上了。 李老师那么要强，你让他丢了面子，他生气是意料之中的事。

B：他丢面子，我更丢面子。 我本来在班里处境就不怎么样，这下越发感到不好做人了。

A：不过李老师这次做得还算有分寸。 他把这事分析到那个程度，倘若把你当成反面典型，让你在班里公开检讨，再让大家专题讨论，借以进一步加强"红专"教育，进一步推动争创红旗班运动，你也得受。

B：若真的那样，我就更遭罪了。 他没小题大做，倒真是他的好处。

A：应当说是。 哎，你怕丢面子，可接下来的事，偏偏让你继续丢下去呢。

B：唉……

五十二 | 屋漏偏逢连阴雨(二)

"袁野，你过来！"星期二早饭后，卫生干事陈秀芳站在班报上的个人卫生检查表前，笑着边喊边向我招手。

听到这话，我立时像被蝎子蜇了一样，大叫一声"哎哟，糟了"，惹得大家哈哈大笑。

卫生检查表是根据建议栏上的建议制作的，昨晚才贴出来。 表上列出的检查项目包括个人卫生的方方面面——桌洞、床铺、衣服、毛巾、皮肤、指甲、头发等。 检查小组由陈秀芳和各宿舍舍长等几个人组成，方法是随时检查随时记分。 今天是第一次检查，看样子先从我们一组开始，而我又首当其冲。 我平素在卫生方面就马马虎虎，这次又毫无准备，检查结果哪会有好呢？ 我那声喊叫，就是一种条件反射，是不由自主地脱口而出啊！

我很不情愿地走到陈秀芳跟前。 她先看指甲，我一伸手，她便哎哟一声笑叫起来。 我的大拇指指甲长得惊人，我敝帚自珍，一直舍不得剪。 笑罢，她转身朝表上填去。

我以为完事了，狼狈地走开。 可没走几步，就听她喊道："哎，怎么走了？"我回头问："还没完吗？"旁观的人都笑了。

她扒着我的头看："怎么，你没洗吗？""洗啦，前天洗澡洗的，不过忘了带肥皂。""可这灰一个蛋一个蛋的呢。"说罢，她回身去记，我又走开。

"哎，怎又走啦？"

我无奈地走回座位，又引起一阵哄笑。

她翻看我的领子——哪能不脏呢，我的褂子破了，昨天买了块布送给缝纫社补，现在穿的这件大连绒小褂，从没正经洗过——真要命啊！

"这回完了吧？"我见她又回身去记，就问。此时我倒是静下来了，事已至此，死猪不怕开水烫，由着她摆弄吧。

她果然没完，又仔细检查了半天……唉，实在无话可说！

这一天，全班同学通通被检查了一遍，当然最差的是我。司东勤伸着小拇指嘲笑我："你是第一啊！"班报批评栏里也贴出了稿件，名为"'第一'何时变第一？！"

此事给我带来的难堪和心情的晦暗当然无须再记。不仅会受批评，不仅会成为笑柄，不仅会影响小组荣誉，而且一个大小伙子在这种事上出丑，多丢人啊！我恨死自己了，恨死自己的邋遢了！

未承想丢丑的事接踵而至。

星期三体育课进行1500米长跑测验，我体力不如人，哪里跑得过人家？第一圈就落下了好多。到我跑完第三圈时，前头的早已经冲线了。我咬牙坚持跑完，成绩是六分三十八秒，比倒数第二还差了十一秒！成绩不好，还累得半死，听着别人的欢声笑语，我摸摸丢丢地躲到一边喘粗气。不识相的司东勤还是不放过我，到我跟前觍着脸说："袁野，又得了个第一啊！"我气得"掏"了他一拳。

我当然不会真的生他的气。我知道他的取笑没有恶意。也许他是看我这几天心情不好，有意闹着让我笑笑，缓解一下的。可是连日来我被弄得颜面尽失，这个"第一"又是雪上加霜，使我在大庭广众之中丑态毕露，我怎么笑得出来啊！

没想到司东勤没办成的事，却让乐天派戚良朝办成了。中午喂猪，我同他遇上了。他是乙班饲养组的。他正喂着猪，一个小猪不正经吃食，离开猪槽跑了，只见他把脚一跺，大喝一声："哒，回来！ 不回来我拔你的白旗！ 听到没有？"也怪了，那猪经他一喝，竟真乖乖地回来，老老实实吃起来。 在场的人见此情形，无不捧腹大笑——"拔白旗"是一九五八年时的说法，给先进的人"插红旗"，对落后的人就"拔白旗"。 良朝把这个说法用到小猪身上，而且还奏效了，怎能不滑稽透顶、引人发笑呢！

我当然也忍俊不禁。 大笑过后，突然觉得轻松了不少，不由得想：乐天派就是好啊，我怎样才能像良朝这样乐观呢？

A：哈哈！ 卫生检查和 1500 米长跑这两个事，说来算不得什么大事，可是偏偏遇上你接连出事，心情不好，就成大事了，产生了"1+1"大于"2"的效果，成了你苦恼的加速剂了。

B：是啊，所谓"越渴越给盐吃"嘛。

A：卫生检查是出笑剧。 我问你，以后改得怎样？

B：改是改了些，形势逼人嘛。 不过也没改得多好，以后检查，经常是 3 分、4 分，为此没少挨同学批评，一批评就受刺激，就影响情绪。不过说真的，我这人历来在生活上随随便便、马马虎虎，可以说终生如此。 参加工作后好了些，但比人家还是差的。

A：哈哈，我看也是。 这叫什么呢，不拘小节？

B：去你的吧！ 谁没个"三长两短"的，就算是积习难改吧。哈哈！

五十三 屋漏偏逢连阴雨（三）

　　写教案是上周语文课上于老师布置的。 课文是毛主席的词《清平乐·六盘山》。 这是我们头回写教案，也是实习前的练兵，所以人人都写得很认真。 我先研读了诗人臧克家评析这首词的文章。 臧克家是诗坛大家，以诗人的眼光评说主席诗词，见解自是独到而深刻，让我受益匪浅。 此后开始写教案了，写的时候我努力进入词的意境，见主席之所见，想主席之所想，感受着主席的博大胸怀和豪迈气概，领悟着主席的革命英雄主义和革命乐观主义，我把自己的体会和认识都写进去了。 这个教案用去了我十多个自习的时间，写得还算顺利。 我这人好沾沾自喜，好想入非非，自觉写得不错，写着写着便得意起来，脑子里甚至想象出小组讨论时的情形：一个个听得入神，眼睛直勾勾地盯着我，嘴角上挂着钦佩的微笑，待我读完，那便是众口一词的称赞了，快人快语的司东勤甚至会拍着桌子叫唤："真是不简单！"交到于老师那里呢，他会边看边点头，说不上还会从中吸取些自己没想到的东西呢……

　　星期四晚上小组讨论教案。 讨论时我还没抄完，轮到我了只好念底稿。 前面几个我听了，都很一般，所以我信心满满。 大家确实都听得很用心，念罢也确实如我所料，赞赏不已。 组长解立文以为要上交我的了（一个组只上交一份），就让我回座位上抄了。 这时我的心情，真是痒爪爪得好喜欢哪！

　　不料我高兴得太早了。 解立文念完后，就听司东勤嚷嚷他的比我的

261

还好！ 他说我的好是好，就是太深了，超过了初中学生的接受能力！随后王卓然也谈了相同的意见。

风云突变！ 我的喜悦、我的期望顿时化为泡影！ 唉，天不遂人愿哪！

我当然无须再抄了。 我扔下笔，木呆呆地坐在那里，哭笑不得，尴尬至极！

正所谓期望值愈高，失望度就会愈深，我就像从天上掉到地上，被摔得半死不活，遍体鳞伤。 痛定思痛，自我反省，我总结出三点教训。第一，哗众取宠的思想要不得。 我对自己说，你想在这个事上取得点儿成功，赢得大家的尊重，借以改善自己可怜的处境，说来可以理解，但毕竟是个人主义的表现啊。 往后要改变处境，你可以在别的方面努力，倘若改变不了，你就安于生活在底层，再也不要有这类愚蠢的想法了！第二，要谦虚，不要自负。 我对自己说，强中自有强中手。 譬如这次教案，你的虽然比他们深刻，但没有司东勤的浅显明了，他引导得好。解立文的你虽没听，可人家都说好，那肯定是好。 你要善于学习人家的长处，如此傲气十足、旁若无人怎么得了！ 第三，写教案得看对象。人家都嫌你的教案深，超过了初中学生的接受能力，这个批评很有道理。 给初中生写教案，得让他们听得懂啊。 你今后搞创作也要注意这个，你是写给读者看的嘛，不考虑读者的接受能力怎么能行！ ——嘿，这倒是一个意外的收获哩！

可是无论怎样想，我的心情还是在持续恶化着。 接二连三的挫折和打击，把我的自尊心损伤殆尽，我真的得蒙着狗皮做人了。 第二天（也就是星期五了）上午下了汉语课，我不愿也不敢出去凑热闹，就在黑板上练字磨时间。 字不好，写了就擦。 写着写着不知怎么就写出了"孤独者"三个字，这把我吓了一跳（怕人看出我的情绪），赶紧擦了，接着写的是"魏连殳"（鲁迅小说的主人公，他就是一个孤独者，看来我满脑子纠缠着的就是"孤独"两个字了），但"连"字没写完，预备铃就响了，我回头一看，同学们都坐好了，只能在众目睽睽之下灰溜溜地走下讲台。 上课时我惶惶地想着自己的失常，问自己："袁野啊，你为什么感到孤独？ 你为什么这般苦恼？ 说到底还是你太虚荣，你的虚荣心太重了。 不错，你想好不得好，没脸见人，但你不能老这样啊。 你的缺点和不足暴露出来，该改的改就是了，该努力的努力就是了，光怕人笑话有什么用？ 光苦恼有什么用？ 归根结底还是你缺乏坚定的人生信念！ 往后你脸皮要厚一点儿，'任凭风浪起，稳坐钓鱼台'，要坚强，要乐观啊！"

想到乐观，突然想起乐天派戚良朝那天喂猪的情形，我又禁不住暗暗笑了。 是的，要学良朝！ 你的思想包袱实在太沉重了，要坚决地甩掉它啊！

A：唉，你让我也同情起你来了。 爱面子是人的天性。 你在那种情况下想争回点儿面子，无可厚非。 争不到你就痛苦，就难过，心情晦暗得让人心酸。 不过你能从失败中总结出正能量的东西倒是好的，有助于你的成长。

B：唉，那些日子，简直是败坏一齐来呀，天天遭遇不快，确实够一个内向的有很强自尊心的十七八岁小青年受的。

A：好一个"败坏一齐来"，还真是那个情形呢！ 不过"败坏"还没来完呢，咱们还是接着朝下看吧。

五十四 屋漏偏逢连阴雨（四）

星期六课外活动时间，我们以小组为单位开了生活检讨会。星期五李老师在布置的时候说，开学六周了，每个同学都要好好总结思考一下这六周干得怎么样，有哪些进步，有哪些不足，下一步打算怎么干。总结的重点是学习毛主席著作的情况，以及在争创红旗班运动中的情况。他要求大家要认真开展批评和自我批评，还特别强调对有的同学的突出问题必须严肃批评，重点帮助。他说，这不是跟谁过不去，是治病救人，是与人为善。要使生活检讨会成为每个同学进步的推动力，成为争创红旗班运动的推动力。

小组会的开法是先个人谈，再大家帮，按顺序依次进行。会议开得认真严肃，每个人都过了一遍筛，肯定优点，批评缺点，过筛后每个人的脸都红红的，热辣辣的。别人的我就不记了，只记我自己的吧。唉，人家过筛是在筛子里晃悠着筛，我则像洗衣服一样，是从盆子里拖出来放在搓板上反复地搓呀！

轮到我时，我也是分几个方面谈的，但谈的多是缺点。我自卑感重，最近又老是出事，更感到浑身是疤，所以就得吃检讨饭。末了的结束语是："总之，自己虽然也想干好，也想进步，但由于努力不够，总是落在后头，跟不上趟，希望大家多多帮助。"

我说完了，大家沉默了会儿，接着就放起了连珠炮。人人都发了言，七嘴八舌，内容也有重复，所以我就不写谁怎么说了，只把几个要点记下来吧。

这个说："你把情况大体上都说了，但听了总觉得不足味。例如学毛主席著作，不错，你也学了，也写了，不过总让人感到重视不够，劲头不足。别人学得像滚了锅的开水，在你那里就是一盆温水！"

那个说："同别人比是这样，同你自己比也不行。你看你学《文学概论》，那么厚一大本，你成天抱着啃呀啃呀，有点儿空就啃，劲头多大！你半夜起来看《诗生活》，称得上废寝忘食了！这么一对比，你重什么、轻什么，不就显而易见了吗？"

另一个又说："你说你跟不上趟，这不能一概而论。学毛著你敷衍塞责，跟不上大家的趟，可学《文学概论》大家又跟不上你的趟呢。李老师批评有的人钻到业务堆里去了，我看你就是其中一个！"

又一个说："学毛著呀，学《文学概论》呀，还有熬夜苦读呀，这些都是表面现象。你为什么会这个样子呢？应该从思想深处找原因。说到底是没能摆正政治和业务的位置，没能解决好'红专''白专'这个根本问题。这个问题不解决，别的都是嘴上抹石灰——白说！"

还有的说："'又红又专'班会之后，多少人都转变过来，可在你这里却搁了车！你风雨不动安如山，依然我行我素，这怎么行呢？"

看来大家都认为对"红专"问题处理失当是我问题的焦点，批评时目标集中，炮火猛烈。议论了好大一阵子，批评才转向了纪律和卫生方面。

两个钟头的生活检讨会，我的事占了半个多钟头。就像炒豆子一样，我被翻过来覆过去地分析批判，成了重点帮扶对象。我听着记着，脸热心跳，心里像打翻了五味瓶，说不出是个什么滋味。

会后我翻看着记录，思考着大家的意见。有些确实是我的不对，如纪律，如卫生。但对学毛著和学《文学概论》，我则感到憋屈。说实话，开学头两周，我确是埋头读《文学概论》的，可学毛著运动开展以后，我是按班里的要求学毛著的，每周学习时间都在五个钟头以上，也记了笔记，写了心得和论文，我的学习态度也是认真的，我想通过学习提高自己的思想。 我这个做法，怎就成了不重视，成了敷衍塞责了呢？ 再说，我是在保证完成学毛著任务的前提下才学《文学概论》的。《文学概论》讲的是文艺理论，我们的课程里就有文艺理论课，还是李老师讲的。 因为授课时间少，他讲得粗，我利用课余时间再深入学学，怎就不可以了呢？ 我想不通。 尤其还成了重点帮扶对象，更让我感到很大的压力，心情十分沉重。

晚饭后，王卓然约我出去遛圈。 很明显，这个老大哥是怕我受不了那阵枪炮火药，要给我一些安抚，当然也有做思想工作的意思。 我很信任他。 不只因为他是团干部，更重要的是三年来我一直同他在一个小组，他对我一直不错。

果然，他开口就说了小组会上大家的批评激烈了一些，让我不要计较态度，大家都是为我好、为我进步嘛。 接着就问我对大家的意见有什么看法。 我如实地谈了自己的想法。 在他面前我愿意也敢说实话。 他听后沉默了好久才说："你说的也不是没有道理，但是你得认清形势啊！"后面这句话他的语调特重，随后又重复地说，"是的，你得认清形势啊！ 你想想，大家都在热火朝天地学毛著，你却在热火朝天地学《文学概论》，这是一个什么样的对比啊，你同班里的形势接不上茬啊！ 你说你学毛著是按班里要求学的，可是你给大家印象最深的还是学《文学概论》！ 咱们算个账吧，一个星期的业余时间能有多少个'五个钟头'？ 你只拿一个'五个钟头'学毛著，其余的那些个'五个钟头'你都用在学《文学概论》上，怎能不给人死啃《文学概论》的印象呢？ 再说，学毛著与学《文学概论》哪个重要？ 当然是学毛著喽，既然重要，那个《文学概论》就得让路啊。 你没让它让路，还是死抱着不放，怎能不给人以重业务轻政治的印象呢？ 袁野啊，想鱼与熊掌兼得是不可能的。 离毕业没几个月了，你别弄出事来啊，我让你认清形势、跟上形势，就是这个意思！"

"认清形势!"这天晚上,我们谈进步,话家常,说了不少话,可给我印象最深的还是这一句。 我是个书呆子,平日里心心念念的是读书方面的事,还真没朝这方面认真想过。 我也说"形势逼人",也觉得"形势逼人",但对形势的认识只是停留在表面上,是浅层次的,换句话说,主要是感觉出来的。 至于班里形势究竟如何,已经达到了何种程度,自己应该如何适应形势,从没深入地思考过。 我的做法还是随波逐流,人家干啥我干啥,叫我干啥我干啥,所谓磨道里的驴——听呵声,是让形势牵着鼻子走的。 而今,王卓然的提醒犹如醍醐灌顶,让我警醒,让我长了见识。 也是一把钥匙开一把锁吧,这个老大哥的话我听得进去。

　　我按照这个新的思路反思自己的行为。 是啊,我那个做法确实跟不上形势啊,王卓然算的账有道理,我虽然按班里要求学了毛著,但大部分业余时间还是在学《文学概论》,人家怎不说我重业务轻政治呢? 实事求是地说,我心里想的确实就是要在业务上多提高一些啊,人家的批评没有错啊。 我决定,往后课余时间都用来学毛著。《文学概论》还剩下五六十页了,可以在星期天班里没事时到校外突击看完,免得再惹人注目。 这不是我要乖,真的是形势逼人哪! ——其实学毛著我又何乐而不为呢,我也想尽快树立正确的世界观人生观嘛。 至于文学作品……那就放放吧,若真的来了瘾头,可以在晚饭后到阅览室看文学杂志,那里毕竟隐蔽些,可以避开大家的视线……

　　这是我在新形势下的新调整,有了这个决定,我心下稍安。 两天以后,班里根据学校自编自演文艺节目的要求,让我编个节目(只安排我一人)。 这个任务我乐意接受。 我首先想到的是写独幕剧,我以前曾写过几个,觉得写这个还顺手。 有了任务,我的脑子就闲不住了,有空就进行构思。 注意力的转移,使我从这段接连不断的烦恼中真正解脱出来。

　　A: 好! 连阴雨终于过去,天晴了。 这一周"阴雨绵绵",使你这个丑小鸭连连出丑。 你自尊心那么强,是多么想过上受人尊重的正常生活啊，可你越想好越不得好（譬如你半夜起来读《诗生活》，也是为了所谓的"避嫌"哪），越想改变处境，处境却越糟，你真是触了霉头了。我分析了一下，这些"雨"，有的是你自身缺点造成的，如夜读，如卫生，有的是你的不足，如 1500 米长跑，有的则是生活中的正常现象，如讨论教案。我想，如果你的生活环境正常，心态正常，如果不是事情接连发生，是不会造成这么大的苦恼的。但是这两个"如果"偏偏同时发生，联合发力，你这个倒霉蛋就受不了啦。"屋漏"加上"连阴雨"，你那个屋就漏成小池塘了。

B：哈哈，是这样子的。幸亏王卓然给"修"了"屋"，解开了我思想上的疙瘩。他年龄大，比较老练成熟，又是多年的团干部，政治敏锐性强，他对我的开导，可以说是给我这个迂腐的学究在思想认识上开了一扇窗，对我在政治上的成长很有帮助。

A：是啊，你在政治上浑浑噩噩，他的帮助有启蒙作用。当然，对与不对那是现在的看法，但是人不能脱离当时的生活环境啊。

五十五 实习日记（一）

打开日记本，我笑了：上篇日记是三月二十三日记的，今天是四月二十六日，竟然隔了三十多天！ 不过我倒不吃惊。 这一个多月我们忙实习，实习的日子分秒必争，我哪里顾得上写日记呀！

然而实习是不能不记的。 实习是我们师范生讲台生涯的前奏，是我人生中一道独特的风景，太值得记下留念了。 此时此刻，我们刚刚风尘仆仆地从实习学校归来，我放下行李，草草擦洗了一下，匆匆吃了点干粮，就在教室里我的位子上坐下了。 晚饭前还有点儿时间，晚上和明天都休息，我要利用这个空闲，把这段难忘的生活追记下来。

怎么记呢？ 在回来的路上我就想过。 实习期间虽没正儿八经地记日记，但还是忙里偷闲地记了点"日记提纲"，重要的时间节点和感受深的东西，多多少少记了一些。 我就以这个提纲为纲进行回顾吧，这部分日记，称得上名副其实的《实习日记》了。

三月二十四日　星期四

实习任务是于老师布置的。 他说，你们三年来都是当学生，这回要上讲台当老师了。 这是真杀实砍的实战。 你们没上讲台讲过课，上了讲台最容易出现的情况是慌场，讲不好，甚至讲不出来，把课讲砸了。 怎么解决这个问题呢？ 最重要的是写出一个详细的教案。 你们同老教师不一样，老教师有个提纲就可以讲课，你们不行，没有详细的教案没法讲。 这个教案也跟前些日子写的不一样，那是银样镴枪头，不实用的。 现在写教案，要从课堂教学的实际出发，教学目的、教学过程、教学方法都要讲究。 有了这样的教案还不行，你们还得把教案背得烂熟，还要反复试讲。 试讲是演习，是练兵，既练熟练度，又练胆量。 试讲中发现问题，还得继续修改教案。 有了这番准备，一般来说，到课堂上就不那么慌了，就不会卡壳了。 讲完这些，他才布置任务，把大家按实习时要讲的课文分成几个实习小组。 我和陈文捷、许义、王润田是一个组，许任组长，讲授毛主席的《为人民服务》，用三个课时讲完，第一课时介绍时代背景，讲解生字新词，疏通课文；第二课时划分段落，分析思想内容，总结主题思想；第三课时讲授上节课没讲完的内容，分析写作方法，抓好巩固环节。

于老师最后说，你们在校备课时间是两周。 两周以后你们就要到实习学校去了，时间紧迫，可要抓紧哟！

上讲台讲课，我们是大闺女上轿——头一回啊，内心的兴奋、紧张和焦急，当然不必多说。 接受了任务，便立马进入了备战状态，看课文，找资料，查词典，小组讨论……一个个急得如热锅上的蚂蚁，忙得跟钻杆子似的。

昏天黑地的实习生活，从此拉开了大幕。

三月二十六日　星期六

这几日，连做梦都是在备课。 早晨起来大家都说梦，说的都是梦里备课的梦。 司东勤说："唉，怎么办呢？ 总是急急急！ 晚上老是睡不着，早晨又早早醒了，做梦都是《求雨》《求雨》（赵树理的小说，他们组讲这篇），可这雨怎么才能求出来呢？！"他蹙眉叹息，愁态万状，惹得大家哈哈大笑。 其实谁不是这样呢！ 在这样特殊的日子里，一天二十四个小时（夜里做梦备课也得算上），我们的大脑都让备课以不同方式塞满了啊。

三月二十七日　星期日

我从开始就处于被动。 我没能立即投入备课状态，而是在赶写班里让我写的那个独幕剧。 这个小剧我已开始动笔了，脑子里翻腾着的净是那里面的人和事，不趁热打铁写出来，以后再写就拾不起来了。 可是看着人家埋头备课，自己也是心急如焚啊。 好在今天上午终于把独幕剧赶出来了。 我将稿子朝桌洞里一塞，急急忙忙拿出课本。 人家陈文捷、王润田已经开始写分析课教案了，我得快马加鞭地赶呢!

三月二十八日　星期一

直到自己动手备课，我才对几天来煎熬着大家的那种焦灼心境有了真切感受。 对那即将登上的三尺讲台，我们实际上都有"四怕"：一怕于老师说的上去慌场，慌了场就砸锅了；二怕准备的内容不够讲的，冷了场也就糟了；三怕讲得不深不透，那就完不成任务了；四怕该用的教学方法用不上，那就不合要求了。 这"四怕"无论出现哪一怕都是失败。 于老师说得不错，解决"四怕"的唯一办法就是写出一个尽可能详尽的教案，把关于课堂教学的所有要求和想法全部变成文字，写进教案。 有了这样的教案，再背得滚瓜烂熟，到课堂上即使照本宣科也不会出现大的问题。

我们现在的备课就是要写出这样的教案。 然而写出这样的教案又谈何容易! 想想你得做多少事吧：你得真正吃透教材，搞清写作背景、写作意图，分析段落、主题思想和写作特点；你得明确教学目的、教学的重点和难点，明确让学生在字词句上学什么，在思想内容上学什么，在写作方法上学什么；你得考虑怎么讲，每堂课如何开场、如何过渡、如何结束，讲课过程中如何引导和启发学生，调动他们的积极性；此外，为防止冷场，在教学内容的充实性上你还须多动脑筋，等等。 要将这一切真正落实到教案上，是何等之难啊!

正因如此，我虽然急着追赶人家，可教案就是写不动，我尝到他们那般焦躁的滋味了——不，我比他们更焦躁啊！

四月一日　星期五

谢天谢地，死拼了四天多，终于写完了三个课时的教案。其中，分析课教案最费劲。我生怕讲的内容不能灌满课堂，生怕讲得不深不透，写的时候使出了吃奶的力气，展开了思维的翅膀，对课文的每句话每个段落，都竭尽所能地写了阐释和分析，第一个自然段只有三行字，但我的教案就写了半张纸，第二自然段四行多一点，就写了三页整。全篇分析下来，用去了厚厚的一沓子纸。写罢小憩，我手抚教案，洋洋自得。啊，最难啃的骨头终于让我啃下来了！

四月二日　星期六

不料我的教案竟不实用！上午我在组里试讲，讲分析课时只讲了一半，他们三个就哈哈大笑地让我停下了。他们说，你一个钟头才讲了一半，这个课还怎么上啊！我愣了一下，随后也禁不住苦笑起来。他们都试讲过了，从他们的议论里，我知道教案太长是个通病。我们饥不择食地一个劲儿堆砌，教案被弄得异常臃肿庞大，倘若把教案比作人体，那现在的教案就是一个超级大胖子，胖得连走路都挪不动步了。

下午于老师看了教案，把我们的教案全部推翻了。他批评说："不要把学生当傻瓜，以为人家什么都不懂，你们什么都要讲。要知道人家是初中生，不是刚入校门的娃娃啊。教学要从这个实际出发，抓住重点，重点东西重点讲，一般东西一般讲，不用讲的就不讲。像你们这个样子，胡子眉毛一把抓，碟子喝水一漫来，好好的文章就被讲坏了！"

他尖锐的批评犹如一盆冷水泼下来，我们浑身都凉透了。我们费了九牛二虎之力写出的教案，竟被他说得一文不值！初战就遭此重挫，让我心灰意冷，充满了挫败感。当然也知道他说得有道理，没二话，只好重写了。

四月三日　星期日

　　昨天一下午没能从被于老师批评的阴影里走出来。 吃晚饭时文娱干事罗望金给了我一张戏票，说是学校发给班里的，青岛话剧团来沂城演出，因为我搞剧本，让我去看。 说实在的，我真没这心情，也不舍得时间，但犹豫再三，还是去了。 没想到竟去对了，去时萎靡不振，回来时却精神焕发！

　　这出戏写的是主人公张英杰搞技术革新的事，故事好，演得也好。张英杰对我的教育实在太大了。 他思想境界高，一心想着党，想着社会主义，在技术革新中历经失败而不馁，直至成功。 他的事迹让我想到自己。 你看你想的什么呀，你只想着实习搞不好会影响成绩、影响毕业，怎没想着会影响国家的教育质量，辜负了党的期望呢！ 人家在挫折面前百折不挠，你倒好，一次失败就蔫头耷脑，你算个什么人呀，熊包一个！ 想到这些，我的劲头又被激发起来了。

　　感谢青岛话剧团给我送来了及时雨！ 我赞美艺术的魔力！

四月六日　星期三

　　明天就要去实习学校了。 我的教案几经修改，每个课时都被我压缩到了五十分钟，真是呕心沥血啊。 但是还不熟，只好到那里再拼了。实习学校就是我们的战场，我对未来的战斗充满信心，我一定要打好这一仗！

五十六　实习日记（二）

四月七日　星期四

我们是步行到实习学校的，六十里路，早上出发，下午两点才到。

走出沂城，明媚的春光让我们眼前一亮，精神也为之一振。这些天来，我们没日没夜地备课，谁顾得上欣赏大自然的变化，没想到小麦已经覆了垄，片片麦田犹如铺在大地上的块块绿毯；桃花盛开，桃树林好像从天上落下的一片红云；柳树穿上了新衣裳，高兴得伴着和煦的春风翩跹起舞……

春光虽好，可惜还不是我们观赏的时候。不知谁开始背课文了，大家放飞的心思一下子收了回来，背诵的，讨论的，闷着头思考的……一路上书声不断，漫长的公路变成我们流动的课堂了。

我们这支奇怪的队伍，成了路人眼中的风景。

四月八日　星期五

昨天晚上拜访任课的何老师，他给我们介绍了一个严重的情况。他说，他们这里很重视巩固环节，强调当堂消化，四十五分钟一堂课，一般要求老师讲课只用二十五至三十分钟，剩下的时间用来巩固。

这犹如一个晴天霹雳，把我们震得目瞪口呆。我们准备的教案，可都是满堂灌的啊！

一夜翻来覆去睡不着，满身心的别扭、不安和焦急。我的教案好不容易才压到五十分钟，现在还得再压去一半，这个突然的变化，让我一时怎么接受得了啊！现在的教案几经删减，已经只剩骨头了，再砍去一半，这个课可怎么讲啊！——当然还得无条件地服从这里的要求，还得压，但留什么，去什么，我是一片茫然，心里没底啊。唉，备课备到今天，已经来到战场了，还要对教案动大手术，这不是要人命吗？！

早晨起来，我看到王润田嘴上起了泡，陈文捷眼睛肿肿的，知道也是急的。我们紧催着组长许义去与何老师联系，请他给予具体指导。可何老师却说，他还没备出课来，又因为我们最后才讲，他这阵子也无暇顾及我们。

他的答复让我们感到绝望，知道只能靠自己了，于是"死心塌地"地坐下来，按课时讨论内容的去留问题。这时候，按说最需要冷静了，然而我们却冷静不下来。极度的焦虑使我们的情绪变了态。除了许义这个慢郎中，每个人肚里都窝着一股子无名火，每个人都像一个炸药包。讨论时当然会有意见相左的情况，相左的意见便成了引爆的导火索，唇枪舌剑，面红耳赤，争吵得不可开交。例如第一课时讲生字，教案里列出了十五个，其中七个是真的生字，另外八个则是方言读音与普通话读音不同，需要矫正读音的。现在讲课时间这么少，还矫正不矫正？是全矫正还是部分矫正？哪个矫正哪个不矫正？意见就出现了分歧，于是便大开其火，一开就是半个钟头，白白浪费了宝贵的时间。许义倒能拿得住，一再提醒要冷静冷静再冷静，我们回过神来，继续讨论，可过不多时又会烽烟再起。我们当然知道争吵无助于解决问题，可是不由人哪！幸亏有许义这个灭火器，才使讨论在不平和中得以缓缓推进。

四月十一日　星期一

上周五、周六两天，我们听何老师讲课。从今天起，由我们实习生

275

开课，不讲课的也去听课。

打头炮的是卢成进，早饭前第二节课讲（第一节课是自习），我们坐在教室后头专门准备的两排凳子上等着。教室里鸦雀无声，气氛严肃。上课的铃声响了，我的心也怦怦跳起来（过后听王润田说，坐在他旁边的罗望金痉挛般哆嗦了一下）。卢成进走进来了，昂着头，红着脸，缓缓步上讲台，看上去倒是一副挺镇定的样子（王润田课后评论说，是他的傲气帮了他的忙。可是此刻想来，他说得也不一定对，平时成进的脸哪有那么红啊）。他开讲了。讲课的当儿，我一直为他捏着把汗，直到下课铃响了，这颗悬着的心才放下来。还好，他讲得总体还顺，我为他高兴。

宋明德是早饭后第一节课讲的。课后他谈体会说，进教室前在门口站的那几分钟最慌，进了教室就不太慌了。在他慌得最厉害的时候，仁厚的何老师从教室里出来跟他说："不要慌，你只要这样想：有什么可怕的，下面都是我的学生，这四十五分钟是我的！"何老师的话给他吃了定心丸，他又做了几次深呼吸，真的好多了。

啊，人家都顺利地闯过了第一关，我呢?

四月十二日　星期二

开课以后，我们的时间是这样安排的：早晨五点起床，十分钟后集体出操，十五分钟后回来，匆匆洗罢脸扫完地，一天昏天黑地的生活便正式开始了。我们讲课听课的时间被安排在早饭前第二节课和早饭后第一节课，听完就评议（我们把评议分别叫作小评议和大评议，小评议是我们自己评，大评议在一篇课文讲完后进行，何老师和李严老师都参加，时间在下午），其他时间则由各实习小组自行安排。到晚上，先是集体读报二十分钟，此后大家便分散在昏黄的煤油灯下继续备课，一直到十点就寝。从早忙到晚，整整十七个小时。

四月十三日　星期三

到了这里才更感到了实习的劳苦。 有句话叫"不用扬鞭自奋蹄"，我们确实把全部心力都用在这上头了，一个劲儿地绷紧弦拼命干。 我们不给自己安排休息时间，只有吃饭和上厕所才算休息——不，这样说也不确切，这个时候也大都在思考。 过度的疲劳搞得大家头昏脑涨，就用冷水洗把脸接着干。 虽然劳累，晚上却不容易入睡，早晨又早早醒来，有心事的人睡不好觉啊。

说到睡觉，我又得说梦了。 睡着了就做梦，在梦里也不得清闲。陈文捷说他一合眼就有教案摆在眼前，一研究就是一夜。 夜里醒来，你听那此起彼伏的呓语，说的都是备课的事。 昨夜我被尿憋得肚子疼，你知道我那时怎么想的？ 我对自己说："把它删去吧！"不用说，我这是把尿当成教案了！ 终于疼醒了，梦中情景依然历历在目，不由扑哧一笑。

然而像这样记着的时候是极少的。 尽管梦多得如大海的波涛，一浪接着一浪，但起床铃一响，全都化作青烟而去。 我们又从夜里的梦走入白天的梦——不，这样说也是不妥的，这是生活啊，是实实在在的实习生活啊。 刚来时我曾跟王润田说："好像在梦里似的！"现在，经过这么多天的劳苦，我再也不会发出这种小资产阶级情调的感叹了。

四月十四日　星期四

小时候听老师讲过一个故事，说一个人误入仙境，在那里看着洞外桃树开花、结果、落叶，循环往复，都是转瞬间的事，好生奇怪。 待他七天后回到人间，不料家乡已是沧海桑田，世上的人说不上是他的几代孙了，他当年的失踪已成为传说。 他不禁感慨："真是洞中方七日，世上已千年啊！"

而今，我觉得自己也是身处这样的仙境了。 时间快得不可思议。听着外面铃声一会儿响了，一会儿又响了，一会儿传来学生的舞蹈声

（这里以舞蹈代替课间操），一会儿又寂然了，一会儿又出现了喧哗，一会儿又听说抬来馍了……日出日落如同白驹过隙，夜幕拉开合上只在眨眼之间。

时间啊时间！我们这时候最需要的就是时间了。我们多么渴望时光老人能慈悲为怀，行使他的权力，让时间过得慢些，再慢些，最好能够暂停，让我们把教案准备得更充分些啊。然而这糟老头子偏不如此，他是个吝啬鬼、调皮蛋，他不仅没有丝毫恻隐之心，反而让时间过得越发神速！——时光老人啊，我向你祈求不成，现在要转而为恨了，我恨，恨你如此吝啬小气！我恨，恨你对我们这些在迷魂阵里东冲西撞的可怜人这般铁面无情！

四月十五日　星期五

这时候吃饭成了困难的事儿，我们不想吃饭，吃了也不消化。实际上根本不觉得饿。李老师说："要吃，要当任务吃！不吃饭的战士怎么上战场！"我们就当任务吃，硬着头皮吃。按说，一顿饭三个馍（因为实习，学校特意给增加了一个），平时我们只能吃大半饱。记得一九五八年的时候，有段时间不定量，放开肚皮吃，我头一顿吃了十个馍，而且因为不定量，炊事员把馍做得那个大呀！可现在却不行了呢，虽能勉强塞进肚里，早晨起来却胀得肚疼。王润田说他还拉稀。

我们也见习班主任。今天我第一次以班主任身份走进教室。当学生们一声声喊老师的时候，我的身子陡地一颤，头也一下子蒙了。我慌乱又机械地应答着，不敢置信地傻笑着，心中漾起的那种滋味啊，新鲜、甜蜜、激动，还有——痒爪爪的，麻酥酥的……哎，反正是从没有过的无法言表的那种感觉。

很有感慨，又觉得不可思议。怎么突然间就为人师表了呢？可自己觉得还没长大，还那么稚嫩呢！惭愧呀惭愧！

四月十六日　星期六

　　许义性子慢，有利也有弊。多少天来，他的好脾气让我们受益。可他的效率也实在太低了，哪有二十多天（从在校备课算起）准备三个课时，教案还那么生疏的呢！

　　《渔夫和金鱼的故事》实习组的同学结束了授课，昨天下午来听我们试讲。他们对许义讲课还离不开教案极不满意，但当时没说，只是把陈文捷叫出去到校外走了一遭。晚饭后陈文捷跟我说了他们的意见。他们对陈文捷说："你们不能比我们。我们讲不好是时间太急，你们讲不好怎么说呢？根本没有理由！"陈文捷语调沉重地说："人家是很真诚的。我们讲不好，怎么向党、向学校、向学生交代呀！"

　　今天早晨刘建来了，指名要听许义的课。许义慢声拉语地说还没准备好。刘建登时火了："你到什么时候才能准备好？你看还有几天呀！都火烧眉毛了，你还瘟，瘟！"试讲结果，他因为一时没看教案，拉了一大截子，接不上茬了。刘建走后不久，李老师又来了，也是指名要听他的课。经过这番折腾，许义才着了忙。

　　这里既已说到李老师，我就得多说几句。那天晚上，班长赵续毅和学习干事田全智在他那里商量工作，回来得很晚，他跟着送回来，用手电筒照着他俩睡下才回去。田全智感动地说："了不得！老师真比爹妈还亲啊！"是的，他确实是个好老师，一门心思扑在工作上，扑在学生身上。周振说过，因为忙，李老师在学校时一天只睡三四个钟头的觉呢。我以前曾怨他文艺理论课讲得肤浅，看来确实事出有因。

四月十七日　星期日

　　我组开课的日子一天天逼近了。可问题还是一个接一个。我的分析课教案从最初要讲两个钟头，到压至五十分钟，来到这里又逐渐压到半个钟头，在时间上还是不太符合要求。而今，第五遍教案又改得不像样子，原以为可以了，可外组的人听后，还说重点不突出。 怎么办?
我决定用重复讲的方法来突出。 但是若真的这么做了，时间又过头了。
想来想去还是得改教案，压一般，强重点。 这些日子的折磨使我明白，
再改一遍也算不得定稿。 试讲中发现问题你得改，有了新想法你得改，
听同学讲课受了启发你还得改。 一句话，课讲不完你就改个没完!
唉，讲好一堂课实在不容易呀，重点呀，难点呀，教法呀，过渡呀，衔
接呀，语言呀，时间呀，等等，活活把我们逼死了!

　　四月十八日　　星期一

　　眼见得有些同学的课讲得有声有色，我颇为心动。 今天听了王传玺
的课，又好久平静不下来。 这家伙讲得很活泼。 只见他二目圆睁，五
指挓挲开，箹似的向前一伸，大家的眼睛便都直勾勾地朝向了他! 他讲
得生动，有股磁石般的吸引力。 啊，我该怎样才能打造这种摄人心神的
氛围呢? 想着想着禁不住攥紧了拳头。

　　说实话，备课备到这步田地，课文和教案已经烂熟于心，我对自己
还是有信心的。 我觉得我能讲好，甚至还有点儿自负。 有时还会想，
我们讲得起码不会比任课老师差，他下不了这么大的功夫嘛——不过我
的自负有时也会动摇。 我见过许多人讲课，包括本组的许义、王润田，
明明讲得一般般，但讲前也都那么自负。 我扪心自问：我的自负是否也
属此类呢? 人往往会缺乏自知之明。 倘若我果真如此，那该如何
是好!

五十七 实习日记（三）

四月十九日　星期二

今天是会让我终生铭记的日子——早饭后第一节课（8:30 — 9:15），我登上讲台，讲了平生第一堂课！

激动与不安，几天前就已开始了，昨天晚上更甚。读报时，好多人因为旷日持久的紧张劳累打起盹，有的为提起精神还站起来直蹦，可我哪有半点儿倦意？脑子清醒得很，心脏却扑通扑通直跳。睡前我硬是把第一课时的教案从头至尾想了三遍才入睡。早晨又早早醒了。听到起床铃声就有些发慌，我对自己说："伙计，这是决定命运的一天，你千万要沉住气啊！"

早饭我只吃了半个馒头。饭后先是在屋里坐，后又到外头转悠。才多大阵子呀，我就去了两趟厕所。不是有多少尿，是心绪不宁呀。这时候，我是盼着能快快上课，因为等候的时间实在难熬呀。

预备铃终于响了！我拿起课本和教案，跟在听课的同学后头走向教室，在教室门前停下——此时此刻，我的心情竟然出乎意料地平静下来了！人家说这一会儿最要命了，我却真的没有这个感觉！（此刻回忆到这里，我仍然感到不可思议，可我的《日记提纲》就是这样记的嘛）——也有异样，就是突然觉得心里异常地空虚。我紧锁眉头，努力回想着开头……

啊，我终于踏上近一个月来我日日夜夜为之拼命付出的讲台了！

我向台下望去，我的学生、我的同学和老师的目光，如利箭般一齐射向了我！进教室前的平静一下子被打破了，我一时有些慌乱，赶紧低下头来，教案上我特意写下的几句话（还用红框框着）醒目地进入眼帘："沉着！戒慌！下面都是我的学生！这四十五分钟是我的！沉着！戒慌！"这几句话使我恢复了定力，情绪稳了下来，我又抬起头，放开嗓门说道："同学们，这节课我们学习……"

教案的门呼啦啦敞开了，这些被我背得烂熟的教案上的语言，流水一般奔涌出来了……

我渐渐进入了状态，讲课走上正轨。犹如鸟儿在天上飞，马儿在草原上跑，我忘情地带领着我的学生们在知识的海洋里畅游。我从容沉着，神态若定，我获得了讲课的自由！（我这样写是不是太夸张了？紧张总是有些的嘛。不过有一点应当承认，我这些日子的辛劳，这些日子的操练，着实没白费呀！）

四十五分钟倏然而过。走出教室，我长长地出了口气，感到无比轻松和愉快，我只想笑。

下午同陈文捷、王卓然出去遛圈时，王卓然说："这一天得在日记里占有光辉的一页！"陈文捷说："得买个日记本，记下这划时代的一天！"

啊啊，莫怪我又发神经似的感叹了，我是真的想高呼，真的想歌唱啊！

四月二十一日　星期四

早饭前第二节课（6：45—7：30），我又讲完了思想内容分析课。这是关键的一课。

讲这堂课不容易。内容多，有时还得同学生搞点互动。这时候光靠背教案就不行了，需要灵活掌握。好在事先我已想好了处置办法，动不起来我就自问自答接着讲。 这堂课也出了点儿情况，先是漏掉了读前谈话，后来有两处谈话法用得过于简单，但没出现大的纰漏。 毕竟是第二次上战场了，脱了轨还能拉回来。

四月二十三日 星期六

早饭后第一节课（8：30 — 9：15），我讲完了第三课时。 这堂课是处理分析课的尾了，讲写作方法，内容比较简单，进行得还算顺利。

到此为止，我的课结束了，我也从昏天黑地的生活中解脱出来了。休息时我想，回校后得给家里写封信报告实习的消息。 一想到这个，我立时反应过来，禁不住扑哧一笑：啊，真好，我竟然能想别的事了，我的脑子有空了！ 这些天来，我心无旁骛，除了实习，哪想过别的事啊！吃午饭时，我又想到修改剧本的事。

下午开评议会。 会上，照例是何老师先说，同学们接着说，李老师作总结。 何老师五十岁上下年纪，浅黑的脸膛，松弛的肌肤，稀疏的胡须。 他客客气气、小心翼翼，每次评议，总是一脸和气的笑容，满口协商的语调。 这次同往常一样，他还是先说优点，再说缺点。 说缺点时还是先说："下面我要说点儿很主观的看法，非常主观！ 这也不是袁老师的缺点，而是一点儿很片面的感觉，很片面的！"——每次会议，这些话大都相同，只是在"老师"前面换了姓氏。 谈完意见，还得照样重复一遍。

评议结果出来了，我的课基本上达到了教学目的，但同我自己的预期还相差甚远。 我满以为我带着感情的讲授，能感染学生，博得好评。但课堂上学生总是一副无动于衷的样子，我还以为是那样的场合使学生拘谨，影响了他们感情的释放。 评议会才让我得知了真相。 何老师就明确指出我讲课时声音平淡。 这是怎么回事呢？ 我琢磨出来了——我不会掌控声音，处理不好声音的抑扬顿挫。 实习讲课情况特殊，在情绪上、声音上不会像平时那么自然。 我的语调老是在一个档上呆板地运

283

行，即使在自以为激情爆发的时候也不会有多大变化。 既是这样，怎么能不平淡呢？ 又怎么能让学生动情呢？

我知道自己有几斤几两了。 我这个人就是这样，许多时候自轻自贱，缺乏自信，有时却又甚为自负，不知天高地厚。 这次评议算是向我猛击了一掌，促我自省。 人贵有自知之明。 袁野啊，你初涉世事，欠缺甚多，要吃一堑长一智哟！

我这篇日记，从昨天回校就开始写，现在终于写到离校的那一刻了。 昨天早晨起来我们就打点行装，打扫卫生，提前吃饭。 刚吃完饭，第二节课就下了，全校师生夹道欢送我们，场面极为热烈。 看着那一张张笑脸，一双双挥动的小手，我十分激动。 ——亲爱的同学们哟，在我们的教学生涯中，你们是最早最亲切地喊我们老师的学生啊，你们是最早最专心地听我们讲课的学生啊，在这分离的时刻，怎能不让我别情依依！ ——走出二里多路，我还几步一回头地回望那依稀可辨的灰色瓦房……

刚来时田野上虽有桃红柳绿，麦苗儿青青，但毕竟还带着冬天的痕迹。 而今已是暮春时节，小麦有小腿那么高了，大自然换了一身青翠鲜艳的新装，在灿烂的阳光下朝我们扬着笑脸，庆贺我们的凯旋——是的，我们是凯旋。 我们胜利地通过了实习的洗礼，由教学的"门外汉"踏进了神圣的教学之门，成为一名准教师了！ 然而这个变化来得是何等艰难啊！ 一个多月昏天黑地的日日夜夜，简直把我们折腾得死去活来啊！

A：哈哈，你们的实习真是一道独特的风景哩。 我上的不是师范，没有这个经历。 想不到看起来并不复杂的一堂课，实习时竟如此艰辛！

B：是啊，不是个中人，难解个中味嘛。 当然，这也只是在实习这个特殊时期发生。 真正当老师了，有了一定的经验，自然不会这样。

重读这段日记，我来了兴致，把《为人民服务》从《毛泽东选集》第三卷里找出来试备了一遍，我几个钟头就写出了教案，当然是提纲挈领的，主要是让学生记的那些。 我用不着像实习时写得那么烦琐。 我相信，我用这个教案去讲课，起码不会比那些实习生差。

A：哈哈，我信我信，你是老妈妈带孩子——撂下的旧营生嘛！

B：可实习生却不一定这么看呢。 你看日记里写的，他们甭管讲得如何，大都很自负的，自以为下了那么大功夫，定然要好过任课老师了。 作为过来人，我如今是看得很清楚了。 我想，那时我们讲过的课文，任课老师在我们走后，必定要给学生重新梳理一遍的。 浅薄稚嫩却又自负，大概是实习生的通病。 教学的确是门艺术。 三尺讲台是培养人才之地。 同是上讲台，教学质量却大相径庭。 个中奥妙，没有几年的历练是体会不深的。 其实，岂止是教学，做什么学问都如此。 自高自大的往往是那些一知半解的"半瓶子醋"，真正的内行大都是虚心的，因为他们明白其中甘苦，懂得学无止境。 那些自傲的人经过长期磨炼，也会虚心起来的。

A：是的，这是经验之谈，过来人的经验之谈哪！

五十八　评级之后

　　实习劳苦，却思想单纯；精神紧张，却没有苦恼。 我们实习回校后休息了一天就上课了。 上课的第一天是星期四，课外活动是团支部的活动时间，班里利用这个时间搞了评级，这个评级又重新把我的精神摧垮了。

　　李老师说，这学期过了一半了，我们的争创红旗班运动取得了很大成绩，大家都有了不少进步。 但进步的情况不一样。 为了把运动开展得更好，为了让每个同学都对自己的情况心中有数，明确以后的努力方向，我们搞一次评级。 等级分一等、二等、三等三个级别。 大家要根据开学以来的总体表现情况，实事求是地给每个同学划划等、排排座。

　　评级的结果，一、二等的我就不记了，评为三等的四个：我、朱琪、徐远庆和卢成进。 我、朱琪和远庆，显然是那个"红专""白专"问题（不过远庆同我俩不同，他是古典文学爱好者），可卢成进呢？ 我不了解他，还能是因为他的傲气？

　　李老师最后说："这个结果是公允的，说明同学们的眼睛是雪亮的。评级是打催阵鼓，是为了把下半学期的事情干得更好，希望评上一等的要再接再厉，更上一层楼。 评为二等、三等的要找出差距，奋起直追。特别是三等的要猛醒了，再不努力，更待何时？ 不要在临近毕业的最后时间里，给自己留下遗憾啊！"

　　评级给朱琪带来的重压，很明显地看出来了。 他变得很异样，红着脸颊，塌着眼皮，异常地沉默寡言。他时常坐在位子上，以手托腮，直愣着眼对着远处呆看，老半天一动不动。坐够了就起来走，扛着肩膀，两手搭在腹前，在教室里外毫无目的地走来走去。星期天我和老刘上街，他百无聊赖地跟了出来，说是想在街上找个村里人拉拉呱。这明显是托词，他们村在四十里开外，哪能那么巧碰到村里人呢？他是憋闷得难受啊。

我的表现也是一反常态，但同他不一样——我从图书馆借了本峻青的短篇小说集《黎明的河边》，一头扎进里面，没命地读起来，对周围的事置若罔闻，也不再顾忌什么避嫌不避嫌了。一篇篇故事让我陶醉。我在小说世界里漫游，痴迷地欣赏研究着里面的人物、情节、结构、语言，从中寻得了最大的快乐！

我这是怎么了？！

是我不懂事、不知利害吗？当然不是。我已经十八周岁，是成年人了，又即将走上社会成为人民教师，总不至于连这点好歹、这点利害也不懂吧？

是我不在乎吗？当然也不是。我为人小心谨慎，平日里连别人的只言片语都很在意。我也有荣誉感、自尊心，平日里巴不得能得到别人的理解和尊重，常常为自己的尴尬处境忧心忡忡。现在被评为第三等级，成为全班最落后的人了，我怎会不在乎呢？

是我破罐子破摔了吗？可能有点儿，我有时会冒出怎么干也没个好的想法。但这只不过是一时的牢骚而已，从根本上说我不会破罐子破摔的。我毕竟是渴望上进的青年人哪，怎么会在临近毕业的关键时刻，来一个不管三七二十一，瞎子放驴由它去呢？

那么，究竟是什么原因，使我在班里浓烈的政治氛围中，公然冒天下之大不韪，沉迷于小说呢？是苦闷，是苦闷到了极点。苦闷到了极点就是麻木。是的，我麻木了。麻木使我不再在乎周围人的冷眼和非议，我要让小说占据我的大脑，使我没有心思去想那些苦恼事；我要用小说去占据我的时间，使我没有空闲去想那些苦恼事。 一句话，我要用小说逃避苦恼、逃避现实，从中寻求我在现实中得不到的快乐。 我果然做到了，我从现实中暂时超脱出来了。

但是现实最终是无法超脱的。 它总有办法把你拉回到它的怀抱里来。

星期一下午的班会上，李老师总结评级几天来的情况时，声色俱厉地说道："有的同学至今还无动于衷，一头扎进业务堆里、小说堆里出不来！ 我们要正告这样的同学：不要在错误的道路上越走越远！ 执迷不悟、坚持错误是非常危险的！"

听到他的讲话，我打了个寒战，脸也热辣辣的，像在冒火。

促我猛醒的还有朱琪。 他在经过那阵苦恼之后，发生了截然的变化。 他不再那么矜持了，劳动也主动多了。 他走坐都拿着苍蝇拍子，成了打苍蝇的突击队员了。 他看的书也不再是文艺书籍，而是毛主席著作或中共中央机关刊物《红旗》了。

这对我当然又是一个极大的震动。 我不能不从自己营造的"快乐小窝"里走出来了。 我不能不直面现实了。 我不能不想想自己该怎么办了。 然而一回到现实中来，我不争气的脑袋却成了一盆糨糊，成了一团乱麻，昏昏沉沉的，我想不进去。（真是咄咄怪事，这同我读小说时是多么大的反差啊！）我也知道是怪我学毛著没人家好，做事没人家主动。可小组生活检讨会后我明明有了变化啊，他们怎么看不到呢？ 看来真的是怎么干也没个好了！ 朱琪的变化虽然让我震动，但我也有不解。 我们是学语文专业的，除了学毛著，真的就不能看点文学书吗？（我又回到这个老问题上来了）难道朱琪现在这样子就行了吗？ 难道就得学朱琪这样子吗？ 我十分困惑，但我混混沌沌的脑袋却无法解开这个疙瘩。

我更加沉默。 而沉默又是个极坏的东西。 那些乱七八糟的东西窝在脑壳里得不到宣泄，脑袋涨得简直要爆炸了。

我精神颓唐而萎靡。 上课时我得强制自己才不打盹，而脑袋恍惚迷离，不打盹也听不进去。 那天上语文课，还是早饭后第一节课呢，我竟打起瞌睡来，还被于老师喊起来。 晚上埋头就睡，睡得跟死猪似的，睡着了又噩梦连天，充满了惊恐与不安。

我下意识地盼起了吃饭，似乎吃饭能给我安慰。 而草草吃完了，又留下许多惆怅。 于是再盼下一顿。 三顿饭吃罢，又盼着睡觉……

当我意识到这种状态的时候，着实吓了一跳，甚至不相信自己会这么庸俗无聊。 然而事实就是事实，它愈来愈频繁的出现已使我无法否认，也不再否认。 我又一次想起了哈姆雷特的话："一个人还算人吗，如果他至高无上的享受和事业，无非是吃吃睡睡？ 那就是畜牲了。 上帝造我们，给我们这么多智慧，使我们能瞻前顾后，绝不是要我们把这种智能，把这种神明的理性，霉烂了不用啊……"再咀嚼这话，我只有苦笑而已。

我也怕人。 我见谁都惴惴的。 因为我没话说，因为我怕人不理我，因为我怕人瞧不起我……

我做事更加迂腐无能。 那天浇菜，他们几个推水车，让我在畦子那头看着，水快淌到头时好让他们改畦子。 我木头木脑地站在那里，水从畦子里哗哗淌出来了都不知道。 听着他们的埋怨，我也只有苦笑而已。

帮我渡过这个难关的还是老大哥王卓然。 那天晚饭后，他找我谈了话。 他先问了问我的情绪，我谈了自己失魂落魄的情况。 他同情地看看我，缓缓说道："你的情绪，我也有所察觉。 这一段你是有些不正常。 这样是不行的，必须尽快调整过来！"

说着说着他的声音提高了："要调整，你得尽快转过这个大弯来！是的，得尽快转过这个大弯来！"他把这句话重复了一遍，抿抿嘴，又加重地说："不转弯是不行的，不转弯是很危险的。 形势逼人，你想转也得转，不想转也得转，想得通也得转，想不通也得转。 且不讲不转会严重影响你的进步，只说你的处境吧，离毕业还有两三个月时间，倘若老是这个样子，你的日子可怎么过啊，你的精神受得了吗?! 你的身体受得了吗?! 所以，无论从哪个角度讲，你都必须调整，必须转弯!"

他说得斩钉截铁，听来如雷贯耳，让我心惊肉跳。 他给我描绘出一幅可怕的图画——关于我进步的，关于我处境的，关于我精神和身体的。 这些日子我浑浑噩噩，光痛苦去了，哪里想过这些严重的后果啊! 转弯……转弯……看来不转就是不行啊!

"其实你的问题很简单，"他瞅瞅我，继续说道，"你一味贪读小说，一是耽误了学毛著，二是对班里的事不管不问。 实习前你有了点儿进步，实习后又倒回去了。 我就是不明白，你的小说怎就放不下呢?! 它已经成为你进步的绊脚石了，大家对此也侧目而视，你怎就这么麻木不仁呢!"

他越说越激动，连唾沫星子都迸出来了。 这位老大哥确实对我情真意切，为我忧心如焚哪。 这让我感动。

"还有，"他又说，"你说大家没看到你实习前的那点儿变化，这个事得客观地看。 生活检讨会后没多久就布置实习了，你的变化大家看不到也说得过去。 实习期间大家忙实习，情况都差不多。 评级是根据半个学期的总体情况评的，评你三等委屈你吗? 我看不委屈! 评级是为了让大家总结经验教训，更好地进步。 你倒好，竟然来了个大倒退，来了个变本加厉! 你看人家朱琪，这几天就有了明显变化，你就不能学学他吗?! 你就不能也变变吗?!"

我张张嘴想解释，犹豫了一下又算了。 我评级后没命地读小说，虽是极端苦闷的产物，但毕竟是反其道而行之的"不规"行为，还有什么说头! 卓然的批评和分析，很实在，很中肯，很恳切，理也讲得透，可以说是对我的问题和这些日子的情形来了一个大"扫荡"，让我醒悟过来。 我明白了我的那些憋屈和困惑实际上都是由糊涂观念造成的自寻烦恼。 我理解了朱琪的转变。 我也知道了自己实在得有个大的转变。

"那，我得怎么办呢?"我问他。

"呃，你说得怎么办呢？！"他目光炯炯地直视着我，不答反问。

我笑了，他也笑了。实际上这是个我无须问、他也无须答的问题。不读小说，专读毛著，这是实习前我就下过的决心，而今形势进一步发展变化，就更显得必要和迫切啊！

"是的，你就得转过这个大弯儿来！"他说，"毛主席说过，矫枉必须过正，不过正不能矫枉。你可以先从这点做起。只要你这样做了，你的情绪会好起来的，大家对你的看法也会改变的。"

卓然的一席话，终于解开了我思想上的死结。是的，我这段时间是钻了牛角尖了。此时，钻出了牛角尖，我的眼前豁然一亮，我看到了生活的新希望。——谢谢卓然这位老大哥及时施以援手，帮我度过了这场精神危机！

A：好，你终于从评级引发的大苦恼中走出来了，你终于如王卓然说的要转这个大弯儿了。不转确实不行，不转你往后的日子真的没法过了。有一点儿我还是不太理解：明明是读小说给你惹的祸，评级后你偏偏不管不顾地读起小说，真的是这样吗？

B：日记里那样写，还能假吗？写日记不是写小说，我用得着编瞎话吗？这实际上也是我的性格特点。多半生来，每每遇到这类极端情况，我往往会用读书来排解。但评级后那样做，估计我的目的性还不会那么明确，应该是本性、本能使然，那时我还是个幼稚的小青年嘛。

B：嗯，这个做法确实带有个性色彩。到了评级这一步，你们李老师的工作思路就很清晰了：刚组建新班的第一周就发动争创红旗班运动；搞了两周不理想，就开"又红又专"班会和"跃进"班会，清除思想上的"拦路虎"，终于把这个运动轰轰烈烈地搞起来了，班级工作出现了跃进局面；到第六周，又开生活检讨会；实习归来后，学期过半又搞评级。围绕这个争创红旗班运动，他是捶打錾子紧，鼓劲鼓劲再鼓劲，跃进跃进再跃进哪，他做思想工作，确实有一套哎。

B：确实有一套。 不过用现在的眼光看，他"左"得也确实厉害。偌大一间教室，摆不下一张平静的书桌了。

A：哈哈！ 此事就议到这里吧。 这篇日记是五月四日记的，此后日记中断了近一个月，是怎么回事呢？

B：按说应该记的。 这么长时间，要记能记一个本子。 倘若真的记了，那就又是让家属给孩子擦了屁股了，嘿嘿！

A：甭管什么原因，你们班这段的跃进情况是没法知道了。 接着记的时间是六月三日。 这篇日记对你六月三日之前相当一段时间的思想表现作了一个综述。 从综述里，可以管中窥豹地看出你转弯后这一个月的精神状态，我看就单做一节吧，题目就叫《转弯儿》，你看怎样？

B：叫《转弯儿》……帽子大了些，毕竟写的只是一个月的情况嘛。不过……不过……既然你说能管中窥豹，那就凑合着用吧。

五十九 转弯儿

　　总结一下这段的生活，我的情况可以用八个字来概括：情绪正常，精神愉快。 小说是放下了，有空就学毛著，写论文，写心得体会，看思想修养方面的相关文章。 不再做"贼"心虚，不再顾虑会飘来白眼，这个感觉真好。 说实话，我也想进步啊，我也想提高思想啊，既然文艺书读不了，那么专读政治思想理论书有什么不可以呢，这也是难得的机会啊。 当然，我实话实说，要完全戒读文艺作品也难，上个星期天班里没事，我心痒了，跑到城里县图书馆阅览室看文学杂志（在那里是不用担心被发现的），一直看到快吃晚饭。 好生痛快！ 哈哈！

　　由于注意思想改造，注意用共产主义思想要求自己，我的思想和行动也在不知不觉中提高了很多。 学习了《中国青年》上《知识青年应当怎样对待思想改造》一文，我认识到劳动是培养工农感情的最好途径，劳动时更卖力了，绝没有文章里批评的那种偷懒呀，逃避呀，认为劳动有损体面呀之类的想法。 我的集体意识、主人翁意识也增强了，能自觉地关心组里的事了。 有了空闲，总要问问组长解立文"有事没有"。 听说检查卫生了，就赶紧把组里每个人的桌洞掀上一遍（我们用的是苏式课桌，是从上面掀的），看看是否整齐。 昨天王卓然急着去开会，我主动替他刷了碗，这不是献媚（我从来不会献媚），我是打心眼里觉得应当帮这个忙。 精神状态好了，我当然不再像刚评级后那样盼吃盼睡。 午睡睡不着是我从初中时就有的老毛病。 睡不着倒给了我做好事的机会。

出去解手或故意出去消磨时间时，看到谁晒的衣裳被风刮掉了，便走过去拾起来。听到有推水车的声音，便立即像猫似的蹿上窗台制止——嘿，我成了"保卫"午睡的监督员了。

说到午睡，我又想起挨李老师批评的事了。这段时间班里开展教学改革活动，组里讨论我们组搞点什么，司东勤提出中国文学史里各类文体的发展史不好记，若能用表格形式按朝代分类列出来，那就条分缕析，一目了然，好看又好记了。大家都觉得好，并把任务交给了我。我乐意干这个，可成天忙得跟陀螺一样，什么时间弄呢？午睡时我想自己反正睡不着，何不去做表呢？就到教室里研究起资料来。不想李老师到教室里见着我，劈头盖脸地把我剋了一顿。他说你的纪律观念怎么这么差呢？！遵守纪律应是无条件的，给班里做事也不能违反！我们成天喊着听党的话，听党的话为啥不遵守纪律？！我说我午睡睡不着。他说你睡不着也是不对的，青年人哪有睡不着的道理！你首先从思想上就不想睡，还能睡得着吗？不然的话，学校设这个午睡干什么？！党提倡劳逸结合干什么？！李老师的批评让我哑口无言，可心里总觉得有点儿别扭。犯纪律我承认，可午睡睡不着怎就成了错呢？我就是睡不着呀，多年来一直如此，什么事没个特殊没个例外？到晚上我搁头就睡着了，打雷也惊不醒。虽然挨了批评，我倒没认为是多大的事，毕竟是做好事，我问心无愧。

总之，回想这段时间，我自己也觉得有了进步，唯有自私自利之心尚未完全清除。

这些日子电厂老停电，晚自习得用煤油灯。那天开始上晚自习时，明明天光明亮，还用不着点灯，可我却做了件令人不齿的事——我突然想到这几天用的灯都不好使，就鬼使神差地到窗台上挑了个好的煤油灯，拿来又当即后悔："我这是干什么呀！孬种！"可是再送回去是不行的了，只能自怨自艾了好一阵子。

为了给猪增加点营养，有人在班报上建议同学们把每顿饭剩下的菜汤倒到泔水桶里，也让猪沾点油腥气。 班委会认为这个建议好，就作为号召提出来了。 实际上，那碗底的"残余"也算不得废品，因为定量不足，大家每顿饭只能吃个七八分饱，分那点菜吃完了都要舀点白开水冲冲喝下，所以这点"残余"是不是倒给猪喝还真是个考验呢。 那天吃晚饭时，我见司东勤仰着脸把"残余"喝了，紧接着陈友洪也喝了。 我觉得不合适，可受了他们的影响，对自己倒否也犹豫起来——那"残余"实在有诱惑力呀！ 我朝周围看看，还没人倒，便端着碗蹲在那里也不起身。 过了一会儿，见杨仕友端着碗朝西走去（泔水桶在那边），我受到感召了，猛地站起身来，不料他又拐向热水桶了，很明显是去舀水冲着喝的，我一下子又犹豫了。 此时我端着碗一动不动地站在那儿，喝也不是，倒又踌躇，那姿态，那神情，现在想来还觉得好笑呢！ 终于，解立文过去倒了，又有几个也随着倒了，我这才坚定下来，倒罢释怀，又狠狠地在心里骂起自己："你终究是个卑鄙小人，怎么无耻到与猪争食呢！"

毛主席说："一个人能力有大小，但只要有这点精神（指毫无自私自利之心），就是一个高尚的人，一个纯粹的人，一个有道德的人，一个脱离了低级趣味的人，一个有益于人民的人。"

这应当是我的座右铭。

A：读这段日记，你情绪好了，我心里也痛快。 你确实在转变，在成长。 你思想单纯，本质不坏，注重思想修养，注意严格要求自己，说明你还是有出息的，用句老话说，孺子可教也，哈哈！

B：嘿嘿！ 你这个贫嘴的家伙！

A：哈哈！ ——下面要写麦收了。 写麦收，你不只写了劳动，前面"AB 对话"里咱就说过，你还写了对女生动了心思。 哈，简直是一出"西洋景"呢！

B：嘿嘿……

六十 麦收时节（一）

"夜来南风起，小麦覆陇黄。"麦收时节到了。 麦收是龙口夺粮，五八级、五九级同学下乡帮人民公社割麦去了。 我们五七级是毕业班，不下去了，在学校有活干活，没活上课。 劳动任务有两个，一是管理全校各班的菜地，二是收打新校址的小麦（新校划出地来还没建，除了建筑队已搭起的几处工棚，其他地方去年秋天都种了小麦），这两个活儿也够重的。

五八级、五九级下乡的当晚，我班开了动员会，还分组进行了讨论，大家劲头十足，下了晚自习就开始分头夜战，给菜地浇水。 皓月当空，照得校园如水银泻地。 水车吱扭吱扭地欢唱，歌唱我们的热火朝天。 流水淙淙地滋润着油绿的小油菜，小油菜乐得和着清风摇头晃脑。卢成进兴奋地说："这美景，这劳动场面太好了，真想作诗以记之。 ——哎，咱们联个句吧？"看大家都来了兴致，他就说，"我说头句：月光融融——"杨兴同接道："流水潺潺——"解立文："欢声笑语——"司东勤："响彻云天——"杨仕友："温馨夏夜——"我最后接道："诗意盎然！"联罢大家纵情大笑，笑声真是响彻云天呢。

新校址的麦子还没熟，看样子还需要几天才能割。 可是我们只上了一天课，就让白庄公社的人惦记上了，应他们的要求，下乡助农割麦。田野上金浪滚滚，一派热闹的劳动景象，自是不必细说。 我要说的是自己的情形。 我割麦技术不怎么样，可干得很拼。 被落下了，就咬着牙，下着腰，斜歪着身子，一大把一大把地抓着麦秆，一镰一镰地割，尽力加快速度。 满身的毛孔都是出水口，汗水流到眼角，杀得眼角生疼，流到嘴里，噗噗地朝外吐，褂子也湿透了，紧黏在身上。 被人换下来（镰刀少，轮着干）喝水时才发现，手上磨了个大泡，我手指一屈一伸地抠挲了几次，笑了笑。

我有种发自内心的主人翁感。 地上掉了麦，赶紧下腰拾起来。 见掉得多了，忍不住埋怨几声。 有的麦地早种上了黄豆，都长出叶了，割麦时不小心踩掉了叶子，就心疼得不得了。 这块地割完了挪地方，我也会把别人脱下的衣服一起拿了。 这都是很自然的事，我觉得就得这样嘛。

下面得写写我突然发生的异常情况了。 这个"异常"，指的是对罗望金的"异常"。 割麦直起腰擦汗时，我的眼睛就很不老实了，到处搜寻她那穿学生蓝褂子的身影，看到了又做贼心虚，怕人发现，就赶紧晃晃脑袋俯下身割麦。 隔一阵子又得擦汗，又要再找，再看，再晃脑袋，再俯下身割麦。 如此循环往复，哪有个完哪！ 休息喝茶时也是这样，端起茶缸，眼睛便控制不住了，寻到她后，又立马将目光移向别处，可过不多会儿又拐回来了。 跟人说话也不安分，那眼角的余光总忍不住向着她斜视……

我这是怎么了？ 我怎就被她吸引了呢？ 她怎就这么吸引我呢？

说实在的，我对罗望金是很有好感的。 实习回来后，学期过半，班里调整了座位（为保护视力，每学期都要调换座位）。 调位后，我在中排的最南座，她在南排的最北座，我们成了只隔一条走道的邻座了。 同异性离得这么近，我当然很不适应，很不自然，很不自在。 但是，天天从早到晚如此近距离接触，一举一动看在眼里，一言一语听在耳里，久而久之，倒让我渐渐喜欢上她了——我特别喜欢她的声音，她说话的声音柔柔的，甜甜的，笑起来银铃似的，听着就让人舒心，让人心生欢喜，甚至让人有一种美的享受。每每听到她的声音，我总有心动的感觉。不过这种感觉也只是一瞬间，我并没有纠结在这个感觉上。可是为什么现在就突然猖狂了呢？我也说不清是怎么回事。

哦，或许因为割麦虽累，脑子却闲，于是就闲心作乱了？可能是的。没有了平时那些杂事的纷繁滋扰，这种好感便从闲下来的脑子里升腾而出，让我对她格外注意起来，让我对她产生了不可自抑的关注！但是说真的，我也没有别的意思。我只是觉得这么好的人，实在值得交个朋友……

我发觉她对我似乎也有点儿那个意思。割麦时她时常到我身后捆麦、拾麦。吃午饭时她拿着馍来到马林身边听他念一个故事书里的故事，是不是因为我也在那里听呢？……

然而她的好意却被我可恶的性格毁了。别看我老是"贼眉鼠眼"地偷看人家，可真的在她跟前，我就同小说《百合花》里那个见了女同志非常腼腆害羞的小通讯员一样，根本说不出话，即使硬挤出一句也笨拙得连自己也觉得别扭可笑！——温柔的人儿啊，我太让你失望了，我太对不住你了！

那是下午割麦回来，我在去宿舍的路上，迎面遇上她和郑玉英抬水，真是冤家路窄！我尴尬地望着她俩，一个劲地挠头皮，哪能憋得出半点儿话说？我看她脸红红的也不看我，正想趁势走过，郑玉英扑哧一声笑了。这一笑打破了僵局，我也不好意思地笑了。我的脸热辣辣的，说不上红到什么地步呢。走开以后，我听到了她俩的对话："我怎么觉得他这么难接近呢！"这是她的声音。"哪里，"郑玉英回答，"他就是这样的性格。"

我恨死我的性格了。我在心里痛骂自己："你怎么这么不争气呢！你成天告诫自己要改改改，可你得真的改呀！说起来，你岂止是在她面前，在其他女生面前，在不相熟的人面前，你不也是这个熊样！你因此冷落了多少人，你因此造成了多少误会！"最近班里又要让我创作一个剧本（实习前写的那个，他们不中意），我打算以学习毛主席著作为题材，以我自己为模特儿，把我这个人，我这个性格写进去，我想通过主人公的形象，让人们对我有所了解，不要对我误会太深；我想通过主人公之口，向同学们致歉致意，并表示痛改前非的决心。 剧本的情节我已利用午睡构思了不少，我要倾尽全力把它写好，争取搬上舞台。 这个剧本将是我重新做人的宣言。 从今往后，我要开朗达观，与人融洽无间地相处。 同学们呀，我是多么渴望成为这样的人哪！

六十一 麦收时节（二）

"蚕老一时，麦熟一晌。"干热的西南风是最好的催熟剂，新校的麦子也得收割了。 几个毕业班把阵地转移过来，可谓大兵团作战。 割麦时，我的表现依然不错，我对她也还是那个样子，目光如故，回避如故，腼腆如故，尴尬如故，真是山难移性难改啊！ 这情形让我想起"葵向"这个词，她就是我的太阳，我就是她的向日葵，我这个向日葵的头老是绕着她转哪！ 但我又不同于向日葵，人家向日葵可不是这般羞涩胆怯，而是毫无顾忌地死死地盯着太阳看啊！ ——这个我就不记了，还是记点劳动的花絮吧。

午饭、晚饭都是从学校食堂弄到新校吃的。 吃过午饭大家就在工棚里休息。 我找水喝，没了。 又到南面工棚找，也没有。 有几个同学已经铺好席睡了，我见边上有空，就坐下歇了。 午睡睡不着是我的老习惯，累了也不想睡，便拿起身边不知谁带的《红旗》杂志看，看着看着忽然想到，何不趁这空儿回校弄点水呢？ 自己反正不睡，应该为大家服务嘛。 于是出来找水桶，找了几处没找到，便知道有人去了，顿时追悔莫及，责骂自己："你这可恶的家伙，怎不首先想到集体呢？ 你的思想还差得远哪！"我懊恼地朝回走，没留神被地上一个木橛子绊倒了，膝盖被蹭去了一层皮，红涸涸地渗出了血。"活该！"我恨恨地自责，"这是你小子应得的惩罚！"

我不想再回前面的屋了，想到王卓然在后排一间屋里，就走了过

300

去，不想刘建也在那里，正看《中国青年》，就问："谁去挑水啦？""卢成进。""几个人？""就他一个。"我大喜过望，连忙放下镰刀，三步并作两步地朝学校走去，半路上遇着成进回来，就同他轮换着挑了，我们一路谈得还算投机。这家伙自从同我一样被评为第三等级以后，进步很大，不再是那个傲气十足、目中无人的样儿了。回到工棚，刘建大概不知道我也去挑水，一味同成进说话，问学校里的情况。我被冷落在一边，不免有点儿失落，可瞬间又控制住了，我责备自己："难道你挑水就是为了让人知道吗？是为了表现自己吗？大家有水喝就行了，要甘做无名英雄啊！"这样想了，才静下心来。

下午天有些阴，怕有雨，我们吃过晚饭便紧接着干起来。月亮在云块间穿行，时明时暗，光线虽不好，但毕竟是天灯。我们割完麦又朝场上抱，直干到凌晨三点。夜以继日的劳作，使大家都疲惫不堪。我两条腿又麻又木，仿佛不是自己的了，也困得厉害，头沉，眼皮也懒得抬。有人有了怨言，我也懈怠了。搬完最后一趟，有人还嚷着让拾拾掉下的麦子，许多人（包括我）没听，索性坐了下来。用这点小空儿，我打了个盹，还做了两个小梦。迷糊中听到一声哨响，知道收工了，便艰难地站起来，拖着腿朝回走。迎面看见了刘建，他抱着一抱麦子（不用说是拾的），往麦垛那边去。我不禁心头一动，跟刘青厚说："这家伙干劲就是大啊！"

回校后听说每人有两个馍的夜餐，就同解立文去伙房领了。路上，解立文说："这段表现不错，好好干，争取满堂红！"我不好意思地说："哪里……比你们……还差得远呢……譬如……"他说："当然啰，限于经验和能力，哪能一下子那么全面？但你的进步，大家是看到了的！"

我受宠若惊，默默地对自己说："袁野，你要继续努力哟！"

六十二　麦收时节（三）

今天我才意识到，我对她表现出的情感，原来是爱情的萌芽！ 这个"意识"，起因于杨仕友的戏言。

割完新校址的麦子，学校领导让歇几天再打，我们就又开始上课了。课外活动时，我们给五九级一班起油菜。 谈笑间，杨仕友问我写日记的体会。 我说："日记是对自己生活的实录，喜怒哀乐都写在里面，自然别有情趣。 有次我回看日记，有几篇记的是我那段的苦恼，看着旧景重现，竟激动得哭了。"不想这话倒引起了这个貌似忠厚的家伙的兴致，他调皮地说："噢，这么苦恼啊！ 你苦恼什么？ 是不是爱情？"我"掏"了他一拳。 他坏坏地笑着，又不紧不慢地引经据典："有人说过，老年人的苦恼是棺材没买到，小孩子的苦恼是没穿上花衣裳，青年人的苦恼呢，那当然是爱情受挫折了⋯⋯"我气得又狠狠向他"掏"去，他连忙躲开了。

一语惊醒梦中人！ 杨仕友无心的戏言，却使我的心咕咚一跳。啊，爱情！ 爱情！ 想到这几天自己失魂落魄的样子，我想，我是不是真的被这个孽障给缠上了？！

这天夜里，我失眠了。 我细细回味着自己的表现，细细剖析着自己的心迹，最后不得不承认：是的，我是真的喜欢上她了！ 要不，与班里别的女生接触，我虽然也羞涩腼腆，却从没心动过，从没偷看偷想过，怎么唯独对她是这样子呢？ 你说只是想和人家交个朋友，但交朋友用得着如此犯傻犯痴吗？ 袁野啊，你不要骗自己了，你是真的陷入爱的泥潭了！

夜深沉，静悄悄。捅破了这层窗户纸，我的梦彻底醒了。我一下子惶恐万分，脑子里当即涌出了强烈的排斥的思想——不！不不！我绝不允许你有这样的混账念头！你现在还不是考虑这个的时候！你有你的理想，你要为实现自己的理想去全力拼搏奋斗，哪容得这些乱七八糟的想法分心牵神！再说，你是这块料吗？你腼腆害羞、木讷笨拙，你就是个木头人，癞蛤蟆怎吃得天鹅肉呢！还有，也是更重要的，人家是有未婚夫的。在初中时，她同她的同班同学严义廷那时就爱得热火朝天，当时你虽然与他们不是同班，但被全年级同学传为佳话，你不是不知道的。你怎么还鬼迷心窍地对她动了心思呢，你还算个人吗？！

想到这些，我觉得自己简直是在闹一场不知羞耻的恶作剧。"唉，"我长叹一声，"袁野，你还想继续闹吗？你还能继续闹吗？你是在玩火呀，你丢死人啦！"

夜已经很深了。我觉得已经说服了自己，这才睡了。

然而感情是魔鬼，不是讲清道理就能罢休的。第二天我的行为仍然没有收敛。我不让自己偷看人家，可我的眼睛就是个贼，我的头就是个转盘。我不让自己再想这事，可我就像条记吃不记打的癞皮狗，咬牙、挤眼、跺脚、掐手背，哪能起半点儿作用？真是抽刀断水水更流呀！——与此同时，当再次面对她时，我更加惶恐了。

下午体育课上，我就出了洋相。这节课测试跳远，全班人都聚在沙池边。大家都忙着预测从起跳到跳板的步数，我却犯了大难。因为她就在沙池边的人群里，我打怵，不敢测试。看着人家跳来跳去，听着周围的欢声笑语，我心里不住地翻腾，几次拿劲要试，几次打消了念头，最后轻轻叹了口气，对自己说，还是算了吧，瞎子放驴——就由它去了！结果轮到我时，第一次踏过了跳板，作废了，第二次离跳板还差十多公分就起跳了。围观的同学都啊呀惋惜，有的还埋怨我为啥不先量好脚步呢，我只是摇头苦笑。我的苦衷，我的阴暗心理，他们怎会知道呢！

我恨死自己了。袁野啊袁野，你必须悬崖勒马，再也不能这般下作了！这事是个祸害，有百害而无一利啊。你不是打算把婚事放到二十五岁以后再考虑吗？因为你的下作，我要把它推延到二十八至三十岁！我还要给你定个规矩：往后这个念头若再露头，你就要毫不犹豫地自打三掌，而且不要虚的要实的，不要轻的要重的，看你还敢不敢再起邪火！

这天夜里我做了个梦，梦里竟然梦到她了。梦中，我同她在一块青石上坐着聊天，背后是高山，前面是小溪，头顶是苍树。她问我最近看的什么书，我说是莎士比亚的名剧《罗密欧与朱丽叶》。她没看过，问写的什么事。我本来有些拘谨，可这个话题我有话说，就敞开谈了。我说写的是罗朱二人生死相恋的故事。他俩一见钟情，在神父主持下秘密订了婚。但他们两家是世仇，订婚当天两家发生武斗，罗被迫参与，杀死了朱家人，被当局放逐出境。此后朱父将朱强行许配给别人，并商定三天后成婚。朱向神父求计，神父给她一种药，让她在出嫁前一晚服下，造成死亡假象。结果朱家喜事变丧事，将朱葬于祖茔。朱服药后四十二小时即可醒来。神父派人送信给罗，让罗及时赶来带朱走。不料天有不测风云，送信人出了变故，信没送成。神父得知消息，赶紧在预计朱醒来的时间赶到墓地，可是晚了，悲剧已经发生——原来罗在放逐后派侍从打探消息，得知朱死，悲痛欲绝，买了毒药赶回来，开启墓门服药自尽。朱醒后见罗已死，遂用罗的匕首自尽殉情。

她听得泪眼汪汪。她说这个故事不好，罗朱的悲剧纯属偶然，是作家编造的偶然。那个送信的怎么那么巧就被拘禁了呢？不拘禁不就有情人终成眷属了吗？爱情是甜美的，作家应该写这个甜美，不应该把它写成悲剧。让刻骨铭心的爱变成天怒人怨的悲，作家怎忍心的呢！正说着，她突然"哎哟"叫了一声，我的背上也被猛击了一拳。我回头一看，原来是严义廷来了……

我吓醒了，出了一身冷汗。我想，怎么做了这样的梦呢？怎就梦到她了呢？梦中的我真是胆大包天啊！活该挨揍！你就该被严义廷痛打一顿！喜欢上了你同学的未婚妻，天理难容啊！袁野啊袁野，你做梦都受到了惩罚，你还不死心吗！

但是要死心也难。连日痛苦的折磨，使我突然间冒出了一个奇怪的想法。我想，我为啥就是管控不住自己的情感呢？是不是因为我把它管控得过严，露头就治，露头就治，它得不到尽情释放，索性豁出去了，越治就越露头，越治就越露头，同你顽强地对抗起来了呢？就像洪水来了，排山倒海一般，你越堵就越凶猛，越泛滥。这时候正确的办法应该是开沟挖河，让它顺畅地宣泄啊。是啊，感情这东西肯定也是这样。小说里不是经常这样说嘛，一个人在极端喜悦或极端痛苦的时候，就得让他大笑大哭一场，把极端的情感宣泄出来，他才能渐渐平静下来。如此说来，我的情感也需要宣泄了？可能是的。那么我应当怎样宣泄呢？当然不能朝她宣泄。我立即想起了日记。是啊，日记是我最忠实的老伙计，我不妨对它放肆地宣泄一番嘛，宣泄了好得到安宁啊。——我觉得这个办法好，决定即刻实行。但愿老天爷保佑，宣泄后能让我如愿以偿。

罗望金啊，罗望金，我喜欢你（用"爱"字太扎眼，太刺激，我还是用"喜欢"吧）！我深深地喜欢你！我无法自抑地喜欢你！自打调位后你成了我的邻位，我就渐渐喜欢上了你！我喜欢你的温柔。你声音温柔，犹如山涧流淌的柔柔的甜甜的清泉。你性格温柔，犹如成熟绽放的白净净暖融融的棉桃。你睫毛长长的大眼睛温柔，里面汪着一泓柔情无限的湖水。你不高不矮的身躯温柔，盈盈地释放着你的美好你的温馨……罗望金啊，罗望金，你是通体温柔啊！ 你就是温柔的化身啊！ 你的温柔让我如醉如痴地爱恋啊！ 我干活看你、休息看你、吃饭也看你，我看不够啊！ 我白天想你、夜里想你、做梦也想你，我想不够啊！ 但我只是偷看偷想，见了你却又腼腆又怵头又连话都说不出，就像老鼠见了猫啊！ 罗望金啊罗望金，我知道自己愚笨如木头，我没有本事喜欢你，我也知道你同严义廷热恋着，我不应该喜欢你，你也不可能喜欢我，但我的感情却如烈火熊熊，我就是扑不灭啊，如洪水滔滔我就是堵不住啊！ 百般无奈之际我才想了这个办法，用日记纵情地对你燃烧一通宣泄一通，让烈火燃尽让洪水泄光，以此做个了结。 从此后我斩断了情丝，我就死了心不再偷看你不再偷想你，我好求得一个安宁，我好把全副精力投入我的理想追求啊！

别了，罗望金！ 永别了，罗望金！ 曾经爱恋过你的不光明正大的袁野祝你和严义廷百年好合、永远永远地幸福啊！

写罢，我出了一身汗。 我拍拍脑门对自己说：袁野，这回行了吧? 我让你尽情地宣泄了一番，让你大爱了一场，你该饶了我吧? 你说你从此就死心，你可要说话算话啊！

|六十三| 麦收时节（四）

虽然纵情地宣泄了，我却未能像预想的那样如愿以偿，还是忍不住偷看偷想。 我更恨自己了。 但是恨却驱不走爱。 爱如泉水，依旧绵绵不断。 可泉水是有源的啊，我的爱哪有源啊。 我明明知道我有千条理万条由不能爱、无法爱呀，无源之爱又怎会绵绵呢？ 我惶恐极了，爱恨交加，手足无措。

打麦场上，我又上演了新的丑剧。

因为人多，打麦用了两个方法：一是把麦子铺开，用碌碡压；二是在场上支起许多铺板，在铺板上摔。 碌碡只有一个，还是与文乙班合用的。 拉碌碡一次五个人就够了，两个班轮流组织人换班，一班二十分钟。 不拉碌碡的就摔麦。

我同朱琪在一起摔麦。 我一边摔，一边同他纵声说笑。 在集体场合如此放肆，于我是少有的。 之所以这样，不只因为我俩要好，更是因为我心里有鬼，我是有意为之。 昨天下午课外活动时，班里代学校小卖部卖供应肥皂（物资匮乏，按人头供应）。 我用肥皂少，上次买的还够用的，就让罗望金买了。 这本是很平常的事，自己不用就让给别人嘛。 可过后一想，糟了，这不又有献媚示好之嫌吗？ 我心虚了，见到她更不自然了。 我疑心她也察觉了什么，似乎也开始回避我的目光了。 我此刻一反常态地说笑，目的就是暗示她我胸怀坦荡，思想纯洁，不要让她疑神疑鬼。 另外也想借此转移注意力，摆脱在沉默中顽强涌来的那恼人的思绪啊。

然而要摆脱也难。 说话稍有空当，那思绪便倏然而来，我的目光还是会贼似的四处窥探那黑色的夹衣（今天才换的），当然随后又得立马避开。 麦垛在南边，我常过去抱麦。 这是我乐意干的，我想反正我不抱别人也得抱，我多跑点儿腿有什么。 可是经过她摔麦的地方，我总要故意向外绕个大弯，还要扭着头看往别处——虽是回避，也还是心怀鬼胎啊！

拉碌碡的已经换过几班了，连她也上去过。 可我动作慢了没赶上，只好再等。

二十分钟是短暂的，有人又组织换班了。 我对解立文说："咱也组织一班吧。"他耷拉着眼半天才说："好吧。"可他刚起身，文乙班的陈瑞就来制止了："不行，你们刚组织了一班，轮着干嘛！"

我看解立文那不热心的样子，觉得再待一天也是白搭（事后想想，换班多由班干部出面组织，他可能想的是这个吧？ 我错怪他了），就转到我班人多的南面场地，在靠北的一块板上摔起来。 卢成进在捆麦秸，我同他谈得愉快。 正在兴头上，没想到她也过来了，我顿时缄口，神态也不自然了，默默地摔了几把麦，就以抱麦为由走了。 抱回麦见最南的一个板空着，便不避孑然一身，在那里摔了。 欢声笑语熙熙攘攘传来，我抬头望去，那黑色夹衣又蓦然入眼，连忙低下头，把手中麦子狠狠地朝板上摔去，麦秸啪啪作响，麦粒四处迸溅，邪念受了惊吓，才夹着尾巴逃跑了……

我这里人又多起来，朱琪、成进、仕友都来了。 谈话从明天是星期六，晚上是否去看电影谈起，甚是热闹。 对我来说，看电影既是精神享受，又可从中学习生活，当然是极乐意的。 可我看电影太受限制，我高度近视，眼镜度数低，非坐前排看不清晰。 我有感而发，说道："毕业后配个好镜子，我一场电影也不落下！"又神往地说："艺术这东西就是有股神奇的魔力啊，当你被它吸引了的时候，你会感觉你那时是那么单纯，那么高尚……"

刘建来组织换班了，却嫌我体力弱，没算上我。 在他走后，我嘟囔了一阵，又央求杨仕友让我顶他，他哪肯？ 我亲热地直叫他"老伙计"，他却笑眯眯地不理不睬，被逼急了才慢吞吞地说："算了吧，你休想。 哎，"他忽然有所发现，"你就替李峰绪吧，他腿疼。"我朝北瞅瞅李峰绪那边，不光有刘建，还有她！ 我为难了。 她在那里我没勇气过去，而且去说也不一定顺利，倘若引起争执，人家会不会认为我出风头、不真诚呢？ 于是低声对杨仕友说："还是换你吧。 告诉你，到时候不许争！"他只是咧着嘴笑，真拿他没法！ 孰料天遂人愿，刘建去看时间经过这里，我一把抓住他，说了李峰绪的情况，他终于答应了！ 我高兴地朝杨仕友一挥拳："你这个坏家伙！"

拉碌碡时我低着头，身子微微前倾，跟同伴一起绕着场一圈圈地转。 碌碡在身后吱哟吱哟叫唤，麦秆在脚下沙啦沙啦脆响，不一会儿便压倒了一片，比摔麦过瘾多了。 也不能老低着头，我抬头向前望，景物随着转场变换。 远处公路上跑着的汽车像甲虫，高大的路边树在灰蒙蒙的空气中呈一溜儿墨绿，犹如长卷的水墨画。 麦场上，摔麦的人们笑语喧天。 突然间，黑色夹衣进入了眼帘，我又是一阵慌乱，狼狈地低下头，再也不敢抬起来了……

下场后我到厕所解手。 脑袋被乌七八糟的想法搞得昏沉沉的。 我告诉自己：这样是不行的，你受不了啊……苦笑后又自叹：想不到爱的邪火，竟会在你这样的人身上燃烧，真是可笑呀……随即又自责：袁野，你还是个人吗？ 是人就应能自制自持呀！ 为了克服你的邪念，往后不许你理她，你甚至可以不理所有的女生！ 你不是定了规矩，邪念一出便自打三掌吗？ 你要坚决执行起来呀……来到厕所，还没蹲下，黑色夹衣又浮上脑际，我登时警觉，朝着两腮左右开弓，啪啪啪重击了三掌，打得腮帮出火，疼得我直咧嘴，邪念也消失了。"嗬，这办法倒挺管用哩，"我笑了，"临走时你可以再打三掌！"谁知道蹲下没多会儿，它又隐隐冒出头来，我叹了口气，有气无力地对自己说："你呀，真是不可救药了……"

话没说完，一个机关干部模样的同志走进来。

"哈，小朋友怎么戴上眼镜了？"他一见我就说，很吃惊的样子。

"还小？都上了十几年学了！"我说。

"你多大？十六？十七？"

"嗨，虚岁都十九了！"

"噢，有那么大？瞎说吧？"

我嘻嘻笑着走出来。现在社会上戴眼镜的少，我这年龄的更少，我自戴了眼镜，平时走在路上，往往被人们当作一景呢。想到这些，我感到滑稽，也受了提醒，就告诫自己："是呀，你还小，干吗要想这些乱七八糟的事呢！"

我这才真的好受了许多。

太阳落山了。在麦场快收拾完的时候，打水打饭的值日生要先走。我同许义一起走，不想怕谁遇谁，前面走的竟然是她！我先自怯了，犹豫着放慢了脚步。谁知许义这个慢郎中却放开脚步，几步就蹿到她前头去了。"你看你，走路就跟个老女人似的！"她一边说，一边哼哼笑着。许反驳说："胡说！老女人哪有这么大的气魄！"随说随把脚步迈得更大更快，身体也扭动起来。"哼哼，你越装越像了，明明是老女人被狼追着了嘛！"她一说，一边转过脸，朝左挪了半步，对我说，"是吧？"惊慌之中我不知如何作答，硬憋出一句："就是就是！"说罢赶紧冲了过去，追上许说快走，很快将她落下好远。

我在心里表扬自己："对，就得这样，冷一些，对她对我都是好事！"

A：哈哈……你这段感情，是否到此为止了呢？

B：你粗心了。高潮是过去了，不过还有余韵。上面的事发生在六月十一日，六月十二日的日记里夹着两句话，一句是"上早操时，我的眼睛又下意识地找她，做完体操我绕着跑道疯跑了三圈，那该死的邪念才随汗水溢出"。 又一句是"今天上课了，情绪略好，课间稍有空闲，我便拼命读书，不给邪念露头之机"。 ——此后再无记载，看来是真的结束了。

A：这说明，你的自制力最终还是胜利了。

B：与自律有关，却不能说是最主要的。 你分析一下后面的日记就明白了。 一方面，麦收过后班里工作转入正轨，又忙起来，没有时间和闲心作乱了；另一方面，就在六月十三日下午，班里开了个非团员会，通报了田全智被发展入团的消息，这给我带来很大的思想压力，我哪有心思再沉迷于这个？ 这恐怕是更重要的原因。

A：此话有理，毕竟是你亲历之事，你想得细。 你这段感情算什么名堂呢？ 暗恋？ 单相思？

B：哈哈，得说是吧。 不过我这算什么样子的暗恋呢？ 人家的暗恋虽然外在上也有控制，但内心世界里却是甜美的、享受的、放纵的，那是任其奔流的爱的地下河啊！ 可我的呢，始终那么苦涩。 爱自天性产生，理智却坚决排斥，天性让爱露头露头再露头，理智则压制压制再压制，最后我连自己都打了。 整个暗恋就是这样一个激烈斗争的过程。 实在说来，这个所谓的暗恋，不过是我青春期情感上的异动而已，哈哈。

A：说得好。 读这段日记，我想起一句话："尴尬人偏逢尴尬事"。你这个尴尬事，叫暗恋也是个怪胎，可爱可笑又可怜可叹。 它打着你袁野性格的烙印，是典型的袁野之恋啊！ 哈哈！ 我还得问你，你珍惜这段感情吗？

B：珍惜。 虽然只是麦收期间不几天的感情激荡，但毕竟是我平生对女子首次动此真情，它牢牢地储存在我记忆仓库的深处了。 这几年重读日记，记忆复苏，还别有一番滋味在心头呢。 人哪，实在是奇妙的动物啊！

A：哈哈……

六十四　入团申请书（一）

麦收结束了，生活又走上常轨。各项工作一启动就是跃进态势，学毛著、写论文、写稿子，文娱、体育、卫生、劳动等齐头并进。陈文捷不知从哪里弄来两块木板，与几个同学在走廊里垒起六个砖垛子，把木板拼在上面，就成了一个简易的乒乓球台，让各组课余时间轮流打。乒乓球拍由各人自制。我找来一块小木板，自己锯不好，还是王卓然帮着做的。时间已经是六月中旬，这学期进入了后期，实习、麦收占用了那么些教学时间，各门功课都落下不少，同学们都在快马加鞭地往前赶。这简直是铺天盖地大水漫灌啊。自习时我们不光要复习功课，还要做大量作业，要写稿子、论文等，搞得手忙脚乱，应接不暇。今天汉语课提问我得了2分，坐下后我只是在心里苦笑、冷笑。人总是人啊，没有三头六臂，这么些事怎么顾得过来！

又是多天没捞着记日记了，此刻是晚自习，想到白天汉语课的2分，不禁心生逆动：算了，反正事情总是做个没完，你还是先把这几天的事儿记下来吧——这几天我遇到了思想上的一个大难题，又搅得我心神不宁了。

那是星期天晚饭后，班里召开了非团员会。会上，组织委员周振首先宣布了支部大会通过田全智入团的消息，然后说，团支部估计此事会在非团员中引起重大反响（积极的或消极的），所以决定专门召开这次会议。

刘建接着讲话，他说："对于这件事的反应，可能会有几种情况。第一，正确对待者，会受到很大鼓舞，从而更加努力创造条件，争取早日加入组织；第二，这学期有了很大进步，看到田入上了自己却没入上，就拿自己的优点同田的缺点比，不服气，有怨气，情绪一落千丈；第三，在形势逼迫下进步起来，但对入团不抱多大希望者，虽然心里会动一动，也会有些羡慕，但仅此而已，不会激起更大的劲头；第四，也会有无动于衷者，波澜不惊，依然如故，任凭风浪起，稳坐钓鱼台——这种人在业务上往往是不错的，埋头书丛，不问政治，有的甚至连入团申请书都没写过。"

　　刘建说后三种态度都是不对的，都是入团动机不纯的表现。尤其是第四种人，连个入团的愿望都没有，更是非常危险的。"你在政治上缺乏上进心，你自己就不红，"他说，"那么，作为人类灵魂工程师的人民教师，你怎么去塑造学生的灵魂，教育他们又红又专呢？你将把祖国的花朵引向何处呢？！"

　　周振随后强调了入团要端正态度，要能经得住组织的严格考验。他要我们向田全智学习。他说田自小学起就积极争取入团，连续六年一直接受考验。六年间他也犯过错误，例如服兵役时隐瞒过年龄（他那时年龄不够，故意报大了，虽然想当兵是好事，但虚报年龄毕竟是对组织不忠诚的表现），但他后来改正了。他的积极上进是始终不渝的。

　　散会后我想分析一下自己属于哪个类型，便没立即回教室，而是去了厕所。我觉得自己跟第三个类型有些相似，自己就是在形势逼迫下有了些进步嘛，但又想到刘建说的没写申请书的话，心里骤然一惊：哦，他们是不是把我划为第四种类型了？可我不是对入团无动于衷呀！我虽然没写过团申请书，却不是不想入，我是觉得自己差得太远，写了也白搭，才没写的呀！我虽然在努力克服缺点，但自觉不符合要求，怎敢写申请书，怎敢做入团的梦呢？"然而，"我又想，"这些只是你自己心里想的，别人怎会知道呢？你外在的表现就是你从未写过入团申请书！

在人家眼里，当然会认为你在政治上缺乏上进心，当然会认为你对入团无动于衷！"——这个想法把我吓了一大跳。哦哦，团支部一定是将我划为第四种类型了！刘建不是说过吗，入上入不上是一回事，写与不写又是另一回事。哪回事呢？你写了，起码说明你有进步的想法，你不写就说明你连这个想法也没有，你不就是不求上进吗？这么一推理，我醒悟了。我明确地意识到我被划入第四种类型了！那么，我该怎么办呢？我也写吗？离毕业还不到两个月了，还能写吗？我不置可否。我跟自己说，事关重大，你一定得想明白，还是抽个时间专门想想吧。

第二天午饭后，我正在教室里写学毛著的心得，王卓然过来了，拍拍我的肩膀说："老袁啊，走吧！"我知道他有事找我谈，说不定跟田全智入团有关，就把本子放进桌洞，跟着出来了。

他问我写的什么，我回答后他感慨地说："在时间的领域里，咱们忙得连立锥之地也没有了！"他也有同感。

闲谈了几句，他果真问起我对田入团的想法。我说第一是羡慕，第二是感到高不可攀——自己这么落后，连申请书都不敢写，还怎么想着入团呢？

"你说的也符合你的情况，"他说，"但是从你三年来的表现看，你对入团总是显得不热情，你从来没写过申请书，你好像根本不在乎似的！"

他的话又直又冲，这个"根本不在乎"尤其刺激了我，我皱起了眉头。

"这个……"我辩解说，"我觉得还不是这样……"

"哦，"他打断我的话，继续说道，"你可知道这样是很危险的吗？不靠拢组织，钻到业务堆里，你到工作岗位上只能打被动仗！"

他的话使我感到一种威压，我感到了问题的严重性，一时无言以对。

我们是朝宿舍走的，默默地走了一阵，走到宿舍那排房子的拐角时，我俩不约而同地站住了。

"唉！"他长长地叹了口气，换了一种温和又同情的语气说，"袁野啊，你对咱班的情况摸不着头啊！ 是的，你摸不着头啊！"

我刚想说什么，午睡铃响了，他拉着我就走，说道："抽时间再谈吧，不能违反制度。"

这个午睡我哪能有一时的心安？ 我想得很多很乱——我首先感到的是委屈。 我不写申请书不是因为不想写，而是觉得自己与入团标准差距太大。 虽然不能说等准备好了再写，但至少也得差不多吧？ 怎就成了"不在乎"呢？ 不过说我重视不够倒是真的。 如果我能对争取入团像对待我的爱好那样孜孜以求，我能三年来连一次申请书也不写吗？ 然而，如果说以前我是努力不够，现在却是在努力争取进步的。 平心而论，我确实有着为教育事业献身、为共产主义奋斗的决心（我实在是这么想的，我不能在日记里说假话）。 可是这一切，只是因为没写申请书就被全盘否定了！ 这是为什么呢！ 为什么非入团不算进步呢？ ——冒出这个想法，又把我吓了一跳。 哎呀你想到哪里去了，这个问题你已经想过多遍且已经想通了，怎又想回来了呢？ 何况你也不是不想入呀！然而我仍无法摆脱这个想法，不写申请书虽然不对，但据此就把我全盘否定了，又是对的吗？

第二天晚饭后，我同王卓然一起去了操场。 他说："昨天中午的话可能重了点儿，可是事儿就是这么个事儿，你对班里的形势还迷糊着。如此大事，就得猛击你一掌，让你知道厉害，让你猛醒啊！"

他问我有什么打算。 我此时心里乱糟糟的，只是支支吾吾地说了想写申请书的事。

"很好！"他当即说道，"就得这样嘛！ 不写申请书怎能入团？ 当然写了也不会一下子入上，但起码是追求进步的表现啊！"他顿了顿又说："你知道大家是怎么评价你的吗？ 第一，你进取心不强，连申请书都没写过；第二，你靠拢组织差，都是别人找你谈话，你自己就没主动找组织谈过；第三，你和同学们相处得不那么融洽，大家都觉得你不好接近。"

听到这第三点，我苦笑着说，自己性格如此，对新环境至今没完全适应过来，同相熟的同学还能说上几句，同不熟的就不知说什么好，勉强说了，自己也觉得没趣……

"嗯嗯，"他点头说，"你是有这个情况，但得注意改变哟。要不，到社会上你怎么立足呢？以上这三点，是大家对你的基本印象。正因为这样，所以班里分析排队，你还是比较落后的。"

我默然。

"你的情况，"他又说，"同陈秀芳有些相似。她自高自大，把一切人都不放在眼里，写入团申请书也是形势所迫……"

我又苦笑着说："我哪能同人家比呢！人家是班干部，也比我活跃，哪像我跟个木头似的！"

不过，他说的陈秀芳的情况倒使我吃了一惊。我怎没看出来呢？平时只见她同朱琪嘻嘻哈哈，没想到别人会对她有这样的印象！看来她是有点儿傲气，这个傲气也使人感到她不好接近。然而她的不好接近同我的不好接近却是形相似而质不同啊！

我跟卓然谈了自己的情况。我说，自从被评为第三等级后，我切实反省了自己，对自己的落后感到痛悔，下决心在行动上有所改变。例如学毛著，例如看小说，例如做事情。我说，我巴不得班里能给我一些力所能及的事干，例如喂猪，例如写剧本。班里已经让我写过一个独幕剧，虽然没用，但我却是下了大功夫的。这次又让我写，我还是不遗余力，如今时间紧，我午睡睡不着就用来构思，有时连吃饭也想，至今已用了不下几十个小时，光构想和提纲就写了一二十页。当然写东西不把全部精力投入进去是不行的，但我确实为班里能给我这个任务感到高兴，也确实想尽力干好。还有，随着毕业的临近，自己对教育工作也考虑得更实际了。我永远忘不了实习回校那天，孩子们欢送我们时那天真

316

的目光，我决心在工作岗位上干出一番事业来。

我的表述吞吞吐吐，不甚连贯。我不善言谈，更不善表达自己好的方面。这次是因为王卓然光说我的落后面，这些落后面又是班里排队时干部们共同的意见，我被激起来、逼出来才说的。说完又想：他会不会觉得我说得有些过分夸张呢？

卓然大概受了点儿感动。他说我在剧本上的贡献，老师和同学都是看到了的。又说，大家最担心的，就是毕业后你会不问政治，沉迷于业务。

我点点头，默默地思索着。

我们又谈到毕业前怎么干的问题。他要我多征求同学们的意见，尤其是干部的意见。还说周振是组织委员，我俩离得又近，更要多和他接触。我问他怎么接触，他说要谈家庭情况、思想情况和自己的要求等。他又特别嘱咐我，要写申请书，得赶快写呀。我于是又问了申请书的写法。

上自习的预备铃终止了我们的谈话。这一席话，使我轻松了不少。他再次强调要认清班里形势的话，使我更有了紧迫感。他要我多征求同学们的意见，尤其是干部们的意见，以及要抓紧写申请书的话，使我感觉好像找到了进步的门路——我以前只知道埋头做事，不懂得进步还要征求大家特别是干部的意见啊，对写申请书也是既不敢写也不会写啊。我决定，等写完独幕剧，再集中思考一下，把事情彻底想通了就写。

六十五 入团申请书（二）

　　从王卓然与我谈话到现在，又是半个多月过去了，我仍然没写申请书，原因还是太忙，忙得我简直连喘气的工夫都没有了，哪有时间想这事啊。

　　说忙，还得先说跃进。这半个月来，跃进的阵势更猛，内容上也有变化。主要表现在三个方面。一是政治学习，前半段学毛著，后半段改学《列宁主义万岁》。星期六，刘建和宣传委员费洪涛去新华书店买了已经印成小册子的这个长篇社论，人手一册。许多同学上宿舍拿着它，劳动时拿着它，一得空就读它。这星期我不光读，还记了许多笔记，并写了九篇心得体会。二是功课学习，前半段是对课程突击扫尾，后半段则是准备毕业考试的总复习。好多人担心这个考试不好考，酝酿着向学校提意见免考。说归说，总复习还是要认真进行的。真的考起来，你成绩不及格毕不了业啊，于是功课学习提升为跃进的重要内容，学习干事田全智组织几个学习好的同学讨论复习方法，班长赵续毅宣布自习时间不准再写稿了，每个同学都鼓起了这学期少有的学习劲头。三是文娱活动，从后半段开始，突击准备毕业晚会的节目，集体合唱的歌曲和集体朗诵的诗歌都抄出来贴在墙上，让大家课间背唱。王卓然和文娱干事罗望金抓得很紧，隔两天就以小组为单位检查一次，检查结果在班报上按名次公布。班报上的"批评表扬栏"这段时间也特别活跃，刘祥积极能干受表扬了，陈友洪冒雨喂猪受表扬了，四组值日受表扬了，陈秀芳工作大有进步受表扬了，等等。批评稿也不少，批评某些同学午睡不能按时作息，批评某些同学集合时拖拉，三组卫生检查得了3分，等等。总之，班报内容丰富，不断更新，真正成了跃进的眼睛、喉舌和催阵鼓，看了会让你摩拳擦掌，鼓起更大劲头。

说忙，我除了要忙上面这些事，这半个月还写了两个独幕剧。我跟王卓然说的那个，写出来他们认为内容和情节一般化，不好演，又让我重写，还让我这次想好题材先给李老师汇报一下，等他同意了再动笔。写什么呢？那天晚上上小班时，费洪涛读了一篇新闻评述，说傀儡总统李承晚在大选中被选下来了，到他美国主子那里哭诉。评述中充满了辛辣的讽刺与嘲笑。我灵机一动，萌生了以此为题材写个活报剧的想法，借以反映风云激荡的世界形势。我把这个想法跟李老师谈了，他认为题材新颖，政治性也强，我就开始准备了。搞这个需要搜集大量关于世界斗争形势的素材，每天阅览室一开门，我就去查阅资料，抄了不下五六十页。时间紧，我还是利用午睡时间趴在床上写的（不能去教室写，那天午睡我在教室里整理文学史资料挨了李老师批评，得接受教训啊），连着写了几天。这个小戏实际上是一出政治闹剧，李承晚的悲戚与痛苦，美国主子的难过与无奈，我自谓写得淋漓尽致，观一斑而窥全豹，世界风云也似乎被浓缩其中了。写完又改了一遍，觉得语言好生顺畅流利，禁不住感叹：生活中的我倘能如写作时这般无拘无束，纵横捭阖，该多好啊。写完交给李老师，第二天晚饭后他约我去谈稿子，他总体是满意的，认为可用。谈完我朝外走时，他跟着走出来，我以为他要出去干什么，可他到了门口就停下了，我这才意识到他是在送我，赶紧请他进屋。我走出好远还感动不已。且不说老师送学生没这个必要，只就他趿拉着一双木屐，走起来不那么方便而言，也不该啊。来到新班，我第一次从他那里感受到了温暖。

活报剧交了差，我终于能够静下心来，心无旁骛地考虑写入团申请书的事了。 那天午睡铃响罢，我打算躺在床上想，可是脑子有些昏沉，连日来确实累得够呛，就让自己歇歇再想，不料迷迷糊糊地竟要入睡了！ 午睡这个样子，对我来说是破天荒啊！ 我知道这几天非常劳累，晚上又因活报剧的事兴奋得睡不好。 但我不允许自己睡去。 已经拖了这么长时间，这个事儿实在是刻不容缓了。 我起身去了趟厕所，回来又在床沿上坐了会儿，清醒些后，才集中精神想起来。

说实在的，我虽然跟王卓然说要写申请书，但心里还存有一些"疙瘩"。 我之所以要抽时间专门思考，就是要思考这些"疙瘩"的。 不把这些"疙瘩"想透解开，我就下不了最后的决心。 我不愿贸然行事，更不愿违心行事。

那么，是些什么样的"疙瘩"使我如此纠结，不解开不能行动的呢？

首先是时间。 离毕业只有几个月了，现在写了肯定不能解决问题，完全是个形式。 然而真的一点作用也没有吗？ 困惑之际，我忽然想到田全智的入团。 他是在小学时开始争取的，用了六年时间。 在小学的什么时间呢？ 按六年朝前推算，是在临近毕业之时。 这就是说，他的申请书是在小学快毕业时写的！ 这个发现让我为之一震。 袁野啊，人家能这么做，你为啥不能这么做？ 凡事都有个开头啊，现在写了，就是开头，就是你有此要求之始！ 你从此就冲破了不敢写申请书的桎梏，说不上还会扭转人们对你不求上进的偏见呢！ 想到这些，我兴奋起来。是的，写还是有用处的，要向田全智学习！ 既然如此，那就……写？好，写！

但是，兴奋之后我又沉下心，冷静地想：人家会不会说你是迫于形势，会不会说你不真诚呢？ 可能会的。 王卓然不就这样说陈秀芳吗？可你不写人家又会怎么看呢？ 刘建那天分析对田全智入团可能产生的影响，第四种情况不就是"无动于衷"吗？ 他还形容这是"任凭风浪起，稳坐钓鱼台"，把这种人简直说成老顽固了。 两相比较，"迫于形势"总比"无动于衷"强些。 而且，纵然是迫于形势，组织上还是希望和鼓励你写的。 要不，他们开这个非团员会干什么呢？ 王卓然不也谆谆嘱咐我抓紧写吗？ 他是团支部委员啊。 至于真诚不真诚的事，那就不好说了。 你不能堵住人家的嘴，也不能掏出心给人家看，只好由他们说了。我虽然写得晚，但的确是真诚的，我问心无愧，这就够了。 ——既然如此，你还顾虑什么？ 你就赶快写吧！

但说不顾虑还是有顾虑。 我又想：你这个样子，写了，人家会不会笑话呢？"不自量力""异想天开""癞蛤蟆想吃天鹅肉"……我似乎听到有人在窃窃私语，在坏笑。 但是，你不写，人家对你就有好看法吗？你前段时间被评成第三等级，这次排队王卓然说你被排到落后类型，刘建那天的分析还把你划为第四种人，这是不争的现实呀！ 你呀，遇事总是瞻前顾后，怕狼怕虎，踌躇难决。 你这样子，能成什么大事！ 你既是真心实意地想进步，那就得毅然决然地抛开这些乱七八糟的想法，一往无前地去想去做去写啊！ ——好，写！ 坚决地写！ 义无反顾地写！无所畏惧地写！

我终于下定了决心。

此后，我又想了往后这段时间怎么办的问题。 关于政治学习，我决定再买个本子，用作加强思想修养的专用笔记，因为这方面的内容，不好同学毛著的笔记混在一起。 还要养成每天读报的习惯，努力做到胸怀祖国、放眼世界。 要有持久饱满的热情，做什么事都要朝前头跑，劳动要这样，文体活动也要这样（一想到这点，我立时打了个激灵，唱歌时我虚荣心太强，有女同学在面前就张不开嘴，唱不出声，这怎么行啊，一定要大胆再大胆）。 王卓然说大家反映我不好接近，这不行，今后要和同学多接触，时间长了会好的。 他还要我找周振汇报思想，我同周振不熟，感到为难，但还是要鼓起勇气找机会跟周振谈。 还有，你的错误给人印象太深了，势必会有人拿老眼光看你，说些不中听的话（例如那天班里统计预订山东师院编的《作家研究资料汇编》，在去宿舍的路上费洪涛问我:"老袁订了多少本?"这话显然是针对我重业务而言的,很刺耳),这时候你不要苦恼,要以这些逆耳之言为警钟,更好地改正自己。 另外,快毕业了,你还要用眼用脑观察分析每个同学的性格特点和优缺点,这样既可学习他们,又可为写作积累素材……

嗨,这个午睡我想了多少事啊,想罢我仰躺在床上,胳膊后伸,两腿前蹬,使劲伸展了下身子,对自己说:"袁野啊,你的灵魂在向你呼喊呢,你快快地行动起来吧!"

我终于写了入团申请书。

这是星期天,我独自待在教室里。 连着下了几天雨,好不容易盼来一个晴天,人们都忙着洗洗晒晒,干完了也不会再来教室,因为太热了,谁不想找个清凉地方待着!

正好,我需要这份清静。 我在课桌上铺好纸,拿起笔——突然,那个老问题又泛了上来:这个时候写,他们会不会说我不真诚呢? 我当即牙关一咬,啪地拍了下桌子,责备自己:你怎这么优柔寡断呢? 孬种!让他们说去吧,我一定要开好这个头! 我的心是真诚的,我要用行动来证明自己,纠正他们的看法!

申请书上充满了我的忏悔。

我在优缺点那一项里写道:"进步要求不迫切,靠拢组织差。 患得患失,个人主义思想严重。 劳动主动性差。 重业务轻政治倾向严重。性格孤僻,和同学相处不融洽。"

这是缺点。 我的优点是什么呢? 我感到这个不好写。 班里交代的事能尽力而为吗? 劳动时能卖力干吗? 这一段能认真学毛著吗? 可谁不是这样呢? 与先进同学比,能算得上优点吗? 写出来人家会怎么说呢,能认可吗? 想来想去,最后只得写上:"同先进同学比,我似乎没有优点。 如果说有的话,那就是最近在组织帮助下,有了改正缺点的一颗心了。"

下面一段，说的是对团的认识。

　　几年来我没写过申请书。在上学期"魏民隆阶级教育运动"中，认识上虽有提高，然而想到自己在各方面离标准还差得很远，写也徒劳，还是努力一阵再说吧。就这样一拖再拖，以至于今。由于自己上进心差，目光短浅，结果是缺点没克服，政治上也没进步。回顾既往，简直让人羞愧死！

　　现在，在团的直接帮助下，我经过激烈的思想斗争，幡然悔悟了。我深深认识到政治灵魂对于为人师表的人民教师无可替代的重要性。而共青团就是一所铸造政治灵魂的最好的学校。我渴望在今后的日子里，在亲爱的组织的帮助下，能够尽快改正缺点错误，提高思想觉悟，力争早日成为一名共产主义青年团员，成为一名为共产主义崇高理想努力奋斗的坚强战士！

写完了，又回头读了一遍，然后虔诚而庄重地在首页正文上面写下"入团申请书"五个字——此时此刻，我觉得这五个字的分量是何等之重啊！随后，我小心翼翼地把入团申请书折叠好，走到王卓然位子上，把它放到他桌洞里课本的最上面，怕他注意不到，又特意用他的钢笔压上。回到位上，我长长地呼出一口气，觉得自己简直是完成了平生最神圣的一件事。我对自己说："从今往后，你要不折不扣地履行自己的诺言了，你必须接受组织上长期的最严格的考验了！"

|六十六| 入团申请书（三）

这些日子一直阴雨绵绵，真所谓"旱了东风不下雨，涝了西风不晴天"。雨也不是一直下，是时下时停，忽下忽停。老天爷的情绪变幻无常，让人心烦。天气也越来越闷热了。胖胖的于老师上课带着盆子，讲课时湿毛巾不离手，下了课先洗脸。男女同学都成了"短衣帮"。头也嗡嗡的，上体育课本想打阵子球出身汗就好了，不料越打头越沉。终于，一阵风袭过，浓云蹿上来，哗哗地下了阵雨，凉爽了点儿，人也好受些了，但雨后还是闷热。

我的入团申请书已经交上五六天了。回想这几天的情形，我似乎没多大起色。只不过买了个本子专写思想修养笔记。和同学们相处虽在努力，可同不相熟的同学在一起还是没话说，有时心里发急，便搜肠刮肚想找点儿话说，谁知越急越找不出来，真让人尴尬。拖拉是我的老毛病，集合总是落在后面，吃饭总是最后一个出教室，你多看那几行书能有多大收获呀（现在看的当然不是小说了），这实际上是没有争上游思想的表现，得坚决改。我仍然胆小，昨天课外活动检查各组唱歌，文娱干事罗望金就坐在我对面，我心慌意乱，眼睛不知朝哪里瞅好，连记熟的歌词也忘了不少。检查结果，我组弄了个倒数，我想一定和我有关，是我影响了组里的荣誉。——袁野啊，你的性格使你作茧自缚，你怎就改不了呢？那天我问王卓然对我这段时间表现的看法，"这个啊，"他说，"我感觉你虽然有了变化，但变化不大，你在积极热情上还不够，干起事来不能往前跑，只能随着干，干的时候倒是满卖力的。"此话很有道理，先进与落后，这是分水岭啊。

昨天上午，团支书刘建找我谈了话。

做完课间操，我正在黑板上练字，他招呼我出来，一起走到校园南边的梧桐树下，在压着篮球架底座的大石头上坐下了。

因为是课间，时间紧，他单刀直入地说："你的申请书我看了，对团的认识还正确。 现在你再详细地告诉我，你为什么要入团？"

在稍微经过了一点儿无从谈起的慌乱之后，我便把这段时间的思想经历告诉了他。 我说得很快，也很虔诚。 刚说完，预备铃就响了，我们赶紧往回走。

"这样，"我边走边说，"虽然离毕业还有一个月时间，明知在这里入不上了，我还是写了。 我既然觉悟了，就不应该迟疑，就要尽早争取团的帮助。"

我们约好午饭后再谈。

匆匆吃罢午饭，我们又来到老地方。 这里树荫浓密，清风习习，确实是个谈话的好地方。

他说："认识还是对的，就是把自己的缺点看得过重了，既要看到缺点，还要看到优点嘛！"

"不，"我说，"和人家比起来，我哪有什么优点可言！"

"不，这是不实际的，"他说，"有的，有的。 毛主席说过，没有没优点的人嘛。 譬如你，学习不是很好吗？"

"哎，哪来的事儿！"我谦让道，接着就不吱声了。

"你再告诉我，"他说，"为什么非要入团不可呢？ 建设共产主义，在团内团外不是一样吗？"

"这个，"我说，"我也曾考虑过。 我以前也曾有过这个想法，但现在认识到它是错的。 在新中国成立前，在特殊的情况下，为了革命的需要，还可以不加入组织，例如鲁迅先生。 但是现在，环境变了，就不能这么看了。 实现共产主义，是共青团的理想和目标。 加入了共青团，能使人为这个事业服务得更好。 一个青年，如果是真心实意地为着这个事业，对共青团组织怎能不接近、不加入呢？"

"是的，这个问题是必须要有清醒认识的。 革命与否，过去很好分辨。 你是革命的，你就要提着脑袋去干，你是不革命的，态度也很明显。 可现在是和平环境，那种能够壁垒森严地把人区分开来的时候不多了，平时至多只能看在运动中在工作中谁先谁后。 组织问题，在一定程度上也是立场问题。（当然，我不是说加入了组织，立场问题就完全解决了，我这是就整体而言，就整体倾向性而言的）对于一个人来说，最重要的是立场问题。 不然的话，一旦大事临头，你说你倒向哪一边？ 在这里，并不是说技术不重要，技术也是重要的，但它毕竟是技术而已，必须有政治来驾驭它。 前几年我们培养了一个很好的钢琴家，结果他先跑到香港，最后跑到美国去了，我们为人家做了嫁衣裳。"他顿了顿，又接着说，"技术好比枪杆子，你说用它打谁不行？ 所以，毛主席说，决定的因素不是技术和武器，而是人！"

我认同地点了点头。 他又问我从前那个样子是什么原因，见我有些茫然，又说："这，你该能找出来的。"

我说到思想上的不重视，又说到家庭的影响。 他很敏感地问起家庭有什么影响。 当我说出那种"不为物先，不为物后"的中农思想以后，他"哦"地松了口气，说道："家庭影响是一个因素，但起决定作用的还是自己。"又解释说："家庭出身是无法选择的，如果家庭因素是主要的话，那么剥削阶级家庭出身的就无法进步了。 所以党的政策，一是有成分论，二是不唯成分论，三是重在政治表现。"

我想多争取一下组织的帮助，就说："虽然只有一个来月了——"

"进步不能分阶段！"他当即打断我说。

我答应着，继续说："我希望组织在这最后的阶段，多多给我一些帮助。"

"那是，但主要还是靠自己。"他说，"团的大门永远是敞开的，只要够条件，我们就接收。要记住，平时无论做什么事，哪怕是一次劳动，也是对我们的考验。要经得住一切考验，而且是长期的考验！我们接收团员必须慎重，一般得考验两三年。预备党员转正还得一年呢！"

"那是啰，"我说，"既然写了申请书，我就准备好经受一切考验了！"

"这是对的，"他说，"要记住，在每一个运动中，在每项工作中都必须先进。先进是我们的要求。要知道，共青团是先进青年的组织。"

午睡铃响了。躺到床上，我像老牛倒磨一样回味着他的话。他的话让我长了不少见识，他也提出了许多让我深思的问题。我真正意识到，自己的进步还仅仅是开始。

A：啊哈，写个申请书竟费了这么大的心劲，用了这么长时间，算得上一道风景。我从你们开非团员会后就开始憋着气读，看你到底写不写，看你还会出什么故事，一直看到你写完申请书才长出了一口气。你呀你呀，你经历了一段多么艰难的思想历程呀！

B：是啊，临近毕业了写申请书，我是顾虑重重的。既感到应该写，又不敢写（怕人说三道四），又觉得不写不好（因为外界压力大），几种情况如乱麻一样纠缠在脑子里，理不清啊，理不清就下不了决心，就得好好想想。那时候又忙成那样没空想，所以就一直拖着。我算了一下，从有想法到写出来，二十多天呢。

A：不过你毕竟从彷徨中走出来了，你迈出了政治进步路上的重要一步，你攀上了你这学期思想进步的高峰！

B：嗯，这个说法有道理。写申请书，确实是我这学期思想进步的结果。

A：是的。对这一点，咱们得多费点时间议议。我把你一年来的情况作了个分析。你那时思想单纯，纠缠你的无非是两个方面，一个是文学爱好，一个是思想进步。这两方面你实际上都想要。你对文学的热爱十分炽热，一心想在这方面有所提高、有所作为。你也是想进步的，正像你常说的，作为毛泽东时代的青年，怎能不想进步呢？但想的程度较之文学爱好就差远了。所以二者在实际生活中的位置就很不一样。在原来班级，你把文学爱好放在第一位，把思想进步放在第二位。你把所有的业余时间几乎都用在文学爱好上，思想进步主要靠平时政治学习和随大流参加班里的活动。那时王思奇老师管理得比较宽松和宽容，虽然也批评你的做法，但没给你太大的压力，你基本上能按你的想法做。到了新班，你开始还是这样做的，但是李老师非王老师，他强调所谓又红又专，反对走"白专"道路，不仅业余爱好不允许存在，连在业务上多下点功夫也不可以。在强大的政治压力下，尽管你政治嗅觉迟钝，也不得不对文学爱好和思想进步这两方面在你心里的位置进行改变和调整。不过有个渐进的过程。在新班组成的前三周，班里还没大动起来，你走的还是文学爱好第一、思想进步第二的老路，你这时死啃的主要不是小说，而是《文学概论》。到了第四周，连续召开了"又红又专"班会和"跃进"班会，班内出现了跃进的热潮，你的安排开始变化了，基本上是二者并重的状况，一方面按班里的要求学毛著、写论文、记笔记，认真参加班里的活动，一方面在其余的业余时间读《文学概论》。到第六周小组生活检讨会时你受到批评，于是再次改变，决定对《文学概论》剩下的那五六十页，抽个星期天到校外集中读完（为着避嫌），平时的业余时间则全部用来学毛著。这是一个大的改变，是思想进步第一、文学爱好第二的安排，但是不久就准备实习了，这个改变显示得还不很明显。四月二十六日实习回来，四月二十八日班里搞评级，你被评为最末的第三等级。经过思想斗争，你彻底变了，将全部业余时间都用于学毛著，日常做事也积极多了，思想进步成了唯一目标，文学爱好则搁置起来。由此看来，你的这些变化，是在政治形势的压力下逐步发生的，推一推，变一变，再推再变，直至成了最后这个样子。不过，要说明的是，你的变化虽为形势所迫，可真的做起来，你却不是虚情假意的，而是认真的，真心实意的。 你想的是，我何尝不想进步呢？既然文学爱好的事搞不成，我就借此机会努力提高一下思想认识水平吧。 这个想法决定了你行动的真诚。 但是，你是个书呆子，不光在日常生活中是个"雏"，在思想进步上也是个"雏"。 你的进步一开始是有缺陷的，你只是默默地注重加强自身思想修养，对如何进步实际上还糊涂着，具体来说，你还不懂得要靠拢组织，不敢写入团申请书。 所以到六月十三日在宣布田全智入团的非团员会上，你仍被划为第四种人。王卓然找你谈话时直率地告诉你在班里仍属落后类型，并指出你进取心差、靠拢组织差、与同学相处不融洽的三大缺点。 这时候你才幡然醒悟，经过认真思考，终于写了申请书。 所以我说，写申请书是你在思想进步道路上迈出的一大步，是你这学期思想进步的高峰。

B：啊呀呀，你把我这学期的情况，这学期的思想脉络，真是分析到骨头里去了呀！ 是的，我的进步，既是被迫的，又是真诚的。 这说明，在一定情况下，压力还是必要的。 压力是动力嘛。 这个压力促使我写了申请书，这一点很重要。 万事开头难，开了这个头，我后来到工作岗位上再写，就不那么费力了。 回顾这段时间的进步，我还得感谢王卓然。 每逢关键时刻，他都要帮帮我。 在一定程度上，这个老大哥是我进步的引路人。

A：是的，他是你政治上的朋友。 我还有个问题要问你，你在申请书里说你没优点，你真的是这样想的吗？

B：这个……当然不是。 可那时为什么那样写呢？ 我想大概有两个原因，一是自己那时在班里落后，自卑心重，自惭形秽，写优点怕人笑话，怕人不认可。 二是也有不好意思的成分，这实际上是我性格的弱点，向人家介绍自己，往往只会朝孬里说，不能理直气壮地谈优点、谈长处。

A：嗯，这就是老实人的为人哪！ 我还得打破砂锅问到底，你最后是什么时候入的团？ 怎么入的？

B：这个嘛……我看还是不在这里谈吧。 写小说不是讲究卖关子吗？ 我就憋你一阵子，算是卖个关子吧。

A：哈哈，你这家伙！ 好吧，此事就谈到这里。 下面材料的写法，又成了难题了。 刘建跟你的谈话，是七月八日记的。 此后大概又是因为忙，来不及细记，你就在这篇日记后头用括号附了句话："从七月十日至七月二十八日的事，记在《日记提纲》上。"但这个日记提纲没了，想来又是嫂子给侄儿擦了屁股，这十九天的事只好空缺了。 再记的时间，竟然到了八月十三日！ 就是说，从七月二十九日至八月十三日，又是半个月过去了。 这段时间为啥没记呢？ 你在八月十三日的日记开头有说明，接着就是对这半个月的长篇追记。 日记的情况就是这样。 咱们该怎么写呢？ 是照日记的样子搞追记呢，还是不搞追记，把日记上说的那些事顺着写呢？ 这是这卷的重要章节，得想好啊。

B：嗯嗯，是得好好想想。 是不是想几天再议呢？

A：可以。

（三天以后）

B：我想了，事情过去五十多年了，从七月十日至七月二十八日那十九天的事，是不好办了。 不过根据那学期的情况，也能分析个大概。无非是班里跃进的那些事，功课总复习的那些事，准备毕业晚会的那些事，以及我努力去做又时常有些苦恼的那些事。 在那段时间里，我的思想肯定是积极向上的。 这个分析你同意吧？ 那好，咱就别在上面费脑筋了，还是议议此后的事怎么写吧。 此后的事主要是毕业鉴定。 毕业鉴定是我长那么大经受的第一大痛苦之事，我的精神被彻底摧垮了，连日记也破天荒地写不了了，直到十多天后缓过来才追记，这是事实，本身也说明了我的痛苦之深，受伤之重。 所以我想来想去，还是按日记的原貌搞追记吧。

A：这几天我一直在追记还是顺记之间犹豫，反复比较，还是倾向于追记。 既然你也这么看，那就定下来吧，搞追记！

六十七 毕业鉴定（追记之一）

　　今天是八月十三日。 从七月三十日至今，快半个月没记日记了。这次日记的断流可不是因为忙，而是没心情。 七月三十日发下的毕业鉴定征求意见稿，犹如一颗重型炸弹，轰塌了我的天，摧垮了我的精神，使我坠入了痛苦与悲伤的深渊。 按我的习惯，有苦当与日记说的，它是我最好的朋友和最好的倾诉对象嘛，可这次我不敢也不能对它说了。 一来此事太过残酷，我怕说时加倍伤情，越发受不住。 二来我形同木雕泥塑，脑子一片混沌，也失去了诉说的能力。 而后就是紧锣密鼓的毕业事宜，就是等待分配。 但分配是全省统一分配，动作缓慢，学校决定自八月五日起放假十天。 我就如一名打了败仗的士兵，伤痕累累地回到家中。 远离了那块伤心地，享受着家庭浓浓的亲情，加上因我即将参加工作，亲人们充满了缓解家庭经济困难的期待和喜悦，这都给了我极大的慰藉，都是治疗我精神创伤的良药，我生活的勇气和活力才又渐渐恢复。 现在，回家已经七八天了，再过两天就要回校，我想追记这段刻骨铭心的经历了。 拿起笔来，旧景重现，心里又禁不住激荡起来，但我已能把持得住，能够坚持写下去。 唉，那真是痛彻肺腑的一场噩梦啊！

　　鉴定工作是七月二十日左右布置下来的。 鉴定过程是先自己总结，然后小组评议，最后由李老师和班里几个主要负责同学组成的评审委员会作结论——决定命运的当然是这个评审委员会了。

大家对鉴定都很重视，明白这是三年来最重要的一次鉴定，我们将要带着这份鉴定走向社会，这是学校向社会介绍我们的最重要的说明书，而且鉴定还要存入个人档案，是要跟我们一辈子的。 正因如此，我也对自己进行了认真的回顾和思考，审慎地总结着自己的优缺点。 我没再"谦虚"，没再像写入团申请书那样一味同先进同学比，把自己比得满身疮疤，一无是处。 我要从自己的实际情况出发。 刘建不是批评我在申请书里没写优点，还说没有没优点的人吗？ 是的，虽然不能夸大其词，但也要总结出一个真实的自我。 正像李老师在布置写个人总结时说的，这既是对自己负责，也是对组织、对党负责嘛。

　　怀着这样的思想，我郑重地给自己写下了几条优点：一是学习毛主席著作，前半学期偏重业务，在思想方面抓得不紧，后半学期能够认真学习，并努力提高思想认识水平；二是对班里各项工作（包括劳动）虽然主动性不够，但能尽心尽力去做，对组织交办的任务如喂猪、写剧本，能够认真完成；三是思想进步方面，自己是想进步的，但因有自卑感，几年来一直没写入团申请书，这学期在组织的帮助下，最后还是写了，并准备接受组织最严格的考验。 写完优点再写缺点，主要从上面几方面寻找不足，入团申请书上写的和王卓然批评我的那些也被我很有分寸地写进去了。

　　小组讨论无须多记，大家虽然严肃地对我提出了不少批评，但还是一致肯定了我后期的进步。

　　严重的问题出在评审委员会评议之后。

　　七月三十日，这很可能又将是我毕生难忘的日子——唉，人家铭记的是喜庆的日子、幸福的日子，而我记住的却是一个痛苦的日子——这天是星期六，下午课外活动时间，我们班发毕业鉴定征求意见稿。 李严老师先讲了话（一说到他，我的眼前就出现了他那铁一般冷峻的面孔），他说，评审委员会经过几天评议，还熬了几个夜晚，终于把这个意见搞出来了。 讨论这个意见，大家的态度是严肃慎重、实事求是的。 我们既要为每个同学负责，又要为党负责。 我们认真地考察和衡量了每个同学在这学期的全面情况，又特别突出了政治思想方面。 因为这个鉴定，在很大程度上是政治思想鉴定。 现在发给大家，有不同的意见可以提，口头提或书面提都可以。 希望大家要端正态度。 看待这些意见，不要光考虑你满意不满意，还要考虑你是不是这个样子。 这学期已基本过去了，你的各方面表现已成事实。 倘若你真的如此，那么即使你不满意，也不能怨组织，怨只能怨自己。 历史是你用行动写就的。 我们的鉴定意见只不过是陈述了这个事实。 组织上不能因为你不满意就给你改变事实。 我们要为党负责嘛！ 当然，如果你真的认为给你写得不合适，也可以提出来，我们再讨论。

刘建早已把鉴定意见按组分好，小组长去领了，再发到每个人手里。

教室里鸦雀无声。 此时此刻，每个人心情的急迫可想而知，宝盒的盖子既已打开，谁不想尽快知道组织上对自己的评价啊！

可是鉴定意见摆在我面前，我读得却并不顺畅，中间曾数次停下来调整心态。

大是大非不明确，立场不坚定。

这是鉴定的第一句。 它一进入眼帘，我的身子便颤了一下，头也蒙了。 我摘下眼镜揉揉眼再看，不错，就是这么写的！ 我合上眼，定定神，才继续看下去。

有一定业务能力，但有严重的走"白专"道路倾向。 进步要求不迫切。 劳动观念不强。 纪律性较差。

一字字一句句犹如一根根钢针，扎在眼里，扎进心里。 我又停下来，手微微地抖，心脏突突地跳。 稳了稳，又读。

希望今后加强毛泽东著作学习，摆正政治与业务的关系，努力做一名合格的人民教师。

这是希望。 希望里暗含着的，还是问题。

我又眯上眼，咬紧了嘴巴。 定了下神，又强迫自己重读了一遍。然后长吁了一口气，死死地闭上眼睛，两手半握着拳，使劲压在纸上。这个极力控制自己的动作，也没能止住身体的颤抖。

我不傻。 我当然掂得出这个鉴定的分量。 我犹如遭了雷击，晕了，呆了，木了。 此刻追记到这里，我停笔回顾那会儿的情形，我想倘若不是颤抖表明我还有生机，我简直就是一具坐着的僵尸哪！

不知过了多长时间，一阵桌椅移动的声响将我惊醒，我睁开眼，哦，大家交稿了！ 我晃晃脑袋，清醒了，又稳了一下，才拿起手里的那张纸，无力地站起来，无力地向讲台走去。 薄薄的一张纸，竟有千钧之重！ 短短的几步路，竟有万里之遥！

收了鉴定稿，李老师又讲了两件事。 一是重复说了对鉴定稿如有意见就提，最好在一两天内提出来。 二是说学校采纳了同学们的意见，决定不进行毕业考试了，明天是星期天，大家好好休息一下，下周关于毕业的事还有一些安排。

听说免考了，大家一下子欢呼起来。 但我没笑——我笑得出来吗？！

晚饭我不知是怎么吃进去的。 我闷着头，恍恍惚惚的，周围同学的欢声笑语，听来是那么遥远和缥缈……

这个晚上我又是怎么度过的呢？ 就本心来讲，我巴不得到床上蒙头大睡。 但我又不敢这样，怕人笑话。 我也不愿找朋友玩，我没心情，也不愿朋友看我这般模样。 我只想孤独自处。

我出了校门朝烈士陵园方向使劲走、使劲走，走出一身热汗。　到了陵园门前的小广场，又在那里来来回回转悠。　天终于黑下来了，我又回到空无人迹的学校操场上，还是那样游魂般荡来荡去。　操场东侧靠着公路，不时有汽车过往，车灯强烈的光柱刺破夜幕，使高大的路边树依次现身。　这时候我会停下脚步，呆呆地看着那些光柱从远处驶来，又在远处消失。　消失了又觉怅然。

　　很晚才回宿舍。　同学们早睡下了。　我悄悄上了床，倒头便睡，睡得很死很沉，噩梦连天。　多数都记不得了，最后一个至今还历历在目。那是在哪里呢？　看那一片灰色瓦房，好像是实习的中学。　有两个人在那里谈话，一个像教导处的秦主任，一个像何老师。　看到我，他俩眼神都怪怪的，接着就把身子扭过去了。　上课了，学生们喊喊喳喳秩序不好，我制止了几次止不住，只好硬着头皮讲下去。　下了课，有几个学生在我身后大喊："白专！　白专！"我吓出一身冷汗，醒了。　看看窗外，天已放明，就起了床，又到外面转悠去了。　虽然没到起床时间，我也不管它了，反正是"遵守纪律差"嘛！

六十八 哭在沂河边（追记之二）

幸亏接着是星期天，给了我释放和缓解情绪的时间。

早饭后我去了沂河边。 沂河大桥南面的堤外有片绵延数里的树林，那里远离城市喧嚣，这几年的星期天我常去读书。 眼下时当盛暑，浓荫匝地，绿草如茵，清爽宜人，更是休闲的好去处。 我这次来当然不是为着休闲，而是要在这空寂无人之处，纵情宣泄我满腔的郁愤啊！

大桥上行人如织。 宽阔的河谷里有半槽水，浩浩荡荡向南流。 天上散布着的云块灰一片白一片，映得河水明一片暗一片的。

来到树林深处，我停下了，当即（我真是迫不及待啊）高举双臂，朝着大河，可着嗓子啊啊地狂吼起来，大有火山喷发之势。 直至吼得没了力气，才咕咚一声倒在河堤的斜坡上，泪水也汩汩地流出来了。 人说"男儿有泪不轻弹，只因未到伤心处"，到了伤心处，纵是铁人也会珠泪横流啊！

泪水顺着脸颊，流过脖颈，落入草丛。 我任其流淌，无心擦拭。一声声呻吟，就像一头受了伤的野兽的悲鸣，凄凄惨惨戚戚。

风从河上吹来，轻轻抚着我的脸颊，似乎在给我安慰。 鸟儿啾啾，蝉鸣阵阵，似乎在抱怨事情的不公。 而那浩荡奔流的河水，又似乎在无所畏惧地为我鸣叫不平……

不知什么时候，我竟睡着了。

醒来已近中午。

336

头脑清醒了许多。

我能够思考了。

我也想思考了。

对于鉴定，我原本是有思想准备的，估计会写不好，却万万没想到会如此不好！它把我的问题写得如此严重，竟然提到立场和大是大非这个重大原则上去论说！它把我说得一无是处，基本上未提到我的优点（"有一定业务能力"那句，似乎是个优点，可把它同"走'白专'道路"放在一起说，还算什么优点呀，只会让人对我嗤之以鼻）！好像我这学期就没做好事，净做坏事似的。好像我就是专为做坏事而活着似的。我成了一个坏人了……

泪水又顺着眼角流出来了，我想不下去了。我又痛苦地呻吟起来，迷迷糊糊地进入了不死不活的半睡眠状态。

不知过了多长时间才清醒过来。我揉揉眼睛，翻身坐起，对自己说：你不能再这样了，光哀伤有什么用，你得想想怎么办哪！发下鉴定稿不就是征求意见的吗？有意见，你可以提嘛！他们还可以改嘛！

这会儿情绪平稳了许多，我强迫自己重新开始思考。

思考集中在提什么和怎么提上。我明白，提得有个提法，你不满意，得说出理由，说出能让他们接受的理由。但是，让他们接受是不容易的。李老师说过，他们讨论鉴定意见，是"严肃慎重、实事求是的"。这就是说，他们有他们的理由，这个理由还是他们"慎重"地考虑过的。你驳不倒他们，他们不会接受的。不仅不会接受，说不上还会倒打一把，批评你态度不好。倘若这样，你便是自取其辱了。因此，这可不是一厢情愿的事。你必须把自己的意见及理由想透彻，也把他们可能反驳的理由想透彻，知己知彼才有可能达到你的目的。

这样想着想着，我倒想出了一个思考的办法，就是对驳——把鉴定意见分成几条，逐条剖析，剖析某一条时，先想自己怎么提，再站在他们的角度，想他们怎么驳，接着我再反驳，驳后再让他们驳……一直对驳到他们接受我的意见或者我自己没了话说。 这条完了，再如此这般一条条进行。

我觉得这个办法好，便用这个办法开始对驳。 这时候我变成两个人了，一个是自己，为甲方，挖空心思为自己辩护；一个是他们，为乙方，铁面无情地反击。 双方对垒，唇枪舌剑，简直是一场严酷的语言厮杀啊！

鉴定语：大是大非不明确，立场不坚定。

甲：我觉得这条没根据。 我对什么样的大是大非不明确？ 在什么事上立场不坚定？ 没有的事，扣这么大的帽子，我不服。

乙：事？ 怎么没事？ 例如学毛著，你说是不是大是大非？ 这是当前最大的政治，最大的大是大非呀！ 人家都在热火朝天地学，你却死抱着小说不放，死抱着《文学概论》不放，你说你明吗？ 对学毛著的态度，从根本上说是个立场问题，你那个样子，算坚定吗？

甲：可我不是不学呀，班里规定每周自学五个小时，我都是完成了的，论文也写了不少。 而且，自被评为第三等级以后，我的课余时间都用在这上面了。

乙：你看你看，规定学多长时间就学多长时间，纯粹是任务观点！ 你是为完成任务而学，不是为提高认识改造思想而学。 你的学习是被动的、应付式的，不是自觉的。 至于你后半段的情况，确实有进步，但你能说不是形势所迫吗？！

甲：这虽与形势有关，但毕竟是进步呀！

乙：是进步，但却是被迫的进步，不是自觉的进步！ 被迫的进步与自觉的进步，差距就大了去了。

甲：平心而论，我学毛著是认真的，是想用来提高认识、改造思想的。

乙：你这话属于子虚乌有。 心里的想法如何对证？ 最重要的

338

是看行动！ 袁野，不要自欺欺人呀，你把你读小说、学《文学概论》的那个劲头，同你学毛著的劲头对比一下，也搞个平心而论，你会得出什么结论？

甲：这……这……

我支支吾吾，无言以对。

鉴定语：有严重的走"白专"道路倾向。

我犹豫了一下。 这个问题，几年来一直困扰着我。 在五七级五班，王思奇老师经常批评我们这些爱文学的偏爱偏废，他也讲"红专""白专"问题，但没真的扣走"白专"道路的帽子。 那时没分科，批评偏爱偏废，强调全面发展，是有道理的。 但这学期分了科，情况变了，文学成了专业，在专业上多下点儿功夫，怎就成了走"白专"道路呢？我口头上不说，心里总有点儿委屈。 此事平常批评批评也就罢了，但现在上鉴定了，就非同小可，我得争一下。

甲：说我偏重了业务，我承认。 但说这就是走"白专"道路，我觉得太重了。

乙：呃？ 说说理由。

甲：第一，咱们学的是语文专业，学这个专业的多读点儿文学类书籍，我觉得是业务中事、情理中事，就得在这方面多增长点儿知识，多提高点儿能力嘛。 第二，就实际情况来说，这学期总共才五个来月，专业课那么多，加上班里搞"大跃进"，再加上实习，成天忙得跟钻杆子似的，我也没捞着读多少文学类书。 当然，我见缝插针，忙里偷闲，比别的同学还是多读了一些。 这样的情况，能算走"白专"道路吗？

乙：哈哈，你把你的真实思想暴露出来了。 你现在还这样说，说明你对自己的问题仍然缺乏正确认识。 你的指导思想反映了一个倾向性问题。 问题的实质，不是多看几本书还是少看几本书的问题，而是你怎么看待和处理政治与业务二者之间关系的问题。 毛主席说政治是统帅，是灵魂，是一切工作的生命线。 政治与业务，政治是第一位的。 这个问题我们讲过多少次呀！ 可你是怎么摆的它们的位置呀！ 你重业务轻政治，甚至半夜三更起来读小说。 哦，你刚才还说你见缝插针、忙里偷闲地去读文学类书哩，你学毛著怎就不能见缝插针、忙里偷闲呢？ 说到底还是个认识问题，是个态度问题。 袁野啊，你说你走的不是"白专"道路是什么？

甲：这……这……

乙：还得多说几句。 走"红专"道路还是走"白专"道路，是每个人特别是青年人必须作出的重大选择。 这实际上也是一个大是大非问题、立场问题。 对了，前面你不是嫌给你下的那个大是大非、那个立场问题的结论没有具体事例吗？ 这又是一个事例。 我们当时议论那个问题的时候，就提到这个事。 我们是通盘考虑的。那个结论是对你思想政治表现的综合概括。 只不过考虑你在"白专"问题上比较突出，又单独提了出来。 袁野啊，要正视自己的现实啊，你现在应当考虑的，一是深刻反省既往，二是在今后的工作岗位上如何痛改前非，做一个又红又专的人民教师啊！

甲：这……这……

又是张口结舌，无言以对。

鉴定语：进步要求不迫切。

我想了想，这条不能提。 几年来我没写过申请书，这学期最后写了，虽是出于真心，但不可否认也与形势有关。 我的进步要求就是不迫切。 我在学期总结上不也是这样写的吗？

鉴定语：劳动观念不强。

甲：我认为我在劳动上是认真的，卖力的。自己觉得别无所长，就应该在劳动上好好干。

乙：这一点我不否认。但这里说的是劳动观念，是主人翁精神。在劳动方面你只是随大流干，缺乏主动性。你认为不是这样吗？

甲：可是……我……我只是一般同学……

乙：这不是理由！一般同学就可以没有主动性吗？就可以没有主人翁精神吗？

甲：……

鉴定语：遵守纪律差。

甲：违反纪律的事我只有两次，一次是星期天夜里看书，一次是午睡时整理中国几类文学体裁的发展史，那是组里给我的任务……

乙：你一犯再犯，还不够吗？

甲：可那次是为集体做事。

乙：那也不能成为违反纪律的理由！

甲：可是……我觉得事不大，用得着上鉴定吗？

乙：不要认为这是小事。毛主席说，加强纪律性，革命无不胜。可见纪律的重要性。革命队伍，没有纪律还了得！

甲：……

乙：袁野啊，对待鉴定也有个态度问题，就是要实事求是，正视现实。我们说过，历史是自己写下的，鉴定只不过是反映这个历史事实。我们要对党负责，对组织负责，不能因为你不满意就改写你自己写下的历史。不要有怨言，要怨也不能怨组织，只能怨自己。怨组织，只会让自己错上加错，再犯新的错误呀！

对驳到这里，突然冒出了最后这句话，我不由得打了个寒战，感到了后怕。 我不再朝下想了，也不敢朝下想了。 我长叹一声，又仰面躺下了。 好久，才有气无力地自言自语："袁野呀，凭你这点儿水平，就已经把你要提的意见驳得体无完肤，你还怎么找组织提！ 你有一句话，人家就有十句话等着你，而且还都是颠扑不破的道理！ 你如果真提了，岂不是自讨无趣，拿屎盆子朝自己头上扣？ 岂不又要授人以柄，甚至'再犯新的错误'？ 你还想失了火再挨板子吗？ 至于你嘀咕的基本没写优点那点儿事，还有什么提头？ 覆巢之下，安有完卵。 纵有一两枚完卵，也无关大局，又有什么意思？！"

怎么办？

怎么办？

还能怎么办！！

我两手使劲拍打着屁股，野兽般哀号，泪水又顺着眼角流出来了。

在绝望的哀伤中，我又迷迷糊糊地睡着了。

醒来还是心有不甘，自问：真的不提了？ 真的不能提了？ 提？ 你说怎么提？！ 人有脸，树有皮，你总不至于连这张脸皮也不要了吧？ 当然，你这张脸已经不值钱了，但也不能让人在上面再划上几刀吧！ 袁野啊，你就死了心吧！ 就认了吧！ 就打碎了牙咽到肚子里吧！ 也不要怨天尤人了，就照李老师说的，要怨就怨自己吧！ 哈哈哈哈，怨自己！好一个怨自己！ 好一个怨自己呀！！

苦笑了一阵，自嘲了一阵，倒是有了些定力。 我站起来，舒展了一下身子，在树林里缓缓踱着。 已是下午时分，天晴了，太阳从浓密的树叶间斜着泻下的光斑，在草地上组成了绿底白花的图案。 近岸处，树林投下了大片狭长的阴影，把河水染黑了，而在远处浩荡的河面上，却是一片光明，金光闪闪，银光灿灿。

凝神注视了良久，我又回过神来。

"既是这样，"我对自己说，"你就不要这么痛不欲生了，这一页就掀过去吧。"我又想起哈姆雷特那句:"无论受命运的打击或照拂,你都能处之泰然……不做命运吹弄的笛子,随它的手指唱调子。"

"是的,"我说,"哈姆雷特说得有道理,愈是逆境,愈要坚强。 离毕业没几天了,你还要好好地过。"沉思了一阵又说:"你还得有个思想准备呢,你现在这个样子,说不上还会遭遇意想不到的鄙视和冷落哩。 倘若真的出现了,那就由它了,你千万要挺住! 反正死猪不怕开水烫,还在乎这些做什么! 痛苦不会改变你的处境,只会给你更大的摧残。 那么,为啥还这么犯傻呢?!"

想到这些,我心里轻松了不少,也增添了些力气,似乎三魂六魄又重新归位,我又有主心骨了。 我对着浩渺的大河高喊:

"我要好好地生活! 我不做命运吹弄的笛子!"

远处响起了学校熟悉的钟声,告诉我已是下午四点,该吃晚饭了(星期天是两顿饭)。 我到河边洗了把脸,虽然还是无精打采,但毕竟不是那种崩溃的状态了。

此后几天,多是些毕业事宜,不多记了,不过有两件事还得记记。

一是毕业留言。 搞完了鉴定,师范生活基本画上了句号,同学们都忙着互相留言。 这时候我最尴尬了。 我是落后分子,平时与大家又关系一般,所以没人要我留的,既是这样,我当然也不需要别人给留。 但是,看着教室里熙熙攘攘的情景,自己被晒了鱼干,也实在不好受啊,于是溜出教室在外面闲游,时而苦笑一声。 我劝慰自己:"何必呢,你应该明白啊,谁愿向一个落后分子表示亲热呢? 一个落后分子又能给人什么教益呢? 人家不要你留言,是情理中的事,你难受什么? 那天在沂河边,我不是告诫过你吗? 你还是要泰然处之啊。"但这样想了也没能给我多大宽解。 此后几天,我更加沉默寡言,离群索居。

二是毕业晚会。 八月二日晚上,学校在小礼堂举行毕业典礼,会后是文艺演出。 我的活报剧也上演了。 前面写过,这是李承晚下台后去美国拜见"主子"的一出政治闹剧。虽然在内容上与毕业晚会不是很契合，但掺在众多节目里也还行，无非图个乐子嘛。演出效果还可以，确实引发了阵阵笑声。因为剧本是我写的，有几个同学还朝我投来赞赏的目光。自己的剧本第一次搬上舞台，我心里也着实激动了一阵，但不久便冷了下来。"'白专'道路的产物，有啥好高兴的！"我这么戏谑自己。扮演李承晚的徐远庆倒使我佩服。这个同我一样走着"白专"道路的黑大汉，竟然还能演得如此投入！他把李承晚这个政治小丑形象表演得淋漓尽致，给我的剧本增色不少。我真得感谢他。他的状态也给我启迪。是呀，你何必那么消沉呢，你心里也太不盛事了！要学远庆，不要怕跌倒，不要怕被冷落。想到冷落，对留言的事突然又有了新的看法，我自忖，也许是自己太敏感了，同学们说不上不是故意冷落你呢？留言当然得由要好的人写，你和人家相处是那个样子，不让你写有什么奇怪，你不是也没让人家写吗？唉，甭管怎么说，分道扬镳在即，你就顺其自然吧……

此后主要是到新校址劳动，等待分配。蔡老师和专署文教局的领导去省里开分配会议，来电话说，他们的会得半个月后才能结束，学校据此决定放假十天。我就这样回家来了。

在家这些日子，随着心境的好转，我冷静下来了，对鉴定的思考，也不再那么感情用事了。虽然还是觉得重了，李老师和干部们不了解我，用语太狠太绝，不给我留后路，但是反过来又想，如果撇开个人感情，从旁观者的角度来看我这学期的表现，我呆头呆脑，麻木迟钝，就是跟不上形势，就是不合要求，就是不怎么样嘛，人家对我印象不好也可以理解。当然，他们无视我后期的进步是不合适的，然而人家说你是为形势所迫，你也无法辩解啊。为什么那天在沂河树林里对驳，我驳不过人家呢？说明人家还是占着理啊。如果我是他们，让变成他们的我去评价朱琪和远庆会怎么说呢？当然也会说他们走"白专"道路的。

当然啰，倘若让我写评语，我不会把他们写得这么糟糕的。 但是，人家既然这么写了，你也有口难辩啊。 既是这样，还埋怨什么呢？ 我们几个人的评语无论写了多少，要害就是"'白专'道路"这条。 只要有这一条，扣什么帽子都好解释。 唉，反正事情已成定局，纠结已无意思，那就别再纠结了，还是到新岗位上重打锣鼓另开戏吧。

这就是我目前的心情和态度。

A：唉唉，读你这段日记，我心里也不好受。 李老师他们确实"左"得可以，抓住一些现象，就推而论之，扩而大之，无限上纲上线，给人扣上吓人的帽子。 实际上从日记里看你这学期的表现，你虽然反应慢一些，但总的还是积极向上的，还是跟着潮流走的，还是有不小进步的。 鉴定没能反映这个实质性的东西，把一个老实巴交的成长中的小青年说得一无是处，他们还以为是对党负责呢。 日记里说得不错，鉴定是入档案的，要跟人一辈子，所以下断语实在应该慎之又慎，尤其对青年学生，既要实事求是地反映他们的思想政治面貌，又要掌握分寸，宽容一些，须知他们是毕业离校啊，他们是风华正茂的青年啊，把话说得那么绝，大有一棍子打死之势，算什么呢？

B：事已过去半个多世纪了，今天来看，把鉴定搞成那个样子，既有李老师他们的个人原因（他们确实"左"得厉害，更不近情理），也与社会思潮有关。 那时候说的所谓又红又专，实际上是重了政治轻了业务，那时候说的所谓"白专"，实际上主要指的是重视业务而政治上开展不够的那些人。 政治与业务的关系，在相当长的时间里（大体上说是从 20 世纪 50 年代后期到一九七八年党的十一届三中全会吧）没解决好。 到"文革"时期，更是变本加厉，强调生产就是"以生产压革命"，升学时搞点文化考试就是"资产阶级教育路线复辟"，甚至出现了"宁要社会主义的草，不要资本主义的苗""知识越多越反动"的谬论，结果弄得国民经济到了崩溃的边缘，一代青年人的学业也被耽误了。

A：这的确是沉痛的历史教训啊。好吧，别扯那么远了，再拉回来说你吧。我注意到，那时的极"左"思想虽然让你吃了不少苦头，可你的思想也"左"得不赖。沂河树林里那场对驳，所谓的甲方和乙方，不都是你自己吗？乙方的那套理论，不都出自你的口吗？说到底，打败你的还是你自己，是你的"左"的思想打败了你。还有，放假后重新思考，你虽然还是不满，也有些无奈，但你的极"左"思想基本上还是让你把那个不公平的鉴定接受下来。你还搞了个换位思考，用这套理论去评说朱琪和远庆呢。这一切说明了什么？说明你也够"左"的。你既是"左"的思想的受害人，又是"左"的思想的捍卫者。二者就是这么怪诞地集于你一身。我这个分析，你同意吗？

B：对的，对的。这种现象，今天看有些怪诞，可放到那个背景里看，就不奇怪了。生活在那个时候，受着那样的教育，你当然就有了那样的思想。看待别人用这种思想，对待自己也要用的。那个时候，恐怕大部分人都是这样的。真正能认识到它是"左"的是错的，能有多少人啊。

A：有还是有的。周总理得算一个。我在一本书里看到他在全国文艺工作座谈会和故事片创作会议上的一段讲话，讲的就是"白专"问题。我把这段话念给你听听，你肯定会有醍醐灌顶、大梦方觉之感。

周总理说，什么叫做"白"呢？一个人只要在社会主义土壤上专心致志为社会主义服务，虽然政治上学习得少，不能算"白"。只有打起白旗，反对社会主义，才是"白"。例如有个外科医生，开刀开得很好，治好了很多病，只是政治上不大开展，因此就说他是'白专道路'，岂不是荒谬？再如有一个人专心致志为社会主义服务，政治上懂得少一些，但是两年把导弹搞出来了，对国家很有贡献；另一个人，天天谈政治，搞了五年也没有把导弹搞出来。你投票赞成哪一个人？我投票赞成第一个人。不讲革命的功利主义，空谈政治，不好。当然，学习政治我赞成，但是要精通业务，不能占用业务的时间。

B：（鼓掌）啊呀呀，周总理讲得何等好哇，真让人茅塞顿开！那些年，有多少偏重业务的人被错误地说成是走"白专"道路啊！ 他们承受了多么大的精神压力和政治压力啊！

——咦！ 咦！ 周总理这个讲话，咱们那时怎没听说过呢？

A：这也不奇怪。 周总理那番话，是在"四人帮"当道时讲的。 这个讲话不合他们的胃口，他们当然要封锁的，起码也要极力缩小传达范围。

B：是这样，是这样。 唉唉，真是误国害民啊！

A：我看此事就议到这里吧。 ——分配在即，你后面还有不少事呢！

|六十九|　等待分配

八月十五日回学校，蔡老师还没从省城回来，我们只好继续等待。学校安排我们天天去新校址扎盖屋用的芦苇笆子。

除了劳动，我主要是读书抄书。真是到什么时候有什么，放假不过十天呀，同学们不知从哪儿倒腾来那么些初中语文教学参考资料，关于阅读教学的、写作教学的、文言虚词的、语文教学改革的都有。这些资料都是我们以往没接触过的，我像哥伦布发现了新大陆，既新奇又兴奋，如饥似渴地读起来，早晨、午休、晚上和劳动间隙都用上了，这个劲头绝不亚于以前读小说。实际上不只是读，主要还是抄，认为重要的就抄。有人劝我不要抄，将来可以买一本，要抄也要抄得简略一些。我则认为不可。要是以后买不到呢，岂不误事？不能失之交臂啊。至于"简略"，当然要注意的，要有选择地抄，可这些资料，简直是字字珠玑啊，该抄的不抄还行？还有个情况也让我格外费力，就是同一类型的资料，不同的版本有不同的新意，我都眼馋，见了就想读想抄。到离校时，有关阅读教学的书我抄了三四本，有关写作教学的书我抄了两三本。在等待分配的日子里，不少人在那里津津有味地啃小说（这时候，再也不用顾忌谁会说三道四了）。不能说我没有眼红心动的时候，也看了《农村三部曲》的《秋收》和《残冬》，但我最终还是管住了自己。我想，资料难得，时不再来啊，我必须趁这机会多读点抄点，尽量武装一下自己。这就马上走上岗位了，我得对我的学生负责啊。

当然，分配在即，我不是不知道我分到小学的可能性很大，但这丝毫没影响我的读抄。李老师讲过，这次分配，有百分之九十五以上的同学要到中学。这就是说，大约有百分之五的要到小学。按这个比例，我班要摊上两个人了。考虑到我的政治条件，我觉得我得算一个。所谓学习好，就目前形势看，那根本算不了什么。另一个呢，可能是徐远庆，他出身不好，又是同我一样的"白专"。也可能是刘青厚或陈友洪，虽然业务能力不那么重要，但他俩的语文水平也实在太差了。

在这样通盘考虑了以后，我跟自己说，是的，你必须充分地做好到小学去的思想准备，有备无患嘛，免得到时候被压垮了。倘若真的让你到小学去，你要把它看作是党对你的一个考验，去了还要干好，要积极进取，争取早日加入组织。但是，毕竟还没宣布，没宣布就还在两可之间。所以你虽然在思想上要打上小学的谱，在行动上还是要有去中学的准备。你现在多看些资料，如果分到中学，你就赚了！你可以把这些知识变成实践，成功地开展语文教学，用自己的心血去浇灌祖国的花朵。分到小学呢，也并不吃亏，技多不压身嘛！

那天下午在新校址扎笆子，我同朱琪在一起。见附近没有别人，他语调沉重地低声说道："我找过王思奇老师了，他专门就'白专'道路给我谈了很多，还举了好多例子。我以前真没想到，'白专'道路竟然如此危险，自己的错误竟然如此严重！"

我心头一动。看来他这段也受了不少煎熬，也终于从痛苦中走出来了。他的自责也让我内疚，我感慨地说："是的，细想想自己什么事都落在后面，不讲别的，连个合格的公民也算不上啊！"

我们谈了很多。谈评语，谈心情，谈打算，畅所欲言，推心置腹。我们是三年的同班同学，近一年来又交往密切，而且都死心塌地地爱着文学，确实是心心相印的朋友啊。

我们也谈到爱好问题。他说："这些日子，我反复想过，正式踏上社会了，要变变样子，不能再这么落后了。 首先要全力以赴做好教学工作，这是立身之本。 我也想过爱好的事，这是不能放弃的。 可是参加工作后得把它放到第二位了。"我赞同，又问："读书该怎么办呢？"这确实是令人头疼的难题。 我们都有同感，一拿起文艺图书就忐忑不安，好像不正大光明似的。 他沉默了一阵才说："这个……只好到岗位上看情况了。"

在等待分配的日子里，我同李忠谊、刘青厚到照相馆合了个影，给我们的三年友谊留下了珍贵的纪念。 取来照片后，我在背面用小字郑重地写上："松竹梅岁寒三友，谊厚野谊中一家。"我还拜访了王思奇老师，算是辞行。 王老师问了我的情况，说了段语重心长的话，我得特别地记下来。 他说："青年人受点挫折没什么，跌倒了爬起来就是，不要看得太重。 你的业务我不担心，担心的是两点，一是政治进步，二是社会活动能力。 要在社会上立足，这两点是很重要的。 你已经大了，是成年人了，走到社会上，人家要拿一个成年人的尺度衡量你，看待你。 在政治进步上，我看你不妨到岗位上就写入团申请书，给人一个积极争取进步的好印象。 关于社会活动能力，要注意锻炼，能力是在实践中培养起来的。 另外，关于挫折问题，我还得多说几句。 你今后肯定还会遇到不少挫折。 不光你会遇到，人人都会遇到，每个人的人生道路都不会一马平川，总会有曲折和挫折的。 不要认为有了挫折就是坏事，只要能正确对待，能接受教训，坏事就会变成好事。 从挫折中走出来，你就提高了，进步了。 这样，挫折就成了你的人生财富，成了你进步路上的好朋友，这也是辩证法。"王老师的话真是金玉良言啊，增强了我积极进取的信心和勇气。 是啊，往事已矣，来日方长，我没有必要沉陷在失败的阴影里，我要奋发向上地投入新的生活！

|七十| 分配时刻

　　蔡老师八月二十一日才回来。 他的归来对我们来说，不亚于久旱逢甘霖，我们焦灼的心里爆发出了无限的喜悦。

　　分配的速度加快了。 二十三日的晚上听了一次报告，学校唐书记介绍了全省全地区中学教育概况和师资需求情况，告诉我们绝大部分同学要分到各县中学去，师范附小也要留几个人。

　　二十四日早晨，我们重报了志愿，每人报两个，报到县。 放假前我们已经报过一次了，那次我报的是蒙山和莒城，这次报的是蒙山和郯县。 蒙山虽离我家二百多里，可我对它情有独钟。 那里是沂蒙山区腹地，我喜欢山区的诗意，我喜欢山区人民的纯朴（当然，除了几个蒙山同学，我没真的接触过山里人，这个特点我是从文艺作品里知道的）。而且，那里是革命老区，我想去寻访革命战争年代的遗迹，寻访英雄的人民，说不上还能写点儿什么呢。 我不想回故乡莒阳，我怕分到我村附近，杂事多，耽误工作。

　　早饭后继续劳动，路上遇到孟玉昭（原五七级五班同学，分科后在数学班），我问他的志愿，他很不痛快地说："沂州。 我们班外县的同学都不报沂州，怕分到附小。"我见他眉头皱着，脸色难看，就问："那你为啥报沂州呢?""我是沂州人呀，本县不报，要挨人说啊!"他的样子，使我第一次感到分到小学的严重性。

　　收工时，我跟朱琪走在一起。

"对分配，我是既高兴又害怕。"他说。

"怕什么？"

"怕分到附小。 对于这一点，我还没做好思想准备。"

"我好像做好了，对这个一点儿感觉也没有，或许是我麻木的缘故吧。 但我相信，倘若真的分到小学，我会很平静的。 我这样想，既然已成定局，你苦恼有什么用？ 何况，无论分到哪里，都得好好干。"

"那是啰，但却代表了自己没达到党的要求。"

"这……倒是的。"

"还有……名誉……"

"这是好多人都顾虑的，的确让人为难。 可是也顾不了那些了，因为你无力回天嘛。"

沉默了一会儿。 下了公路，过了小桥，就到学校了。

"人的个人主义呀，"朱琪说，"总是难以摆脱。 咱们离一个真正的人的标准，差得远哪！"

"那是，"我被他的自责感动了，"这也是我们今后思想改造的一个重要内容呢。"

八月二十五日晚，学校召集我们在小礼堂开会，宣布分配方案。 激动人心的时刻来到了！

我和朱琪一起去的。 半路上，他突然把脸转向我说道："这心……"随后把手放在胸前掂了几掂，二人相视大笑。

"是啊，要'宣判'了……"我说。

"我估摸着，好像不大可能……"他自言自语。

"你放心就是，"我这才知道他还在揪心这个，就安慰他说，"我给你打包票！"

我这样说，也不单是安慰。 他虽是"白专"，但他上初中就是团员，现在又是学校"名人"，去小学那几个名额，怎会轮到他呢！

来到礼堂，我们靠北面窗口坐下。他手托着腮，神态异样，脸色像猪肝一般紫红。

孟玉昭走过来，跟朱琪扯起沂州、郯县什么的（他们都是沂州人），朱琪只是心不在焉地应答着。听说时间还早，玉昭约他出去凉快，他没动弹："热吗？嘿，不去！"其实他额头、鼻尖都渗着汗珠。

我问他："想什么呢？"

"想？什么也不想！"

张顺贞过来了，同我谈起读书笔记、日记什么的。我们侃侃而谈，朱琪则默然独坐。

唐书记终于千呼万唤始出来。礼堂内顿时安静下来。一双双充满期待的眼睛，直勾勾地盯着他。

唐书记首先讲了讲这几天劳动的情况，接着就讲起大家填报的志愿，表扬许多同学表现很好，愿意到艰苦的地方去，然后话题一转，说现在就把方案念念。立时有许多人兴奋地蹉起了脚。朱琪朝我瞅瞅，笑了笑，缩起脖子。我说："你听这一阵骚动！"

不想唐书记又转了话题，说起同学们要端正态度，要从国家利益出发，服从党的需要，讲了好大一阵子，终又说道："现在就念念它，这是对每个同学的考验，当然啰，有意见也可以提……"

显然是收场的话了，全场掀起更大的骚动。朱琪神经质地一把抓住我，但马上察觉了自己的失态，又不自然地笑了。我说："你这么怂干吗？分到哪里还不是一辈子！""我……我哪里怂？"他讷讷地说，身体却抖得更厉害了——他已经这样抖了好几阵子。

唐书记的讲话重言拉语，这时又转了话题，批判起某些同学的个人主义来——只想个人利益，不想国家利益；只想到条件好的地方，不想到条件差的地方；只想到中学，不想到小学；等等。总之，这些都是严重的个人主义的表现……

朱琪这时候平静了许多。我为观察他，故意把胳膊贴着他的后背，

353

发觉他颤抖得轻了，更轻了，最后竟止住了。　他转过头，小声说："唐书记的报告对我帮助很大。"我朝他点点头，他的脸色依旧红得厉害。

　　我怎么也想不到，他的情绪竟感染了我，把我的情绪勾起来了。　我对分到哪里本来没大想的，但见他这样子，不由得也冒出些念头。　我问自己："倘若把你分到附小，你会怎样？"我也想到了名誉问题，反应一时很强烈。　我朝讲台上望去，黑胖的唐书记正摇着蒲扇，不紧不慢地继续批判个人主义。　我猛地一颤，责骂起自己来："孬种！　追求名利正是资产阶级个人主义思想，正是你要努力克服的呀！　你一定要经得起考验！"这样想着，才安下心来，然而脑袋已经热了。

　　等唐书记真的讲完话，让蔡老师宣布分配方案时，礼堂内的骚动空前大了。　朱琪把身子缩了缩，静静地等着。　我也不再胡思乱想，心却在扑通扑通地猛跳。

　　蔡老师走上台来，骚动戛然而止，整个大厅一下子鸦雀无声。　用常用的话说，那真是连一根针的落地之声也能听到啊！

　　真相终于大白！　我出乎意料地被分到莒阳（我的家乡），朱琪出乎意料地被分在地直（专署直属单位。　他是唯一一个被分到地直的。　他报志愿时怕留在附小，连沂州也没敢报呢）。　而被分到附小的则更为出乎意料——竟是我班的罗望金和文乙班的滕菊沛以及数学班的李绪兰！罗的情况我知道，人家是班干部，顶呱呱的。　滕的呢，我问同在乙班的张顺贞，他说："很好，这次差点儿被保送！"（我们这届有部分保送上曲阜师范学院学习的名额，各班都有几个）我恍然大悟，对朱琪说："原来留在附小的都是好样的！""对！　都是好样的！"他轻松快活地说。　这时他脸上的红色，正在被巨大的喜悦和兴奋染得更红了。

　　当晚就讨论。　因为我们即将离校，从家里回来后学校就不让用教室了，我们就在大宿舍讨论。　大家对分配结果基本上都很满意，唯有罗望金红着脸说："我真没想到！　我真没想到！"（后来我想，大概是因为她性格温柔，适合教小学生，才被分到附小的吧）由于地直是上等的，人们都对朱琪另眼相看。 王卓然一个劲儿地感叹:"朱琪的岗位很适合他,他的普通话……"朱琪对我说:"就怕教不了……"我说:"你行!"

第二天早晨,我照例抄资料。 朱琪拿个小本儿在东边桌旁坐下写着什么。 大半个钟头后,他放下本子出去了。 几个同学要订几天来赶着刻印的语文资料,杨兴同找锥子,走到桌前,拿起朱琪的本子说:"看他写的什么。"我也凑过去看,开头是:"个人主义是最难克服的。 但当他一旦发觉,他又是最痛苦的。"接着另起一段:"这是我经过昨天分配的感想。"这进一步引起我的好奇,杨兴同放下本子走了,我拿起来,翻到封面一看,上面遒劲地写着两个大字:"鞭子。"我知道是日记了。 这是个人隐私,本不该看的,可是按捺不住的好奇心驱使我不能不继续看下去。 下面的内容就是记述他在分配问题上的心路历程。 我这才完全了解了他那么揪心的原因,他不光担心分到小学名誉受损,还怕自己的初恋受到影响哪! 我对着他的日记出了会儿神。 春天挖蝇蛹时他讲的关于他的爱情故事重现脑际。 哦,想不到他竟有如此沉重的思想负担,难怪呢! 现在好啦,一切都过去啦。 朱琪,我祝贺你! 我祝福你!

A:好一个朱琪! 他后来的情况,你了解吗?

B:此后天各一方,接触不多了,不过,他的经历我倒还粗线条地了解一些。 他那年被分到地直,原来是到地区广播站当播音员,他不想干这个,时间不长又回到中学教书。 他干得不错,一九六二年就入了党,这一年还被保送到泰安教师进修学校进修,回来就留在县城中学了,"文革"前被提拔为教导主任,20世纪70年代升任校长,80年代还干过几年县教育局局长,后来县中升格为副县级单位,县里又让他回去当校长,直到退休。

A:嗯,是不错,挺顺的。 他的婚姻呢? 爱人还是初恋的那个吗?

B:不是了。 说不定还是女方家庭原因。 他的爱人是我们那级的一个女同学。 60年代一个同学告诉我这个消息时的话我至今还记得:"就是三班那个大辫子！"哈哈！

A：他在文学上呢？

B：说不着。没听说有多大作为，发表点儿小诗什么的倒有可能。他一生大都忙于教育行政，估计心思渐渐淡了。

A：嗯，有道理。

B：一九六九年我去过他家，他已经是两个孩子的爸爸了。我们推杯换盏，畅叙契阔，好生痛快。一九七一年、一九七三年又见过，都是匆匆一见，未及深谈。相见甚少，但总有牵挂。这几年重读日记，又勾起了我对他的眷念。现在老了，回首一生，经历了那么些人和事，还会引起念想的早年同学不多，他得算一个。

A：是啊，毕业五六十年了还惦念着，这才是真挚的友情啊！

|七十一| 奔赴岗位

　　分配方案宣布之后，歇了一天，八月二十七日就可以离校了。但天公不作美，连日大雨，沂河水暴涨，大桥是老桥，桥位太低，也被水淹了，只好又等了两天。此时此刻，我们真是去心如箭啊！

　　趁这工夫，我来记一下我的心情。公布了方案，明确了去向，一切忧虑和不安一下子荡然无存。与这阴霾的云天相反，我的心里碧空万里、阳光灿烂。充盈在心头的，除了无限的喜悦，更多的还是对未来雄心勃勃的计划和甜蜜美好的憧憬。这些日子，我之所以贪婪地乐此不疲地抄写资料，为的不就是教好我即将面对的那一班可爱的学生吗？我狂热地盘算着：我要用生动精彩的讲述，赢得学生对我的信赖；我要用尽心尽力的教学实践，提高学生的读写水平；我要用自己积累的读书经验，指导学生进行有成效的课外阅读……我不知实践会给我什么样的答案，然而我的心却被这些念头塞满了。我决心按照自己的意愿在教学中摸索出一套成功的经验，在教育上干出一番事业来。

　　我对今后的思想进步也信心满怀，我打算这样干：第一，坚决听党的话，党叫干啥就干啥，一切听从党的指挥。第二，积极靠拢组织，到岗位一个月内就写入团申请书，平时经常向组织汇报思想，寻求帮助。第三，加强政治学习，养成读报习惯，增强对新生事物的敏感性。第四，尊重同志，团结同志，向同志学习。第五，了解学生，关心学生，爱护学生。第六，还要有迎接困难特别是应对挫折的思想准备。

虽然一般来说，同志们都会是不错的，但也可能有"二般"情况。 小说《护士的日记》的主人公小李参加工作后遇到的那种复杂的人际关系，我说不上也会遇到的；再说，我自己也有不少弱点和缺点，因而难保会一帆风顺。 我要丢掉幻想，把思想降落到现实的大地上来，经得住生活的一切考验和磨难。 总之，我要以满腔热忱，在实际生活中摔打磨炼，争取尽快地把自己打造成一个真正的人，一个坚强的共产主义战士！

对于爱好，我也想了，日记、速写本还是得有的，要注意积累生活，但应以工作为重，我是新手，要努力练出一身过硬的教学本领啊！

八月二十九日，天晴了，但河水未退。 我们等不及了，坐上小船，乘风破浪来到河东岸临时车站。 连日阴雨积下的旅客云集于此，车站异常嘈杂混乱。 直到下午，我们才包了一辆去莒阳的敞篷车，大汗淋漓地攀爬上去。

车缓缓启动了。 终于踏上了征程，每个人都禁不住长舒了一口气。清风徐徐吹来，驱赶着满车的闷热。

汽车驶上了公路，开始加速。 明书丽站起来了，宋胜广站起来了，我也情不自禁地站起来了。 刚朝远处望了一眼，突然感到眩晕。 我赶紧抓住车帮，眯上眼，稳了一下，又睁眼向前望去，铺着阳光的大道箭也似的向我扑来，我顶不住了，一时眼花缭乱，又急忙将头转向车篷。旁边的人见我这样子，劝我坐下，我拒绝了，决心坚持下去。 好受了，又转头继续向前看。 如此反复数次，终于稳住了。 大自然也不再调皮，温顺地向我展示着自己美好的面孔。 长蛇般的大道光洁而平坦，望不到尽头。 路两边高大的杨树飞驰而来，又飞驰而去。 葱茏的远山早已逝去，眼下是一马平川，坦荡如砥。 茂密的庄稼织就无垠的绿毯，绿毯上红旗招展之处，是人民公社的社员在辛勤劳作……

站着的滋味真好！ 既可感受汽车的风驰电掣，又能亲见和体味景物的变化万千。 更有那迎面清风呼呼而来，将你的头发扬起，将衣服吹鼓，荡尽你上车前满身黏腻的汗水，赐给你通体的清凉……此时此刻，我心旷神怡，豪气冲天，大有腾云驾雾、飘飘欲仙之感！

请不要取笑我的记述是小题大做、少见多怪。要知道，这是我平生第二次乘坐汽车哪！我家离校虽有百里之遥，但不通汽车，三年来每学期的来回，都是靠我迈动双脚走出来的。

我第一次坐汽车是在一九五八年秋。那时，我们停课在沂城南的白庄一带筑路，吃住都在那里。有一天学校雇车去煤矿拉煤，要我们在汽车经过白庄时派一个人押车。王老师让我去了，告诉我回来时就在白庄下车。我坐在驾驶室里，新奇得不得了，看着司机师傅魔术师般操作，看着路边景象魔术般变幻，犹如刘姥姥进了大观园，目不暇接。回来时经过白庄，我哪里舍得下车？！一直坐到学校，下了车又步行十余里回来。王老师问我缘由，我说了实话，惹得他和周围的同学大笑不止。此情此景，记忆犹新，时隔两年再次坐车，这股新鲜劲儿岂能消减！

来到县城，我们在招待所住下。第二天下午，县人事科陈科长宣布了我们的工作单位。我和王彬、袁德照、李勤永四个人分在苍马中学。学校所在地在县城南，到那里还有六七十里路，不通汽车。第三天，我们雇了辆小胶车推着行李，一路跋山涉水，自是别有情趣。到了下午，从一座大山的东面南去，走到尽头向西一看，眼前陡地一亮，哦，好开阔的一个盆地哩，这里正是进入盆地的山口。听当地人说，学校就在那边，已经不远了。我们便停下来做些准备。先在路边山涧里洗了个澡，顿感遍体清爽，精神焕发！心情也一下子变了，每个人都强烈地意识到自己的教师身份，不约而同地放下了卷着的裤腿，在背心外面罩上了长袖褂，我和王彬还特意把眼镜整了整，连走路的步子也放稳重了。

学校的几排红瓦房出现在视野里。它背依青山，远离周围村庄，就像几朵硕大的红花怒放在广阔田野的万绿丛中，沐浴在初秋骄阳的灿烂金光里，真是画一般的俊美呢！

我们情不自禁地加快了步伐。李勤永脸红得像大红布，兴奋地说：

"这阵子的心情，该怎么形容啊！"

一步步近了。

亲爱的学校向我们张开了欢迎的笑脸。陈老师跑过来了，李老师跑过来了，郁老师跑过来了，老师们闻声都跑过来了……

欢声笑语冲云天！

啊，新生活的帷幕，让我们的人生发生质变的新生活的帷幕，呼啦啦地拉开了！

A：读这一节，犹如听一曲欢快的小夜曲，由你的毕业鉴定给我造成的压抑和沉重一扫而光，我的心情也轻松愉快起来。伙计，祝贺你！祝贺你学生时代的结束和新生活的开始！

B：谢谢了，谢谢了。首次踏上工作岗位那阵子的心情，兴奋、喜悦、甜美、幸福、新奇，是很独特的呀，每个人一生中大概只能有一次这样的体验。

A：不错，对这个我也有同感。哎，这一学年的事写完了，你不得"感慨感慨"吗？

B：这个嘛……这本书如能有幸出版，读者对我这个人，对那时的一些事，很可能议论纷纷、说三道四。我看还是听听读者的意见吧。

A：那好。不过，你的事还留下许多谜团呢，例如你的组织问题是怎么解决的？参加工作后，你的那个文学理想又是个什么样子？搞出点儿名堂没有？此后的半个多世纪是不寻常的，不仅工作中会有风风雨雨，还有许多政治运动，面上"四清"呀，点上"四清"呀，十年"文化大革命"呀，等等，这些运动惊涛骇浪，可不是闹着玩的，你这个迂腐的书呆子又是怎么走过来的？这些问题，读罢日记，一直牵动着我的心，我想读者朋友也会有此想法的吧？说不上还会为你担心呢。你不得说说吗？

B：嗯嗯，是得说一下，可是……半个多世纪的经历，岂是三言两语说得清的？ 这样吧，咱们不妨加个尾声，就在尾声里谈，你看行不？

A：好好好，加个尾声，有必要，有必要。

B：这个尾声叫什么好呢？ 哎，既然上卷之前的叫《卷前篇》，那么这个尾声就叫《卷后篇》吧，怎么样？

A：太好了，正好与《卷前篇》呼应。

B：这个《卷后篇》嘛……我看就由我来写吧。 反正不能太长，又是自己的经历，不会费太大劲的。

A：能这样最好，我赞成！ 可你要慢慢来，别累着哟。

卷后篇

|七十二| 卷后

读者朋友，倘若你有雅兴读完本书下卷，我想你可能也会像胡老弟一样，对我此后的经历萌生兴趣，甚至还会对我在那风云激荡的几十年中的生活状况有某种程度的担心呢。既然如此，作为本书的主人公（准确地说是模特儿），我也觉得有必要介绍介绍。不过也只能说个大概，详细了就成了另一本书的事儿了。不是有人说过吗，每个人一生的经历，都是一本厚厚的书呢，哈哈！

（一）

你看得出来，刚从学校走出来的我，既有一定的优势和优点，又有很大的弱势和弱点。我有较好的业务能力，特别是写作能力，我为人忠厚老实，有积极向上的进取心，这算是优势和优点吧（今天看来，这个优势和优点，是我一生安身立命之本呢）。同时，我政治上是"白脖"（那时候非党非团，往往会被戏称为"白脖"），又不谙世事，特别缺乏社会经验和生活能力。这样的弱势和弱点，注定我还要经受磨难。

果不其然，在我满腔热忱地走进苍马中学不久，我的尴尬与难堪就开始了。

这个学校是一九五八年新建的。我们去时有四个班（三年级、二年级各一个，新招的一年级有两个），教职员工十来人。麻雀虽小，五脏俱全。作为一个单位，方方面面的工作都是有的。这就要求大家是多面手，不光能教学，别的方面也能来得。可我呢，除了教学别无所长，就难免会做些蠢事，甚至出洋相了。

举个例子吧。

暑假开学一个月后就放秋假了（那时候农村学校有农忙假）。学生离校了，老师们按照公社党委安排，每天都到生产队帮助秋收。炊事员老杨是当地人，那天请假回家忙活。中午谁做饭呢？领导留我在学校煮地瓜给大家吃。

这是我平生第一次做饭，而且还是做给十几个人吃，我的为难和紧张不言而喻。可又怕人笑话，不便推辞，只好硬着头皮接受下来。

洗地瓜我是会的。洗好后放到锅里，又抱来木柴，便开始煮了。

开锅我也是认得的。我知道只要看水蒸气腾腾地冒出来，在锅盖上方聚成浓浓的雾团，那就是开了。

可是怪了，我烧啊烧啊，烧了老半天了，就是不见锅开。

不开我就继续烧。又是烧啊烧啊，又烧了老半天，还是不开。

我只好一个劲儿地烧。

木柴烧了一抱又一抱。我又忙又急，满身大汗，连衣裤都湿了。

太阳从天空东南方转到中天，我依然烧个不停。

突然从远处传来一声大喊："啊呀呀，怎这么大的煳味呀！"我从草棚伸头向外一望，啊，老师们收工回来了！

李勤永一溜小跑过来，掀开锅盖一看，我俩都傻眼了：一锅地瓜成了焦炭，铁锅烧得通红，木板做的锅盖沿锅的一圈烙得黢黑，上面还闪动着红蚂蚁一样的火星！李勤永连忙把木柴从锅底抽出来，用水泼了。看着锅里锅外一片狼藉的样子，我们相对苦笑。我羞得无地自容，就像常说的那样，这时候倘若地上有缝，我会立马钻进去的！

这顿饭只好重做。同志们的埋怨自不必说。我一边吃着新煮的地瓜一边寻思：怎就没看到锅开呢？哦，是了，准是我放上地瓜后忘了添水！但是，我怎就没闻到煳味呢？哦，是了，有句话说"入芝兰之

365

室，久而不闻其香，入鲍鱼之肆，久而不闻其臭"。 我一直在锅跟前烧火，怎能闻得出煳味呢？

这是我第一次暴露无能。 此类事无须几次，大家就信不过我了。除了教学，很少派我干事。 干事愈少，便愈得不到锻炼。 愈得不到锻炼，便愈不会干事。 愈不会干事，人家便愈瞧不起我，我也愈自卑、愈苦恼。 这是一个恶性循环。 时间长了，我得了神经衰弱症，虽不严重，可脑袋老是木木质质的，像是搅进了木渣。 我在苍马中学两年，补脑汁、健脑补肾丸没少吃，但是收效甚微。

一九六二年暑假，县里贯彻中央"调整、巩固、充实、提高"八字方针，下放人员，我成了当然的下放对象——从中学被放到小学。

就常理来说，下放是很没面子的事，我应该不高兴才是。 可是我没有。 不只没有，还打心眼里高兴。 为啥呢？ 我觉得自己年轻，需要锻炼，也渴望锻炼，但在这样不受信任的环境里，我没有锻炼的机会，因而就难以"长大成人"，难有出头之日。 我想，到小学里是不会这样的，那里教师编制少，弄个班主任干干是没问题的。 到那时我就得独当一面，就有了锻炼的机会，就会得到提高了。 正因为想到这些，我才由衷地高兴啊！ 与我一起下放的还有一个同志，他那年元旦才结婚，人家是冲着他这个中学教师来的，他当然不乐意去小学。 看他垂头丧气的样子，我还说他："何必呢！ 哪里黄土不埋人！"

现在想来，我在苍马中学那两年，虽然干得失败，但还是有收获的。 我在那里入了团。 师范毕业时王思奇老师不是让我到岗位上就写申请书吗？ 我照办了。 我平时虽然由于干事能力差，不那么受重视，但我老实本分，教学勤恳认真，大家还是看得见的。 所以，一九六一年冬，上面强调落实知识分子政策，组织上就发展了我。 这是我多年梦寐以求的事啊，也为我后来的进步奠定了政治基础。 想到这点，我至今还对那时的同志们心怀感激。 还有，我在那里学会了拉二胡，练熟了风琴。 青年人精力充沛，我事少，在工作岗位上也不能老抱着小说死啃，空闲时间就同这两样乐器交上了朋友。 你会想到吗？ 一九六一年国庆节学校开晚会，我竟然凭着一把二胡，单独为一位女同事的独唱伴奏哩！ 到小学以后，因为风琴按得可以，我还曾兼过学校的音乐老师呢！

还有一点要说的，在苍马中学，我没有放下对文学的热爱，仍然保持着写日记的习惯，每天晚上办完公，总要记上一笔，只不过因时间关系，记得没以前细了。 我还有个速写本，专搞镜头特写。 我至今还记得这么一件事：有一次我到距学校十多里地的村里家访，中途走至一个河湾处，那里长着大片的芦苇，茂密葱茏，清风吹来，波涛起伏，一群群麻雀在里面叽叽喳喳叫个不停，时而群起群飞，翩跹而舞，如同进行歌舞比赛，好不热闹。 我被深深地吸引了，连忙掏出随身携带的速写本，记完了才走。 积累素材的事，我从未敢忘哪！

（二）

我的家乡把蝉叫作"姐溜"，把它的幼虫叫作"姐溜猴"。 姐溜猴要在地下生长多年，长成后才在夏季的某个夜晚从土里钻出来，爬到树上进行蜕变——背部缓缓绽开，姐溜破壳而出。 获得解放的姐溜从此生活于天地间，成为一只向着浩瀚天空自由高歌的"铁叫子"。 这是一个质的突变，这个突变来得那般迅疾，无非一夜间事！

回顾我从中学来到白龙完小的经历，我很自然地想到了蝉的蜕变。我觉得我在这里发生的变化，不亚于蝉的蜕变。 离开了不被重视的环境，我没有了自卑感，没有了思想重负，大脑里长期被压抑的活跃因子如火山爆发般喷薄而出，我的精神面貌得到根本改观，一下子蜕变得判若两人了——我如鸟归林，如鱼入渊，心情舒畅，开朗乐观，说话风趣了，做事利落了，反应敏捷了，曾经的那些抑郁、迟钝、暮气、迂腐通通烟消云散，即使在闲暇时拉阵子二胡，流淌出的也尽是我满身心的轻松和快活。

我的这种状态，无疑给了大家好感。 没过多久，我就成了学校里颇受欢迎的人了。 同事们都乐于同我交往相处。 我们在一起说笑、打趣、谈心，是那么地自然、随意和愉快。 我刚来，他们在我生活上、工作上也热心地给予帮助。 我看得出他们是真心实意地喜欢我，我觉得与他们处得简直是融洽无间。 在一个大集体里的这种平等、友爱、和谐的氛围，实在是我多年来未曾有过的啊！

　　我的这种焕然一新的变化，说来有些离奇，令人难以置信，然而的的确确是我当年真实发生的事。 此刻写到这里，我也不禁停下笔思考。这是怎么回事呢？ 我怎么突然间就发生了那么大的变化呢？ 我想起了事物由量变到质变的道理。 是的，我在苍马中学虽然过得不是很舒心，但确实也在量变着。 两年的教学经历，锻炼了我说话的能力，我在人前不会那么怯场了。 在两年的工作中，在与同志们的相处中，我当然也学到不少东西，潜移默化地提高了生活和工作能力。 同时，得不到锻炼和信赖的处境，也让我积蓄了太多渴望锻炼、渴望信赖的潜能。 下放到小学，我知道这个机会来了，我的潜能便爆发式释放出来，我的精神面貌也随之发生了质的变化，我这只"姐溜猴"终于蜕变成"姐溜"了！ ——真所谓"人挪活，树挪死"啊！

　　回望我多半生走过的路，我认为从中学下放到小学，是我人生状态的根本转折点。 从这时起，我才真正走出了生活的阴影，弥补了性格的短板，而且再没有像以前那样心情苦涩过。 当然，世事复杂，人生道路总不会那么顺达，苦恼和难堪还是有的。 但此时非彼时，这种苦恼和难堪，与师范后期和苍马中学时期相比，在内容和性质上已有了本质的变化，是不能同日而语的。 啊啊，我赞美我来到小学的解放，赞美我的新生！

　　一谈起白龙完小的生活，我就会想到一个人，就是李晋。 此人也是那年从一中下放到白龙完小的，比我早去二十来天。 人家原来的门头高，一下来就担任学校的业务负责人。 不过他的为人却不怎么样，他比我大不了多少，旧意识却很重，溜须拍马，谄上傲下，来了才几天啊，老师们就开始烦他了。 我去后，好多人跟我谈起他的猥琐与卑劣，几乎人人都说过这件事：有天早晨，吴校长还没起床，他就早早端着洗脸水等在门口了。 此事我至今还记得。 虽然真伪难辨，但大家异口同声这样说他，也足见对他厌恶之深。 他对我倒是可以的，甚至还有意同我交好。 有一次他神秘地跟我说："要分配给你一个很重要的任务！"我睁大眼睛看着他："干什么？"他又不吱声了，停了一会儿才拍着我的肩膀，笑嘻嘻地小声说："等等吧，等等吧，开教师会你就知道了！"教师会上一宣布我才明白，原来是让我当五年级二班的班主任！ 嘿，这算什么"很重要的任务"呀，在小学里，绝大部分老师都要当班主任的。 我对他的玩弄权术有体会了，对老师们烦他也有些理解了。

别的事不记得了。 我之所以一提在白龙完小的事就想起他，是在冥冥中觉得，命运之神似乎有意安排他同我在一起，有意让他同我比对，有意让他做我的反衬——他愈是那样子，老师们就愈烦他，愈烦他，就愈喜欢我。 确实有人说过，同是从中学放下来的，为人差别怎么那么大呢！ 不过，如果不是他的反衬，我的威信会来得那么快、那么突出吗？

我说不上这是否算得上一个因素，反正我的好运很快来了。 我在白龙完小只待了一个月便再次调动：吴校长跟我谈话，让我到这个区的朱模完小负责业务（吴校长是中心完小校长，那时公社又改称区了，区的文教助理还没配上，他临时兼管全区的教育）！

这简直又是一个戏剧性的变化！ 这真是让人做梦也梦不到的啊！

（三）

再次的调动，给我提供了一个发挥业务优势的平台，使我迸发出人生中的第一个闪光点，对我一生也影响重大，所以得多写点。

朱模完小有六个班，七八名教师。 学校驻地系一九五八年新建的一座特大型水库的库区。 受水库影响，学校老是搬家，据说两年间搬了十七次，搞得教师无心教，学生无心学，教学质量之差为全县之最——就在我去的那年暑假，学生升初中一个也没考上，是全县唯一"剃光头"的学校，学校也因此"闻名遐迩"。 我去后校长让我当毕业班班主任，代语文，他代数学。 他神色严峻地说："咱得好好抓抓，今年升学得了个大零蛋，干部群众怨声载道，还怀疑老师有问题呢，咱真是蒙着狗皮做人哪！"

我理解校长和老师们的心情。 但是，过去的事只好让它过去了，眼下最重要的是抓好现在，力争明年打个翻身仗，起码不能再剃光头！ 大道理就不用说了，咱得挽回学校的名誉啊，咱得给家长、学生、当地干部群众一个好一些的交代啊！

怀着这样的想法，我接下了这个担子。

这确实是一个沉重的担子。 接班以后，我先让学生写了篇作文，算是摸底。 虽然估计学生的语文程度不会怎样，但结果还是让我大吃一惊。 都六年级了，还基本不会写作文，没话说，仅就字数而言，好学生也不过干干巴巴二三百字！

这是语文。 数学是校长代的，开始我不摸底。 大约到了十二月份吧，他得了严重的坐骨神经痛的毛病，疼得厉害，动不动就龇牙咧嘴的，走路都歪着屁股。 起初还硬撑着讲课，站着不行就坐着讲，后来实在撑不住，只好疗养去了。 他有病，对他本人是个灾难，对学生更是灾难。 寒假将近，离毕业不过半年光景（还包括寒假、麦假），这时候走马换将，还了得？！ 谁来接他的课呢？ 我接吗？ 校长一走，学校这摊子就是我的了，我又没教过数学，按理说不妥。 换别的老师吗？ 他们也没教过毕业班数学，而且不熟悉学生情况，待他们熟悉过来，黄花菜早就凉了，升学的惨剧说不上又要重演！ 怎么办？ 怎么办？ 我权衡再三，最后一咬牙，下了破釜沉舟的决心：还是我来接！ 这个班我包了！ 谁都看得出这步棋的凶险。 面对老师们的担心，我说我豁上了！ 唯有如此，升学还可能有一线希望！ 但是学校的事我管不了那么多了，咱们"人"自为战，"班"自为战，除了星期六下午按规定一起政治学习，就各人管好各人的事！

接手数学后，我才知道学生的数学基础有多差劲。且不讲他们解应用题的能力，仅就加减乘除式子题运算（包括整数、小数、百分数的单项运算及混合运算）来说，不只做得慢，错误率也高得让人头皮发麻。错的原因，不会做、不规范、粗心大意等五花八门。

这真是一个烂摊子！这真是一锅夹生饭！

那时候，学生升初中，只考语文、数学两门课。如此情况，怎么去应考！我晓得上个班升学剃光头的原因了。

面对此情此景，说不犯愁那是假话，但是说我没丧失信心也是真的。时年二十周岁的我，初生牛犊不怕虎，顾虑少，干劲大，我决心带领我这班基础薄弱的学生，在升学的路上拼死一搏！

从一九六二年秋假前几天我接班到一九六三年七月初升学考试，连秋假、寒假、麦假算上（三假合计约两个月），不过八个月时间。这八个月我是怎么度过的呢？是怎么同学生一起拼搏的呢？我想了想，要想说明白，就得像写总结那样，用一二三四的办法分别述说。

第一，我自己得先拼上。我是这场升学之战的指挥员。这是一场不能再输的战斗，却又是一场极可能会输的战斗。说到底，这是一场绝处求生的战斗。绝处求生的关键，就看我这个指挥员如何指挥了。我既要有好的作战方案，又要带着学生冲锋陷阵。具体说，我既要向他们传授新知识，又要给他们补上以往知识的短板；既要让他们学会，又要让他们练熟。熟了才能形成技能技巧，形成技能技巧的知识才有用处，才能融会贯通、举一反三。根据我自己的经验，我知道这一点非常重要，我必须让学生做到这一点。接班后没几天就放秋假了。学生离校了，老师们都是本地人，也要回家忙活，以往都是轮流护校，这次由我包下来了。我要利用这段时间备课和思考。这时候我还没接手数学课，我的劲儿只是使在语文上。在这二十多天里，我写出了这学期和下学期语文教材的教案，想好了提高学生语文能力的主要措施，还根据升

学需要，精心拟定了二十个作文题，大体搞定本学期和下学期语文课的
"作战方案"。 十二月份接手数学课后，我白天忙教学，晚上在煤油灯
下熬夜研究本学期和下学期的数学教材，写出了教案，演算了书中全部
习题。 这番辛苦没白费，可以说，我真正吃透了教材，掌握了计算题做
题要领，总结了应用题类型和解题规律。 本学期和下学期数学课的"作
战方案"也由此搞定。 兵法云："知己知彼，百战不殆。"我这个拼命三
郎在开战之初即对两科教材和学生情况了如指掌，对如何指挥作战也成
竹在胸，对打好升学之战的信心当然也增强了。

第二，我也得让学生拼上。 学生是升学之战的战斗员，仗靠他们
打，胜负体现在他们身上。 他们战斗力不强，这个仗就不好打。 然而
接手之时，偏偏在战斗力这方面大有问题，他们积极性不高，纪律性也
差。 说来也难怪，上届升学考成那个样子，他们对学习哪有信心啊！
秋假开学后，我把班级管理作为第一要务来抓，重点加强升学信心教育
和纪律教育。 我问学生："2+3 等于几？"他们响亮地回答"等于 5"，
回答完都笑了。 我又问："2×3 等于几？"他们又回答"等于 6"，回答
完笑得更厉害了。 我说："为什么你们答得这么快这么正确呢？ 原因是
你们既会又熟啊。 可为什么做作业又那么差劲呢？ 原因是不会或不熟
啊。 所以最重要的还是要把功课搞会搞熟。 升学无非是考课本上那点
东西，你把它们搞会了，搞熟了，搞得同计算'2+3''2×3'那样，还怕
考吗？ 还怕考不出好成绩吗？ 有了好成绩，还怕升学时录取不着你
吗？"我告诉他们，天上不会掉馅饼，要提高成绩，你就得拼上去。 现
在离升学考试时间不算长，也不算短，只要拼上去，学好这些东西还是
没问题的，提高成绩也是没问题的。 但关键的关键是你得拼呀！"加强
纪律性，革命无不胜"。 好的班级纪律，是搞好学习的保证。 为了你自
己，为了别人，为了打好升学仗，人人都要做遵守纪律的模范，调皮的
同学也要改掉毛病，争当这个模范，大家要齐心协力，营造一个好的学
习环境，营造一个浓厚的拼搏向上的学习氛围！ 这样的教育当然要反复

进行。 为搞好班级纪律，我自己坐班，自习课也在班里。 对我来讲，教室既是课堂又是办公室，讲课、辅导、备课、改作业都在这里。 有老师在，调皮学生也老实了。 对个别太调皮的，也得采取强硬措施。 这样过了一段时间，情况有了根本变化。 学生的积极性调动起来了，一个个像上足了弦的发条，跟着我的指挥棒，朝着知识的堡垒猛冲。 到了这个时候，若再不出成绩，那就是我无能了。

第三，狠抓"双基"——就是基础知识和基本训练。 基础知识，当然要讲新补缺，突出重点、难点、弱点。 会了就多练，练技能技巧，练速度。 那时候，没有现在这些学习辅导材料，只有课本，好处是每节教材后面都有练习题——语文课本的练习题我记不得了，数学课本里计算题和应用题都很多。 我充分发挥这些习题的作用，让学生课上课下反复做，不计遍数地做。 学生做了那么些题，做了那么些遍，我哪有时间全改？ 我就让教室后面的墙报帮忙。 我把自己做的这些习题的答案（包括规范的步骤）抄出来，张贴在墙报上，让学生自己去对答案。 墙报成了他们的第二教师。 前面讲过，学生的积极性已经被充分调动起来，听话得很，卖力得很，一个个做得兴致盎然，越做越想做，越做越会做。说来神了，用了这个办法，他们计算题的演算能力和应用题的解题能力，都在迅速提升。 我自己的感觉，那种进步犹如雨后春笋，简直能让你听得出丝丝拔节的声音呢！ 在语文教学上，除了作业，我还让学生坚持记日记。 记日记的好处，我是深有体会的。 学生不会记，我就示范写，用他们的口吻，写他们的生活，再念给他们听。 他们开了窍，知道写什么和怎么写了。 写得好的就在班里念。 你读他的日记，对他是鼓舞，对别的同学也是启发。 作文呢？ 我按照拟定的题目安排写作，每个题目都要写三遍。 第一遍，我先讲他们再写，批改后讲评，写得好的（当然不一定理想，只要框架好，就给加工一下）就边读边讲，然后再让学生写，写完再讲评。 写到第三遍，好文章就有几篇了，我让他们抄下来，贴到墙报上，让大家边读边学。 篇篇如此，效果很好，到毕业时，学生的作文已经很像样了。而且抄在墙报上的文章他们都读得烂熟，人人心中都装着数十篇美文，倘若考到这些类型，还怕什么！此外，对那时语文试卷中必有的解词造句之类的题，也都让他们下了功夫。

第四，抢时间。写到这点，我想到了深圳人说的"时间就是金钱"。对那时的我们来说，应该说"时间就是成绩"。只有短短几个月了，对于这个烂摊子来说，时间是何等宝贵啊！除了指导学生学习要有的放矢，让"好钢用在刀刃上"，提高时间利用率，我还要向星期天向假期要时间。那个时期，我和学生是没有星期天的。至于假期，秋假已经过去，没法利用了，剩下的寒假和麦假，我必须牢牢抓住。那年的寒假，我们上课一直上到农历腊月三十上午，下午我才回家（学校离我家十二里路），正月初一下午又背了包年货回校，初二继续上课。麦假时区里集训老师，我指定一个老师带队，自己留校继续上课。非常时期，就得有非常举措。学生们也与我勠力同心，争分夺秒，惜时如金，一副雄赳赳气昂昂决一死战的姿态。我真佩服这些孩子，也真感谢这些孩子啊！

升学考试前夕，区里开完小负责人会议。文教助理（春节后配上的）说："咱们分析一下今年的升学形势，哪里会更好些？"某完小校长说："还用说吗？数朱模了！"这话明显带刺。我苦笑道："不要说那些没油盐的话。你们都是两个人送一个毕业班，一个教语文，一个教数学，又都老有经验。我们呢，我一个生手包班，学生基础又差，怎能比得过你们？实在说来，我们今年若能考上一个学生，就是进步，就是胜利！"说得大家哈哈大笑——那笑中包含的成分，当然不言而喻。

不料皇天不负有心人。最后的结果，还真让那位校长的邪炮打中了！那年的升学，大概平均四个考上一个吧，升学率为百分之二十五。我班二十九个学生，竟然一举考上了二十三个，升学率约为百分之八十！全区第二名是十五个，第三名是十一个，还有考三个两个的，我们遥遥领先！我们打了个漂亮的翻身仗！在全县的名次我说不好，但我们出了名是肯定的，因为我们上年"剃光头"啊！

这次升学给人的印象实在太深了。前几年，我与当年县文教科的一位同志闲谈，他还说："你出名就出在那次升学上！"嘿，半个世纪前下面一个小学的那点儿事，没想到连他也还记得呢！

对朱模升学一战，我还得多说几句。

先说它的负面影响。为了升学，我不遗余力地领着学生加班加点，虽说情况特殊，但却违背了教学规律。一九六三年秋冬就开始批判片面追求升学率了。这年冬天，县里集训中小学负责人，我在大会上作了检讨。不过那时强调得还不厉害，检讨一下也就算了。到"文革"时期（此时我离开那个区已经好几年了），据说那个区批判所谓的资产阶级教育路线，还把朱模完小那档子事作为反面典型重炮猛轰。——站在半个世纪后的今天反思此事，我一是不反对批判（现在也不能加班加点嘛），二是也不后悔。我想，毕竟让那么些学生升上了中学，总比考不上好吧！

再说它的正面影响。那次升学的翻身仗，成了我们学校的转折点，师生有了信心，教学质量从此上去了。这个翻身仗也成了我本人的转折点，我受到上级领导的重视。一九六四年麦前，县文教科调我参加县的教改组，到一中帮着搞语文教学改革，暑假后又保送我到泰安教师进修学校进修。一年后结业，我被分到韩兴中学，重新开始了中学语文教学生涯。

这当然又是一个戏剧性的变化。这个变化的动因，当然是因为我让朱模完小改变了面貌。我在那里待了两年。我把这两年看作我踏上社会的真正起点，而把在苍马中学的那两年看作过渡阶段。回顾这四年的历程，我感慨良多，主要有三点。第一，我认为对青年人应该放手使用，是骡子是马，遛遛就知道了。也不要怕他失败，失败往往是因为没有经验，他从失败中吸取了教训，能力自然就提高了，所以就得让他在实践中摸爬滚打，只有这样，才能培养出人来。 第二，人得有点儿真杀实砍的本领。"打铁必须自身硬"，没有真本领，干到老也是草包一个。我送毕业班时，虽没教过小学，可我对小学教材上那点儿知识是不打怵的。 别看我在师范偏科，但在小学和初中阶段，为了升学，我的学习是全面的，我是班里名列前茅的优秀生。 如果没有这个底子，仅凭一腔热忱，我干不出那样的成绩，甚至根本就不敢接手！ 第三，人哪，不要怕到落后单位去，你若真的有本事，到那里去或许更能干出成绩——变落后为先进，对比鲜明嘛！

现在又该扯到我那个文学爱好了。 我是个业务型的人，干就想干好，所以在工作岗位上只能把爱好埋在心底。 不过有时也会冒出火花。一九六三年春天，社会上大反封建迷信，我一时有了灵感，于是心血来潮，连夜赶写了一个以巫婆神汉为题材的小歌剧，又用流行曲调自配了曲子，让老师们分别担当角色，利用晚间到附近村庄巡回演出了多场，效果还不错。 演出时，我上场是演员，下场用二胡伴奏，着实火了一把！ ——此时我的毕业班教学正当白热化阶段，我竟然还有心思搞这个，不愧是精力无限的热血青年哪！

送罢毕业班，闲下来了，这时我萌生出一个把教学与爱好结合起来的念头——我不想当学校负责人了，只想当一个班主任，通过班级管理，熟悉学生，积累些创作素材。 有了这个想法，暑假期间，我到区里找到文教助理，要求卸掉学校担子（理由当然不是我那个隐秘的想法了）。 我软磨硬泡了一整天，他死活不答应——迸出的这点火花就这样熄灭了。

（四）

一九六五年暑假，我进修结束后来到韩兴中学。

重回中学，当然今非昔比。 我已有了数年的历练，再不会像苍马中学时期那样窝囊了。 记得刚去时，教导处安排我带初一两个班的语文，考虑到我负担够重了，没让我当班主任，但我还是硬要求干了。愿当班主任，主要还是想多干点事，另外在朱模完小萌生却没能实现的那个想法也是个因素——把工作与爱好结合起来，在管理班级、教育学生过程中，希望能够积累点儿创作素材。这当然还是深埋心底的东西，不能对外说的。但这个想法与工作并不矛盾，甚至还会促进工作，因为我会做得更用心的。

对那段情况，我该怎么写呢？说我工作勤勤恳恳、兢兢业业，我看算不得过誉。教学方面当然不必多说，仅就班级工作而言，我是这样看待我同学生的关系的：我觉得我们既是师生关系，又是兄长与弟妹的关系。他们在家靠父母，在校就要靠老师，我是班主任，我就是他们在学校的依靠，因而全面管好他们的思想、学习和生活，这是我的应尽之责、当然之责。我在班级管理上确实下了功夫。我有班级工作日志，记录着我对班级工作的思考和安排，以及班级工作和学生的情况。我脑海里经常思考的是我那些学生及其表现。我想的是如何把这个班打造成一个优秀的集体，如何使每个学生在思想上学业上不断成长。午晚两个饭后时间，是我经常同学生谈心谈话的时候。每晚睡觉前，定要去看看住校学生的情况。学生病了，我领他去看医生，用自己的饭票买白面馒头给他吃（那时生活不好，白面馒头是学生难得的美食），还用自行车送他回家，如此等等。我很自然地做着这些事，完全出自本心。如前所说，我是班主任嘛，是兄长嘛，就应该这样做嘛。

从一九六五年秋冬开始，我县进行了历时将近一年的"四清"运动（正式叫法是社会主义教育运动），平时边工作边搞，假期集中搞。我是运动的积极分子。寒假期间全县教师到县城搞运动时，我出了点儿事。驻我校的工作组长老李让我到白龙工作组去，说他们有事跟我谈。我去了。原来是我在朱模完小工作那段时间，有五十元钱的经费查不着下落了（这在那时不是个小数，老师们的月工资大多是三四十元钱），他们当然怀疑我。这弄得我丈二和尚摸不着头脑。我说我虽然负责，却不管账，有时到区里开会，顺便把工资什么的一块领了，但回校后就交给管账的同志，这五十元钱的事我哪里知道？ 工作组的同志让我好好想想，还给我讲了坦白从宽抗拒从严的政策，我说我想想可以，但我不知道的事也实在难想。

此事弄得我着实不安，散会后回家，年也没过好。 我把我在朱模那两年的情况像过筛子一样反复想了几遍，想得头疼也想不出那五十元钱是怎么回事。 最后只好长叹一声——算了吧，不想了，就由组织查吧。

这样想过之后，思想倒是轻松了不少（当然啰，也不可能没一点儿压力），开学后工作、运动应当说没受影响。 可是工作组没忘这事。 一天下午，工作组长老李找我谈话，问想得怎么样了，我说了自己的情况，他一听脸就耷拉下来——他是外县公安局的同志（我县是全省"四清"运动的试点，省、地、外县都有人来），大高个，长方脸，真是不怒自威——又给我说了坦白从宽的政策，我听着听着，脸憋得通红，最后只好说道："老李，我向组织表个态：第一，我负责的学校出了这样的事，组织上查是应该的，怀疑我也有道理，因为好多经费是由我领出再转给学校管账的同志的。 第二，我已经想了好长时间，想不出是怎么回事，但我可以声明，此事绝不是我干的！ 我绝对没有干这个事！ 第三，组织上当然还得继续追查此事，倘若查出是我的事，那就是我拒不交代，我愿意接受组织最严厉的处分！"

话说到这个份儿上，就不必继续谈了。 此后一段时间，工作组没再找我。 工作组负责搞材料的老徐是我们学校的老师，同我很要好。 一天晚上，他跟我谈到写入党申请书的事，我苦笑了，说道："我还背着黑锅，怎能写申请书呢？"他说："哎，这是两码事嘛，你既然心里无鬼，怎不能写？"

我听了他的话，怀着复杂的心情，写了平生第一份入党申请书。 虽然不敢奢望，但入党毕竟是我平生所愿哪！

一九六六年三四月份，运动进入中后期了，开始评先进，在教育界是评五好教师。 在学校评选会上，围绕我的问题发生了激烈的争论。大部分人认为应当评我，个别同志认为我虽然表现很好，但那个问题没搞清，不好评。 主张评的则说评五好是件大事，要是搞清了不是我的事，不是耽误了吗？ 主张不评的则说要是落实了是我的事，不是给运动抹黑吗？ 两方面意见相持不下。 参加会议的工作组同志出去商量了一下，觉得为慎重起见，还是不评的好。 此事虽这样平息了，却给工作组留下了极深的印象。

大约半个月后，白龙工作组来了电话，告诉驻我校工作组，那件事是原来校长干的，与我没关系。 当老李同志转告我时，我激动得紧紧握着他的手，连声道谢——压在心头的石头终于搬下来了！

此后，我的好事接连来了。 五月初，县里召开学习毛主席著作积极分子代表大会，我校分了一个名额，工作组直接提名我为候选人，教师会上全票通过。 从县里开会回来不久，党支部讨论我的入党问题，我又荣幸地被发展入党，成为一名中国共产党预备党员——这真是我梦寐以求的事呀！ 想当年我为了入团，连写个申请书都费了那么大的心劲儿，没想到几年以后，我竟然踏进了党的门槛！ 那一刻，我感到的幸福、喜悦和激动，是难以言表的。 在组织上通知我预备党员由县里批下来的当晚，我给我的未婚妻写信报喜，信中说："而今而后，我是党的人了，我要更严格地要求自己，为党的事业奋斗终生！"——亲爱的读者朋友，你不会认为我是在说大话、空话、套话、假话吧？ 要知道，我这是给自己的未婚妻写信呀，我用不着来那套虚的，我那时思想纯洁，上进心强，这是我从心灵深处迸发出来的声音呀！

（五）

现在要写"文化大革命"及其以后的事了。

一九六六年六月，"文革"风暴刮到我们学校。 开始是水漫金山，学校领导和老师们都是被揭发的对象。 问题严重的就批判，也不分派别。 到秋冬形势大变，各种名堂的群众组织成立起来，山头林立，后来又按观点分成两大派，混战多年的派性斗争从此开始——运动由学校推向社会，自秋冬起，整个社会也开始了大分化、大动荡。

"文革"在 20 世纪 70 年代末就被彻底否定了。"文革"十年是一场浩劫，中央的决议已有了结论，但覆巢之下，安有完卵，两派当然都是错误的，这些都不必再说。 我想简单追述一下自己的情形。

回顾我在"文革"中的思想历程，明显地分为两段。 初期，平心而论，我没有私心。 我刚刚成了预备党员，"一颗红心向着党"，当然要响应党的号召，积极投入到运动中去，去"捍卫毛主席的革命路线"。 倘若硬要找点儿私心的话，那就是我这个预备党员还有一个考验过程，不积极参加运动怎能转正？ 后来分了派，我起初没入派，但思想上是有倾向性的。

回顾"文革"十年，对我本人影响最大的是什么呢？

一是打掉了我不少书生气，使我对人性、对社会有了一个较深的认识。"文革"是个无比广大的舞台，男男女女、老老少少、城城乡乡的中国人，几乎都在这个舞台上扮演了不同的角色，美丑善恶暴露无遗。"文革"中风云变幻，地方上的几次反复，让我懂得了什么叫"变天"。 如前所述，一派胜利了，另一派简直就是坠入了深渊。 反之亦然。

二是我的写作能力得到了空前的展现。 大鸣大放大字报嘛，大字报与传单是那个时期重要的斗争武器。"文革"初期在校内写大字报，我的写作能力"初露锋芒"。 两派斗争最激烈的时候，我一度被推荐到县里本派组织中去写传单，成为本派小有名气的"笔杆子"。

在文字上的这点儿所谓"名气"，也成了我后来数次变换工作的动因，改变了我后半生的人生轨迹。 那时候真正能写点东西的人少，所以能写东西的比较吃香。 一九七二年夏，社会秩序有所好转，我被调到县教育局教研室（开始叫教育组教研组）工作。 名为教研，实际上主要是写材料，当然写的不再是传单了，而是讲话稿、典型材料之类。 在那里待了三年，又调到县委办公室干秘书。 一九八二年成立县志办公室，又调我去主编县志，从此定下位来，直到退休。 搞这个我还是很有兴趣的。 县志是地方性的百科全书，遨游于方方面面史料的海洋里，让我在政治、经济、文化、自然、地理、历史、风俗等诸方面增长了不少知识。 近二十年间，我与同事们齐心协力，编写出版了本县县志和多部专业志书，还与上级部门合作搞了几部史料性图书。 人生苦短，倏忽而过，不觉已是白发皤然！

写完了从"文革"到退休的经历，我又得说说我在这期间的文学爱好了。 这些年来，虽然由于工作和运动的原因，我将它埋于心底，但偶尔还会露点儿"峥嵘"。 一九七一年，我派在派性斗争中败下阵来，我也被搞得灰头土脑。 心情不好，却有了空闲。 有一天在报纸上看到一个名为《一篮鸡蛋》的拥军故事，心有所动，汹涌而来的创作欲把受压抑的沉重心情抛至脑后，我花了几天时间，将这个故事改编成独幕歌剧，送到县里刚刚成立的创作组，后来被他们收进创作集子印发了。 20世纪70年代后期，粉碎"四人帮"后文艺复兴风起云涌的形势让我心痒难耐，其时我正干着县委办公室秘书，也忙里偷闲写了几篇小说和杂文，先后在省级报刊上发表了。 首次在报刊上发表作品，那滋味甜美得很呢。 不料领导不喜欢这个，我只好搁笔了。 省里那个文艺期刊的编辑哪知此情，还免费给我寄了半年刊物以示鼓励哪。 搞县志有个好处，史料多，本地和外地的都多。 20世纪八九十年代纪实文学开始盛行，我根据一些史料用文学笔法写过多篇纪实性作品，被有关书刊采用了。 平时有了感悟，我也会写点杂感、散文类的东西。 当然，这些都是小打小闹，算不得真正意义上的文学作品，那时候一部部志书压着头皮，哪有心思和时间正儿八经地搞创作啊。 事实证明，没有闲心和闲空，想在文学上搞点正经名堂，只能是一句空话。

退下来了，这个闲心和闲空有了，我摩拳擦掌，立志为实现自己的美梦搏上一搏。 我先是读了阵子小说，又写了几个短篇练笔——几十年间，我搞的那些非文学类文字，把我的思维和语言弄走样了，现在要正经写东西了，我必须重新培育自己的形象思维和文学语言。 我真正想写的是长篇。 写长篇，我首先想到的是当年的日记，我把它们找出来，边读边想，用今天的眼光去审视它们的写作价值。 谁知老天爷不帮忙，偏在这个时候让可恨的病魔缠上了我。 说句不见外的话，养病期间我真有天道不公之感哪！ 待基本康复之后，依然"贼心"不死，不顾家人反对，又拿出日记翻看，觉得确实有点意思。 但想到工程巨大，自己身体如此，碍难如愿，又不免长吁短叹。 不料绝望之时，我的伙计老胡出现了，而且愿意担纲！ 这才叫"山重水复疑无路，柳暗花明又一村"哪！老胡岂止是我的老伙计，更是我的救星！ 这些年来，我们一对古稀老汉，为着共同的梦想，相扶相伴，呕心沥血，殚精竭虑，苦在其中，也乐在其中。 说到苦，我还在其次，毕竟是辅助的嘛，最苦的是老胡。每每看到他累得死去活来的样子，我就心疼，也感到庆幸。 没有他的热血心肠，拼死作为，我那一摊子废纸，怎得起死回生！ 有友如此，此生足矣！ 我愿得酬，此生足矣！

（六）

光阴似箭，日月如梭，一晃半个多世纪过去了。 回顾我的人生历程，着实耐人寻味。 我从一九六〇年参加工作到二〇〇二年退休，四十余年间，有近三十年时间主要从事文字工作，我经手的文字，不下数百万字。 写作成为我大半生服务社会和维持生计的主要工具。 我是读师范的，教学理应是我的本业、主业。 上学时因为偏爱文学，被弄得人不人鬼不鬼的，不承想来到社会上，竟然主要吃的是文字饭！ 人说"种瓜得瓜，种豆得豆"，我呢，岂不成了种瓜得豆！ 那天想到这点，禁不住扑哧一笑，有感而发，写了一首顺口溜，就叫《种瓜得豆》。

种瓜得豆

当年读师范，爱好颇有偏。

读书何其痴，练笔何其癫。

怎奈悖于时，厉斥为"白专"！

孰料毕业后，时过境亦迁。

本系一教员，偏食文字饭。

种瓜却得豆，转眼数十年。

细思为哪般？ 寻根在师范！

　　我又想到了我的文学创作理想。 这实际上是一个梦，贯穿我一生的梦。 几十年来，我对此想得多，做得少。 因为我有工作，有家庭。 我要干好工作，要挣钱养家糊口。 我知道文学创作是一条特别艰难的路，在很大程度上还是一条难以到达成功彼岸的路。 就经济生活来说，甚至是一条无法赖以为生的路。 我不敢不顾一切地去冒这个险走这条路。 我还得以工作和家庭为重。 但是在忙于生计的过程中，文字之梦却始终做着。 它是留存于我心底的绵绵不尽的念想。 二者就是这样在我身体里矛盾地存在着。 我就是这样一个矛盾体。 ——不，这个说法似乎还不能准确地表达二者在我身上的情形。 我觉得半个多世纪以来，我是由两个人组成的，一个是现实人，为工作为生活辛勤劳作，一个是梦中人，念念不忘在文学创作上一试身手。 这两个人的关系是既对立又统一的。 在我退休之前，现实人是主宰者，他把梦中人压制在我的心底，压制在脑海深处。 但他也是通情达理的，当他有了一些空闲，也会把梦中人释放出来，让其收集、积累一些素材，或者写上一鳞半爪的文学性文字。 待我退休以后，二者位置调转，现实人退位，梦中人摆脱了长期压抑之苦，翻身做了主人。 虽然因为患病，我已无力为写作长篇独自担纲，但还是为整理当年的日记找到了合适的合作者，自己也爆发出昂扬的创作热情，帮助合作者熟悉当年，推敲情节，阅改文稿，现又不揣浅陋，不避病羸，亲自执笔写作《卷后篇》，为这部书确实竭尽所能。 这部书的写作，可以说是一个圆梦行动。 既圆了我伙计的梦，也圆了我自己的梦（至于我不愿署作者之名，那是另一码事，与此事无涉）。 想到这些，我又感慨不已，写顺口溜的冲动又奔涌而来。 这首顺口溜叫什么名字呢？ 就叫《我是梦中人》吧。

我是梦中人

我是梦中人，一梦贯终生。

少年在梦中，攻读做书虫。

任由同窗笑，不畏"帽"不红。

壮年在梦中，念想存于胸。

怎奈生计迫，无力付诸行。

老来在梦中，古稀仍笔耕。

哪管病魔闹，孜孜圆吾梦。

要问梦之何？ 小说写人生！

思绪绵绵，难以自抑。 我又想到我一生缠绵于这个梦中，确实耗费了不少心力，眼下仍以年逾古稀的病羸之躯，与老伙计协同作战，其结果将会如何？ 很可能连出版的机会也不会有，竹篮子打水一场空！ ——既是如此，值吗？ 我反复审视来路，最后的结论是：值！ 且不说我多半生干的就是文字行当（这个本领当然是蒙它所赐，是它锻造了我的文字功底嘛，功底功底，功莫大焉）。 只就它在思想和精神层面上给我一生有益的重大影响而言，也值！ ——它是我人生道路上的一个目标。 人生是有目标的。 我一生中有多个目标，有大的、小的、长的、短的，这个目标则是我毕生向往和追求的目标。 它是我一辈子的念想和奔头，我始终念念不忘地想着这个事得干。 人生是有动力源的，我一生中有多个动力源，有长期起作用的，也有短期起作用的，这个目标则是对我一生起作用的动力源。 甚至在我遭受挫折的时候，有时也会产生一个奇怪的想法，觉得这是我的一个人生体验呢！ 这个目标给我的激励，给我的力量，给我的奋发向上的精神状态，难道是千金万金能买到的吗?！ ——它培养了我终生嗜好读书的宝贵习惯。 书籍成了我终生不离不弃的至爱亲朋，使我在思想、道德、情操、知识、写作和精神享受等诸方面，受益良多，受益匪浅！ ——它让我饱尝写作的幸福感。 农民有种地的幸福感，工人有做工的幸福感。 我这个搞写作的，在写作时的那种绞尽脑汁，那种咬文嚼字，那种废寝忘食，那种苦乐交融，那种完成后的陶醉醺然，也是有着别有洞天的情趣和滋味的啊！

　　写到这里，我想起不知是谁说过的一句话：追求重在过程，何须斤斤计较结果！ 此话说得很有意思，也很有哲理。 譬如体育运动，世界冠军就那么一个，当不上难道就白练了吗? 当然不是！ ——有感于此，我的顺口溜又溜出来了，题目呢，干脆就叫《过程亦蜜甜》得了。

过程亦蜜甜

老来品理想，心中有感叹。

少年即立志，携书上文坛。

时过半世纪，夙愿未实现。

虽然有缺憾，但我心坦然。

古今文字客，成功有几员?

追求重过程，未必皆圆满。

圆满固美事，过程亦蜜甜！

后　记

　　这本书能够写出来，得益于我当年的日记。一九五七年九月至一九六〇年八月，我上师范。那时我钟爱文学，为了提高写作能力，不光努力读书，还十分注重写日记，三年下来，写了几十本子，虽然后来大部分被损毁了，只剩下寥寥几本，但这几本却成了我的宝贝，为我写作本书提供了大部分素材。可以这样说，没有这几本日记，我写不出这本书。

　　对于本书的出版，山东省新闻出版局负责人刘廷銮给予了很大帮助，出版社的领导、编辑老师和有关同志付出了艰辛劳动，在此特致衷心的感谢。我的二妹胡尊密、柏梅生夫妇几年来一直从精神上和经济上支持我的写作，我的大女儿胡梅芳、蔡学之夫妇和二女儿胡兰芳打印了本书文稿，在此一并致谢。由于水平所限，本书难免有不当之处，敬请读者批评指正。

胡遵信

二〇二四年五月于临沭